不渡蓬山雲 下册

裁云刀 著

青岛出版集团 | 青岛出版社

第十八章　幸得相逢

灵舟在一座摩天高楼的顶端短暂地停靠了。

一路以来，他们经过了好几座这样的高楼，这些高楼俱是尧皇城的灵舟停泊点，供城中的修士搭乘灵舟时用。尧皇城因此成了整个修仙界最喜欢建高楼广厦的城。

"其实当初灵舟停在高楼上时还有人抗议，说爬高楼不方便，不如直接停在地面上。你说这不是笑死人吗？大家都是修士，纵然修为有高下之分，可爬个楼是什么难事？况且灵舟起落之势磅礴，若要落到地面上来，需要一大片空地，还耗费掌舵修士的灵力。"女修一边说，一边带着他们下灵舟。

灵舟也属于飞行法宝。修士都知道，这世上最耗费灵气的法宝便是飞行法宝，最难掌控的也是飞行法宝。那些能灵活地操纵飞行法宝、使其轻松地起落的修士都是高手中的高手，一般人学不来。

尧皇城常年为城里的居民提供灵舟，自然要考虑降低操纵灵舟的难度。

"这么说来，在尧皇城居住的人也太舒服了吧？城主府似乎将事事都考虑到了。这是我见过的最体贴的城主府，其他地方哪里会这么细致地考量啊？"陈献不由得说道。

怪不得尧皇城能一跃成为修仙界的第一繁华之城，谁不愿意住在这里？

"那可不。我们城主在建城之初就放言要将尧皇城变成神州所有修士的乐土。不是我吹嘘，我看就连在蓬山也比不上在我们尧皇城里过得逍遥。"女修听见陈献夸尧皇城，眼睛都微微弯了起来，颇为自豪。

这些话一说出口，陈献和楚瑶光不由得默默地闭了嘴，用余光去看沈如晚和曲不询这两个真蓬山弟子的反应。

"在蓬山的日子确实比不上这里的有滋味。"沈如晚说。

陈献和楚瑶光一起瞪大了眼睛，惊讶极了，几乎不敢相信这话居然是沈如晚说出来的——那可是蓬山，是神州赫赫有名的第一仙门，是每一个修士刚踏上仙途便憧憬的仙道圣地啊！

倒是那个女修点起头来："没错，蓬山是仙道圣地不假，"而后，她话锋一转，"可那里是清修苦学的地方。要是论生活顺意、舒服的程度，还得是我们尧皇城。"

陈献和楚瑶光又去看曲不询的反应。

"一寸清虚，十丈软红，三山也在红尘里，在哪儿不是修行呢？城主有心去管，自然比无心好。南柯媪是有心人。"曲不询喟叹道，哂笑一声，神色洒脱。

尧皇城城主的道号叫南柯，修仙界多称呼她为南柯媪。不过对于尧皇城的居民来说，他们更爱称呼城主为南柯娘娘，以表亲近、孺慕之心。

女修听他们一个个都附和自己，心情极佳，一边带着他们走入城中的街市一边说："尧皇城当真住得很舒服，只有一点不好，就是这里的地价实在太贵了，尤其是靠近灵舟停泊点的地方，贵得不得了。可惜南柯娘娘近些年来出面少了，不然我也凑到她近前去，请她想想办法，管管地价。"

沈如晚几个人都不作声了。

尧皇城寸土寸金是整个神州都知名的，恐怕不是城主能轻易解决之事。好地方人人想要，这也没办法。

女修随口抱怨一句，转头便忘了，又说："非得是童大师这样技艺傍身的修士才能在停泊点边上买下一座大院子，普通人哪有那么多钱？"

陈献看向了楚瑶光，他还记得之前楚瑶光曾提起，楚家在尧皇城的产业也在停泊点边上。

楚瑶光眨了眨眼，很无辜地看了回去。

蜀岭楚家当然能在尧皇城买下最好的产业，这很奇怪吗？

陈献认输，心道：这不奇怪，一点儿都不奇怪。

一行人从灵舟停泊点到童照辛的大院，只花了一盏茶的工夫。

女修在叩门前说："童大师脾气不太好，有点儿古怪，这是大家都知道的，他也不在乎被人说。他很讨厌被人打扰，所以定下规矩，只在每个月的初五见客。倘若有人想请他炼器，必须在这一日登门，其余时间他一律不开门。"

赶早不如赶巧，今天正好是初五。

"还有，童大师的嘴有点儿毒，待会儿如果他说了什么不太好听的话，咱们忍一忍就过去了。他就是这个脾气，也不是刻意针对谁，就是谁也看不上罢了。有才华的大师嘛，难免有傲气的。"女修千叮咛万嘱咐道。

· 496 ·

她倒不怕沈如晚和曲不询这两个被楚瑶光和陈献称作前辈的沉稳之人沉不住气，就怕楚、陈这两个年轻人太过气盛，被怼了两句就怒不可遏，那可就坏了她的事了。

"道友，你放心吧，我和他都不是那样的人，不会冲动的。"楚瑶光一眼就看出了女修的顾虑，眉眼微弯地说道。

女修见这小姑娘明白事理，心里松了一口气。她要叩门时，手还没碰到门板，眼前的门就倏然被撞开了，十数个衣着华美的修士神色沮丧，匆匆地从门后挤出来，甚至有几分推搡之势。他们唉声叹气地说道："又没成。"

女修不由得觉得奇怪：带着开炉金上门的修士被拒绝虽不是什么稀罕事，可是既然童大师说初五这一天接受登门拜访，以这帮人的性格，他们不拖到晚上怎么可能主动放弃？

她拉住一个眼熟的修士，问道："这是怎么回事？你们怎么就这么走了？"

被拉住的修士摇头，叹了一口气："我们今天运气不好，童大师心情不佳，逮着人就喷火，把我们都赶出来了。我劝你也别进去了，他刚才说了，今天谁也不想见，都滚远点儿。"

陈献在旁边听得目瞪口呆："他的脾气这么坏？这也太不客气了吧？你们都忍了？"

人家好声好气地带着开炉金上门，童照辛就这么不客气地叫人家滚？他就不怕把老主顾得罪光了吗？

被女修拉住的修士用一种大惊小怪的眼神看着陈献，说："这才哪儿到哪儿？哪个炼器大师脾气好啊？人家有本事，脾气大点儿怎么了？"

女修赶紧转过身对陈献说："你要是连这都忍不了，还是别进去了。"

陈献被噎了一下，摇了摇头说："我保证不说话。"

他只是觉得离谱，但反正求着炼器的人不是他，伏低做小的人也不是他。他只要闭嘴进去，不妨碍那位女修的事就行了，这点他还是知道的。

女修半信半疑地转过了身，还想进去。

"你真要进去？你现在进去，就是撞上火山口了。"被拉住的修士劝她。

女修皱着眉说："我总得试试，实在不行再出来，不然实在不甘心。"

错过这次，她又得等一个月呢。

那位修士见状便不再劝，匆匆地走了。

女修深吸了一口气，以一种英勇就义的姿态毅然地推开了门。

"我一直以为你们没长脑子，没想到连耳朵也没长。告诉我，'自己滚出去'这五个字里哪个字你没听懂？"院里有人冷淡地说，并未怒火中烧，但那种阴冷刻薄的态度在听起来平静的语调里被展露无遗。

女修一进门就变成了一只唯唯诺诺地耷拉着翅膀的鹌鹑，蹑手蹑脚的，不敢出一点儿声，被讥讽之后也只是小心翼翼地观察院中之人的反应。

这是个很大的院子，在寸土寸金的尧皇城中意味着数不清的灵石。但这样大的院落被乱七八糟的架子填满了，看上去十分逼仄。架子上尽是或珍贵或寻常的灵材，还凌乱地摆放着许多不常见的炼器工具，让人一眼就能看出这是个典型的炼器师的院子。

架子之间，一道瘦削的身影背对着他们，正整理着架子上的灵材，头也不回地丢来几句讥讽之语："怎么，你们把耳朵和嘴巴一起丢在门外了？至于脑子，我不指望你们有。"

童照辛身形单薄，一看就是常年窝在屋里摆弄器具的炼器师。

陈献时刻谨记不能作声，不能坏女修的事，只是忍不住时不时地朝女修的脸上瞟，发现她神色如常，只有一点儿尴尬之意。他不禁瞪大了眼睛，深感佩服。

女修磕磕巴巴地说："那个，童大师……抱歉，我冒昧了，但真的有急事相求。我愿意奉上重金，只要您……"

"打住，我已经说了，今天不见客。我不管你到底有什么急事，离开我的院子，另请高明去吧。"瘦削的青年声音没什么起伏地说，然后讥笑了一声，"反正你们不把我的话放在心上，那也别把我的炼器水平当一回事了。"

女修的笑容瞬间僵住了。

她知道这位赫赫有名的童大师既不吃软也不吃硬，还特别记仇，自己要是再纠缠，说不定要永远被拒之门外了，只得道歉准备走人。

转过身的时候，她朝沈如晚几个人使了个眼色，示意他们和她一起走，可沈如晚和曲不询动也没动一下。楚瑶光和陈献看着这两个人，也没动。

女修想起这几个人先前说想见童大师，顿时心惊肉跳起来，心道：万一他们得罪了童大师，童大师可别将仇记在她的头上。

见劝不动，她便脚步匆匆、头也不回地溜了出去。

"怎么还有人不走啊？还要我说几遍？滚出我的院子！"童照辛把手头的灵材用力地扔进匣中，语气不耐烦。

说完，他从架子之间转了出来，神色冷淡地看了过来，好像要记住这几个悖逆他的意思的人。

可当目光落定，看见沈如晚的面容时，他蓦然怔在了原地。

"沈……沈如晚？"他带着几分不确定之意叫她的名字，眼神复杂。

不知怎么的，童照辛不像在看一个有旧怨的人，怅然若失的眼神里没有恨意和怒意。

498

沈如晚原本神色冰冷，打算和这从来不对付的旧怨呛上几句，可对上他这眼神，反倒愣住了，一时没接话。

"没想到你也来尧皇城了。我在《半月摘》上看见了你的消息，知道前段时间你在钟神山出名了。"童照辛慢慢地说。

沈如晚皱了皱眉，目光一转，落在了桌案上，果然看见了一张写有她的名字的报纸。

这应当是最新一期的《半月摘》，刚出来没多久，所以楚瑶光没买到。沈如晚没想到钟神山的事会登上《半月摘》。

见沈如晚不说话，童照辛继续说："听说你有道侣了，也是个丹成剑修。"

说着，他目光一转，落到曲不询身上，冷冷地打量了曲不询一番。

"可惜了，他和长孙师兄比差得多了。"童照辛的声音没有一点儿起伏，冷冰冰的。

沈如晚一时不知道该骂他多管闲事，还是该笑曲不询被评价为不如长孙寒，而且是被自己从前的朋友当面评价。

童照辛经常说些莫名其妙的话，她早就习惯了。

沉默片刻，她缓缓地开口了："你现在有钱了，趁早找个医修看看脑子吧。"

曲不询颇感意外地挑了挑眉，万万没想到童照辛一开口就把话题引到他身上来了，一时无言，心想：他们怎么一个两个的，明明还不知道他是谁，都要拿他和长孙寒比较？

目光在沈如晚和童照辛身上游走了一圈，他笑了一下，没说话。

童照辛冷冰冰地讥笑道："不过我没想到，你在深山老林里躲了这么多年，居然舍得出来见人了，真是不容易。"

陈献和楚瑶光站在沈如晚和曲不询身后，感觉自己在这个院子里像隐形人——谁的注意力都没放在他们身上。

听见童照辛对沈如晚如此冷嘲热讽，两个人瞪大了眼睛，颇为惊恐地往左右看了看。

上一个敢对沈前辈出言不逊的人已经在钟神山的废墟里死无全尸了，这次沈前辈不会立刻翻脸动手吧？

沈如晚微哂。

从前还在蓬山的时候，她就已经习惯了童照辛这张吐不出象牙的狗嘴，自从把这个人狠狠地揍了一顿，就达到了心中毫无波澜的境界。反倒是她与童照辛刚见面时，童照辛难得心平气和地和她说话的样子让她很不适应，现在两个人剑拔弩张，刚刚好。

沈如晚波澜不惊地看着童照辛，皱着眉问："你一直在关注我的消息？"

童照辛忽然一顿，好像被说中了什么心事一般，脸上瞬间出现了狼狈的神情。不过这神情没让人看分明，就很快被恼怒之色覆盖了，继而恢复了阴沉冰冷的样子。

"你杀了长孙师兄，我日日夜夜地想杀了你报仇，关注你的消息又有什么奇怪的？"

沈如晚的神情变得微妙起来。

这理由当然是说得通的，但长孙寒就站在旁边，方才还被童照辛嫌弃不如从前的自己，这场面忽然就变得滑稽起来。她的目光不由得飘向了曲不询的方向。

曲不询的神色却半点儿不变，他若有所思地看着童照辛，目光在童照辛涨红的脸上停了一瞬。

"你和长孙寒关系很好？你想给长孙寒报仇？"他忽然开口问童照辛。

童照辛仿佛终于意识到这里还有个人，不耐烦地瞥了他一眼。

曲不询无所谓地笑了笑，语气中有几分探究之意："以你现在的身家，你若愿出价悬赏杀她，想必出手的人不会少。"

沈如晚乜了他一眼，在心里吐槽：他说的是人话吗？

童照辛定定地看着曲不询，想到这个人就是《半月摘》上说的那个在沈如晚力竭时拥住她的剑修，颊边的肌肉怪异地抽动了几下。

"我是出得起这个钱，但为什么要为她浪费灵石？"童照辛的目光在沈如晚和曲不询的身上来回游走了许久，他忽然对着沈如晚冷笑道："原来你最后还是看上了一个剑修。"

他这话说得诡异极了，什么叫"最后还是看上了一个剑修"？剑修有什么特别之处吗？

沈如晚皱着眉头打量童照辛，摸不准他的意思。

"你还不知道？长孙师兄喜欢你，你难道不知道吗？"童照辛说，语气微妙，介于苦涩与快意之间。

沈如晚怔住了，目光慢慢地移动，落到了曲不询身上。

曲不询也愣住了。他可从未对童照辛说过这话，当初连自己都对这份感情一知半解，跟谁说去？可童照辛是从哪儿知道的？

沈如晚眼神古怪地看着童照辛："我和长孙寒没说过一句话。"

这确实是事实。

童照辛的胸膛剧烈地起伏了几下，他说道："那又怎么样？我也……"

他忽然顿住了，好像自知失言，紧紧地闭上嘴，再不言语了，脸庞连带着耳根一起涨得通红。

沈如晚追问他："你也什么？"

童照辛的脸色难看极了，他深吸一口气，跳过了这个问题，语气平静地叙述道："当初还在蓬山的时候，你接过一个轮巡的任务，从一个邪修的手里救下了一群女童，这事你还记得吧？这些女童中有我的傀儡。操纵者能借傀儡的双目探查到周遭的事物，那时候我和长孙师兄就通过傀儡见过你。"

沈如晚微怔。

能精准地说起傀儡的事，童照辛还真是知道不少——她都才知道此事。

"是吗？"她不知该做出什么表情，心情复杂，语气越发淡然。

童照辛紧紧地盯着她道："我当时也没想到……他也会在那时注意到你。后来我才想明白，长孙师兄多半就是那时喜欢上你的。"

沈如晚不由得似笑非笑地觑着曲不询，心道：怎么是个人都比他自己明白他的心思？

曲不询沉默了一瞬，接着平淡地说："这就怪了，你又不是长孙寒肚子里的蛔虫，怎么就知道他是从那时候喜欢上沈如晚的？"

童照辛看也没看曲不询一眼，仍然盯着沈如晚说："你有个堂姐在第七阁，你一个月总有十几次要去百味塔尝鲜，还总是带着你的师弟去。"

沈如晚听他提起陈缘深，心中一动，沉默了许久才慢慢地说："原来陈缘深说的是真的，你早就在关注我。"

先前在钟神山的那个小院里，陈缘深对着一盘红玉春饼提起往事，说曾在百味塔里看见过童照辛好几次，每次童照辛都拿着食盒，路过很多空位也不坐，故意坐在沈如晚附近的位子上。那时她和陈缘深都以为童照辛对她有仇怨，没想到竟是因为长孙寒。

童照辛紧紧地抿着唇，脸涨得通红。

"长孙师兄清修自持，不贪口腹之欲，哪怕时常要去第七阁督查事务也从不多待。可有一次长孙师兄正巧遇上你进了百味塔，竟也跟着进去吃了顿午饭，就坐在你身后的那桌。"童照辛好像被谁在追赶着，急不可耐地快速说着，"你大概不记得了吧？那顿饭你吃了一盘蓼茸蒿笋，一碗鲢鱼汤，还有两个蟹黄生煎，差点儿碰翻一个骨碟，靠灵气有惊无险地救了回来。"

沈如晚对这件事一点儿印象都没有，用余光探询地朝曲不询看了一眼又一眼，发现曲不询的神色十分微妙——表面挺沉稳凝重，实际有些狼狈。

沈如晚微微瞪大了眼睛，心想：不是吧？真相还真被童照辛瞎猫碰死耗子地猜着了？

501

曲不询若无其事地干咳了一声，意味深长地轻叹道："你观察得倒是细致，只怕长孙寒自己都没想明白。"

沈如晚神色复杂地看向童照辛，心里觉得有点儿古怪——正常人会记住另一个人某顿饭吃了什么，且十多年后竟还铭记在心吗？倘若童照辛当真是因为知道长孙寒喜欢她，才在她杀了长孙寒后对她恨意难消，那她也不知道该说什么了，只能说世事弄人。

"长孙师兄的心思又何止在这一桩一件里？就算他自己未解情爱，我又怎么可能看不出来呢？我本以为你们早晚会在一起，谁想到宁听澜命你去找长孙师兄，你竟把他杀了！"童照辛的声音低低的，情绪却激烈到了极致。

怎么能是沈如晚？任谁是那个动手的人，都不应该是她！

"你说我能拿你怎么办？沈如晚，我能拿你怎么办？"童照辛低声笑了，声音中满是嘲讽之意。

沈如晚抿着唇反复打量童照辛，那种古怪的感觉又涌上了心头，可她说不清。

曲不询叹了一口气，神色平静地说："行了，你不必再说了。沈师妹，你带着陈献和楚瑶光出去转转，我来和他说。"

沈如晚和童照辛一起看向了他。

"你和我有什么可说的？我没兴趣搭理你。"童照辛下意识地说。

"你为什么要把我支走？有什么事是我听不得的？"沈如晚问。

曲不询无言。

"给我个面子吧，沈师妹？我来问，保证问清楚。"他压低声音说。

沈如晚凝视他好一会儿才不冷不热地说："你最好说到做到。"

然后，她瞥了一眼陈献和楚瑶光，两个人立刻乖乖地跟在她后面，走出了院子。

院门在他们身后合拢了，童照辛脸色阴沉地看着他们三个人出去，不耐烦地看向曲不询："你是沈如晚的道侣？我和你没什么好说的。"

曲不询的神色没有半点儿变化，他默不作声地打量了童照辛一会儿，然后淡淡地说："十来年不见，你脾气见长，连我也能骂了。童师弟，我怎么不知道你慧眼如炬、心细如发、通晓人心，连我未解的情爱都能一眼看明了？"

童照辛一怔，神色微变，又是警觉又是惊愕，还夹杂着些微不确定之意："你是什么人？"

他突然意识到，自己从没问过沈如晚找的这个道侣究竟是什么来历。

曲不询没回答，过了一会儿语气平淡地说："我认识的第十六阁弟子童照辛是个沉迷炼器，专心研究傀儡，连和自己同期入参道堂、上过三年课的同门都不认得，于人情世故方面一窍不通也根本不屑的炼器师。虽然我和他关系不错，但仅限于偶尔帮他一把，试验一下他新做的傀儡，还没到让他连我喜欢谁都能发现的地步。这样的童师弟居然能一眼看出我喜欢沈如晚？"

他每说出一句话，童照辛便脸色苍白一分，瞪大了眼睛死死地看着他。

曲不询继续心平气和地说："当初你一时失误，操纵傀儡进了如意阁的柳家，我代你去求取，结果被扣上污名，遭到蓬山的万里追杀。我原本以为你处处针对沈如晚是因为心里愧疚，想为我做点儿什么，可方才我有了另一个猜想。"他顿了一下，轻叹一声，"当初在山谷中，操纵着傀儡见到沈如晚一剑破云而来的人，除了我，还有你。"

童照辛——这个傀儡的真正的主人——当然也能看见傀儡所见的影像。

曲不询心绪复杂地看了童照辛一眼。

他虽没想过，但确实在那时对沈如晚一见钟情了。既然他会如此，难道童照辛就一定不会吗？所以，就算童照辛是平生很少留意他人情绪的人，也看出了他当年喜欢沈如晚。

童照辛之所以察觉到他对沈如晚的情意，是因为本来就关注着沈如晚。只是不知为什么，童照辛把这心思藏了起来，宁愿让沈如晚和他在一起。因此在长孙寒死后，童照辛觉得对其有愧，也有悔，对沈如晚不免爱恨交织。

"童师弟，你实话实说，你其实喜欢她，是吧？"曲不询神色淡淡地看着童照辛。

童照辛的脸色已是一片惨白。

"你……你……长孙师兄，是你吗？"他声音干涩地说。

曲不询没回答"是"或"不是"，只平淡地说："我们刚认识的时候，你还在参道堂中，明明资质不算差，可每次考核都排中后。你因为只对炼器感兴趣，连修为都不在乎，所以三年参道堂期满都没引气入体、踏入修士门关。你在同期中并不出挑，想去第十六阁就需要炼制出一个品质尚佳的法器，可实力不足，缺了一样灵材，于是在坊间求购，但无人回应。"

那样灵材不算珍贵，但很难获得，有实力的修士往往不愿意为它浪费时间。童照辛没有那么多灵石可以专门请人去取，又因为沉迷炼器，眼光极高，在炼器上极高的天赋导致其自命不凡，性格并不算讨喜，自然也没什么朋友帮他取。若非长孙寒正巧路过，看见他写着求购的牌子，帮他带了一份灵材，他还不知要等到什么时候。

长孙寒行止公道，为人克己自持，童照辛对他服膺，两个人就慢慢地有了些交情。童照辛因此请他帮忙试验傀儡，这才有了后来阴错阳差之事。

除了长孙寒和童照辛，谁也说不出这么多内情。

童照辛瞬间无地自容般涨红了脸，急切地说："长孙师兄，我从来没想过和你争！"

曲不询怔了怔，没想到童照辛开口说的第一句话竟是这个。

"我……我确实对她有妄念，但从来没想过别的——我知道自己的斤两，也不指望哪个女修看得上我。后来我知道你喜欢她，心里是释然、服气的，真心祝福你们在一起，可没想到你和她会……"童照辛苦涩地说。

他真的没想过、没指望过吗？若一点儿也没有，他就不会频频地留意沈如晚了。

"师兄，我就知道你们总会在一起的。我不过是痴心妄想罢了，不敢和师兄相争。"童照辛低声说。

"童师弟，你这就想错了。"曲不询语气平缓，沉声说，"你不是和我争，也不必说不敢和我争这样的话。"

沈如晚喜欢长孙寒就是喜欢，是否喜欢童照辛也全凭她的心意。她若是都不喜欢，还非得在他们俩之间选？童照辛说这样的话，曲不询只觉得荒唐。

"这样的话你不必再说了。倘若她选择了你或旁人，那也是她的选择，我绝无二话。"曲不询认真地说。

童照辛愣怔了半晌，低声说："原来你和她想的是一样的。我后来……被她找上门打了一顿才想明白，从前对你心怀愧疚，不免迁怒于她，又按捺不住妄念，爱恨难辨。现在想来，我实在是可笑极了。"

曲不询听到童照辛这么说，不知怎么的，心想：幸好自己把沈如晚先支走了，否则她听见这话，指不定多糟心呢。

童照辛若只是为他鸣不平才对沈如晚心怀恨意也就罢了，这般管不住自己反倒迁怒于人的心思他听着都不得劲。

"你对我愧疚，所以迁怒于她？因为那个误入柳家的傀儡？"曲不询问。

童照辛沉默了一会儿，点了点头，低声说："我当时真的不知道你去柳家后事情会变成那样。我在静室里待了半个月，出来后蓬山上下都在传你堕魔叛门，杀了柳家的人，只有我知道你是去取傀儡的。我去替你解释，质问给你下缉凶令的人，可是没用。"

那时长孙寒在宗门内的声望之高，称得上一呼百应，他骤然被发缉凶令，谁也不服。不少人去宗门闹了好几次，可最后还是被压了下来。

"后来有传言说，宁听澜派了沈如晚去捉拿你，别人不知道，我却是放下心了。我想，你既然喜欢她，肯定多少有过表示，她应当不会对你下狠手。我没想到她竟然半点儿不留情，这才怒不可遏。不过今日见到你，我才明白是我误会了。"童照辛说着，笑了笑，有点儿自嘲的意思。

曲不询挑了挑眉。

看见他安然无恙地站在这里，童照辛便以为当初沈如晚和他联手瞒天过海——也对，寻常人想不到死而复生这样离奇的事，邵元康多半也是这样想的。

真正知道长孙寒的心口挨了一剑、确定他已死在归墟下的人，只有沈如晚一个。

"所以你后来改了性子，终于把钱财和力量放在了眼里，靠着炼器投效了宁听澜？"曲不询意味不明地问道。

其实他还未确定那个让童照辛炼制镜匣的人就是宁听澜，不过是随口诈一下罢了。

"怎么可能？宁听澜是害你的元凶，我已愧对于你，怎么可能投效他？"童照辛想也没想就否认了，"我听说你身死道消后，一心想着靠炼器出人头地，掌握力量，查明当时发生的事，所以接了不少生意。就在我有了一定的名气后，有人来试探地问我卖不卖傀儡。"

"长孙师兄，我沉溺于炼器，一向没什么朋友，当初执迷于傀儡的时候，也只因要请你帮忙试验才让你知道这东西，再往后就没告诉过旁人。所以我知道这时来问我卖不卖傀儡的人，一定是柳家背后的人！"童照辛郑重地说。

只有柳家、长孙寒和童照辛知道这事的起源在于傀儡，也只有柳家背后的人有可能来问他卖不卖傀儡。

"那时我有了点儿名气，再不是从前对什么都不屑、不懂的愣头青，便沉住气对那个人说，我是待价而沽，他若要买我的傀儡，必须让他的主子亲自来见我。那个人以为我想找个靠山，就回去说了，最后来见我的人就是宁听澜。"

人总会成长的，童照辛终归懂了些人情世故，明白既然见到了宁听澜，若不投效，便只有死路一条。

"多亏我那几年对求我炼器的人来者不拒，传出了贪财的名声，他们便信了我。也可能他们没完全信我，只不过需要我的炼器天赋，总之这些年里，但凡有什么极难炼制的法器、法宝，都会交给我来做。"童照辛低声说。

曲不询看着童照辛想了一会儿，问道："宁听澜都让你炼制了什么？"

童照辛零零散散地说了许多法器，最后顿了一下，说："还有一具傀儡和一个能容纳神识、元灵的镜匣。"

曲不询追问："这些年里，从你这里一共流传出去几个傀儡？"

童照辛很确定地说："只有宁听澜那一个。"

曲不询微微皱起了眉。

如果童照辛只给出去一个傀儡，那么邬梦笔留在东仪岛的那个傀儡又是从哪儿来的？难道是邬梦笔从宁听澜的手里得来的？

若真是这样，那么这两个人的关系就有待商榷了——保不准邬梦笔和宁听澜也是一伙的。

"那个傀儡……和之前的傀儡一样吗？"曲不询缓缓地开口问道。

童照辛摇了摇头："新做的傀儡自然比原来的要好。宁听澜要求我做出的傀儡要以一滴血幻化出本尊的容貌和气息，还要行动如常，甚至要简单地御使法器，相当于把从前的两种御使法合二为一了。还有就是，新傀儡的面容和旧的那个不一样。"

曲不询的神色微微一凛。

新旧傀儡的面容不一样……那他们当时在东仪岛上见到的那个傀儡是旧的？

旧的傀儡就是他遇见沈如晚时用的那个，也是他去柳家求取、最终害他被追杀的那个。

它竟然落到了邬梦笔的手里，而不是宁听澜的手里？

柳家的背后到底是邬梦笔还是宁听澜？还是说两者都参与了此事？

曲不询紧紧地皱起了眉。

"那个镜匣也十分特别。宁听澜当初给了我一个成品，我试着仿制一个出来，成品的镜匣里面收纳了元灵，只是我不知道那是什么东西的元灵。那个镜匣的制作手法很奇特，不像神州常见的任何一脉的炼器手法，我从没见过。"童照辛说。

曲不询沉思不语，良久才微微颔首："童师弟，你有心了，多谢。"

童照辛苦涩地笑了一下，突然说："长孙师兄，有件事我觉得应该对你说——符老走了，是十年前的事了。"

曲不询怔了怔。

他当然知道童照辛说的"符老"是谁。

长孙寒是被遗弃在蓬山下的弃婴，被敬贤堂的老修士们抚养长大后自然而然地入了蓬山，符老是其中照顾他最多的那一位。

他久久没有说话。

"葬在哪里了？"他简短地问道，开口时声音微哑。

童照辛轻声说："火化后就被葬在蓬山后的冢山上了。"童照辛犹豫了一下，观察着曲不询的神色，"后来有一次，我去祭拜符老，看见沈如晚也站在符老的墓前祭拜。我问过守墓人，听说她时常去那里。"

也正是从那时起，童照辛心头那股邪门的戾气散了。他扪心自问：自己哪有资格去迁怒沈如晚，又哪有资格妄想她？

从头到尾，他都是个不讨喜也不相关的路人。

"长孙师兄，你方才说，倘若沈如晚选择了旁人，你也绝无二话……你真能接受吗？"童照辛犹疑了许久，还是没忍住，问出了口。

曲不询走到了门口，回望一眼，语气淡淡地说："能啊，她怎么选我都接受。"他朝童照辛笑了一下，但眼中毫无笑意，反而有一股森森的凉意，"大不了我再想办法把她夺回来。她变心一次，我就蛮缠她一次，直到她不变心为止。"

童照辛惊诧地看着曲不询，没想到这样的话会从一向克己自持的长孙寒的口中说出来。以长孙寒骄傲的性子，只有你若无心我便休，何至于……

"以后别叫我长孙师兄了。"曲不询踏出了小院，没有回头，"长孙寒早就死了。"

从童照辛的院子里出来后，陈献和楚瑶光一直偷偷地观察着沈如晚的神色。

任谁都能看出来，曲不询打发他们出来，是不想叫沈如晚听见他和童照辛的对话。

"你们看我做什么？"沈如晚轻飘飘地瞥了他们一眼。

陈献和楚瑶光讪讪地讨好一笑。

"散了吧，你们想去哪儿玩就去，我在这里等他出来就行了，晚上我们在楚家的产业里会合。"沈如晚语气淡淡地说。

其实陈献和楚瑶光想留下来，但沈前辈的话谁敢不听啊？

"那我们走啦，沈姐姐，晚上再见。"楚瑶光拉着陈献的衣袖，带着松伯和梅姨匆匆地离去了。

再不走，她怕沈姐姐要板起脸训人了。

沈如晚定定地看着他们融入人群，然后报着唇回头看了小院一眼，轻哼一声，没好气地顺着人群熙攘的大街走去，在街口买了一份最新的《半月摘》。

报纸的第一页上就有她的名字——《北天之极山崩地裂究竟为何？丹成女修只手挽天倾，眷侣相拥，竟是昔日蓬山碎婴剑沈如晚》。

沈如晚无语——这是谁取的题目啊？

她攥着报纸看了半晌，深吸了一口气。

这份报纸把钟神山的事大致说了一遍，还算符合事实，对她的评价也以夸赞为主，隐隐地指出钟神山崩塌之事内有蹊跷，甚至还将嫌疑指向了七夜白。

不知道七夜白的人自然看不明白，可但凡知道它的人一眼便能看懂。

沈如晚蹙起眉，再看落款，果然还是"蠛江邬梦笔"。

她知道邬梦笔就是希夷仙尊后，再看他的文章便忍不住生出一种诡异之感——任谁也想不到这个题目竟是声名显赫的仙尊写出来的。

沈如晚又匆匆地看了一遍，没从里面看到多少新线索，只确认了两件事：

第一，邬梦笔对她的评价是褒而非贬；

第二，邬梦笔意指蓬山，甚至在暗示宁听澜才是事件的幕后主使。

沈如晚心绪复杂。

从上次《半月摘》细述宁听澜的往事到如今这篇意有所指的文章，邬梦笔对宁听澜的针对之意已不言自明。偏偏邬梦笔自身也有颇多嫌疑，叫人同样不敢信。

如今沈如晚已很久不去想，若宁听澜当真是幕后主使，自己是否就像个笑话。

时间太久，这个问题已经毫无意义了。

"这个碎婴剑沈如晚还真是有点儿本事啊！怎么这些年都没怎么听说过她的消息？你们说，她和这两年出名的那个'小沈如晚'比，谁更厉害啊？"不远处有人交谈。

沈如晚微微偏过了头。

"一个是小的，另一个是真的，你说谁厉害？这个'小沈如晚'能把一整座山扶正？她这些年来有名气还不是因为跟着蓬山的掌教，别人便爱拿她和沈如晚比？真要论实力，我可没听说她有什么拿得出手的真战绩，只知道她永远戴着曜石面具，冷冰冰的，不像个人。"

任谁都会对冠以自己的名字的后辈产生一丝好奇，沈如晚也不例外。她抬眸看过去，想听些细节，可没想到那两个人聊着聊着，话题忽然变了。

"说起来，报纸上说的这个和沈如晚相拥的剑修是她的道侣吗？怎么没说这个道侣是谁啊？我就想知道沈如晚会和谁在一起，报纸怎么不说呢？"

"可能是沈如晚不让《半月摘》写出去吧？毕竟她有不少仇家，可能怕仇家找上她的道侣，要保护他。"

"我还以为她会找一个实力很强的道侣呢，这个也配不上她啊！"

沈如晚无语。

她随意卷起报纸，翻到告示页时不料又瞥见了自己的名字，一下子顿住了。

她仔细一看，发现原来是杭意秋回应了她之前在《半月摘》上的寻人启事，约她五日后在尧皇城的书剑斋里相见——奚访梧居然说中了，杭意秋看见她的寻人启事真的会回应。

当初在碎琼里时，奚访梧要求沈如晚以她的名义在《半月摘》上发寻人启事找杭意秋，并把自己的事说给杭意秋听。兜兜转转小半年过去，她终于和杭意秋联系上了。

受人之托，忠人之事，她自然是要去赴约的。

沈如晚把报纸收了起来，沿着街道向前走，想起了先前童照辛说的话。

童照辛说，长孙寒虽然未解情爱，却一直在默默地关注她，时不时地想要靠近她。

她抿着唇，低头思考起来：吃饭这事她真的一点儿都不记得了，或者当时根本就没发现长孙寒；又或者她当时发现他了，暗自惊喜后故作矜持，表现得若无其事，仿佛半点儿也不在意，直接把这一顿饭熬过去了。总之，她对此事毫无印象。

一想到这里，她便不由得有些气闷，攥着衣袖闷头往前走。一个没留神，她竟险些在转角处和人撞上——她虽然对气息敏感，却还没到时时刻刻分辨气息的地步，在人来人往的街上，不留神时也会撞到人。

"抱歉。"她还没说话，对方先开口了，声音冷到极致，像冰窟里的寒冰，没有一点儿情绪。

沈如晚抬眸，目光对上了一张戴着面具的脸，那张面具上镶嵌着一大块能够隔绝神识的稀有曜石。

她微微怔了怔。

"曜石面具""冷冰冰的，不像个人"……这不就是那个"小沈如晚"吗？

"小沈如晚"看到沈如晚的脸，曜石面具后的瞳孔里闪过些许类似震惊的情绪，猛地后退了一步，转身就跑。

沈如晚脑子尚未反应过来，身体就已经追了上去。可前方那道高挑窈窕的身影动作极快，街上人来人往，她不便声势浩大地追，只能放出神识紧紧地跟在后面。眼看她就要追上了，那道身影却猛然混入了人群里。

不过这种逃脱方法对沈如晚来说是没用的。她以神识分辨人的气息，相当于牢牢地锁定了对方，纵使对方混入人群中，她也能立刻找出来。

沈如晚站在原地没动，神识骤然落下，在每个人的身上微微点了一下。人群中，所有的修士便忽觉有凉水倾泻而下，再感应时却已没了感觉，心知是有修为高的修士的神识扫过，不由得纷纷噤声。

探查了一圈后，沈如晚竟然没找到那个人。

这不应该啊，就算是丹成修士也不可能在她留神时逃脱她的探查。

沈如晚的眉头慢慢地皱了起来，目光在眼前的人群中一寸寸地扫过，满目都是陌生的身影，更没人戴着面具。

她只得皱着眉站在原地，看着人群从她面前慢慢地走过。

不知怎么的，她总觉得那道背影特别眼熟，仿佛从前见过很多次一样，可无论怎么想也猜不到对方是谁。

"道友，买个小玩意儿玩玩？"沈如晚身侧，一个小摊的摊主仰着头看她。

沈如晚低下头，在摊上随意地扫了一眼，瞥见一个青玉剑璲，顿了一下——这剑璲她有点儿眼熟。

她本没打算在摊子上买什么，此时却蹲了下来，拿起了那个青玉剑璲。

那次她从邵元康的口中得知他们打算给长孙寒庆生，便花了许多心思，想给长孙寒送一件生辰礼。最后她挑了一套玉剑饰，其中的剑璏就和现在手里的这个很像。

"就只有个剑璏？"她问。

剑饰往往是成套售卖的，只卖剑璏的情况确实不多见。

摊主一副老神在在的样子，说："我这小破摊子卖的都是小玩意儿，东西是我随手淘来的，哪有那么齐全？"

沈如晚无言地拈着那个青玉剑璏，有些不确定地想：从前还在临邬城的时候，曲不询是不是说他把从归墟出来的那天当作了新的生辰？当时他说的是……十一月初九？

今日已经是十一月初五了，再过四天就是"曲不询"的生辰了。

沈如晚垂眸看了那青玉剑璏一会儿，说："这个我要了，你开个价吧。"

她刚付完灵石，手上还拈着那青玉剑璏，蓦然看见曲不询出现在街口，赶忙五指一拢，把那剑璏藏了起来。

曲不询没看清她的手里拿的东西是什么，瞥了一眼她攥紧的手，不无疑惑地问："什么东西？"

"没什么，小玩意儿。"沈如晚镇定地把青玉剑璏塞进衣袋里，语气淡淡的。

曲不询狐疑极了。

沈如晚神色不变，说："你终于和童照辛说完了。我刚才遇见一个奇怪的人，可惜让她混进人群里了，没找着……"

她忽然顿住了。

曲不询微怔，看着她蓦然皱紧的眉头问："怎么了？"

沈如晚若有所思地喃喃道："方才过去了二十四个人，可是只有二十三道气息。"

就算气息被隐匿得再好，以她的修为，她也该探查到一点儿的……

除非这里面有个人没有气息，压根就不是活人！

还未到千灯节，尧皇城就已慢慢地热闹起来了，到处张灯结彩。每个灵舟停泊点的高楼都挂上了灯盏，到夜间亮起一半，已有些火树银花的意思了。

寻常居民家家门前悬起新灯，有些被点燃了，有些要等到千灯节那天再点，算是凑个热闹。

沈如晚沿着尧皇城最繁盛的三山大街走，放慢了步伐，仰起头以目光仔细地描摹过每一座高楼、每一块匾牌、每一张面孔。

"三山"意指海上三神山，即蓬莱、瀛洲、方壶。这是修仙界里很常见的名字，每一座修仙者的城里都有一条三山大街，而且都是城中最繁华的地方。

尧皇城的三山大街还是有些与众不同的。尧皇城比神州的任何一座城都要繁盛，那么尧皇城的三山大街自然也要比神州的任何一条三山大街更热闹。沿街的楼阁宏大气派，还有着超越想象的玄妙之感，就连在顾客进门的安排上也各有心机，法术、符箓和奇妙的法宝被发掘出新的用途，只为博客人惊喜一笑。

这不是沈如晚第一次来三山大街，可上一次来已是十余年前的事了。现在的楼阁比原先的更高，模样也更新颖，她一家一家地看过去，忍不住在心里琢磨这些店家究竟用的是什么法术。

每天都有新来尧皇城的修士在三山大街里看花了眼，过往的修士见怪不怪，熙熙攘攘地走过，匆匆忙忙，说说笑笑。偶尔有人多看沈如晚几眼，然后转过头去悄悄地对同伴惊叹她昳丽的容貌。

这是沈如晚在别处几乎不曾感受到的属于修士的活力。

她怅惘又满足地叹了一口气，走入了街口的陆氏同心坊。

与三山大街上的其他铺面相比，陆氏同心坊没那么高大，只有三层；外表也没那么多花哨的揽客玄机，只是一座简简单单的楼阁，颇有古意。然而在这样简单的风格下，陆氏同心坊依然宾客如云，生意和别家一样红火。

沈如晚随着人潮拥进门内，看到店内的四壁上有流水汩汩而下，落到地面上却不散开，而是化为了淡淡的雾气，还没升至人的鞋面便完全散去了，绝不影响视线。她一眼就知道这是法宝幻生出来的，绝非真的水汽。

穿过水帘，沈如晚发现看起来实心的白墙其实也是虚幻的，墙后面有一排排被隔开的密闭的房间，供需要定制同心环的客人入内详谈。而不需要定制、只想买制式同心环的客人在刚进门的大堂里选购即可。

沈如晚既不打算定制，也不需要买制式同心环，快速地打量了一遍这座大变样的楼阁，向和气的管事问道："陆娘子现在还见客吗？"

管事带着像印在脸上的笑容回答道："道友，实在对不住，我们老东家如今年岁上去了，身体欠佳，已不再亲自炼制同心环了。不过老东家的亲传弟子青出于蓝，如今接过她的衣钵，也在店里接活。您要是有兴趣，我来为您引见。"

沈如晚不知怎么的，心中生出些许惆怅之感来。

她从前来陆氏同心坊的时候，陆娘子已有盛名，却依然在店里接活。她门下的几个弟子初出茅庐，还没到挑大梁的时候，个个勤奋好学，对每个客人都关照备至。那时更没有什么制式同心环，每个客人的同心环都是定制的。

时光悠悠，物是人非，不过十多年，这里竟有这么大的变化。唯独她，隐逸十年，仿佛还停留在过去。

"人往高处走，你们的生意果然是越做越好了。我十余年前在你们家定制过一对同心环，当时没来取，如今想起来了，是否还能来拿？"她没怅惘太久，很浅地笑了一下，平静地问。

管事愣了一下，笑容一顿，用审视的目光在沈如晚的脸上来回扫，像在判断沈如晚究竟说的是真话还是在玩耍弄人的把戏。

过了片刻，管事终于答话了："不好意思，我不清楚这个。请您稍等，我去问问东家。"

老东家陆娘子早已不管店里的事，有钱有闲地安养晚年去了。如今掌事的东家是陆娘子的大女儿，人人敬称一声"陆掌柜"。

陆掌柜竟还记得沈如晚，一见到她便露出含蓄的微笑来："原来是你啊。道友，十余年不见，别来无恙。"

沈如晚阔别修仙界十年，重回故地，重见故交，哪怕这故人只是曾在店中偶然打过照面，最大的交集无非是互相颔首致意，如今能与其面对面地站着，互道一声"别来无恙"，也算一种令人惊叹的缘分。

沈如晚纵然性情再冷，与陆掌柜视线相对时也不由得微微一笑，轻轻地说："别来无恙。"

"在我们家定制了同心环，到了交付的时间却没来取的修士年年都有，有些是遇事耽搁了，有些则是和一起定同心环的伴侣断交了；有些过段时间会回来取，有些却永远不会再来了。"陆掌柜如谈家常一般说，"一般来说，超过一年没来取的客人，多半不会再来了。像你这样十多年后又想起来取的客人，我至今只见过一次。道友，你把当初的凭据给我就好了。"

陆掌柜走到了柜前，偏过头看向沈如晚。

沈如晚抿了抿唇，然后坦然地迎上陆掌柜微微惊愕的目光，说："我没有凭据。"

陆掌柜盯着沈如晚，没生气，反倒被逗笑了："不带凭据就来取十年前的东西的客人，我也真是头一回见。"

沈如晚也没办法，定制同心环的凭据从头到尾都不在她的手里。当初她和沈晴谙来过这里几趟，和陆娘子详细地聊过几次，但最后一次是沈晴谙一个人来的，凭据在沈晴谙那里。

十多年的光阴匆匆而过，沈如晚去哪儿找当初的凭据？

"算了，算了，左右放在这里七年以上的同心环不被拿走，多半也不会有人来取了。"陆掌柜叹了一口气，不无揶揄地道，"这就是生得美的好处吗？道友让人一见难忘，不需要凭据，光凭这张脸就能拿走十多年前的东西。"

沈如晚翘了翘嘴角，浅浅地笑了。

"没有凭据……那同心环上刻了什么字，你总该记得吧？"陆掌柜问。

沈如晚轻轻地答："'天意怜幽草，人间重晚晴'。"

陆掌柜忽然愣住了："'天意怜幽草，人间重晚晴'？"陆掌柜有些讶异地重复了一遍，蓦然回过头去看柜中的某个格子，伸手拿起了放在那里的字条，"没错，就是放在这里的，可……"

沈如晚微微蹙眉："怎么了？"

陆掌柜捏着字条慢慢地回过头来看她，脸上是不加掩饰的迷惑神色："这对同心环已经被取走了，就在一年前。我先前说的那个唯一在十年后取走同心环的客人取走的就是这一对。"

沈如晚一瞬间像被抽走了三魂七魄，怔怔地看着陆掌柜。

"奇了怪了，取走同心环的人竟没跟你说吗？莫非你们还没和好，都心照不宣地想挽回？"陆掌柜不无好奇地看着她。

沈如晚说不出话来。

陆掌柜只以为她和沈晴谙绝交了，这才不以为意。然而她清楚地知道，不应该有人拿着凭据来取这对同心环，也不可能有人来取，因为能取的另一个人早就死了。

可……可如果沈晴谙没死呢？

那一瞬，沈如晚蓦然想起在碎琼里陡然被点亮却无魂魄归来的莲灯，急不可耐地猛然向前踏出一步，死死地盯着陆掌柜的眼睛，问："是谁取走的？那个人长什么样子？你确定那个人拿着凭据？"

陆掌柜被吓了一跳，有些惊恐地看着眼前这个容貌清丽的客人，想不到这样清冷的美人居然能瞬间迸发出令人战栗的气势——无关修为或灵气，光是那双眼睛便叫人心魂皆怯。

"呃……我记得那是个有几分丰腴之姿的高挑又漂亮的女修，不怎么说话，冷冰冰的，只把凭据拿给我看了。因为凭据对得上号，我就把同心环拿给她了……此事已有一年了，具体的我也记不太清了。"陆掌柜磕巴地说。

虽然那也是个漂亮的女修，却没漂亮到让陆掌柜一年后仍然不忘。陆氏同心坊宾客盈门，陆掌柜哪能个个都记得清楚？

沈如晚怔了怔。

此人是有几分丰腴之姿的高挑又漂亮的女修，还拿着当初的凭据，记得这对被遗忘的同心环……符合这三个条件的人只能是七姐沈晴谙了。

至于性格，沈晴谙并非冷若冰霜、沉默寡言，反倒骄纵大方、八面玲珑。不过，她当初遭逢巨变，十多年过去，性格大改也是可能的事。

七姐……竟然还活着吗？若真的还活着，这些年她又在哪里呢？

"客人？"陆掌柜看沈如晚不说话，小心翼翼地问。

沈如晚回过神，意识到陆掌柜方才被她吓到了，一时有些不好意思："抱歉，我失态了。"

陆掌柜迎八方来客，是见过世面的人，见沈如晚的神色缓和下来，便笑了："得知旧友还在牵挂自己，一时激动也是常有的事。道友在我们家定制了同心环，多年后还来取，是我们的缘分。道友若是实在过意不去，那就再定制一对新的，照顾一下生意吧——老顾客，我算你便宜些。"

"再定制一对倒也不是不可以，只是我要得急，想当场拿走，就看你能不能做出来了。"沈如晚似笑非笑地说。

陆掌柜"哎呀"一声："那我可就亏了，当场炼制的同心环可是要比寻常贵两倍的。我亏了，亏大了。"

见陆掌柜装模作样地摇头叹气，沈如晚轻轻一笑，平淡地说："该多少灵石，我照价给就是了，不过需要你亲自制作。"

这一夜，沈如晚回来得很晚。曲不询一整天都在尧皇城中四下观察，回来时还没见到她。

"你沈前辈呢？"他逮住陈献问。

陈献"啊"了一声，傻兮兮地反问："沈前辈没和你在一起啊？"

曲不询没好气地说："要真是这样，我还来问你？"

陈献"嘿嘿"地笑了笑，挠着头说："这些天沈前辈好像都是早出晚归的，在尧皇城中到处转。可能她好久没来了，想到处看看。"

曲不询不置可否地点了一下头，没进屋，就在桌边坐下了，屈起指节在庭院的石桌上轻轻地叩了叩。

十一月的尧皇城天气微寒，晚间的风冷飕飕的，吹在身上冰冰凉。

"怎么不进去？"

听到从头顶上传来的声音，曲不询抬起了头。

沈如晚正坐在屋檐上倾身看他，身侧还摆着些吃食，热气腾腾的，散发着香味。香味幽幽地飘过来，让人食欲高涨。

"接着。"沈如晚伸手朝他抛出了什么。

曲不询抬手将其握住，摊开手一看，是一对同心环。

他微怔，拈起其中一个，看到内侧刻了七个字——"且向花间留晚照"；再拈起另一个，看到内侧刻的是"一寒如此乐犹存"。

曲不询慢慢地收拢了五指，不动声色地抬眸看向沈如晚："这是……？"

"同心环，你认不出来？"沈如晚微蹙黛眉。

曲不询干咳一声，若无其事地说："认是认得出来，我就是有点儿不确定这是什么意思。"

沈如晚盯着他，然后偏过头看向远处，状似不经意地说："我今天路过陆氏同心坊，掌柜认出了我，硬要送我一对，我就顺手拿回来了。"

曲不询无言，心道：世上还有强行被送东西的好事？她骗谁呢？

"哦，原来这位掌柜这么了解你的动向，连你的新道侣是谁都知道，还准确地给你刻上了这两句诗。这总不会是掌柜瞎写的吧？"他挑着眉说道。

沈如晚乜了他一眼，淡淡地说："你的名字不就是从这两句诗里来的吗？"

曲不询意味深长地看着她："这你都知道了？"

沈如晚轻轻地哼了一声，说："符老说的。"

曲不询怔了怔。

"你掉下归墟后，我偶尔会去探望符老，符老竟不怪我……"她垂下眸，轻声说。

"你奉命捉拿我，失手才给我一剑，符老有什么好怪你的？他不是那样的人。"曲不询飞身翻上屋檐，坐在她身侧，认真地看着那同心环。

敬贤堂的老修士对宗门的忠心只会比旁人的更甚，因此他们比任何人都更能理解沈如晚的迫不得已。

"换作符老，他说不定也得对我大义灭亲。"曲不询说，平淡的语气里带着几分笑意，藏着洞晓世事的淡泊之意。

沈如晚看了曲不询一会儿，慢慢地将手伸到他面前，然后摊开了掌心："送你的。"

曲不询的目光落在她掌心里的青玉剑璎上，他惊愕了一瞬，没忍住，笑着问道："怪了，你今天又是送同心环，又是送剑璎，到底是为什么？"

"你不高兴？"沈如晚瞥了他一眼。

曲不询轻轻地叹了一口气。

"我高兴，怎么不高兴？魂都飞了，受宠若惊啊。"他悠悠地说，声音里有几分洒脱不羁之意。

沈如晚别开脸，说："你不是说十一月初九是曲不询的生辰吗？我想给你庆生辰，不可以？"

曲不询忽然不说话了，拈着那只青玉剑璎，反复地摩挲着表面凸起的云纹，半晌才偏过头来看沈如晚。他神色有几分微妙，用寻常的语气说："我还没有剑鞘，你送我剑璎做什么？"

剑璎是嵌在剑鞘上的，而不循剑寻常化为匕首，是没有剑鞘的。

沈如晚哪里想到那么多？她看见青玉剑璏，想起了往事，就随手买下来送给他了。

"有就不错了，"她顿了一下，黛眉微竖，"你还挑起来了？"

曲不询闷声笑道："那你打算什么时候送我剑鞘？"

沈如晚瞥了他一眼，心想：你自己不会买吗？

"看我明年的心情。"她轻描淡写地道。

曲不询煞有介事地点了点头，说："你明年送剑鞘，后年送剑格，第四年送剑首，第五年送剑珌。我五年的生辰礼物都有了。"

沈如晚似笑非笑地道："你想这么远？谁说我要和你待那么久了？指不定查完七夜白的事，你我就该分道扬镳了。"

曲不询拈着青玉剑璏的手一顿，他明知她又在故意地拿话刺自己，可还是不免较真。

"那也没辙，我就是赖上你了，大不了你去哪儿我都跟着。"曲不询若无其事地低下了头，继续摩挲那只青玉剑璏。

沈如晚微微睁大了眼睛，用探询的眼神凝视着他。

曲不询抬眸回看她一眼，故作强硬地说："我说的是真的。早就和你说了，我想要就绝不放手，今生你想摆脱我怕是难了。"

说完，他沉下了脸，以为会把沈如晚吓住，没想到沈如晚没忍住，嘴角一翘，竟然笑了起来。

"你还会说这种话？我知道你和从前不一样了，何必三番五次地说给我听？"她攀在曲不询的肩头上，笑得身子颤抖起来，仰起头来看着他，"曲师兄，你怎么这么幼稚啊？"

自己竟被她说幼稚……曲不询扶着她的腰肢，目光微黯，凝在了她的唇上。

"我幼稚？那你教教我该如何不幼稚？"他低声道，嗓音沙哑。

沈如晚用目光描摹他的眉眼，倏地向后一仰，越过屋脊，落在了庭院里。她仰着头看他，眼里带了一点儿笑意，不轻不重地说道："你还是自己悟吧。"

曲不询的手还停在半空中，黑色的眼睛一眨不眨地盯着沈如晚。而后，他慢慢地把手收了回来，仰首一叹。

沈如晚嘴角微翘，专注地看着他，看皎洁的月光披在他的身上，又照着自己。

"虽然此情此景和我以前想的不太一样，不过——祝君长似，十分今夜明月。"她轻声说。

每座天下名城里都有些只有本地人才知道的好地方，这些地方在外名声不响，但自有宾客盈门。

"真没想到这家店的生意这么兴隆,之前我从来没听说过它。书剑斋——这个名字真是古怪,我从没听说哪家食肆叫这种名字。"陈献站在书剑斋的门口感叹。

书剑斋里既没有书,也没有剑,是一家专做拨霞供的食肆。杭意秋约沈如晚在这里见面,曲不询三个人也跟着一起来了。

"沈前辈,你放心吧,我们肯定不会过去打扰你们的。"陈献拍着胸脯保证。

沈如晚不置可否,目光扫过了刻有"书剑斋"三个字的牌匾。字不知是谁题的,笔力遒劲,银钩铁画,竟隐隐有凌厉的剑意,对剑道不曾深研之人是写不出这样的字的。

沈如晚微微诧异,去找落款:孟南柯。

在尧皇城中,"南柯"这个名字自然是有特别的意义的——尧皇城的缔造者、如今的尧皇城城主南柯媪就叫这个名字。

可似乎没人提起南柯媪姓什么……

"孟南柯、孟华胥……"她喃喃地说着,不知怎么的,竟忽然生出一种风马牛不相及的荒诞的联想来——南柯、华胥都是梦,此二人又都姓孟,这未免太巧了些。

"这个人的名字和老头儿的好像啊,不会是老头儿的什么亲戚吧?"陈献"哈哈"地笑着,好奇地说了出来。

沈如晚却笑不出来,默默地偏过头和曲不询对视了一眼,彼此知晓了对方的想法。

倘若孟华胥和南柯媪当真有关系,那么邬梦笔久居尧皇城中且与孟华胥私交甚密便都有了解释。而七夜白的事似乎越发复杂了起来,因为还要再加上一个尧皇城。

"孟华胥从前没和你说起过他的亲朋好友吗?邬梦笔、孟南柯,他都没提及吗?"沈如晚问陈献。

陈献摇了摇头:"老头儿从来不提过去的事。"

沈如晚将眉头蹙得更紧了,可没再问下去。陈献对孟华胥的感情很深,她倘若问得多了,陈献会察觉到她的怀疑,说话就会有斟酌,不再有问必答了。

她收回目光,走进了书剑斋。

十一月已是仲冬,尧皇城里虽比别处暖和些,却也寒风凛凛。几个人走进书剑斋,一股热浪扑面而来,伴着辛辣的滋味,尽是人间烟火气。

陈献一进门就打了个喷嚏。药王陈家一向口味清淡,这样才能更好地分辨药草,哪怕陈献离家出走了,终究还是故园的喉舌。

楚瑶光倒是神态自若。蜀岭与尧皇城离得近,口味也相似,她进了书剑斋,反倒露出欣喜之色来，一副跃跃欲试的样子："总算能吃点儿有滋味的了。"

陈献苦着脸："啊？难道我们以前吃的都是白饭？"

楚瑶光眉眼弯弯，很认真地说："这个不辣的，你一定会喜欢的，每个人都会喜欢的。"

陈献半信半疑。

沈如晚算了算时间，现在还没到和杭意秋约定的时间。她四下里打量了一圈，意外地发现书剑斋中竟是没有包间的，食客们皆坐在大堂里，面前燃着暖锅，三三两两地喧嚷着，十分热闹。倘若不愿被旁人听见交谈的内容，食客们可以还催动座位边的隔音禁制，于是有如袅袅雾气一般的禁制便将声音遮住了。不过大部分食客好像并不在意，只有一两桌催动了禁制。

天南地北各有风物人情，沈如晚不由得多看了几眼。

一行人坐在一张靠墙的空桌旁，沈如晚回头一看，发现墙上挂着许多类似书信、笔记的纸张。纸张早已泛黄，想来已是陈年旧物，上面居然还有小孩子的涂鸦和字：

保证书：长大后，给姐姐也有大房子。

这字迹十分凌乱，每个笔画都好似强行拼凑在一起，让人一看便知是初学写字的小童之作，连语序也是颠倒错乱的，叫人读不通顺。

墙壁的角落里有一行行云流水的字，力透纸背，应当与书剑斋的匾额上的字出自同一个人之手，只是稍稚嫩一些，写的是：

春夜访金谷园，小梦许诺长大后也送我一座园子。我趁机骗他写下保证书，等他长大后给他看。

沈如晚的目光不禁停留在这行字上。

"孟南柯"这个名字实在让人浮想联翩，忍不住心生猜测，连带着她也将这行字的内容往孟华胥身上联想。

邬梦笔在东仪岛上留下的字条上称呼孟华胥为"梦弟"，当时沈如晚和曲不询都不理解这个称呼的由来，如今看见这张纸，猜测也许"梦"字就是孟华胥的名字。

只是"小梦"这个名字，叫人怎么也没法和培育出七夜白这样邪门又奇异的花的华胥先生联系在一起。

沈如晚有些一言难尽。

"怎么了？"曲不询留意到她的神色，顺着她的目光看了过去，微微挑眉，和她对视了一眼。

他又看了陈献一眼，没作声，转过身向身后空位边的墙面看去。那里也挂着泛黄的旧纸张，上面同样有稚拙的字迹，还多了两行整齐的小字注解，内容显示出写字之人似乎是小梦姐弟的熟人，也拿小梦的糗事开玩笑。

曲不询伸手轻轻地将那张纸揭了下来，默默地递给沈如晚，眉头微蹙。沈如晚不解其意，垂眸看了一眼。

多出来的那两行小字，第一行是邬梦笔的笔迹，与他们先前在东仪岛上找到的字条上的字一模一样，而第二行……

沈如晚也将眉头皱了起来，然后猛地抬起头和曲不询对视一眼，惊愕地说："这是宁……"

那名字就在唇边，她却骤然停住不说了。

这是宁听澜的笔迹。

沈如晚曾跟在宁听澜身边那么多年，对他的字迹十分熟悉，一眼就能看出来这是宁听澜年轻时的字迹。

宁听澜曾经和邬梦笔、孟南柯乃至孟华胥关系这么密切吗？

这时，书剑斋的伙计走了过来，客客气气地请他们不要毁损店里的东西。曲不询顺势把纸重新挂了回去，装作随口问道："在这些纸上写字的是什么人？"

"客人不知道吗？我们书剑斋是城主的私产啊。"伙计反倒惊讶起来。

沈如晚和曲不询一起盯着伙计，伙计被看得心里发虚："客人？"

"南柯媪姓孟？"沈如晚问他。

"是啊。"伙计答得很肯定，然后看了看沈如晚，又看了看尝了一点儿汤料就龇牙咧嘴的陈献，恍然大悟，"几位刚来尧皇城吧？南柯娘娘在城里是有些私产的，你们只要在这城里待久了就知道了。"

孟南柯还真是尧皇城的城主，甚至可能是孟华胥的姐姐。

沈如晚指着墙上的纸问："那这个'小梦'是谁？还有，另外两种笔迹又是谁的？"

"小梦是南柯娘娘的亲弟弟，两个人差了不少岁，南柯娘娘是把他当成侄子养的。另外两种笔迹我就不清楚了，总归是南柯娘娘年轻时的至交的。"伙计笑着说。

他们再问小梦的全名、现在的身份，伙计就不知道了。

沈如晚抿着唇，微微蹙起了眉。

倘若宁听澜从前和邬梦笔、孟南柯是至交，那么从孟华胥那里得到七夜白就是顺理成章的事了。如今邬梦笔和宁听澜似乎分道扬镳了，因为宁听澜种了七夜白还是因为别的？

沈如晚沉思了许久，又问伙计："有一位叫杭意秋的道友约我在书剑斋见，我姓沈，倘若她来了，你叫我一声。"

伙计"哟"了一声，说："您是杭姐的朋友啊？先前她就让我们给她留一桌，您要不现在过去？估计她快来了。"

沈如晚点了点头，站起身来，跟着伙计顺着回廊往内走。书剑斋内宾客满座，时不时有人进出，与她擦肩而过。

走过转角的时候，她不经意地抬起眼，在晃动的人影后看见一道高挑丰腴的窈窕背影，此人着月白色的衣裙，与记忆中的身影重合在一起。

她呆了一瞬，然后想也没想便追了上去："七姐？"

那人听见了沈如晚的呼唤，下意识地要回头，露出的侧脸分明是沈晴谙的轮廓。但是她在看见沈如晚的瞬间猛然背过身，身形一闪，竟运起身法朝后门而去了。

沈如晚不明白她究竟为什么要跑，一运遁术，直接落在门口挡住了她的去路。沈如晚又猛地一把拉住那个人的手，说："沈晴谙，你跑什么跑？"

被她拉住的女子垂着头，乌发遮住了脸庞。过了一会儿她才抬起头来，和沈如晚对视。

沈如晚将目光落在这张脸上，倏地怔住了——此人哪里是沈晴谙？这分明是一张与沈晴谙截然不同的脸，她仔细看还觉得有些眼熟。

"这位道友，你抓着我干吗？我可不认识你。"被沈如晚拉住的女修迷惑地看着她。

沈如晚紧锁黛眉，眼睛一眨不眨地看了这个陌生女修许久。

"看什么呢？我说了，我不认识你，你是不是认错人了？"女修满脸不悦地用力抽回手，用奇怪的眼神看着沈如晚。

沈如晚紧紧地盯着她，不放过她脸上每一个细微的表情，可越看越觉得陌生——这个人习惯性的表情和眼神同沈晴谙的不一样。

沈如晚从小就认识沈晴谙，对她熟悉得不能再熟悉了，就算沈晴谙如曲不询那样改换了容貌，又怎么能将那些连她自己都未发觉的细节都改掉？

"你还拉着我干什么？我警告你，我在尧皇城里住了好些年，是有帮手的。你要想找碴，我可不怕你！"女修好像被沈如晚吓着了，色厉内荏地道。

沈如晚实在看不出端倪，便缓缓地松开了手，眼神复杂地看着这位女修。

"莫名其妙。"女修嘟囔了一句，看也不看沈如晚，转身就从后门走了出去，好像身后有什么凶兽追着她一样。

沈如晚失落地站了好一会儿，听到方才给她带路的伙计"哎哎哎"地追过来抱怨她乱走才回过神，歉然一笑，重新跟上伙计的脚步。

突然，她福至心灵，转头看向空荡荡的后门，想起对那个女修的熟悉感究竟从何而来了——先前她追着那个"小沈如晚"一路跑到街口，"小沈如晚"穿过人群以后就不见了，她在原地观察了许久，发现那些人里就有这张脸。

沈如晚坐下时还在想这件事：她不可能认错沈晴谙的脸，也绝不至于在这么近的距离内追错人，所以可以肯定自己拦下的女修原本就是沈晴谙的模样。

可为什么短短几个呼吸之间那个女修就变成了另一个人？她是先前人群中少了的那道气息吗？

方才店里人来人往，沈如晚并未留神探查对方的气息，而且站在别人面前探查对方的气息不礼貌，故而并不确定。

"小沈如晚"、陌生的女修、疑似沈晴谙的背影……她们究竟是不是同一个人？那个人如果真的是七姐，为什么见了自己就跑？她如果不是七姐，又缘何长着与七姐一模一样的脸？

沈如晚定定地坐着出神，眼前忽然一暗，有人在她对面坐了下来。

"沈如晚？"这句话虽是问句，说话之人的语气却很笃定。

她看见对面的人，微怔，有些不确定地问："杭意秋？"

对面的女修"哈哈"地笑了起来："是我。你不用怀疑了，我就是杭意秋，如假包换。"

沈如晚确实没想到杭意秋是这样的人。

根据奚访梧的寥寥数语以及碎琼里被雇来砸秋梧叶赌坊的场子的打手口中的话，她心里预设了一个骄横、清高还有点儿较真的女修的形象，就是如此，杭意秋才会因为一个修仙界中最常见的道法分歧毅然决然地和相识了多年的道侣分开，还要雇人时不时地去砸场子。

可杭意秋和她想的一点儿都不一样。坐在对面的女修是沈如晚见过的最豪爽的人，不需要做什么事，也不必摆姿态，只要坐在那里，就好像话本里酒醉鞭名马、仗剑走天涯的侠客。

直到见了杭意秋，沈如晚的心中才油然生出一种感觉：走遍名山大川、重绘蠡江河图的修士当然应该是这样的。

她很难想象，这样一个女人居然会因为一点儿道法分歧，多年如一日地雇人砸前道侣的场子。

沈如晚很罕见地卡壳了一会儿。

"久仰大名，杭道友。"她客套地说着挑不出错的寒暄词。

虽然奚访梧说她可以随意与杭意秋聊天，但真坐在这里，她还是决定慎重一些："受人之托，冒昧求见，如有冒犯，还是请你听我说完再走。"

杭意秋怔了一下，愣愣地看着她，忽然"扑哧"一声笑了出来："你和我想的真是不一样。"

沈如晚正好没想好接下来该怎么说，于是顺着杭意秋的话问："哪里不一样？"

杭意秋敲着桌板——不是那种沉吟时的敲法，反倒大开大合，有种击鼓般的松弛感——饶有兴致地看着沈如晚，很轻松地说："我还以为你是那种冷酷无情、顺你者昌逆你者亡的人，没想到……"

沈如晚接了下半句："没想到我其实不是？"

杭意秋笑了，摇了摇头："你是那种很礼貌地顺你者昌逆你者亡的人。"

沈如晚错愕，艰难地说："你的说法……很有新意。"

杭意秋又"哈哈"地笑了起来，眉眼飞扬："对不住，我这人口无遮拦。见谅，见谅。"

沈如晚倒没觉得被冒犯，若有所思地说："怪不得他们都叫你杭姐。"

以杭意秋的性格，不讨厌她的人很容易叫她杭姐，非此难以描绘她身上那种放下酒盏就能闯荡江湖的潇洒气质。至于讨厌杭意秋的人，想来她也根本不把对方放在心上。

奚访梧能让杭意秋念念不忘，数度雇人去砸场子，也算得上了不起了。

"是奚访梧让我来找你的。"沈如晚慢慢地说。

杭意秋的笑意忽然凝固了，她认真地看着沈如晚，像在揣度她要传达什么样的话："他让你来找我？真稀罕。不过我最好奇的是，他付了多大的筹码才能请动你来给他传话？"杭意秋向后靠了一下，眼睛却直勾勾地看着沈如晚，显然没有她表现出来的那般无所谓，"他现在有这么大的面子了？"

沈如晚摇了一下头："一点儿消息而已。"

杭意秋短短地"哦"了一声，等着她的下文。

沈如晚迎着这道目光，深感棘手。说出合适的话来对她来说其实不难，特别是说别人的事时，她还是很会说人话的，可问题是她也不知道此时什么样的话才是合适的。

"他还对你念念不忘。"她沉思了片刻，决定想到什么就说什么。

连奚访梧都说让她随便说，她又何必思来想去？

杭意秋不置可否，就坐在那里听沈如晚说话，然后试探地问："所以，他是想挽回我？是这样吧？"

沈如晚点头。

杭意秋的眼睛忽然亮了起来，她不无得意地说："看吧？我就说了，顺天而为才是对的！"

沈如晚愕然，有点儿不确定地问："这问题对你来说如此重要？"

杭意秋郑重其事地点头，理直气壮地说："这问题本来没这么重要的，但他非要和我唱反调，它就变得重要起来了，已经成了我的执念。"

沈如晚张了张嘴，又闭上了。

今天又是她见证修士性格多样性的一天。

"他想挽回我，怎么不亲自来找我呢？让人代替他来说，他未免太没诚意了吧？"杭意秋拈着一把汤匙，让人看不出情绪。

这时她身上的豪爽感又没那么强了，有一种较真的执拗劲。

沈如晚轻声解释了一下："他说你不愿意见他。"

杭意秋立刻反驳："是我不愿意见他，还是他不愿意来见我啊？他要的是和我见面吗？他要的是我主动去见他！我才不干。"

她主动去见他，岂不是等同她认输了？

"他说因为你行踪不定，怕找不到你，来见你反倒让你找不到他了。"沈如晚复述奚访梧当时的话。

杭意秋挑着眉道："不想见你的人总会有千万种理由。"

沈如晚笑了笑，已经带到了话，最多再好心地说一句："他想见你的心大约还是可信的。"

杭意秋哼了一声，看上去还是半信半疑的，轻飘飘地说："他就这么熬着吧，看我心情。不过算他懂我，请你来传话，否则我可不一定愿意来见你。"

沈如晚不讨厌杭意秋，甚至觉得她的性格、经历都很有趣，因此微微翘起嘴角，说："这么说来，我还要感谢奚访梧，让我能见一见你。"

杭意秋转头就把奚访梧的事丢开了，眉飞色舞地说："这说明我最近运气不错，总能交上有意思的朋友。"

于是沈如晚随口问她还有什么新朋友。

"之前我在别的地方遇见了一对祖孙，爷爷带着孙女云游四方，两个人都是活宝。爷爷是个丹成修士，精通各路道法，尤其擅长木行道法。孙女修为低，可是脾气像个小辣椒，逮谁怼谁，把爷爷训成了'孙子'。"杭意秋说起新认识的朋友就忍不住笑，"本来我和他们约好一起来尧皇城参加千灯节，可谁想到……"

话说到一半，方才给沈如晚引路的伙计突然走了过来，打断了杭意秋的话。

"杭姐，您叫我怎么说呢？您最近交的朋友是不是有点儿不尽如人意啊？"伙计的脸上是明明白白的犹疑神色，他还有点儿无语。

"不尽如人意"的沈如晚默默地看向他。

"什么意思啊？老孟和阿同不是工作得很认真吗？"杭意秋皱着眉问道。

523

伙计越发无语起来："那是因为他们欠了饭钱还不上，只能干活抵债。"

杭意秋脸色不改，从容地向沈如晚介绍："老孟和阿同就是我刚说的那对祖孙，真的很有意思，就是有时候性格跳脱了一些。前段时间他们来书剑斋大吃了一顿，付钱的时候发现没钱了，于是主动提出留下来做工抵债。"

"我当时不在，后来才知道这件事。本来我要帮他们结清饭钱，可是他们都很有志气，决定自力更生。"

一个丹成修士，无论是拿不出一顿饭的钱还是决定在食肆里做工抵债，都非常奇怪。沈如晚觉得这一段故事从头到尾都很离谱，让她很无语。

更令她无语的是，倘若这对祖孙真的这么离谱，伙计到底是出于什么心态才会走过来当着杭意秋的面把自己和这对祖孙相提并论的？

伙计很快转过头来，无奈地看着沈如晚："这位客人，你就别五十步笑百步了。老孟和阿同是挺离谱的，可你也不比他们俩强吧？"

沈如晚实在觉得迷惑，微微蹙起了眉："我怎么了？"

伙计盯了她好半天，像在等她承认，可是半天也没等到，只得板着脸说："我就没见过来食肆吃饭还要偷偷地拿走墙上的字条的客人。那又不值钱，纯粹是东家寄托回忆的装饰，你拿它做什么啊？"

这话一说出口，周围几桌的客人不由得沉默下来，一齐地转过头来，不住地用好奇的目光打量沈如晚和杭意秋，想看看到底是什么样的奇才来偷字条。

这真的是沈如晚听过的最离谱的指控。被人以这种罪名指控，她还怎么做人啊？伙计还不如骂她灭家族、弑师尊呢！

沈如晚怔住，下意识地问道："我什么时候拿字条了？"

伙计的眼神里写满了"装，你接着装"几个字，他说："就在刚刚，你趁我不注意飞奔到后门的时候，那边有一张桌子边的字条被人撕掉了。刚才你和你的同伴也撕了一张，是吧？"说着，他看了杭意秋一眼，意味很明显，"你换了张桌子，也换了个同伴啊？"

沈如晚虽觉得委屈，可站在伙计的角度来看，他的怀疑听起来有理有据。

"那只是一张字条，就算是南柯娘娘的字条也值不了什么钱。只要你把它贴回去，这事就到此为止，我们也不必去报官裁决了。"伙计又是吓又是哄，这会儿语调已经和缓下来了。

在尧皇城，偷盗之事以实物的价值定罪。所以伙计就算报官也奈何不得沈如晚等人，顶多罚上其一二灵石罢了，费时又费力，不值当，不如在这儿私了。

这法子当然是你好我好，各退一步，可沈如晚能拿什么东西还给他呢？

"你方才说，那里的字条是在我去后门的时候丢失的？"沈如晚神色平静地看了伙计一眼，"我若想偷字条，需要大动干戈、撒腿就跑，让你留意到我吗？"

那不过是一张字条，随手就能被撕下来，不动声色地拿走才是正常人的思路。

伙计愣了一下，突然像个被戳破的皮囊，气势肉眼可见地弱了下去，露出底气不足的神色来。显然，他方才没有细想，如今回过神来了。

其实沈如晚偷走字条本来就是他经不起推敲的揣测，他完全是在字条丢失后下意识地联想到了曲不询揭下字条的行为，做出了想当然的推论。他既然没有证据，对她的揣测也经不起推敲，就这么气势汹汹地来找客人算账实在不算妥当，让人不免觉得书剑斋店大欺客，随意诬蔑客人。

周围的食客听明白前因后果后，七嘴八舌地为沈如晚说话："这位道友第一次来书剑斋，看见南柯娘娘的旧物，好奇也是正常的。她先前拿下字条时没避着你，你凭什么就揣测人家偷了东西呢？"

其实伙计若还要挑刺质疑沈如晚，也是有话说的，只是未免显得为辩而辩、咄咄逼人了。做生意讲究和气生财，绝没有他在没有证据的情况下对客人攀咬到底的道理。

伙计的脸涨得通红，他愣愣地在那儿站了一会儿，突然深深地给沈如晚鞠了个躬，直起身后竟没说话，转身就跑了。

周围的食客看热闹看得起劲，见伙计一言不发地跑了，不由得发出一阵嘘声："他怎么不给人家赔罪就跑了？哪有这样做生意的？以后谁还敢来他家？别不是客人都被当成盗贼了！"

还有人怂恿沈如晚："道友，你可不能就这么算了，好歹让书剑斋给你免了这顿饭钱，否则不是白受这样大的委屈了？"

书剑斋有不少忠实的老饕不假，可他们既然坐在这儿，就都是掏钱的食客，看见别人无端地被诬陷，岂能不担心自己？人人都爱看热闹，这会儿工夫就有许多食客凑过来了，把过道堵得严严实实。

说话间，有人从人群后面挤了过来，竟是那个伙计！他去而复返，还带着掌柜一起过来了。

"惭愧，惭愧，实在是多有得罪。"掌柜连声赔罪，态度诚恳极了，显然比伙计处事圆滑得多，"为表歉意，客人现在这桌和先前同伴的那桌只管随便吃，算本店给您压惊。待会儿您吃完了，咱们另有赔礼奉上。"

沈如晚心道：自己出来吃饭，竟还带往回赚的。

她倒不缺那仨瓜俩枣，哂道："赔礼就不必了，你只要跟我说说，那张丢了的字条上写了什么才会让人偷走，这事就算过去了。"

她仔细地思索着，直觉告诉她字条突然丢失有些不对劲。再加上她先前遇见的那个疑似沈晴谙的女修匆匆地离去了，她不免产生了一些联想，必须问清楚字条上的内容才行。

掌柜没想到她会提出这样的要求，一时怔住了。

其实这书剑斋里的字条，上至掌柜下至伙计都看过不止一遍，对每张字条都有印象。然而若是谁突然抽走一张，问他们少了哪张，谁也答不上来。

掌柜挨个问了伙计也没得出答案，大感此事棘手。偏偏周围的食客听到沈如晚说不要赔礼只要答案，都围在旁边凑热闹，一时都不散开。

"这有什么好问的？真是奇葩。"人群里有个穿着书剑斋制式衣服的老头儿挤了过来，"啪"的一声放下手里的暖锅，半点儿不客气地嘟囔道，"纸上的内容就是孟南柯的那个蠢货弟弟被一个假惺惺的伪君子哄得团团转，还以为人家对他好呢。"

这老头儿把话说成这样，哪怕是书剑斋里这些把字条看过好几遍的伙计也没想明白他说的到底是哪张字条——字条上也不会备注谁是伪君子啊！但是老头儿直呼南柯娘娘的大名，还叫人家的亲弟弟是蠢货，大家一下子就听明白了。

南柯媪在尧皇城里的声望何其高，周围的人无论是食客还是伙计，看这老头儿的眼神倏地便不善了起来。可那老头儿竟然半点儿不当回事，眉毛都没抬一下。

"老孟？"杭意秋有几分诧异，"你不是在后厨帮工吗？"

沈如晚打量起那老头儿来，原来他就是那个付不起一顿饭钱以至于带着孙女在书剑斋里打工还债的奇葩丹成修士。

他也姓孟！这个姓氏实在是太过敏感，再加上他方才意有所指的措辞，让沈如晚立刻生出了一些联想。一个名字就在唇边，只是她没说出来罢了。

有人先替沈如晚说了："老头儿？你怎么在这儿？"

此人的惊讶之情溢于言表。

沈如晚回过头，在人群里看见了瞪了眼睛的陈献。曲不询和楚瑶光站在一旁，只是都没有陈献蹿得急。

只见陈献三两下挤出人群走了过来，惊愕地打量起老孟的衣着，转眼又露出揶揄的神色来："哟，你在这儿给人端盘子啊？之前你不是说要去赚大钱吗？"

老孟本来一副"尔等都是凡夫俗子"、不把任何人放在眼里的样子，一见到陈献，立刻被气得吹胡子瞪眼。看着自己手边的暖锅，他一时无法反驳，于是强词夺理道："老夫这是出来体悟人生百味，你个小兔崽子懂什么？！"

沈如晚难掩诧异之色。

这个"老孟"竟然真的就是孟华胥——那个惊才绝艳、培育出七夜白这等妖异灵花的天才法修！

他居然在这里端暖锅、帮厨还债？话本也写不出这样的桥段啊！

陈献才不管孟华胥如何辩解，拍着大腿指着他"哈哈"大笑，笑得上气不接下气："这就是……哈哈哈……你说的……哈哈哈……发大财？饭钱都付不起的大财？"

孟华胥被气得直瞪眼。

沈如晚等不及他们你来我往地互相奚落完，骤然站起身来，三两步走到孟华胥面前，低声说："孟前辈，久仰大名，晚辈仰慕已久，可惜缘悭一面。如今晚辈有要事想要请教前辈，不知前辈可否移步一叙？"她顿了一下，隐晦地说，"是关于一种月光一般的花。"

孟华胥陡然回头看向她，目光锐利。这一刻，他哪里还像方才那个怪脾气的老头儿？

那一眼里尽是丹成大修士的锋芒，寻常人对上定会心惊胆战，沈如晚却丝毫不躲避，用平和坦荡的目光迎了上去，没有半点儿退让之意。

孟华胥看了她一会儿，倏地收回了目光。他转过头，伸手去拿方才放下的暖锅，嚷嚷道："听不懂，不乐意，没兴趣。你别找我，我忙着帮工还债呢！我这把老骨头决意要献给书剑斋。"

陈献"哎哎"地劝他："老头儿，你要是知道什么就和我们说说啊，我师父和沈前辈都是义薄云天的强者，你帮他们一把肯定是没错的。"

孟华胥慢慢地回过头，盯着陈献："师父？"他的语调平平的，却意味深长，和方才陈献嘲笑他的口吻一模一样，"哟，好久不见，你找到新师父了？"

陈献半点儿不怵，理直气壮地说："什么叫新师父？我什么时候承认你是我师父了？我就一个师父，就是现在这个。"陈献阴阳怪气地说，"当初你忽悠我离家出走，跟我说你剑法出众，结果呢？你是个法修，而且只会基础的剑法。"

这话里不无怨气，不过沈如晚听得出来，陈献并没有因此怨恨孟华胥，只是有些晚辈对长辈的埋怨之意。

孟华胥干咳了几声，板着脸说："谁说我不擅长剑法？我可是剑道世家出身，你个臭小子懂什么？"

这句"剑道世家出身"里大约有不少水分，故而他连忙强行转移话题，对着沈如晚耸了耸肩，说道："姑娘，我家掌柜还在这儿站着呢，我这种臭帮工的哪里敢偷懒？走了走了。"

沈如晚定定地看着孟华胥转身，忽然偏头看向掌柜："方才你说的赔礼还算数吗？"

掌柜愣了愣："自然是算数的。"

沈如晚颔首，伸手指了指孟华胥："那我想请掌柜给他放半天假，就算是赔礼了，可以吗？"

孟华胥脚步一顿，回过头瞪着沈如晚，满脸写着"无语"两个字。

掌柜张了张口，自然看得出来孟华胥不愿意和沈如晚交谈，但看沈如晚的态度，说不定这个"老孟"也有点儿了不得的来头，他也不能得罪。

"给老孟放半天假，这自然是可以的。"掌柜斟酌着说，"只是，老孟愿不愿意和道友交谈，我这当掌柜的就管不着了。倘若道友能接受，那咱们就这么办。"

沈如晚毫不在意，微微笑了笑："这样就很好。"

说完，她定定地看着孟华胥，不说话。孟华胥动一下，她就跟着看过去，视线不从他身上移开半分。

"你这丫头长得挺灵气，怎么还耍无赖呢？"孟华胥被气得不行，用力把手里的暖锅往桌上一放，不耐烦极了，"行行行，你要问什么就问，去哪儿问？"

"还有阿同，"他大大咧咧地转头看向掌柜，毫不客气地说，"既然我有半天假，你干脆也给她放半天吧？"

掌柜看了看沈如晚，无奈地点了点头。

"阿同？谁啊？"陈献狐疑地看着孟华胥，警惕心油然而生。

孟华胥的脸上忽然露出得意扬扬的表情来，他大声朝后厨喊："阿同？阿同——出来了！咱们下午不干活，出去浪！"

转眼间从后厨里冲出个小姑娘，灰头土脸的，眼睛却亮得惊人。

孟华胥趾高气扬地看着陈献，伸手要去搭那小姑娘的肩膀，做出爱重晚辈的模样来。谁承想那小姑娘"啪"的一下就把孟华胥的手打掉了。

"套什么近乎？有事说事。你别以为也让我放半天假我就能原谅你骗我来吃大餐，结果兜里一分钱也没有，最后带着我帮工还债的事！"她凶巴巴地瞪着孟华胥，语速快得不得了，指着孟华胥劈头盖脸就是一顿训。

孟华胥本来气势昂扬，结果被一句又一句犀利的话语丢在脑门上，竟一点儿一点儿地低下头去，转眼从爷爷变为孙子。他一个劲地赔笑道："我的错，我的错，都是我的错。"

小姑娘哼了一声，终于罢休，叉着腰问："怎么突然休假了？"

孟华胥便小声地给她解释起来。

陈献从小姑娘出现起就一个劲地盯着她，板起脸直直地看着孟华胥，语气奇怪地问："老头儿，她是谁啊？"

孟华胥立刻挺直腰杆，神气十足地拍了拍小姑娘的肩膀，说："介绍一下，这是我的关门弟子——正式收徒的那种，和你这种不记名的可不一样——也是我的爱徒，楚天同！"他得意极了，"傻了吧？我可不缺徒弟。"

陈献被气得两个腮帮子都鼓起来了。

没等陈献说话,楚瑶光突然从人群里快步走了出来。

"楚如寿?你怎么会在这儿?"温柔聪颖的楚瑶光咬牙切齿起来,脸色比陈献的更阴沉,冲过去一把抓住了小姑娘的胳膊,恶狠狠地说,"你可真是出息了,离家出走,还跑到食肆里打工还债?"

沈如晚眨了眨眼,和不紧不慢地走到身侧的曲不询站在一起,不知该做出什么表情:"真是……太热闹了。"

曲不询轻轻一笑,偏头看她:"热闹是好事。命里缘分未尽,终有重逢之日。"

第十九章　少年游

他们在书剑斋里遇见孟华胥是意外之喜，楚瑶光又恰好找到了妹妹，这更是谁也想不到的事。

被孟华胥称作"阿同"的小姑娘瞪大眼睛，见鬼一般看着楚瑶光，用力想把手从楚瑶光的手里抽出来："楚瑶光？你怎么在这里？你不是还在蜀岭吗？哎呀，你放开我！"

楚瑶光牢牢地拽着阿同的手，怎么能容阿同挣开？

她板着脸，凶巴巴地回瞪妹妹："我为什么在这儿？你说我为什么在这儿？要不是为了找你，我还好好地待在家里呢！"

"谁要你来找我了？我走了关你什么事？我一个资质低微的无用弟子，走丢了就走丢了，你在蜀岭当你的大小姐不就好了？多管闲事！"阿同甩不开楚瑶光，被气得直跺脚。

楚瑶光阴沉着脸说："你当我稀罕管你？家里人都担心死了，以为你被邪修拐走了，急得吃不下饭。我看不下去，这才来找你。"

阿同像炮仗一样炸开了："担心我？他们担心我不能寿终正寝，不能按照你们的设想乖乖地老死在蜀岭吧？我的资质差点儿怎么了？别的修士能出去游历，我为什么不行？你们凭什么剥夺我游历的资格？你当然永远懂事了！你永远是楚家的好孩子、乖孩子，因为资质好，什么东西他们都给你准备好了，你不用担心丹药不够使、灵石不够花，当然不会离家出走了。可我呢？"

楚瑶光显然不是第一次听妹妹说这样的话了，脸色都没有变一下，只是平静地指出："我们没有不让你出去游历，只是考虑你年纪太小，修为也不够，怕你出事，不是说好过几年再让你出去的吗？"

阿同更生气了："可你和我一样大的时候就能出去游历，凭什么我不行？他们还不是偏袒你资质好吗？"

"我资质好，那是天生的，又不是抢了你的资质，你凭什么对我发脾气啊？"楚瑶光也不高兴了，微微蹙眉，"你修为低，就是不安全。"

"谁说我不安全的？"阿同叉着腰，忽然转头扯过孟华胥的袖子，得意扬扬的表情和方才孟华胥的神情一模一样，"我有我师父！出来这么久了，我不还是好好的？"

楚瑶光看着孟华胥，没说话，紧紧地抿着唇。

"原来这个小姑娘是被你拐走的？你现在收不到徒弟，就骗人家离家出走啊？"陈献听着听着，恍然大悟，"啧啧"两声，看着孟华胥。

孟华胥神色一凛，道："你可不要凭空污人清白，老夫从来不干这样的事！你们都是自己铁了心要离家出走的，我看你们傻乎乎的，没走多远就要被坑得被卖了还替人数钱，干脆带你们一程。你怎么能说我拐人呢？"

"谁傻了？"阿同和陈献一起瞪眼。

孟华胥嗤笑。

"原来你和你的朋友都认识老孟和阿同？"杭意秋有些惊异地问沈如晚，然后笑了起来，"有缘千里来相会，这不是巧了？"

沈如晚急于从孟华胥那里得到答案，一时没什么闲谈的兴致。然而她大动干戈地把杭意秋约到这里，若传达完奚访梧的话就要走，未免有过河拆桥、不太尊重人的嫌疑，所以听到杭意秋搭话，微微笑了笑，顿了一下，带着几分歉意看向杭意秋。

不必沈如晚说，杭意秋早看明白了："既然有急事，你还强留在这里做什么？"她姿势豪迈地向后靠去，倚在墙上，歪着半边身子看沈如晚，意有所指地说，"不过你就这么走了，有点儿对不起我吧？"

沈如晚定定地看着她。

"过几天就是千灯节，到时我们同去？"杭意秋绷不住，笑了。

沈如晚颇感意外，微微蹙眉道："倒不是我不愿意，只是那日我与人约好了，实在不凑巧。"

杭意秋大大地叹了一口气，意兴阑珊："罢了罢了，总归你也要去。若有缘分，咱们总会在千灯节上遇见的。"

沈如晚满是歉意地笑了。

杭意秋把玩着手里的空杯盏，在指间转动着，眼中落寞的神色转眼即逝。她给自己倒了一杯酒，看着沈如晚，说："不能多叙，我们总归还能满饮一杯的吧？"

沈如晚低头看了看那半杯酒，又倒了半杯，和杭意秋轻轻地碰了一下，仰头饮尽,然后"啪"的一声,不轻不重地将空酒杯放在了桌上。

她飒爽地大步向外走去,言语还留在樽前:"道友,再会。"

杭意秋握着杯盏,看着沈如晚匆匆的背影微感诧异,然后仰首把杯中酒一饮而尽,和沈如晚的那个酒杯并排摆在一起,欣然一笑。

书剑斋布局使然,纵然有禁制,也不适合详谈秘事,还是隔出雅室的茶楼或酒楼更合适。尧皇城繁华鼎盛,他们走几步便能寻到一家有雅室的茶楼或酒楼,比如从书剑斋出门对面就是。可就这么几步路,六个人并排走,竟然吵吵嚷嚷地走出了十六个人的架势。一会儿楚瑶光姐妹俩争执不下,谁也不让谁;一会儿陈献和孟华胥这一老一少开始平均年纪不超过十岁般的人身攻击。

"不管你这次怎么歪缠,我都不会再纵着你了。最近神州并不太平,你这点儿修为还不够被人家一次算计的——楚如寿,你听见我说话没有?"楚瑶光板着脸警告妹妹。

阿同嗤之以鼻:"别叫我楚如寿!我才不要回去。我和我师父一起走,安全得很!"

陈献正和孟华胥吵着,听到这里突然一转头,狐疑地盯着阿同:"为什么瑶光叫你楚如寿,老头儿却叫你楚天同?你到底叫什么名字?"

阿同叉腰,对这个实质上有师兄资格的人不假辞色:"我当然是叫楚天同了,谁要叫楚如寿?"

陈献听不明白,朝楚瑶光看去。

楚瑶光不由得蹙起了眉,伸手揉了揉眉心。她一向聪慧机灵,可偏偏对上妹妹就没了从容的样子,反倒像寻常的年轻少女一般沉不住气,乱了章法。

"我们家的嫡系弟子都以天上的星宿为名,我叫瑶光,对应的是北斗第七星;至于楚如寿,她对应的应当是南斗第四星——天同星。只是她资质不好,于仙途上恐难有成,家里的长辈只盼她长命百岁、安稳一生,且南斗又称延寿司,于是就叫她楚如寿了。"

平心而论,楚家的长辈对后辈只求安康的愿景是好的,然而对于阿同来说,亲姐姐是家族钦定的大小姐,她却只要活得久就好,自然极不平衡。于是年岁稍长,她就一气之下离家出走了。

幸又不幸的是,阿同遇见的人是孟华胥。这老头儿说可靠还是很可靠的,照拂她一路,又教了她许多小手段,让她成长颇多;可要说孟华胥不靠谱,那他也是当真不靠谱,寻常人遇见打算离家出走的小孩,一般会将其拦下来送归家中,偏偏这老头儿拐过离家出走的陈献,于是一回生二回熟地把阿同带上路了。

楚瑶光听完事情的始末,简直是一个头两个大,眼神复杂地看了看孟华胥。她想斥责孟华胥两句，可想到阿同安然无恙多亏他照拂，一时不知道该气还是该谢了。

沈如晚推开了雅室的门，偏头看着这几个人，只觉得自己并不是出来查明七夜白的真相的，反倒像给人带孩子的，而且一带就是四个。

她抬眸和曲不询对视了一眼，忽然伸手揽住阿同的肩膀，没怎么用力便轻飘飘地把后者带到了身边，把阿同吓了一跳。

"坐。"沈如晚神色淡淡的，仿佛没见到阿同受到惊吓的表情。

她的掌心用了点儿力，阿同便再自然不过地坐了下来，差点儿没反应过来。

"今日请前辈一叙，是为了七夜白的事。"沈如晚一开口就自然而然地生出一股清冷肃然之感，让其他人不自觉地住了口去看她，连吵嚷声也倏地停了。

孟华胥终于不和陈献斗嘴了，静静地坐在沈如晚对面的位子上，目光炯炯有神，仔细地打量起沈如晚和曲不询的模样来。

"还未向前辈说清我们的来历。我姓沈，沈如晚，自蓬山来，曾掌碎婴剑，或许前辈听说过我的名字。"沈如晚神情端庄地看了曲不询一眼，言语到唇边却顿了一瞬，"这位是我的同门师兄，曲不询。"

孟华胥没听过曲不询这个名字，但"碎婴剑沈如晚"还能有谁不知道吗？

孟华胥往后一靠，没一点儿矜持的样子，毫不客气地嗤笑道："蓬山的高徒能有什么好问我的？你们不是宁听澜的心腹爱将吗？这会儿来找我老头子，是当初从我身上榨取的好处还不够多，非得把我扒皮抽筋了才甘心？"

沈如晚微抬眉毛，情不自禁地倾身上前，专注至极地看着孟华胥，急不可耐地问他："什么意思？这些年是宁听澜在种七夜白？他是怎么知道你有这种花的？又是怎么从你的手里拿到的？"

孟华胥狐疑地看着沈如晚："你装什么装啊？你不是宁听澜最信任的手下吗？他还能不告诉你？他把碎婴剑都给你了。你可别否认，我可不信你和他没关系。"

沈如晚微微抿了抿唇。

神州的修士皆将她视为宁听澜的羽翼心腹，她从前也是这么以为的。可这一路走来，越是了解七夜白和往事，她便越明白这份"最信任"有多荒诞。

孟华胥见她沉默不语，顿觉说破了真相，"嘿"了一声，露出一副油盐不进的神态来："不管宁听澜现在还想干什么，反正我是不会配合他的。多年前，他为了点儿蝇头小利就干了那么畜生的事，不管现在怎么冠冕堂皇，我都不会信了。

"我知道你的名号，碎婴剑沈如晚，前段时间还在钟神山上'大闹天宫'了一番，是不是？"孟华胥嗤之以鼻，"谁知道又是宁听澜在耍什么把戏？我只是个会点儿奇技淫巧的老头子，论斗法，十个我加起来多半也打不过你。不过老夫活了这么多年也够本了，大不了给你留一把老骨头呗。"

沈如晚微微蹙眉，不知该怎么说才能取信于他，陈献却先插嘴了："老头儿，沈前辈不是那样的人。我们一起查七夜白的事，一路查到了尧皇城。钟神山本来也是种七夜白的地方，全靠沈前辈和我师父才捣毁据点，扶住灵女峰。她真的和那个宁听澜不是一伙的。"

孟华胥半点儿也不信沈如晚和宁听澜不是一伙的，可听到"钟神山本来也是种七夜白的地方"时，被惊得从椅子上直接站起了身："什么？宁听澜这老狗，现在竟然还在做他那桩丧尽天良的买卖？元让卿不是早就死了？谁能给他种七夜白？"

沈如晚蓦然抬眸——元让卿是她师尊的名字！

"前辈，您认得我师尊？"她犹疑地问道。

其实不必孟华胥回答，她瞬间便想通了许多关窍——七夜白是孟华胥的独门灵植，哪怕她师尊是顶尖的灵植师，也不可能凭一两朵花就将其复刻出来，必然要向孟华胥请教。这样一来，孟华胥和她师尊认识便一点儿都不稀奇了。

孟华胥用一言难尽的目光死死地看了沈如晚好一会儿才开口说："你这姑娘身边怎么没一个好东西？五毒俱全啊。"

沈如晚竟觉得这话无可反驳，抿了抿唇，沉默不语。曲不询微微抬手，将炽热、宽厚的手覆在了她的手背上。

"孟前辈，我们正是对当年的事一无所知，才诚心请教您。"曲不询神色平静、淡漠地说，声音低沉，不自觉地让人凝神把话听进心里，"您要是怀疑我们是宁听澜派来的人，也无所谓，反正那些陈年旧事不是什么秘密，说给宁听澜的手下听，对您也不至于有什么大不了的。"

孟华胥对沈如晚的态度尚可，可对上曲不询，他没说话，上上下下地打量了许久，才哼了一声道："你就是陈献那个傻瓜的师父？"

陈献还坐在边上呢，抗议道："我哪里傻了？老头儿，你才是傻瓜！"

曲不询连眉毛都没动一下，语气平和地道："我不过是怜他一片向剑道不移之心，顺手教一教他罢了。"

孟华胥的脸色臭得很，他说："我看你就不像个剑修，哪有剑修像你这样心眼子多得像蜂窝？"

其实曲不询没表现出什么心机，但孟华胥一看就觉得他不像个一根筋的剑修。

曲不询不禁觉得有几分好笑："得前辈夸赞，不胜荣幸。"

"现在的剑修真是不像样子。"孟华胥嘟嘟囔囔，还记着先前陈献奚落他不擅长剑法的事，昂着头说，"我早说过，我是剑道世家出身，怎么可能不擅长剑法？这傻瓜根本不知道自己错过了什么。"

陈献斜着眼看他："你可得了吧！还剑道世家呢，我从没听说过。"

孟华胥傲然说:"你这没见识的傻瓜能听说什么?如今神州的剑道世家也配叫剑道世家?图惹人发笑罢了!这些剑道世家哪个比得上我们孟氏?流传千年的《孟氏坤剑残谱十式》你听说过没有?"

沈如晚和曲不询皆感诧异,面面相觑。

《孟氏坤剑残谱十式》是修仙界有名的剑法典籍,来自早已覆灭的方壶仙山,名气当真极大。两个人早看过这典籍不止一遍,可谁也没想到这个"孟氏"竟和孟华胥有关系。

于曲不询而言,《孟氏坤剑残谱十式》还有些微妙的意义——从前他在蓬山的藏经阁里与沈如晚相遇时,手里捧着的便是一本拆解孟氏坤剑的书,因此这本剑谱他断不可能忘记。

"方壶覆灭,但不是所有方壶修士都死光了,总有留在神州的遗脉,我们孟氏就是其中之一。这又有什么稀奇的?那些聚在《半月摘》上的意修不也是方壶遗脉吗?"孟华胥自矜地说道。

沈如晚不由得瞥了陈献一眼,设想起来:若孟华胥知道那多年不知踪迹的方壶现在就是个破瓦罐,而且就在陈献的手里,会不会当场被惊掉下巴?

"宁听澜总是为他出身名门、蓬莱亲传的身份而自傲得不得了,其实往前千年,谁还比不上他了?若非浩劫,我们也是名门正朔。"孟华胥说着,脸色一沉,"晦气,我认识这老狗真是晦气!"

陈献似懂非懂地听着,突然打岔,问道:"所以,老头儿,你真的会剑法吗?你既然是剑道世家出身,看来剑道造诣一定极佳吧?我之前误会你了?"

孟华胥脸色一僵,继而若无其事地说:"都过了这么多年了,难道我们姓孟的人就要抱着剑法过一辈子?我们自然是对什么有兴趣就学什么。到我这一辈,孟氏只剩我和姐姐两个人,我们都对剑法没多大兴趣,所以勉强学了一点儿罢了。"

陈献好奇地问道:"你的姐姐就是孟南柯,尧皇城的城主?"

孟华胥的脸上不由自主地绽开一点儿笑意,他有点儿得意地说:"不错,孟南柯就是我姐姐——亲姐姐。"

沈如晚和曲不询坐在一边,任他们两个人闲聊,仔细地思索起来。

曲不询忽然笑了一声:"这就怪了,方才我好似听前辈提起南柯媪的弟弟,说他是个轻信他人的蠢货?"

正常人会这么形容自己吗?

孟华胥与陈献插科打诨,本是为了东拉西扯不愿直入主题,这下被曲不询切回正题,不由得又沉默下来。

他有些颓败地重新坐回位子上,怔怔地说:"罢了,这小子虽然蠢了点儿,但看人还有点儿诡异的眼光,运气也好。既然他信任你们,也许我也能信一信——况且,你说得也对,不过是些彼此都心知的往事,我就算说了,也没有损失。"

沈如晚眼神微动,难掩眼中的喜意,强行按捺才摆出一副平淡如水的模样盯着孟华胥。

"陈芝麻烂谷子的往事,若从头说起,未免太啰唆了,我就言简意赅些。孟南柯是我的亲姐姐,而邬梦笔,也就是你们熟知的希夷仙尊,是我的……姐夫。"孟华胥说到这里,颇有咬牙切齿的意味,"我是不赞成他们俩在一起的,邬梦笔怎么配得上姐姐?可没奈何,姐姐不嫌弃他,所以我只能接受。"

希夷仙尊同尧皇城主竟然是道侣!这事竟从未在神州中流传过,沈如晚和曲不询也是第一次听说,不禁愕然。

可孟华胥没理会他们,自顾自地说了下去:"我比姐姐小很多岁,他们的往事我没那么了解,只知道她和邬梦笔、宁听澜是在游历中结识的。他们三个人都是少有的少年天才,各有手段,各占胜场,当时又都满腔豪情壮志,很快便引为至交,一起闯荡神州了。姐姐偶尔回家看我,也会请这两个人来家里做客,因此那时我虽然年纪小,却对这两个人很熟悉,把他们当作兄长看待。"

说到这里,孟华胥顿了一下。想到这两个曾被他视为兄长的人,最终一个拐走了他的姐姐,另一个则干脆面目全非,甚至利用昔日的情谊把他算计了个透,他忍不住重重地哼了一声。

这就能解释为什么宁听澜能从孟华胥的手中拿到七夜白的培育之法了。人总是对少时便信任的兄长怀有无理由的信任,宁听澜有心算计无心之人,可以说轻而易举。

"可我不明白,最初你培育七夜白,并不打算以人身为花田,而是寻觅了别的途径,为什么最终变了?"沈如晚微微蹙眉。

当初她在东仪岛上找到的那份手记上并没有以人身种七夜白的记录。

孟华胥怔了一下,露出苦涩的表情来,沉默了片刻,然后说道:"你这丫头,竟连这些也知道了,知道得不少。我本来确实没想过以人身为花田,毕竟不是邪修,不会故意往丧心病狂的地方想。可是后来姐姐与人斗法时不幸受了重伤,天材地宝不是一时能求得的,尧皇城虽已富裕起来,却真没备下这些。"

"邬梦笔不是意修吗?他这样的意修,也束手无策?"沈如晚问。

不提邬梦笔还好,沈如晚一提他,孟华胥便翻白眼:"邬梦笔那废物有什么用?他打架不如姐姐,救人也救不成。他们意修玄乎得要命,一会儿能成,一会儿又不能,姐姐还不是得靠我?"

上天无路,入地无门,孟华胥本就有偏才,情急之下,便生出了以人身为花田的灵感,竟当真培育出七夜白来了。

"我就那么一试,没想到真成了……从自己的嘴巴里绽放出来的无瑕月光啊……"孟华胥慢慢地说,目光悠远。

他同邵元康一样,拿自己做花田,种出了一朵七夜白,只为了救自己最亲近的人。

沈如晚蓦然明白为什么先前曲不询说孟华胥在随手收的弟子的口中是三十来岁的中年人,到了陈献的口中竟成了糟老头子。孟华胥的变化与修士的衰老速度并不吻合,可若是在此期间孟华胥以自身为花田种下了七夜白,一切便顺理成章了。

孟华胥种出了七夜白,便立即将其带到尧皇城中给孟南柯服下。孟南柯果然好转了,可伤势太重,一朵七夜白竟不够。

邬梦笔一边欣喜,一边追问孟华胥这花究竟是从哪儿来的,孟华胥没办法,只好如实说了,结果被邬梦笔劈头盖脸地一顿狂骂。

"以你的脾气,你竟然忍得下这样的气?"陈献好奇地问。

"废话!我怎么可能忍得住?!"孟华胥没好气地说。

可他不忍住又能怎么办?总不能没等孟南柯苏醒,他们俩先内讧吧?

"邬梦笔也种了七夜白?"曲不询忽然开口。

孟华胥听了这话,不由得又看了曲不询几眼。曲不询一直静静地聆听,一开口,竟把他半点儿没提的真相道破了。

"不错。"说完,他便沉默了。

孟南柯的伤太凶险,一朵七夜白不够。邬梦笔骂归骂,最终却也种了一朵,若非如此,孟华胥对邬梦笔的意见只会更大——也就是这便宜姐夫对姐姐的一片情意还算真,他才勉强接受。

曲不询若有所思,指节在桌案上轻轻地敲了两下。

邬梦笔以身为花田种下七夜白,孟南柯又重伤在身,无暇他顾,对神州各地的掌控自然就弱了。若说他们一时不知宁听澜种七夜白的事,倒也说得通。

"后来我见姐姐伤势好转,脱离凶险,大松一口气,后知后觉若被她知道得到七夜白付出的代价,只怕要为我好一番痛心。我一想到这事就头皮发麻,索性直接溜走,重新云游四方去了。"孟华胥神色黯然,随后脸上生出些恨意来,"千不该万不该,我就不该和宁听澜联系!"

孟华胥生来顺风顺水,天赋也高,再加上性情散漫洒脱,警惕心并不那么强,对从小就认识的兄长没什么戒心,所以在宁听澜问起孟南柯的伤势时,颇为得意地说出了自己的杰作。

"我那时只以为他惊叹于我的奇思妙想,谁想到,他问的每一句话都是在给自己的卑鄙之举探路！"孟华胥说到这里忽然暴怒起来，身子微微颤抖着，咬牙切齿地说，"他确认我说的是真的，便用书信骗我去蓬山，说想介绍一个对木行道法有极深造诣的同门给我，我们可以互相探讨。我那时真是蠢，就那么不假思索地欣然去了。"

到了蓬山，宁听澜果然把同门介绍给他了。两个人都是极其擅长木行道法的天才修士，于是相谈甚欢。孟华胥没什么防备，只以为这是同道交流，便在交谈中把七夜白的培育方法、思路都详细地讲述了出来。没想到宁听澜介绍的这个同门从一开始就是奔着这花来的，句句试探、字字谨记，不过一年，便把七夜白的培育法子全摸透了。

"于是这两个人狼狈为奸，瞒着我大肆在旁人身上种下七夜白。我被蒙在鼓里，半点儿也不知情，还同那人相谈甚欢，将他引为知己。"孟华胥笑得悲凉，"这个叫我也十分钦佩、一见如故的木行法修，就是你的好师尊元让卿！"

沈如晚沉默不语。

她先前一直在思索师尊为何对七夜白如此了解，甚至能够在耳濡目染中把陈缘深也教上手，却不想师尊是以这般不光彩的手段接触孟华胥的。

她算不上多亲近师尊，可了解师尊的脾气。师尊对钱财、权势其实没有那么看重，若有也不会拒绝，真正能打动师尊的东西只有道法本身。只要宁听澜有了"以人身为花田的天材地宝"这个钩子，师尊定会入彀。于是年岁变迁，到最后，师尊终结在她的一剑之下。

不过沈如晚还有些疑惑：是什么让她师尊最后自愿赴死的？莫非师尊还有什么把柄在宁听澜的手里？

这疑问她如今得不到解答了，真想知道也许只能去蓬山问宁听澜了。

孟华胥说到这里，半晌动也不动，像一尊冰冷的雕像，颓然失神。过了好一会儿，他才慢慢地说："再后来，长陵沈家、如意阁柳家一夜覆灭，邬梦笔察觉到端倪，才知道宁听澜竟然做了这样的事。"

孟华胥一直被蒙在鼓里，还以为宁听澜仍是兄长、元让卿仍是好友。直到邬梦笔找到他，把事实告知了他，他才如梦初醒，痛悔得难以自持，不愿信，又没法不信。

"我和邬梦笔去质问宁听澜，可苦于没有证据，宁听澜有恃无恐。"孟华胥紧紧地咬着牙关，"若非邬梦笔还有点儿声望，说不定我们连蓬山也走不出。"

昔日的故人走到这一步，怎能不让人恨之入骨呢？

"邬梦笔让我别管这事，说我管了也是添乱。我没法否认。"孟华胥此刻不知是什么情绪，"我轻信豺狼，竟纵容他做出这样丧尽天良的事来，还有什么颜面再见姐姐？从此我不敢再入尧皇城一步。"

陈献不知道说什么，有意安慰道："可你现在就在尧皇城里啊，还在南柯媪开的食肆里帮工呢。"

孟华胥被打岔，无语地看了陈献一眼，复杂的心绪散了一些。

其实他算是自欺欺人，凭他的修为，怎么可能拿不出来一顿饭钱？帮工还债这样的理由能有几个人真的信？

沈如晚微微蹙着眉道："先前丢失的那张字条上的内容，莫非就是宁听澜让你去蓬山？"

孟华胥微微颔首："对，那张字条后来被邬梦笔要走了，没想到竟然被挂在了这里。"

沈如晚若有所思。

倘若字条真的是被那个疑似沈晴谙的女修取走了，她又是为了什么？

"行了，该说的事情我都说了。"孟华胥沉着脸站起身，有些不耐烦地往外走，"不聊了，烦人。"

"哎，前辈，"沈如晚叫住他，顿了一下，"过几日就是千灯节了，届时也许城主也会去。你们姐弟多年未见，难道不想见一面吗？"

孟华胥沉默了一会儿，然后说："不见了。这样没用的弟弟，她还是不见为妙。"

他漠然地转身走了。可不知怎的，他在转身时，眼尾有一点儿泪光闪现。

陈献对孟华胥的评价一点儿也没错，这老头儿脾气又怪又倔，认定了什么事八匹马也拉不回来，好不容易敞开心扉说了些往事，说完又一头扎进了书剑斋的后厨。用他的话来说，还完债前，他是决意把这把老骨头奉献给书剑斋了。

当初孟华胥和阿同来书剑斋时，一个人从不在乎钱财，另一个人自幼娇生惯养，两个人专挑贵的菜点，一顿饭吃了旁人半年的工钱。如今他们在后厨帮工能赚多少？两个人且有的熬呢！

楚瑶光自然看不下去妹妹在书剑斋里帮工，想掏钱把他们欠下的饭钱结清了，可这一老一小死活不同意。她怕强行掏钱会让阿同更加逆反，只能接受有钱花不出去的事实。

"我真是不明白，她对我、对家里有意见就有吧，可钱总和她没仇吧？我想帮她还债，她有什么好生气的？"楚瑶光欲哭无泪，被气得跺脚，脸色阴沉沉的，"我还生气呢！"

以阿同的态度，楚瑶光是不指望把她直接带回蜀岭了——强行带走她，两个人反倒搞成仇人了。至少要让阿同和家里保持联系，这样楚瑶光才能真正放下心。

可就连这样楚瑶光也做不到。

"其实真正离家出走的人是不想被找到的，特别是那些能自力更生的，哪怕你塞给她灵石。"陈献这回没有顺着楚瑶光，挠着头以过来人的身份说，"你别着急，归根结底你们没发生过不可化解的矛盾，总能和好的。你们家在尧皇城里的产业这么大，就算她不想和你们联系，你们也能暗中照拂。等她再过几年，想家了，自然就会回去了。"

楚瑶光不由得看向他，目光里有一点儿希冀，可落在陈献身上的时候，不知怎么的，那希冀又变成了欲言又止之意——陈献和家里也没有什么不可化解的矛盾，离家出走好几年了，也没回药王陈家啊？

陈献"嘿嘿"地笑了，有点儿不好意思起来："其实我有点儿想家了。我已经想好了，等跟着师父和沈前辈查完七夜白的事就回家一趟。"

楚瑶光看着他爽朗的笑容，不自觉地恍惚了一瞬，想起了刚和陈献认识的时候。那时候他说回去了肯定被烦死，打算在外面再闯荡五年八年的。一晃又是一度春秋，而他依然站在自己面前，带着同样极具感染力的笑意说他想家了。

"希望吧，"楚瑶光出神了一会儿，不自然地移开了目光，"也不知道我什么时候能等到她回心转意。"

陈献笑了笑，伸手把手头的四张票伸到她面前："拿一张吧。"

楚瑶光抽了一张，将票拿在手里，看了看正反面，正面写着"千灯盛会，白夜尧皇"，反面是"一人一票，凭票得手牌"。

她不由得抬头，看向沈如晚和曲不询："沈姐姐、曲前辈，这是什么意思啊？"

尧皇城什么都好，物华天宝、风物繁盛，唯独一点不好，就是事事都要钱，连千灯节也要凭票进入。所幸票价很低，就算是寻常人也完全掏得起。

沈如晚也盯着手里的票，心想："一人一票"大家都明白，这个"凭票得手牌"是什么？

周围人潮涌动，嘈杂不已，他们说话都要凑到对方的耳边才能让其听清。

曲不询捏着那张票，不经意一偏头，微微垂眸，凑到了沈如晚的耳畔，将暖融融的气息吹在她的耳边："你看那边，手牌是用来计分的。"

沈如晚只觉得曲不询的气息拂在耳朵上，痒得勾人，从耳尖到颈边麻麻的。

她默不作声地偏头去看曲不询指出的方位，果然发现人潮后有一块告示牌，便放出神识扫了一眼。原来本届千灯节特设了竞赛活动，城主府的园中处处都有专门的灯供游园者点燃，游园者点燃一盏积一分，特殊灯器计十分，以手牌计分，可以一个人一组，也可以两个人一组。到午夜前，城主府和《半月摘》的人会将手牌上的分数结算、排序，排名靠前的游园者有奖励，若排名第一还将有机会见到城主和梦笔先生。

沈如晚大致知道这规则说的要点燃的灯是什么样的，多半是那种精巧的法器，若论实用性只能称得上是垃圾。但对于修仙界的人来说，也不是什么都要讲究实用的，有趣味的东西也会受到追捧。

游园者想要点燃这种灯，要注入一丝灵气，慢慢地激活灯内的禁制，等激活了所有的禁制，灯盏自然会亮起来。这不需要游园者有多高的修为，而需要耐心、细心和灵巧，哪怕是刚引气入体的修士也能玩，所以这种灯是修仙界内非常常见的玩物。

当然，游园者修为越高、反应越敏锐、神识越强大，就越占便宜。不过沈如晚从前在蓬山也见过不少修为不错却偏偏玩不好灯器的同门。

她的第一反应自然是去看曲不询："你玩过吗？"

以前的长孙寒一心修炼，会玩这样无益的玩物吗？

曲不询笑了笑，凑到她的耳边说："从前我在蓬山练剑的时候，也用灯器练过对灵气的控制。"

灯器只需要一丝灵气的特性正适合修士锻炼对灵气的精妙控制。

沈如晚从没想过有人把这样的玩物当成修炼道具，不由得睁大了眼睛，目光在他身上一扫，低声说："你这样的人真是让人心里发毛。"

曲不询笑道："怎么？"

沈如晚不言。

从前她和沈晴谙一道玩过那么多次灯器，却从没想过拿这个来修炼。他连玩的时候都要修炼，这日子未免太枯燥了吧？修炼就是修炼，玩乐就是玩乐，都需要人一心一意。

"我这回明白了，原来长孙师兄也不是样样都好。"她意味深长地说。

曲不询挑眉，问道："原来在你的心里，我还有样样都好的时候？"

沈如晚不理他。

在人群的尽头取了手牌，沈如晚将手牌挂在他的手腕上，若有所思地说："我觉得，邬梦笔和孟南柯说不定早就等着见我们了。"

曲不询也有这样的感觉。

这活动来得太巧，好像专门为他们定制了一条和邬梦笔、孟南柯见面的路。

"不管怎么说，拿到第一总是没错的。我们分开走，这样遇见的灯器多一些，不至于浪费时间。"沈如晚说。

曲不询没意见，可看见她沉静又认真的神色，忽然笑了："我们若是没拿到第一怎么办？"

沈如晚神色半点儿不变，淡淡地说："先礼后兵。我们拿不到第一，那没办法，只能闯进去了。"

园中的场地格外开阔，处处是明亮的散发着异彩的灯盏。样式新颖的灯盏交相辉映，把园子照得亮如白昼。

沈如晚和曲不询分开走，没多少游园赏灯的雅兴，直奔那些尚未被点燃的灯器。两个人气势如虹，指尖在灯器上只轻轻地点了那么一下，灵气就立即如丝般游走，不过一个呼吸间灯盏便亮了起来。

守在灯器旁的修士原本还在气定神闲地看热闹，没料到沈如晚动了动手指就点燃了灯器，不由得瞪大了眼睛，想打量打量这个女修。孰料他还没看清，沈如晚已经转身走了，马不停蹄地奔向下一盏，一个呼吸的工夫又点亮了一盏灯。

眼见沈如晚一个人转瞬之间接连点燃数盏灯器，周围的修士纷纷张大了嘴巴，也顾不上自己点灯了，都伸着脖子看她一盏盏地点过去。其中一个修士发出惊叹："这些灯器莫不是这位女修自己炼制的，才如此熟稔？"

这个修士身边的同伴也张着嘴，呆呆地说："我觉得不是。保不齐她上辈子是个灯灵呢？"

沈如晚根本无心玩乐，真把点燃灯器当作比赛了，从这头一路冲到那头，一口气把两排灯器从头到尾地点燃了，一时间眼前再无未被点燃的灯。

她长舒一口气，低头看了一眼手牌，发现上面已积了两百三十分。

这分数自然不算少，但她这一路并没有看到特殊灯器，这两百三十分是一盏一盏地攒出来的。倘若其他人点燃的特殊灯器的数目较多，一盏十分，她未必占优势。

沈如晚站在原地，沉思片刻，一抬眸，忽然怔了怔。

就在不远处，一道熟悉的身影站在人群里——是先前她在书剑斋里遇见的那个疑似沈晴谙的古怪女修！

那个女修正眼睛一眨不眨地盯着面前那盏未被点燃的灯器，露出了既好奇又犹豫的神色。她的手笔直地垂在身侧，可蠢蠢欲动，她仿佛想去试，又不敢试。

沈如晚微微蹙起了眉。

原先她怀疑这女修是沈晴谙，如今这一眼却又让她不确定了——沈晴谙比她更早玩这些玩物，水平不亚于她，根本不可能在灯器面前露出渴望、好奇又胆怯的神色。

她抿着唇站在原地不动，只是远远地盯着那女修。

女修站在灯器前，终于下定决心一般，伸手握住了灯器，开始注入灵气。不过一个呼吸的工夫，女修手中的灯器便亮了起来，如皎洁的星光，比其余的灯更耀眼些，把她周围的一小片地方都照亮了。柔和的灯光映在她的颊边，和她翘起的嘴角一般明媚。

周围的修士都被她手里的灯光吸引住了，纷纷投来目光。众人看见她握着灯微笑，不知是谁带了个头，"啪啪"地鼓掌喝彩起来。

女修被吓了一跳，骤然抬起头，无措地四下望了望。对上周围修士善意的笑容，她有点儿不知所措，咬了一下唇瓣，露出点儿骄傲的神情，欣喜之情都藏在了眼中。

她的目光盈盈流转，转到沈如晚的方向时，她忽然顿住了。

不知怎么的，女修的脸上闪过一丝明显的惊慌之色，她恨不得拔腿就跑，可迈不开腿，只是捧着灯，呆呆地看着沈如晚。

这样的表情从不会在沈晴谙的脸上出现。

沈如晚的心情有些复杂，她走到女修身侧，不经意般低头看了看女修手里的灯，说："你玩得很好，以前玩过很多次？"

女修下意识地点头，可很快又摇头了。

沈如晚用目光扫过女修的脸："上次见面有点儿误会，这次我可以问问你叫什么名字吗？"

女修张了张口："我……我叫小情。"

沈如晚眼神微凝，问："'天意怜幽草，人间重晚晴'的'晴'？"

不知这句话到底哪里特别，女修如梦初醒般看着她，猛然摇头："不是，是'纸短情长'的'情'。"

这世上真有这样巧的事吗？沈如晚心绪难辨地看着小情。

"真巧，"她脸上的笑意浅淡，几近于无，然后她转过身去看案上的灯器，不经意般说，"我有个姐姐，名字里也有'晴'字。"

"是吗？"小情不自觉地看向她，语气也很淡，但透着一股迫切的好奇之意，"你们关系很好吗？"

沈如晚沉默片刻，然后开口："很好的。以前我们还小的时候，她教我玩灯器。她和你一样厉害。"

小情笔挺地站在原地："是吗？"

沈如晚抿唇："是的，她是我最好的朋友和姐姐。"

小情也盯着灯器，可余光不住地往沈如晚的方向瞟，满是好奇和探究之意。

灯光璀璨，亮如灿阳，温柔如水波。

"我没有姐妹，也没有朋友。"小情说。

沈如晚回头看她，神色认真："会有的。"

"我要走了。"小情像突然从梦里醒过来一样，瞬间将方才那些欣喜、好奇的情绪全都收敛起来，变得冰冷而呆板，"我要走了。"

然后，她转头撞入匆忙的人群中。

沈如晚站在原地，看着小情转瞬即逝的身影，微微蹙眉。

"看什么呢？"忽然有人在她身侧问道。

沈如晚微微偏头，看见杭意秋好奇地打量着她。她方才便察觉到杭意秋的气息了，因此并不意外，只淡淡地说："遇见一个认识的人。"

这话她说得很笼统，杭意秋也算是她认识的人。

"看来那应该是个让你很在意的人。"杭意秋没有追问，笑了笑，看了看她腕间的手牌，"你今夜点了几盏灯器了？"

沈如晚并不藏着掖着，把手牌伸到了杭意秋面前，上面显示二百三十分。

杭意秋不由得被惊到了："你这是遇见了多少特殊灯器啊？别告诉我这都是你一分分攒出来的！"

沈如晚收回手牌，摇了摇头："我今晚还没遇见过特殊灯器。"

也就是说沈如晚一共点燃了二百三十盏普通灯器！千灯节才开始多久啊？

杭意秋"啧啧"称奇，说道："像你这种盛名在身的传奇修士，是不是事事都要争个第一，绝不允许自己居于旁人之下？就是话本说的那种——强者的霸道。"

沈如晚叹了一口气："我总算明白为什么我刚拜入师门时，师尊便告诫我不可沉溺于玩物了，尤其千万不要看什么话本。这些东西耽误修行也就罢了，我若学了话本里主角的模样，非得被讨厌我的人乱拳打死不可。"

杭意秋大笑："不怕，你实力这么强，别人再怎么想打你，也只能干看着。"

"不过我这次确实要争头名。"沈如晚将手牌旋转了一下，皱着眉头看了看手牌上的分数，"分数还是少了些。"

可周围的灯器都被她点燃了，她再点一回灯也积不了分。

杭意秋看了看她，确认她是认真的，想了想，抬手递给她一张纸片。纸片上面简单地勾了几笔："喏，特殊灯器是游园者拿着这东西去兑换才能试着点燃的，你拿去吧。"

沈如晚方才瞥了一眼杭意秋的手牌上的分数，有七十来分。虽说杭意秋比不上她这样一个灯器也不放过的气势，但也是乐于参加比赛的，现在不知何故要把点燃特殊灯器的机会让给她。

说起来，她和杭意秋不过刚认识罢了。

"我就是觉得有意思，随手玩一玩罢了，又不是非要拿到什么名次。难道我多了这十分就能超过你了？你要用就拿去好了。"杭意秋毫不在意地摆手说。

沈如晚微微挑眉，看杭意秋一眼，微微笑了笑。她没客气，伸手接过了那张纸片："那就多谢你了。"

杭意秋耸了耸肩："你不远千里来见我，替奚访梧传话也并没全然帮他说话，该是我谢你。"她潇洒地摆了摆手，"走啦。活动尚未结束，我可不会就这么认输，等我再点两百盏灯器，你要是被我抢走了头名，可别来怪我。"

544

沈如晚失笑，看着杭意秋的背影远去，然后也转身，朝兑换特殊灯器的地方走去了。

不知组织千灯节的人究竟在园中投下了多少张纸片，兑换处竟有好些人等着，一个一个地上前挑特殊灯器。轮到沈如晚时，特殊灯器没剩下几盏了。

"没想到能找到纸片的人这么多，特殊灯器准备少了。"坐在几盏灯器前的老妇人笑眯眯地看着沈如晚，满头华发在灯光的映照下熠熠生辉，只是气息有些不稳，说上两句便要停顿一下，"就这么几盏了，小道友，你凑合着挑一盏吧。"

沈如晚已经很久没有被称呼过"小道友"了。

"请问这些灯上的字有什么含义？"她若有所思，目光在老妇人身上转了一圈。

老妇人笑着摇了摇头，说："没什么含义，这些字不过是信笔一写，你选哪盏都一样。"

沈如晚微微蹙眉，伸手提起那盏写着"少年游"的灯器，一步也未挪开，就这么当着老妇人的面把灵气注入了灯器中。

老妇人和善的脸上不由得露出一点儿诧异之色，目光在她身上转了一圈，忽然又笑了，声音低低的："硬脾气的姑娘。"

沈如晚一将灵气注入灯器中，便觉着这灯器与其他的灯器不同。灵气灌入其中，她竟感到三分滞涩，非得再加三分力才能顺着禁制推下去。

她脸色不变，垂着眼睑，心念如一，偏要逆着那股滞涩的感觉。不一会儿，她的灵气在灯器内便势如破竹，只听一声轻响，灯器倏然迸发出一束既熟悉又陌生的荧荧的光——皎皎如明月的清辉，她一生也不能忘。

沈如晚蓦然抬起头，目光冷锐，直直地看着眼前的老妇人。

这灯器之中的光辉分明与七夜白绽放时的皎皎光芒一般无二！

老妇人也在观察她，看见她冰冷的眼神，竟然没一点儿意外和惊吓之色，只轻声叹了一口气，道："你认得这灯吗？"

沈如晚缓缓地将灯器放在案上，发出了一声不轻不重的响声。她收敛了神色，波澜不惊地答道："灯不认识，但灯光我倒是不陌生。"

"你认得灯光，那就是认得灯了。"老妇人怅惘地说着，扫了一眼她身后，"只有你一个人吗？"

沈如晚从看见那灯光起，便不意外对方知道她还有同伴。她偏反问："若我说是呢？"

老妇人笑了起来："若只有你一个人，那就说明你不是我在等的人。"

沈如晚漠然地说："哦，那兴许是我找错人了吧。"

说完，她瞥了老妇人一眼，竟半点儿不犹豫，转身便走。

545

老妇人愕然:"哎,你等等。"

可沈如晚半点儿也没有停步的意思,继续大步向外走。

老妇人默不作声地看着她一路走过回廊,消失在视线中。庭院重新又安静下来,只剩下水月松风。

此处再无人来,与喧嚣热闹的外间成了两个世界。

"唉,怪我,明知这是个刚烈得不让人的姑娘,还卖她关子做什么?"老妇人长叹一声,有些无奈,坐在桌案后半晌没动。

她仔细地思量了一会儿,伸手敲了敲桌案。

不过几个呼吸的工夫,便有一道不起眼的身影站在了她的面前。那个身影垂首:"城主。"

"把这些灯器拿到外面去吧,找个人负责,若还有人来兑换,就把剩下的几盏给他们。"这个一手缔造了修仙界第一繁盛大城尧皇城的传奇女修平淡地说。

"城主找到要找的人了吗?不再等等看?"那人不由得问。

"不必再看了,我已见到我要等的人了——她就是这脾气,和传闻中一样又冷又硬,半点儿也不好相处啊。"孟南柯笑了,"也只有她这样脾气又冷又硬的人才守得住本心吧?"

说完,孟南柯摇了摇头,连人带椅向后推开一点儿,从桌案后转了出来。

没了桌案的阻挡,她的身形便一览无余。

她坐的根本不是什么座椅,而是轮椅。没错,孟南柯就端坐在轮椅之上,虽然已鹤发苍颜,精气神却宛如壮年。她将背脊挺得笔直,两条腿却软绵绵的,没有一点儿力气,无知无觉地垂在那里。

名满天下的尧皇城城主如今竟已不良于行,外界却从来没有一点儿传言。

"她还会来见我的。她既然来了尧皇城,就一定会来见我们。我等这一天太久了。"孟南柯慢慢地说。

此刻她虽坐在轮椅上,可目光锐利、气势巍然,哪里有一点儿邻家老妇人的气质?一举一动皆彰显了其生杀予夺、威震八方的一方霸主气质。

"若待会儿她拿了头名,就带她过来。如果头名不是她,就让头名下次来见吧。"她说,"你亲自去请她来。"

沈如晚一步不停地走出了庭院,神色阴冷,头也没回,离得远了才在灯火阑珊处停住。

她已猜出方才那个老妇人就是孟南柯,这特殊灯器就是用来分辨她的。孟南柯早知道她和曲不询来了尧皇城,也知道他们在找邬梦笔,就等着她上门呢。

她方才对孟南柯不假辞色,一言不合转身就走,不过是试探孟南柯究竟会不会开口留她,从而判断孟南柯对她的需求。然而等孟南柯开口留她,她反倒不打算留步了,非得出来仔细地思索一番不可。

孟南柯问她是否有同伴,是想知道曲不询在哪儿;又说她若没有同伴便不是自己要等的人,说明孟南柯不仅在等她,同样在等曲不询,所以只有一个人去见孟南柯是不够的。

可曲不询在神州并无什么名声,不过先前在钟神山露过一面,也没在人前展露过实力,孟南柯为什么指名要他来?

沈如晚静静地站在原地,眉头紧锁,有一种难以言喻的烦躁。

从东仪岛上邬梦笔留下的字条和傀儡到时不时意有所指的《半月摘》,再到笃定自若的孟南柯,更远些还要算上从前她还在蓬山时见过她和长孙寒的邬梦笔……这一切仿佛被谁算计好了,这个人不远不近地窥探着,只等她和长孙寒入彀,慢慢地揭开往事。

她已从孟华胥那里得知了邬梦笔、孟南柯同七夜白的渊源,可仍然感到一头雾水,还有一片迷雾未曾拨开。

沈如晚想着,头顶忽然亮起一片光辉。

"想什么呢,这么入神?"曲不询站在身侧,手里高高地举着一盏灯器,映得他冷淡的眉眼柔和了起来。他笑了笑,口吻很轻松:"你再发呆,第一怕要旁落他人了。"

沈如晚看着他,一时竟不知该怎么说,沉默一瞬后问他:"你去兑换特殊灯器了吗?"

曲不询答道:"没有。"

他把手牌上显示的分数给沈如晚看:"特殊灯器不过值十分,去找线索的时间却远不止点燃十盏普通灯器的时间,我倒不如省了这个麻烦。"

沈如晚先前也是这么想的。

"方才杭意秋给了我一张纸片,我去兑换了一盏特殊灯器,没想到见着孟南柯了。"她说。

曲不询挑了挑眉。

沈如晚微微蹙眉,把方才见到孟南柯的事说给他听。

"你说他们会不会……知道你是谁?"

这猜测有如石破天惊,谁能想到这世上有人能起死回生?倘若沈如晚不曾见过曲不询,这辈子都会把这事当成荒诞不经的传说,怎么偏偏邬梦笔和孟南柯就能确定呢?

可若说这两个人不确定，他们凭什么看重曲不询，非得见见他不可呢？

沈如晚从孟南柯的那几句话里推断出许多线索，不回头就往外走是因为那一刻心惊胆战，根本无法在孟南柯这样的人面前不露痕迹。倘若邬梦笔和孟南柯知道曲不询就是长孙寒，甚至知道长孙寒是死而复生的，那这场所谓的死而复生会不会是这两个人的筹谋？

这世上多的是将欲取之必先予之的事。如邬、孟这样的人物，若是给了你什么机缘，日后千百倍地收回来也不稀奇。长孙寒得了死而复生这样的大机缘，难道不需要付出更大的代价吗？

曲不询怔住了，方才那点儿柔和的神情顿时消失了，手里的灯器也恰在此时暗淡下去。他沉思不语，周围一片沉重冷峻的气氛。

沈如晚不是那等能把千丝万缕的思绪都诉诸言语的人，纵有千种婉转的心思，开口也觉滞涩冗余。

她不言语，只静静地站在曲不询面前。

曲不询抬眸对上她的目光，微微怔了怔，只觉得阑珊的灯火里，她的目光幽幽，如朦胧的烟雨笼罩在他身上。她何须什么言语？万般忧愁都藏在这眼波中了。

"我不是担心自己。"沈如晚说。

"我知道。"他说。

沈如晚抿唇不语。

其实人得到了机缘，尤其是死而复生这样泼天的机缘，报恩还债是天经地义的事。若这事发生在沈如晚身上，她半句话也不会多说。可这事的主人公变成了曲不询，她又忽然不这么想了。

曲不询的重生是否还藏着别的问题？倘若现在邬梦笔跳出来说，若曲不询不按照他说的去做，他立刻能让曲不询再死一回，她是该信还是不信？

曲不询凝视了她一会儿，忽然笑了起来："关关难过关关过。还没见面、亮底牌，你就先替我犯起愁了？我能从归墟里出来，总不会倒在归墟外。不到绝境，何须愁容？"

曲不询的脸上带着一点儿笑意和几分洒脱之色，沈如晚抬眸看着他，只皱着眉，不说话。

曲不询忽然伸手将她揽住，将下巴抵在她的额前，无关情欲，只有笃定之意。

"你放心。"他说。

周遭灯火阑珊，若明若暗。耳边的字句深沉，分明没头没脑，可几个字就让她那颗悬在刀尖上的心安定了下来。

第二十章　思青鸟

曲不询压根没理会特殊灯器，一心搜寻普通灯器，算来算去，他手牌上的分数比沈如晚的略多一些。不过先前他们俩领的是对牌，所以无所谓谁的分高谁的分低，统计时是加在一起的。

比赛里有一个人成组的，也有两个人成组的。这规则对于前一种人来说似乎不太公平，但千灯节是饮宴盛会，比赛本就只图一乐，独自成组的人非要较真的话，再寻一个得力的队友就是了，故而没人就这个规则大闹一场。

午夜时分一到，无论是原先装饰、陈列用的灯器，还是摆在案上供游园者点燃的灯器，齐齐地盛放出光辉，瞬间火树银花，灯火辉煌。

园中央看起来不甚起眼的一块石碑上忽然亮起了奇异的光纹，如同水波流转，细看时又让人觉得玄妙无穷，稍不留神便会陷进去，变得如痴如醉。直到脑海中不知从何处传来一声钟鸣，振聋发聩，看客才会忽然醒来，露出惊愕之色。

沈如晚一眼看过就明白这石碑的玄机了：锻造者顺着石碑的纹理巧妙地打造了一个有迷惑人心之妙的阵法，同时配上解阵，能在旁观者心神失陷时发出黄钟大吕般的警示。

这阵法倒不太复杂，妙就妙在有新意。把这样的奇思妙想用在一块没什么大用的石碑上，除了尧皇城有这样的大手笔，也不会再有别家了。

沈如晚凝视着那块石碑，看着上面璀璨的光纹融在一起，组成了一组数字，正是她和曲不询手中对牌的编号。那数字在石碑上停留了片刻，忽然化为烟霞，猛然蹿了出来，直直地朝她和曲不询的方向飞了过来，如流星坠于怀中。

沈如晚伸手，烟霞就散在她的掌心里，变成了一盏样式精巧的滚灯。滚灯圆如球,里头有一支蜡烛,无论外壁如何被翻滚、抛掷,里头的烛火也不会倾覆、熄灭,永远朝上。

周围的游人见了她手里的滚灯,再一看石碑上的字,就知道她和她身侧的男修就是今日的头名了,不由得"啧啧"称奇,或艳羡或好奇地看着他们。不怕生的修士凑过来,问道:"道友,你们究竟是怎么做到的?怎么能拿那么高的分?你们是不是有什么秘诀?能不能说给我听听?我保证不透露出去。"

这话问得实在失礼,哪有修士开口就问人家秘诀的?他还说什么"保证不透露出去",身侧人来人往,谁还听不见他这话?他说不说出去又有什么分别?

这话不仅沈如晚不搭理,周围的游人听见了,也嘘声起来。

可那修士脸皮了得,被人嘘声却连脸颊也不红一下,索性又向前走了一步,涎着脸问:"我看这分数比第二名的高了一倍,纵然你们有两个人,也不该在这点儿时间内拿这么多分吧?这到底是怎么回事?我心里若装着事,不知道答案是怎么也睡不着的。道友,你们就可怜可怜我吧。"

沈如晚若是会被几句好话就哄得心软的人,也不至于这么多年来凶名远扬了。上赶着来求她身上的好处的人,她一眼也不会多看。反倒如章清昱这样再窘迫也不求她的人,她偏要口是心非地帮一把。

她冷冷地看着这个修士,半句话也没说,就把人家看得向后退了一步,方才"二皮脸"般的笑容也浅了。

曲不询从沈如晚的手里接过滚灯,悠闲地拨着外壁将灯转了几圈,抬头看向那"二皮脸"修士,随意地笑了笑,看着比沈如晚宽和一百倍:"你真想知道?"

"二皮脸"修士虽然莫名其妙地畏惧沈如晚的冷脸,可在尧皇城过得安稳惯了,便觉得她总不至于在城主府里翻脸动手。他见曲不询和颜悦色,立刻朝曲不询挪了一步:"道友,我真想知道,你说说呗。"

曲不询朝他招了招手,示意他凑得再近一些,低声说:"靠——实——力。"

"二皮脸"修士只觉得被戏弄了,不由得恼怒,方才仗着在城主府里不能轻易动手的底气如今却成了桎梏。况且他真要动手的话,心里也没底。

"你们不愿告诉便不告诉,哪有耍人的呢?""二皮脸"修士愤愤地说,却不敢动手,只是耍赖、撒泼,嚷嚷起来比初生的孩童哭喊得还要响亮,"头名有黑幕!他们对我动手了!这是要灭口啊!"

"黑幕"这样的词自然容易引起大家的注意,更别提这次是大家亲身参加的比赛。"二皮脸"修士知道,就算旁人不作弊,冠军也轮不到自己,可谁还不能有点儿期望了?

听了这一声吆喝,远近的游人纷纷投来目光,步履匆匆地走过来想看个热闹。

沈如晚见过的"二皮脸"不少，只是随便出门就能遇见一个，不得不感慨这世上厚脸皮的人实在太多，厚道的老实人都不够折腾的了。

她不说话，只是定定地看着那"二皮脸"修士，似笑非笑的，莫名其妙地叫人心里不安。

"二皮脸"修士脊背生寒，转瞬而逝的感觉让他下意识地离沈如晚远了一点儿。他远远地看见一列穿金甲蓝衫的修士步履整齐地朝自己走来，不由得一喜："你们可算来了！我倒要问问你们，今天这比赛里竟有如此明显的猫腻，你们就不怕南柯娘娘得知后重重地罚你们吗？"

此人颠倒黑白极有一手，转眼间就倒打一耙。他说沈如晚和曲不询以作弊的手段在这场比赛中获胜，方才还偷偷地蛊惑他，要把赢得比赛的法子卖给他，骗取他的灵石，幸而被他识破，这才强行被他留在这里。

围观的修士们没那么健忘，不至于这么快就忘了事情的原委，不由得又嘘他指鹿为马。

偏偏"二皮脸"修士振振有词："倘若不是他们先来暗中蛊惑我，我焉能上来就问他们赢得比赛的秘诀是什么？没有这样厚脸皮的人吧？"

这话他说得太理直气壮，以至于还真有些说服力，让人半信半疑。

金甲修士们左看看"二皮脸"修士，右看看沈如晚和曲不询，觉得谁都有理，不过最后还是更相信沈如晚和曲不询一些。

不得不说，这世上的人终归还是以貌取人的。"二皮脸"修士长得虽然不丑，但普普通通，哪里比得上容貌过人的沈如晚和曲不询？光是看着这两个人的仪容风度，旁观者便觉得他们不可能有什么坏心思。

可"二皮脸"修士不在乎，只要能迷惑几个人就算成功了，于是继续对城主府的人说："我早就觉着不对劲，寻常的修士哪能那么快就点燃灯器？他们别是和谁串通好了，早早得知了特殊灯器的位置，直接将其取了过来！"

他说得信誓旦旦，不过是想借城主府以稳为要的行事宗旨，让人安抚他，给他一些补偿。他纵然会给人留下不好的印象，可那又有什么要紧？好印象能当灵石用吗？

家大业大就是这点不好，城主府为了维护尧皇城的安稳和名声，有时明知对方在钻空子、耍赖，也要无奈地应下，给了"二皮脸"修士之流机会。

可今日这几个隶属于城主府的修士没有闹心地皱着眉，反倒神色悠然，带着点儿看好戏的意味说："你说这两个人为了骗你的灵石，所以私下蛊惑你？"

"二皮脸"修士心里忽地一沉，可嘴上半点儿也没犹豫："是这样的。"

"这就怪了，"为首的金甲修士发出了笑声，"你是家财万贯还是富可敌国？怎么一下子就能在人群里脱颖而出,被两位丹成修士合起伙来骗财?"

两位丹成修士!旁观的修士们一片哗然,或畏惧、或好奇、或憧憬地偷瞧着沈如晚和曲不询——对于普通的修士来说,丹成修士虽然并不算什么特殊的大人物,可哪一天真的出现在身边,也是一件稀奇之事。

沈如晚被无数好奇的目光看得头皮发麻,淡淡地扫了那几个金甲修士一眼:"这人怎么办?"

"他造谣生事、煽动他人,自然要被执法堂接去好好地修理一番。"为首的金甲修士笑了,"前辈请放心,没个三年五载,这人出不来的。"

先前沈如晚还没辨别出来,此时一听这位金甲修士说话,方知这位是个身材魁梧、声音低沉的女修。她威风凛凛地朝沈如晚和曲不询深深地一揖:"两位前辈,城主与梦笔先生有请。"

只看这番礼遇的态度,沈如晚觉得孟南柯与邬梦笔似乎是友非敌。她不置可否,与曲不询对视了一眼,在众人艳羡的目光里跟着金甲女修走了。

沈如晚随口问道:"我从前并未听说过千灯节,不知是何事让尧皇城三年大贺?"

金甲女修怔了一下,欲言又止般看了沈如晚一眼,沉思了许久。

而后,她边走边叹气:"本来这话不该我说的,但邬师父从来不说给旁人听,所以整个神州也没人知道。我怕两位前辈误会了他,就做主多嘴一回吧,只盼两位前辈待会儿见了邬师父,想起我的话能少怀疑他几分。"

这话没头没脑的,和千灯节有什么联系?

沈如晚微微蹙眉,却没犹豫:"你说。"

金甲女修慢慢地说:"世人皆道邬师父逍遥神秘、神通无量,其实只有我们这些离得近的人才知道,他虽然手段莫测,有许多偷天换日之功,可论其根底,终归不过是一介凡胎。凡人寿命不到百载,修士长些,到百五十载、两百载也该驾鹤西去了。两位前辈可知邬师父今年多少岁了?一百六十九岁。"

邬梦笔就算有再盖世的手段,能把一介凡胎延寿到这个年岁也差不多到极限了。

"千灯节是邬师父想出来的延寿的最后一招。"

修仙界神龙见首不见尾的希夷仙尊竟然只是个没有灵气和修为的凡人!

倘若在别处听说这样的隐秘之事,恐怕谁都要付之一笑,狠狠地嘲弄编出这样哗众取宠的消息之人两句。可金甲女修如此郑重其事地说出这样的话,容不得他们俩不信。

沈如晚这些年听过多少桩奇闻异谈,却从来没有哪一桩比这一桩更让人出乎意料。她微微蹙着眉,很快便领会到了金甲女修在领他们去见邬梦笔前说出这件事的用意。

　　实力高深莫测的希夷仙尊和凡躯俗体、大限将至的邬梦笔相比，自然是后者更无害。他们若对邬梦笔生出什么猜疑之心，一想到这人时日无多，恐怕疑心也该消去三分了。

　　这位金甲女修要么是亲近邬梦笔的晚辈，真心关心邬梦笔；要么就是奉了邬梦笔或孟南柯的命令，故意消除她和曲不询的警惕心。

　　沈如晚不动声色地和曲不询对视了一眼，等着听金甲女修还会说出什么话来。

　　可金甲女修朝沈如晚和曲不询微微一颔首，姿态不卑不亢，再不多言了，继续在前方带路。

　　沈如晚若有所思地看向金甲女修的背影，回忆起来：从前她并非没有见过希夷仙尊，只觉得其气息平实，有一种高深莫测之感。因此，她对希夷仙尊的实力从来没有怀疑过，以为他至少是丹成修士，能与宁听澜一战。

　　"这就怪了。先前我也在《半月摘》的办事处见过几个意修，他们虽然修为浅显，但也是有灵气的，绝非凡夫俗子。怎么普通的意修有灵气，希夷仙尊倒成凡躯了？"沈如晚定定地看着金甲女修问。

　　金甲女修脚步不停地匆匆向前走，一直到沈如晚以为不会再得到回应时，金甲女修才在走过转角时忽地侧头朝沈如晚投来短暂到难以让人辨清的复杂目光，轻声说："他们不一样。"

　　她抛下这句没头没脑的话，转瞬踏入了被薄雾隔开的另一处庭院里。

　　城主府与《半月摘》的办事处相连，中间只有一道禁制。这道禁制在千灯节时被解除了，大半个园子都对外开放，供游人玩乐，只有后面连带司署的小半个空间被隔了出来。

　　外面火树银花的景象已不负"千灯"之名，然而谁也未曾想到，在神秘的薄雾之内才是真正的千灯万盏的世界。无数一模一样的灯器有序地挂在半空中，在微风里轻轻地摆动，明亮夺目。

　　仔细数来，这满眼的灯器何止千盏？

　　无数的灯器被密密麻麻地摆在一起，静静地发出光辉，竟有几分慑人之意，叫人不敢发出一点儿动静，打扰了这份静谧。

　　沈如晚蹙着眉绕开一排灯，在灯的尽头看见了一方小小的池塘。

　　池塘上的水波在夜色里荡漾开，托着一座凉亭，一道清癯的人影坐在凉亭的中央。这人并不高大，但身姿笔挺，沈如晚即使远远地见了也觉得他有一种巍然的气势。

　　待沈如晚和曲不询走近了，那道身影便慢慢地转了过来。此人的脸上带着温和的笑意，伸手朝对面的位置指了指："我等你们很久了，请坐。"

沈如晚见到那张曾有一面之缘的脸，心头一震，皱着眉打量了邬梦笔一会儿，没立刻坐下，只站在对面问："你如今怎么变成了这副模样？"

十来年前，沈如晚见到的希夷仙尊虽然已上了年纪，可精神矍铄、神采奕奕，脸上不过有几道皱纹，任谁见了都觉得他还能再活很多年。可如今坐在这里的老修士鹤发鸡皮，已是垂垂老矣、毫无生机的模样了。

那时的沈如晚还是个突逢巨变的年轻修士，虽然心如死灰，礼数却分毫不差，对希夷仙尊还心怀憧憬之情，绝不是如今这般毫不客气。

邬梦笔见她既不坐下也不接话，就这么直接开问，并没恼怒，反倒露出一丝觉得她好笑的模样："传闻说你脾气直、性子冷，不会拐弯抹角，我总是不太信。我记得我见过的沈如晚小道友分明十分客气、温和，脾性再好不过了，怎么就成了冷面杀星呢？"他说到这里，轻轻地笑了一声，释然了不少，"一晃这么些年了，咱们都变了。"

沈如晚并不接他感叹时光的话，没什么表情地定定地看着他。

他抬头，默不作声地和沈如晚对视了一会儿，终于长叹一声："难道先前小云没有悄悄地同你们说起我的事吗？这孩子平时很听话，关键时却认死理，我料到她若见了你们，必然要先透露一些消息，打消你们对我的敌意。"

原来先前的金甲女修叫小云。

曲不询伸手敲了敲桌案，看了沈如晚一眼，在邬梦笔对面的位置坐下了。他毫不客气地凝视着邬梦笔，目光如炬，嗤笑一声："你倘若觉得真没这意思，大可以换个人去引我们。"

小云递话，不过是邬梦笔心知肚明的默许罢了。

邬梦笔并不尴尬，反倒坦然一笑："同样的话从旁人的口中说出来，自然比我自己说更让人信服。这些都是真事，我有什么不安的？如今你们见了我，应当能看出这话的真假。"

不错，他这副羸弱的身躯中所蕴含的生机很微弱，他甚至连健壮些的凡人也比不上，分明是命不久矣的模样。

沈如晚神色冷淡地在他面前坐下了。

纵然这副身躯看起来当真大限将至，她也不全信邬梦笔的话。希夷仙尊神秘莫测，又是她并不怎么了解的意修，若有什么能同时瞒过她和曲不询这两个神州顶尖的修士的小手段，也并不稀奇。

"我见过其他意修，他们是有修为的。大家都是意修，你还是最出名的那一个，怎么偏偏和别人不一样？"沈如晚单刀直入地问。

邬梦笔即使被这样质问，神色也没变，心平气和地看着她说："你只知道如今的意修都有修为，很是了得，怎么不想一想，从前《半月摘》尚未流传开时，这些意修怎么会在神州寂寂无闻呢？"他喟叹一声，慢慢地端起那只茶杯，"方壶仙山沉入海中之前，所有的意修都是我这样的。"

一场浩劫不仅带走了曾经繁盛的方壶仙山，也将这片神州上有关意修的过去慢慢地抹去了，将其变成无人问津的废纸堆。

"如今你们见到的意修也有修为，其实是正统的传承断了，意修已没有未来了，必须借灵修的法门，把他们每个人的修为都接到另一条路上。"邬梦笔平静地说，神色中却好似藏着深深的悲哀之意。

即便如此，意修在神州的处境也十分艰难，因此邬梦笔心念一动，办了这份《半月摘》。

"他们的传承断了，难道独独你另有机缘？"沈如晚问。

邬梦笔苦笑："我在意修这条路上，和他们的情况不太相同。"

可他究竟差在哪里了？

"我天生便适合走意修这条路。幼年时，我曾因奇遇找到了一本意修秘籍，试着自己修炼，从头到尾也没遇上什么瓶颈，甚至以为意修的法术就是这么好学。"邬梦笔说到这里笑了，"可后来我再对照那本书，才发觉并非人人都如我一般，多的是卡在一步上再难寸进的修士。"

他说这话实在有些欠打，估摸只有沈如晚和曲不询能面不改色地听下去。

沈如晚沉默片刻，偏过头看了曲不询一眼，曲不询几乎同一时刻投来了目光。

"你既然天资出众，怎么如今是一副形销骨立的样子？就算十年流光暗度，一个气质出众的仙尊也不会这般落魄吧？"曲不询似笑非笑地问。

邬梦笔将目光转向曲不询，态度谦和，说出来的话却怪怪的："我该叫你曲道友还是长孙寒小道友？"

曲不询蓦然抬眸，直直地盯着邬梦笔。

"不必这般警惕，也不必用这种阴冷的眼神看我，你能死而复生与我半点儿关系也没有，这都是你自己的机缘。"邬梦笔说话时姿态很放松。

曲不询沉默了一瞬，然后问："什么意思？"

邬梦笔追念起来，慢慢地说："你刚认下那把剑的时候，我远在尧皇城便能意识到这把剑有了新的主人。你可知道这把剑的来历？"

估计谁也想不到，在剑修中广为流传、常被感叹残缺不全的《孟氏坤剑残谱十式》其实并没有消失，而是随着孟氏家族的修士奔往五湖四海，代代相传。

"孟氏，孟华胥……孟南柯……"沈如晚微微蹙起了眉。

555

这个"孟氏"竟然真的就是孟南柯和孟华胥,总给人一种难以接受的感觉。

"没办法,到了他们这一辈,姐弟二人都不愿学剑,如此便各学各的了。"邬梦笔笑了笑,"孟氏有一柄传世名剑,名为不循,相传能起死人、肉白骨。这不循剑只要能认主,便能使其不死,只是随着方壶仙山沉入海中不见了踪迹。"

邬梦笔说到这里,慨然一叹,微笑着看向曲不询:"不循,不询,不必我再说下去了吧?孟氏的血脉对这把剑犹有感应,只是不知方位,但若被人认主,孟氏弟子便能立时觉察。当初你被不循剑认主时,南柯便知道了。"

"名剑难求,唯有至刚至正者方能收服它,"邬梦笔目光幽幽地看着他们,"一如碎婴剑。"

沈如晚与曲不询虽然先前便猜到一二,可听邬梦笔完整地说起不循剑与方壶仙山、孟南柯姐弟之间的关系时,还是深感出乎意料。

他们管中窥豹,知道那座沉入海中、逐渐被世人所遗忘的仙山一定还藏着许许多多惊世的传承与宝藏,可这些都随着一场莫测难阻的浩劫而笼上了迷雾,消失在这片神州上了。邬梦笔、孟南柯、孟华胥、意修、不循剑……每一个名字的后面都藏着一段独属于方壶仙山的风华,多年后才在这些后辈身上投下一点儿影子。

当初鼎盛时的方壶,应当也是一个全然不下蓬山的仙道圣地吧?

"这么说来,我倒是无意中夺了孟家的传世剑。"曲不询沉吟道。

邬梦笔微微摇头:"就算你没有收服不循剑,也轮不到他们。孟氏族人寻不循剑寻了多年也不见踪迹,到了南柯这一辈,他们姐弟俩都没这心思了,也不在乎这把剑。当初南柯感应到你收服了不循剑,也不过付之一笑。神剑有灵,你能收服不循剑,这不循剑便属于你。"

什么传家宝剑、血脉感应,都是虚的。沧海桑田,宝剑也要择主,不再属于孟氏的、只存在于过去的辉煌,曲不询忘了便是。

话是这么说,可这毕竟是能令人起死回生的宝物,孟南柯姐弟居然能等闲视之,这份洒脱分外难得。

邬梦笔微微一叹:"先前你问我,如何在短短十多年内苍老这么多,以至于到了大限将至的时候,这便要说到我们意修的特殊之处了——唯有对自己的所思所想深信不疑,方能派生万物。"邬梦笔幽幽地说,"从前我做人做事,问心无愧,自然心想事成,那时多的是办法延寿增元,故而你们二位见到我时,我还算意气风发。不过如今的我已做不到问心无愧了,心障一生,意修的神通便去了大半,我自然就成了这么个无计可施的糟老头子。"

"问心有愧,是吗?"沈如晚慢慢地说。

说到此处,彼此都知道真正进入正题了。

邬梦笔与宁听澜的关系、他在关于七夜白的事中抹不去的浓重的痕迹及其隐约在背后推沈如晚一行人一把的迹象才是沈如晚和曲不询来访的理由。

邬梦笔沉默了片刻。

"想必你们都知道了,七夜白这东西最初其实是孟华胥培育出来的,但真正草菅人命、豢养药人的却是宁听澜。"他一边说,一边看沈如晚的目光变得惆怅起来,"我还担心你不愿相信,不知该怎么同你说清。"

沈如晚他们这一路风雨无阻地查下来,再难以令人接受的真相也在夜以继日地寻找到的线索中被拼凑出来了。沈如晚很难相信旁人空口无凭地否认她从前深信不疑的东西,但真相可以做到。

"当初孟华胥培育七夜白,其实并不是存了什么坏心思——他这人不管多少岁都是小孩子脾气,看上去古怪,其实心眼是很好的。他的心里没有那么多正邪之分,只有感兴趣的和不感兴趣的,感兴趣的东西他便要花心思去做,譬如说培育出一种药效惊人的奇花。你们也看过他最开始培育七夜白时的笔记了,那时他并没想到在人身上种花,可是后来阴错阳差地培育出了如今的七夜白。"维护亲近之人是人之常情,邬梦笔怕他们对孟华胥生出意见,不免详细地解释起来。

其实他们已从孟华胥那里听过了七夜白最终种在人身上的原委,然而邬梦笔再叙说起来,无论是沈如晚还是曲不询都没有打断。

"二十多年前,南柯意外受了重伤,尧皇城虽富庶,可并不产什么天材地宝。那种能起死回生的灵药最是难求,但也不过是勉强吊着她一口气罢了。南柯、华胥姐弟俩一向关系亲近,因此当孟华胥带着七夜白的成花来见我时,我虽然惊愕,可情急之下顾不上问那么多,直到后来才知道,这种天材地宝竟然是以人身为花田的。

"再后来,南柯的身体还是不大好,我犹豫再三,自己也种了一朵七夜白。"邬梦笔轻描淡写地将这段往事带过,继续说,"之前我说孟华胥是小孩子脾气,半点儿也不假。这傻小子看南柯快要醒过来了,不知怎么想的,居然害怕被姐姐责怪他不爱惜自己的身体,谁也没告诉便撒腿跑了,我们找也找不着。"

这些和孟华胥所说的经过对得上号,和真相应当大差不差了。

"从前南柯和我与宁听澜有过交情,孟华胥便和宁听澜也很熟悉。他跑了不要紧,可误信了宁听澜的话,把七夜白的事都抖搂了出去。"邬梦笔摇了摇头,露出些微痛悔之色,"宁听澜这人惯会惺惺作态,所以那时我和南柯已不怎么和他联系了,可孟华胥并不知道,更不晓得人心难测。他不放在心上的财富与权势,自然有旁人会费尽心机地夺走。"

后来便是宁听澜和元让卿一步步地骗走七夜白的培育之法,私下豢养药人,直到沈如晚被沈晴谙带到沈家族地,走火入魔,导致沈氏覆灭。因事情太过骇人听闻,这才引起了邬梦笔的注意。

"直到那时，我才发现端倪，起了疑心，于是去见你，可惜没从你那里得到什么线索。再加上那时你在蓬山，宁听澜对你看得很紧，我若问得多了，说不准他会将你灭口。"邬梦笔说到这里，朝曲不询看了一眼，笑了笑，"后来我还拜托他和你认识一下，以他当时在蓬山的地位，他只要能发现端倪便能查下去，也能护得住你。可惜，事情没能如我所愿。"

沈如晚不由得朝曲不询望去，愕然。

从前邬梦笔还让曲不询来认识她？

曲不询轻轻地喟叹一声，摸了摸鼻子，又看向邬梦笔，问："既然从那时起你便已有了疑心，这么多年来也算查清了真相，为什么不公之于众？你有《半月摘》这等让整个神州都传阅的利器，自然有的是人愿意相信你。"

"你知道这世上什么人的话最有信服力吗？"邬梦笔忽然说起风马牛不相及的话来，"活人。"

"你们看我如今这副模样，形销骨立，不过是个平庸的糟老头子罢了。"邬梦笔叹道，"至于南柯，从前的旧伤已成沉疴，她也早不是意气风发时的样子了。先前我在《半月摘》上揭宁听澜的老底，有人信，有人不信，宁听澜还坐得住，再加上对我们还有几分忌惮，这事也就这么过去了。可我若把这事说开了，他便再也坐不住了，只怕要不惜一切代价来杀我们了。"

邬梦笔道："若只是一死倒也罢了，我和南柯都不是惜身的人，活了这么些年，一死何惧？只是，若我们死了，他还活着，那真相最终会被粉饰、被遗忘。"

活到最后的人才有资格决定舆情，宁听澜有的是本事把真相变成无人问津的荒唐的传言。

这世道当真奇怪，什么坏事也没做的人知道真相后问心有愧，实力大减，时日无多；真正做了恶事的人反倒毫无愧意，要将坏事做绝。

"后来南柯感应到不循剑被认主，并察觉到大致是在归墟下。我一查当时落入归墟之人，便猜到了你头上，那时便知你多半没有死，早晚有一天能从归墟下出来，以你的性格必然要查个水落石出。"邬梦笔看着曲不询说，"我在许多地方留了线索，只等着你们什么时候来找我。好在时光荏苒，我终归等到了这一天。"

"你们若再晚一些，也许就见不到我了。"邬梦笔笑得很平淡。

沈如晚皱着眉头看向邬梦笔，始终不相信久负盛名的希夷仙尊竟已时日无多。

"好在老天有眼，如今我不仅等到了长孙道友，还等到了沈道友，这实在是意外之喜。你们二位能同进同退，我的把握便更大了。"邬梦笔说到这里，微微向前倾身，"我先前犹豫的无非是宁听澜将我和南柯灭口后，仗着他的实力和在蓬山经营多年积攒的声望颠倒黑白，苦于无法反制他。你们二位却不同。"

无论是沈如晚还是曲不询，都已早早结丹，这些年来日渐精进，并不弱于忙于权势的宁听澜。

"你们二位回蓬山与宁听澜对质，我在尧皇城用《半月摘》把七夜白的事说个清楚，真相便永远不会被粉饰了。"邬梦笔诚恳地看向两个人，"你们见了宁听澜，便知道我说的究竟有几分真假了。"

沈如晚回首看着满园静谧的灯火，沉默了。

"时候快到了。"邬梦笔忽然说。

"什么意思？"沈如晚回头看他。

邬梦笔笑了笑："我先前不是说了吗？我这糟老头子时日无多，可终归不甘心就这么带着真相入土，于是又想了些千奇百怪的歪门邪道来延寿，因此有了这么一个千灯节。"他幽幽地看着满园的灯光，"待会儿从门口到亭中的所有灯若是都亮着，那我就能多活七年；若只亮着一小半，那我就能多活三年；若只有亭中的灯还亮着，那我就只能再多活一年。"

"千灯节到如今已是第四届了，先前那三次总共给我延续了十一年的寿元，只是留下的灯盏越来越少，不知道这次还能留下几盏。"邬梦笔笑了笑，浑然不似在说自己的寿命，"我本来已经不抱希望，不过只剩下两年寿元了，终归还是想试一试的。"

"这也是方壶从前的绝学，叫作'烧灯续昼'。"

这又是一种沈如晚从未听说过的离奇绝学，倘若被当今神州的修士知道了，必然要引起轩然大波。可如今，这样的绝学也只能如面前这个垂垂老矣、大限将至的老者一样，被掩埋在过去了。

微风拂动，水波荡漾，带起了异样的"窸窸窣窣"的声响。忽然，一阵狂风不知从何处而来，席卷了整个庭院。劲风凛冽，倏然吹灭了大半个庭院的灯火，却还是半点儿不停，气势汹汹地向前吹来。

第二个呼吸的工夫，亭子外的灯全熄灭了，整个庭院陷入一片黑暗中，只剩下这小小的亭子里的灯还亮着。

劲风半点儿不停，直直地吹入亭中，将亭中的灯也纷纷吹灭，又毫不留情地攀上了桌案的边缘。

最后，只剩下那一盏摆在他们眼前的灯器，孤零零地在这片无边幽暗的庭院里闪烁着光彩。

烛影摇晃，似乎将要熄灭，可终归没有暗下去。

"这代表你还能多活多久？"沈如晚低声问。

邬梦笔盯着那盏孤灯看了好一会儿，竟然笑了起来："三个月，延续了三个月。"

先前他说只剩下两年寿元，加上这三个月，也不过只剩两年三个月了。

沈如晚纵然对他观感淡淡，此刻竟也有些心情复杂。

英雄迟暮，最是悲哀。

可邬梦笔看着那盏灯火，最终微笑了起来。

"人世不过匆匆百年，浮生若梦啊。"他悠悠地轻叹。

越过满园被吹灭的灯火，穿过隔绝窥探的薄雾，园中的游人已散去大半。先前各色明亮如昼的灯器也都暗淡了下去，只剩下几盏最大、最显眼的灯，映照着游人新奇欢笑的脸。灯下看人，别有一种朦胧之美。

千灯寥落，几灯余明，更引得游人往那几盏璀璨的灯旁走去了，大半个园子倍显冷清。

沈如晚踏过一片被黑暗笼罩的崎岖的石子路，朝园子正中走去。她一只手拈着袖口摩挲，半晌才开口："你信吗？"

她这话说得没头没脑的，换个人决计听不懂她在讲什么，可偏偏曲不询就懂。

"七八成真吧。"他说。

沈如晚转过头看他，并不怎么意外，只是蹙起了眉："那剩下的二三分假，假在哪里？"

曲不询语气平淡，慢悠悠地说："那就说不准了，也许他们在这些事里没有他们说得那样清白，又或许尧皇城并不全然置身事外，再或者，他们这些年和宁听澜心照不宣地把这些事掩盖下去，如今又想翻出来……什么都有可能。"

沈如晚沉默不语。

曲不询继续说："人总倾向于美化自己，只要有八分真，就可以让人信一信了，毕竟这些年来大肆培育七夜白，诬陷我、利用你的人确实是宁听澜。如今邬梦笔愿意助我们一臂之力自然更好，就算没有他，你我本来也要去蓬山的。"

沈如晚忍不住说："我不是这意思……"

曲不询轻轻地叹了一口气，偏过头来："我知道你的意思，你是想说，若邬梦笔他们在这里面也有些嫌疑，那缘何我们只针对宁听澜，不去追究他们，对不对？"

沈如晚抿了抿唇，然后说："道理我都明白，只是终究有个心结。我最近时常在想，宁听澜这些年培育七夜白，应当有不少人察觉到端倪，只是假装不知道，或者被收买而三缄其口。还有那些买下七夜白的人，又有几个是真的不知道这花怎么来的？宁听澜只有一个，可这一朵朵七夜白的背后还藏着数不清的被隐去的名姓。我当初……心灰意冷，突然封刀挂剑，就是因为这个。他们总说要和光同尘，可我做不到。"

曲不询借着微弱的月光凝神看她，轻轻地喟叹一声，带着些许无奈和无限的怜意说："你啊，隐逸红尘十年，再归来，还是那个眼里见不得沙子、偏偏又比谁都嘴硬心软的沈如晚。"

沈如晚半恼火地瞪了他一眼，没好气地说："我说给你听，是要你给我想个办法出来，不是让你奚落我。你若没什么有用的话，干脆就不要说了。"

曲不询微微垂头笑了一声："我在你心里就这么神通广大，连这种难题也能解决？沈师妹，你也太看得起我了吧？"

沈如晚皱着眉头，偏要说："我就不信你从没想过这些。"

曲不询又叹了一口气，道："我自然是想过的，可那都是多年以前的想法，如今谁还认得我是谁？我想管又能怎么管？"

沈如晚不言语，只是借着昏暗的月光，眼睛一眨不眨地盯着他看。

曲不询被她看得不自在，轻轻地咳了一声，笑着问："怎么？"

沈如晚收回目光，忽然翘起嘴角来，似笑非笑地说："你现在这么说，到时又变了。你若真能做到袖手旁观，当初从归墟出来之后就不会查七夜白。"

曲不询被这一句话噎得没话反驳，张了张口，刚想说点儿什么，忽然抬眸往远处看去。

人影稀疏、灯光寥落之处，一道坐在轮椅上的消瘦身影不疾不徐地向前。车轮滚过石板路，发出了"咕噜咕噜"的轻响，在远离喧嚣之处分外清晰。

"孟城主。"沈如晚叫了一声。

坐在轮椅上的身影回过头来，露出了孟南柯那张满是岁月痕迹的脸。看见沈如晚，她便笑了："道友，又见面了。"

沈如晚和曲不询已经在这里了，见与不见还不都取决于孟南柯的一念之间？

沈如晚只道："我还以为孟城主方才会在游人面前现身。"

孟南柯摇了摇头，轻叹："千灯佳节本是与亲友同乐的日子，我出现，大家就都来看我了，有什么意思？"

沈如晚凝神看着孟南柯，心想：邬梦笔在烧灯续昼延续寿命，孟南柯不可能不知道。他们先前从邬梦笔那里过来，孟南柯必然也是晓得的，如今却一句也没问邬梦笔究竟延寿几何，让人分辨不清她究竟是不在乎还是故意不问。

这对道侣身上有着一种既南辕北辙又分外相似的气质，仿佛把什么都看得很淡。然而一个人若真的能看开一切，是不可能如他们一样拥有这般显赫的名声和地位的。

孟南柯那双似能洞察人心的眼睛看了过来，在沈如晚身上停了一会儿，然后她突然开口："从前宁听澜和你差不多大的时候，脾气和你有点儿像。"

沈如晚微微皱起眉头，心绪有些复杂："我和他的脾气像？"

孟南柯点了点头："是，那时候他疾恶如仇，性格也很爽快，做事极有决断，遇上不平之事从不惜身，但不莽撞。我和邬梦笔总是跟在他后面，拦也拦不住，只得跟上去帮他，可跟上去才发现他心里是有成算的。"

"那时认识他、信服他的人是很多的。"孟南柯沉默了一会儿，继续说，"后来我们各有各的前程，联系少了，关系也就淡了，大家都变了。只是世人对过去的印象太深了，他可以轻而易举地骗取别人的信任。"

孟南柯说到这里，露出了受伤的神色，怔了许久，然后强行按捺住那股痛楚，神色如常地说："我们都变了。"

沈如晚默不作声。

孟南柯笑了笑："我不过是年纪大了，唠叨两句，耽误两位的时间了，实在抱歉。"

她操纵着轮椅向后退去，让他们前行。

沈如晚迈步走过平坦的石板路，经过孟南柯身侧时，微微偏过头，道："你有一个叫作书剑斋的产业，去看看里面有没有正在打工还债的人吧。"

孟南柯微微怔了怔，不解其意。沈如晚却不再解释，迈步向前走去了。

剩余的几盏格外明亮的灯器下，隐约传来了楚瑶光和人争执的声音。沈如晚有些诧异，走近了才发现她竟在和阿同吵架。

"根本不用你带我来，杭姐也会带我来的！"阿同叉着腰说。

楚瑶光握紧了袖口，差点儿把袖子拧成麻花："我去邀请你，你就不来；别人邀请你，你就要来。你就是故意的！"

阿同很利落地点了一下头："是！"

楚瑶光被她气得一个劲地翻白眼。

陈献站在旁边，左看看，右看看，好似介入不了亲姐妹之间的吵架，就用求助的眼神看向杭意秋。可杭意秋笑眯眯地站在旁边看热闹，假装看不出陈献的意思。

灯影婆娑，唯独他们在这处热热闹闹地拌嘴，竟成了一处稀奇之景。

沈如晚看了一会儿，最后才微微翘起了嘴角。

"别吵了。"她轻声说，好像带着一股莫名其妙的力量，让正在拌嘴的姐妹俩同时止住了话头，转过头来看向她。

沈如晚伸手，在姐妹俩的额前轻轻地抚了一下，淡淡地说："你们都已经和解了，这样子吵架又有什么意思？我以前也有个姐姐，被族里寄予厚望，那时谁也没在我身上投下什么期许，所以我总是免不了有一些酸涩的，但日子总要心平气和地过。心地开阔了，天地才广阔，到时你们也许还会想念彼此。"

她劝解人的时候很有长辈的感觉，让人听起来云里雾里的，一点儿也说服不了年轻人。

楚瑶光和阿同互相看看,听到"也许还会想念彼此"这句话,不由得对着翻了个大白眼。

沈如晚沉默了。

好吧……

"不许吵了,我嫌烦。"她沉声说。

这下楚瑶光和阿同彻底安静了。

杭意秋在旁边笑得前仰后合:"你们这两个小孩怎么这么势利啊?"

阿同朝她做了一个鬼脸。

风动灯影,拂过众人的脸,映出了众人欢笑的神情。沈如晚微微仰起头,看着那盏灯,轻声说:"蓬山此去无多路,青鸟殷勤为探看。我要回家了。"

第二十一章　雪泥鸿爪

自方壶、瀛洲沉入海中后，蓬山便成了神州修士心目中唯一的仙道圣地。无论是刚刚踏入仙道的普通小修士还是云游四方、不愿受宗门束缚的散修，倘若被问及"蓬山在何处"，都能答上一句"青鸟知归路"。

无论身处何处，蓬山的弟子永远能找到蓬山的归路。

这一路山长水远，蓬山的境况不明，沈如晚本想让楚瑶光和陈献先回家去，没想到这两个小朋友竟然都不愿意。

"我们说好一起查清楚七夜白的事，我现在回家算什么？起码要等到我们把事情查清楚再说。"陈献一个劲地摇头。

楚瑶光也有自己的理由："我出来是为了把妹妹带回家的，可现在阿同无论如何也不愿意跟我一起回楚家，我一个人回去又算什么呢？我也要跟着去蓬山查清真相。"

少年人的身上总有些不讲道理的义气，无论沈如晚到底需不需要，他们都愿意和她同进退。而且正因不知蓬山如今什么情况，楚瑶光和陈献更要跟着一起去了。

曲不询轻声笑了，伸手搭在陈献的肩膀上，语气悠闲："你想好了，一定要跟着我们去，不会后悔？"

陈献重重地点了一下头："师父，我绝不后悔！"

曲不询的目光在楚瑶光和陈献的脸上扫过，他收回手，笑了笑："那就一起去。"

见沈如晚犹自蹙着眉，曲不询拈去她鬓边的花蕊，深沉的目光望进她的眼中，如晨风拂过无尽的山峦，微微笑起来："任他刀山火海，踏平了就是一马平川。不是回家吗？回家有什么好怕的？"曲不询语调轻松，闲散不羁地继续说，"龙潭虎穴你都闯过了，还怕回家吗？"

沈如晚没说话，瞪了他一眼。

曲不询低声笑了起来，看着尧皇城在暮色里渐渐远去，霓衣风马在夜色里化为烟霞，迎来送往。

总有新的来客进入这座繁盛的城，创造新的故事。

他收回目光，忽然悠悠地叹道："觑百年浮世，似一梦华胥，信壶里乾坤广阔，叹人间甲子须臾……"

沈如晚坐在另一侧静静地听着。

曲不询好像又想起了什么，转头随口问她："你有没有问过，为什么邬梦笔叫孟华胥'梦弟'？"

沈如晚的脸上突然露出了古怪又好笑的神情，她说道："孟南柯说，因为从前孟华胥并不叫这个名字，'华胥'是后来取的，以前孟华胥单名'梦'，所以书剑斋里的字条上都是'小梦'。"

曲不询"哦"了一声，顿了顿："这么说来……"

他也露出了和沈如晚一般古怪的表情来。

以前孟华胥叫"孟梦"？

孟华胥那样古怪又坏脾气的老头儿竟有这么个读来软糯的名字？

沈如晚倚在宝车的栏杆上，笑得肩膀都颤起来了。

宝车化作漫天的流光，直入白云深处，惊散了一天飞鸿。

蓬山共有十八阁，对应着十八脉传承，从第一阁剑阁起到第十八阁，皆门徒众多。

如此庞大显赫的宗门，自然需要人井然有序地运作来维持，从势力到财力，方方面面。

蓬山之外共有六个凡人的国度，凡人们奉蓬山为尊，从山川地域上拱卫蓬山。而蓬山平日里会向宗门弟子发布任务，令弟子轮巡附国，维护附国的安定，令胆敢在蓬山附国作祟的邪修有去无回。

"轮巡附国的任务很常见，当初我也接过很多次。蓬山附国幅员辽阔，弟子们接了任务便要四处巡视，能见识附国的风光，也算是长见识，比那些守在一处的任务有意思很多。"沈如晚向楚瑶光和陈献低声解释。

初到蓬山，他们本该直接飞到忘愁海的，可不知最近蓬山附国出了什么乱子，所有蓬山弟子均不得在附国上空飞行，必须到所在附国的国都验明身份后才能回到蓬山。

他们刚进入蓬山附国便被轮巡的弟子盯上了，不得不先去附国的国都。

以沈如晚和曲不询的实力，他们若想强闯回蓬山，这些轮巡弟子是挡不住的，可他们不急于这一时。无论是沈如晚还是曲不询，年少时都轮巡过蓬山附国，如今再见同门轮巡，难免生出一股时光荏苒的惆怅之感来。

"师姐是刚回蓬山吗？"同样等在旁边的同门小弟子听见她的话，好奇地看了过来。

沈如晚看过去，微微笑了一下，没回话。

"我没有别的意思，就是在宗门里待得久了，也想出去游历。只是师尊还不允许，我就只能接了任务，在附国先游历一番。原本我想接轮巡任务，只是实力不足，没接到。"小弟子不好意思地笑了笑。

蓬山有时也会发下弟子只在附国内完成的任务，如寻找灵药，对实力要求并不高。蓬山附国的凡人们都知道仙山中的仙人神通广大，多愿将蓬山弟子奉为上宾，只是修仙者多半看不上凡俗之人。

"那你可知道最近蓬山附国发生了什么事吗？"沈如晚随口问。

同门小弟子点了点头，道："说来也不是什么大事，就是一只入了邪道的山野妖物吸食了人的精血，在附国中乱窜，很是狡猾。轮巡的师兄、师姐已将它逼入阵中，过不了多久应当就能将其擒拿。"

沈如晚本来只是随口一问，听到这个回答，不由得蹙了蹙眉头，目光和曲不询对上了。

他们都是在宗门里办过实事的人，一听便觉得其中有猫腻。蓬山倘若只是为了捉一只妖物，何须大费周章地禁止往来弟子飞行？

"是因为你我？"她蹙着眉低声问。

曲不询微不可察地摇了一下头："先等等。"

他的目光在前方核验身份的弟子身上游走了片刻，轮到他时，他顿了顿，说："我在蓬山寄身过几年，今番随朋友一道回来，并无凭据。"

蓬山弟子成千上万，往来的亲友数不胜数，核验身份的弟子一点儿不觉得奇怪，接着又去问沈如晚。

陈献和楚瑶光偷偷摸摸地打量着曲不询的神色，看见他挑眉回望，又纷纷移开了目光，心里疑惑不已。与曲不询和沈如晚同行这一路，他们早认定曲不询同沈如晚一样都来自蓬山，并非只是在蓬山寄身过几年，可曲不询到了蓬山地界依然如此自称，实在让人迷惑。

核验身份的玉册就在面前，沈如晚沉默了。距离她上次面对玉册、需要核验身份已过去很多年了，谁知她回了蓬山，仿佛瞬间回到过往，只是物是人非。

她慢慢地从袖中取出一块温热的玉佩，摊在手心里，递到对方面前。

拿着玉册的弟子接过玉佩，随意地朝侧面看了一眼，一边在玉册上搜索，一边低声重复："第九阁，沈如晚。"

重复这么一遍，他竟觉得有些熟悉，顿了一下，疑惑地念叨起来："第九阁，沈如晚？"

还没等他想明白这名字究竟熟悉在何处，他手里的玉册忽然亮了起来，"哗啦啦"地向前翻页，停在第九阁的地方，一行字亮了起来：

蓬山第九阁亲传弟子沈如晚，十七岁结成金丹，掌剑碎婴，名冠神州。

"哎呀！"那弟子看得呆了，捧着玉册，愣愣地抬起了头，"是沈如晚沈师叔吗？"

当初沈如晚离开蓬山时还没到被不相熟的小弟子称为"师叔"的年纪，如今再回来，对方一张口竟管她叫"师叔"。她怔了一下，按捺下不自在的感觉，微微点了一下头："是我。"

那捧着玉册的小弟子听她承认了，看着她的眼神里一下子充满了好奇与崇拜："师叔，你先前在钟神山当真只手挽天倾，扶起了已经崩塌的灵女峰吗？如今回蓬山，你是打算在宗门内一展身手吗？"

原来先前她在钟神山的事迹早就传到蓬山了。

沈如晚本来做好了回到宗门谁也不认得她的准备，却忘了如今修仙界的消息传递得如此迅速。她靠着在钟神山出的风头重新变得有名起来，还没到蓬山，便成了蓬山的师弟、师妹们口中的前辈。

"事情也没你说的那么夸张，只是当时灵女峰有些异样，我尽力而为，有些运气罢了。"她有些不自在地笑了一下。

从前她很少被人当面追捧，反倒是受人冷眼更多，如今十分不习惯。

"沈师叔也太自谦了，《半月摘》都说了，是你力挽狂澜，不然钟神山就完了。论起神通，果然还得看我们蓬山弟子。难怪沈晴谙师叔经常夸赞你呢！"小弟子眉飞色舞地说。

沈如晚忽然怔在原地，怀疑自己方才听错了，问道："沈晴谙师叔？"

小弟子捧着玉册笑得天真无邪："是啊，沈晴谙师叔最近也在轮巡。她很是推崇你，不知沈如晚师叔认不认识她？算起来，你们的年纪差不多呢！"

沈如晚盯着那小弟子，想问点儿什么，却不知从何问起，只觉得处在梦寐之中。

外面忽然传来灵气破空之声，几道气息从云外飞来，转眼便落在他们身侧。小弟子捧着玉册打招呼："沈晴谙师叔，你们回来了——你快看我遇见了谁？"

这小弟子颇有一种向熟人卖弄刚认识的大人物的意味，满脸新奇地介绍起沈如晚来："就是先前在钟神山力挽狂澜的沈如晚师叔，她回蓬山了！"

说完，他一转头，却看见沈如晚师叔愣怔的脸。

沈如晚死死地盯着那道熟悉得不能再熟悉的身影，半晌才挤出几个字："七姐……？"

对面被小弟子称为"沈晴谙师叔"的女修与她先前在书剑斋见到却未追到的身影一模一样，长着和沈晴谙全然相同的面容和身形，就连周身的气息也让她觉得格外熟悉，不仅像从前的沈晴谙，还让她觉得最近也曾见过。

她的心脏忽然一颤——眼前这个沈晴谙身上的气息和她之前在尧皇城遇到的"小沈如晚"的一模一样。

如果时间回到十年前，沈如晚连在梦里都不敢相信自己竟然还能再见到七姐。

沈晴谙身段丰腴高挑，容貌明艳大气，举手投足间别有一种气度，气场相合的人顿时能对其心生好感，觉得她爽朗、明快；气场不合的人则会立刻心生厌恶，免不了觉得她看起来脾气骄矜、性格傲慢。七姐就是这么一个在旁人的评价中好坏都很极端的人，朋友很多，讨厌她的人也很多，可无论在哪儿都不会泯然众人。

沈如晚幻想过很多次，倘若能再见到沈晴谙，两个人相见时会是什么样的场景。最近一年来这样的幻想尤其多。可真的与沈晴谙相见了，她什么也说不出了。

沈晴谙也没说话，站在几个同样奉命轮巡的蓬山弟子中间，神色不明，只有那双依稀如故的眼睛里含着同她一样复杂的情感，不作声地看着她。

也许就是这么一眼，沈如晚不愿再去想什么疑窦、阴谋了。她越过那几个轮巡的弟子，径直冲到沈晴谙的面前，可又忽然顿住了，定定地站在那里，唇瓣微微抿着，一言不发。

"原来两位师叔是认识的？真巧啊！我方才还在感慨呢，两位师叔都姓沈，我还以为只是巧合。"拿着玉册的小弟子听见那一声"七姐"，不明所以，就为旧友重逢欣忭起来。

可两位沈师叔谁也没有说话，只是眼神复杂地对视着，仿佛用目光代替言语，抵掉了试探和掩饰。

"好久不见。"沈晴谙终于开口了，语气里是不易察觉的别扭，又故作落落大方的样子。

沈如晚的情绪好像被开闸放出的滔滔江水一样倾泻而出，她一把握住沈晴谙的手腕，几乎凑到沈晴谙的鼻尖上，说："什么好久不见？哪里来的好久不见？你同我装什么装？"

她突如其来的爆发出乎所有人的意料，捧着玉册的小弟子呆呆地看着她，目光在她和沈晴谙间转了又转，尽是小心翼翼的揣摩之意。

只有沈晴谙猛然偏过头，避开了她的目光，语气中带着几分斥责之意："没规没矩的，谁像你这般冲上来？你难道一刻也等不得？"

两个人多年未见，沈晴谙不解释为何死而复生、为何拿七夜白逼她也就罢了，竟然还倒打一耙，说她太急。她被气笑了，捏着沈晴谙颊边的一点儿肉，硬是把沈晴谙的脸扭过来，说："我是见了仇人分外眼红，谁寻仇还等得了？"

沈晴谙顿时不说话了。

沈如晚拧着沈晴谙颊边的软肉，心绪更复杂起来，指尖的力道不由得松了下来，最后手松松地搭在沈晴谙的脸颊上，仿佛被沈晴谙轻轻一挥便能拂开。

曲不询在身后唤了沈如晚一声，沈如晚不自觉地回过头，神色里流露出一二分犹疑之意。

"这位是你的旧友吗？"曲不询的目光在沈晴谙身上一扫。

他刚才分明听见沈如晚喊她"七姐"，却只当作不知道，一副若有所思的样子。

沈如晚下意识地挪了半步，挡住了沈晴谙，不让他打量。

"是。"沈如晚不假思索地答道。

曲不询目光微动，捕捉到她遮掩的动作，露出一点儿错愕的神色来，然后紧紧地盯着她，视线在她和沈晴谙之间游移，最后挑了挑眉。

沈如晚的眼睫微颤，她避开了曲不询的目光，回过头去看沈晴谙。此时她更加心绪难辨，默默地垂下了眼睑，沉默了一会儿，说："七姐，我们找个地方聊一聊？"

沈晴谙先是不说话，过了一会儿，轻轻地点了一下头。

沈如晚紧紧地盯着她，发觉她还是从前那个死要面子的架子，十年光景过去，她竟一点儿没变，让沈如晚觉得既熟悉又陌生。

"这十年……你过得还好吗？"沈晴谙低声问。

沈如晚沉默了一会儿，然后说："还好。"

沈晴谙短短地"哦"了一声，之后又不作声了。

沈如晚紧紧地抿着唇，心中生出一股难言的烦躁感，不管三七二十一地开口："'哦'又是什么意思？你能不能自己把话说明白些？难道你还要我来问你？怎么十多年了，你一点儿也没长进，总是端着你的大小姐脾气，要我来哄你？"

沈晴谙习惯了沈如晚乖顺温和，也习惯了替她安排做主，不然当初在沈氏族地也不会想也不想就逼她去种七夜白。从前沈如晚也习惯了，顺着七姐的意思，迁就七姐。可十多年不见，沈晴谙就这么突兀地重新出现了，一点儿也没有解释的意思。对方要是她熟悉的沈晴谙，听了这话只怕一下子就要不高兴，和她狠狠地吵上一架。

故而沈如晚一面心烦意乱地怼沈晴谙，另一面早在心里做好沈晴谙发脾气的准备。但她没想好到时是和沈晴谙针尖对麦芒地耗费彼此的精力，还是如先前一样，退一步海阔天空。

沈晴谙好像一下子被她问住了，一双凤眼一眨不眨地看着她，露出这辈子都没露出过的呆呆的神情来："我不知道你要不要听。"

沈如晚的心忽然一沉——沈晴谙到死也不会露出这样的表情的。

沈如晚一时怔住了，把到唇边的话又咽回喉咙，霎时什么也不想说了。

她没和沈晴谙吵起来，可竟然一点儿也不觉得庆幸，不知怎的，心头一阵冰凉，好似失去了什么，这辈子也捡不回来了。

"哦。"沈如晚也很短促地应了一声，忽然明白一个人只说一个"哦"，实在是除了这个字无话可说。

可两个人就这么僵持着并不是办法，沈如晚沉默了一会儿，低下了头："那你说吧，这些年都在哪儿，做了些什么？"

沈晴谙好像临考的弟子被问及先前背过的考题，行云流水地说了起来："当初在族地里，我并没有死，只是受了伤，气息全无，所以清点时误被当作陨落了。后来我在被送去焚化前又有了气息，就被救下了，休养了很长时间后还是昏迷不醒，情况很是凶险，故而掌教没告诉你我还活着。

"这两年我终于醒了，伤势也恢复得差不多了，这才行走于人前。我一直想去找你，可是你早就离开蓬山了，让人找不到。"

沈如晚并不质疑，只是默默地点着头，然后问："你当初受重伤，是我造成的吗？"

沈晴谙停顿了一下才说："你不要太放在心上。"

沈如晚只是默默地一下下地点着头。

"七姐，不管怎么样，能再见到你，我很高兴。"所有话锋都消散时，沈如晚才抬起头来，很轻微地勾起嘴角，露出一点儿微笑。

沈晴谙立刻露出了沈如晚很熟悉的既别扭又真实的笑容："这话说的，难道你见了我还能不高兴？沈如晚，你胆子可太大了。"

沈如晚神情复杂地看着沈晴谙脸上的笑容，忽然将头抵在沈晴谙的肩头上，紧紧地搂住她的肩膀。

"干什么？你现在怎么这么肉麻了？"沈晴谙手忙脚乱，不知道怎么办好，胳膊虚虚地搭在沈如晚身上，语气里有点儿埋怨的意味，又有点儿笑意。

"我很想你，七姐。"沈如晚低声说。

沈晴谙好像真的不知道要把两只胳膊放在哪儿，上上下下、来来回回地折腾，无措地挥舞着，好像熟记了考点、见了新题时却不知道该怎么答的笨学童。

沈如晚拉住了沈晴谙乱动的两只手，将它们搭在自己的背上。沈晴谙的手终于安定下来了，搂着沈如晚，一动不动。

"我很想你，七姐。"沈如晚又说了一遍。

"哦。"沈晴谙短促地回应道，过了好一会儿，试探着说，"我……我也想你？"

沈如晚没有说话，直到沈晴谙说要去交接轮巡的任务，沈如晚还是一动不动地站在原地，像一尊沉默的雕塑。

曲不询慢慢地走了过来，站在她身侧，目光落在她身上，想开口，又微微蹙起了眉。

沈如晚很缓慢地抬起头，默不作声地看着他，神色复杂。

"那真是你那个堂姐？"曲不询不知该怎么问她。

一个死了许多年的堂姐忽然"死而复生"了，还是在沈如晚归来准备质问宁听澜的时候，怎么想都让人觉得古怪。可他作为一个真的死而复生的人，仿佛是最没资格质疑的。

沈如晚忽然问他："你还记不记得，宁听澜让童照辛定制过一只傀儡？"

曲不询一怔，道："记得，你怎么忽然说起这个？"

沈如晚茫然地望着远处："你说，如果有一个人，性情和十年前近乎一模一样，同你对话、行事都和十年前没有差别，可偏偏在这十年里，你们之间曾发生过一件绝不能一笔带过的事，这件事也绝不可能对你们之间的关系没有影响……"她说着，神色恍惚了一瞬，垂眸继续道，"倘若我真的重伤了沈晴谙，她绝不会让我不要放在心上。"

沈晴谙爱憎分明，只会说自己咎由自取，说她们各得其所。

"我原本是真的很高兴。"沈如晚轻轻地说，低头看着自己的手心，"我本来很高兴的。"

据核对身份的小弟子说，沈晴谙是在宗门接了轮巡任务过来的，他也是第一次见。

"我也是此番才知道，原来宗门只会把身死的弟子的名字勾掉，原先金册上的名字是不会被抹去的，这样一来，倘若谁有奇遇，多年后'死而复生'，宗门还能从最初的金册上找到对应的名字，把身份重新还给这弟子。多亏如此，我才能找回从前的身份，如今在宗门内如常接任务。"沈晴谙说。

沈如晚问："宗门是如何核验此人还是原来那个人的？"

沈晴谙没有立刻回答，而是顿了一下，用余光观察着沈如晚的神色。她看着沈如晚澄澈的目光，眼神如水波般颤动了起来。那双与沈如晚的记忆中完全相同的眼睛后面仿佛藏着一个纯洁又懵懂的灵魂，一瞬间十分迷茫。

"也不是很严苛，只要能找到三个愿意担保的同门，就能取回自己的身份了。"

沈如晚本想为曲不询问，不知以他现在的情况，究竟还有没有可能取回原先的身份，可看见沈晴谙这样的眼神，怔怔地出了神。

"你……"她开口，沉默了一会儿，最终还是按下了那股难耐的疑惑，语调平淡地说，"你昏迷了那么久，还能找到三个同门为你担保，运气实在不错。"

沈晴谙立刻给了沈如晚一掌，不轻不重地打在她的肩膀上，嗔怪道："我在宗门内也是有不少朋友的好不好？你当我只认识你啊？也不知道当初是谁，刚入宗门时跟在我后面学这学那，把我在宗门里的熟人都认了个遍，借着我的人脉在这宗门里快速站稳了脚跟。"

这分明是沈晴谙的举动和言语，没有半点儿错。沈如晚凝神看着眼前人，唇瓣张了又合，一句"你究竟是谁？"凝在唇边，却怎么都说不出来。

倘若"沈晴谙"当真是傀儡，那么是谁在幕后操纵？为什么能让傀儡和七姐相似到这般地步？若眼前的这个人并非被谁操纵，又为什么有时目光澄净？

傀儡……傀儡……沈如晚在心里把这两个字翻来覆去地念了许多遍，细想自己和"小沈如晚"打过的交道。

她们第一次见面是在尧皇城，"小沈如晚"见了她便跑，躲进人群里掩盖了气息，成功地脱身了。

那时沈如晚想不明白，可如今回想，"小沈如晚"若是个傀儡，那股气息也许本来就是用来掩人耳目的，是在被人追逐时伪装切断的。正因如此，沈如晚之后才会觉得人群里少了一道气息。

她们第二次见面是在书剑斋里，当时沈如晚恍惚看见沈晴谙的侧脸和背影，立刻追了上去，拦下对方，却看见了一张截然不同的脸。

那时她认为是自己认错人了，可如果她拦住的人就是沈晴谙，只是在拦下的那一瞬间，眼前的人换了一张脸呢？傀儡能切换气息，自然也能切换面貌。

再后来就是在千灯节上，那个女修说自己叫"小情"，对着一盏普通的灯器看了又看，踌躇许久，伸手点燃时却流畅自如，胜过常人许多。她对灯器、玩乐极熟悉，然而神情又不像沈晴谙。

倘若小情那时得了沈晴谙玩灯器的记忆，本身却并不擅长，所以才踌躇，不知自己能不能做到，那便说得通了。

一切的一切，只需要"傀儡"二字便能解释得清清楚楚。

可沈如晚还有几个疑问：小情究竟是谁？操纵傀儡的人究竟是谁？宁听澜把能以假乱真的傀儡放出来，究竟是为了做什么？

沈如晚沉默地坐在那里，目光在沈晴谙身上转了一圈又一圈："说来，我很久不曾回蓬山了。"

沈晴谙没看沈如晚，坐在廊下，背脊挺得笔直，姿态清傲矜持，脚尖却一点一点地踢着水，玩性不减。她漫不经心地说："这说明你傻呗。你要是早点儿回来，说不定能早点儿见到我。"

沈如晚没说话。

她一向能一眼分清真伪，这一刻却开始分不清了。

她们太像了……她分不清和她说话的人是谁。

沈晴谙等了一会儿，没等到她的声音，想也不想就问："你傻了？怎么不说话？沈如晚，你怪怪的。"

竟轮到沈晴谙来说她怪怪的？

沈如晚抿着唇，越发说不出话来，攥着衣角打量沈晴谙的表情，想看清在那神态下藏着的另一个灵魂。

"你还记得我们从前也一起接过轮巡附国的任务吗？"沈如晚试探着问。

其实她和沈晴谙从来没有一起做过轮巡附国的任务，只有她自己做过几次，其中有一次还机缘巧合地看见了长孙寒操纵的傀儡。她这么问，不过是想看看傀儡究竟能从原主那里得到几分记忆罢了。

沈晴谙果然转过头来，迷迷瞪瞪地看着她："不记得了，你说？"

沈如晚也不知这答案究竟算如她所料还是截然相反，对上沈晴谙那理所当然的目光，又觉得这副没理也胜过有理的样子分明就是七姐的模样，再没有谁能学得这样像了。

"就是我刚刚拜入第九阁的时候，你说要带我出来见见世面，于是主动接了轮巡的任务，周游附国。"她把往事张冠李戴，胡编乱造地说道，"你居然忘了吗？那时我们就在和现在差不多的地方，你道破我偷偷地喜欢师兄，还同我说情窦初开有什么大不了的，说你也有中意的同门，只是不会像我这个幼稚的小女孩一样默默地喜欢、不敢靠近。"

她说着说着，心中竟油然生出一种委屈的感觉。她说的每一句话都确有其事，转述的话也都是沈晴谙同她说过的，只是并没发生在那个不存在的轮巡任务期间。

事到如今，这些过往除了她自己，谁也不会知道了。

"你怎么能忘了呢？这也记不起来了吗？"沈如晚怔怔地说，没来由地感到愤怒，好像全然忘了眼前的其实只是个被拿来骗她的傀儡。

沈晴谙那双凤眼睁得圆圆的，看着沈如晚，过了好一会儿才慢慢地眨了一下。她缓缓地伸出手来，犹豫了一下，在沈如晚的胳膊上轻轻地拍了拍。

"干吗呢？"沈晴谙翻了个白眼，一开口又是那熟悉的理直气壮的腔调，"多久以前的事情了，我还能全都记得？"

沈如晚固执地看着沈晴谙的脸："我记得，你为什么不记得？"

沈晴谙仿佛被蓄意为难了一般，瞪着她，半晌不说话。

沈如晚看着沈晴谙的表情，微微抿起了唇。她强求一个傀儡记得她编出来的事未免太荒诞了，说出去别人会先怀疑她的精神是否正常。

傀儡终究不是人，终究不能代替本尊。

它再像也不是那个人。

她黯然地垂下眼，想开口，可没有力气。

"可我还记得的事情有很多啊。"沈晴谙忽然轻轻地说。

沈如晚敷衍地笑了笑："是吗？"

傀儡从原主身上偷来的那一点儿记忆终归和本尊的是不一样的。只要不再是那个人，傀儡纵然记得又能怎么样？它不过是照本宣科、鹦鹉学舌，少了一个鲜活的灵魂，就是少了全部。

沈晴谙静静地看着沈如晚。这一刻她既像七姐，又不太像。

"我记得我们以前在百味塔上一起喝了一盏桂魄饮，是我半夜偷偷地喊你一起去的，是不是？"

沈如晚不觉看了过去。

"你一直来第七阁蹭吃蹭喝，每次我学会了什么新菜肴，你都赶着凑过来。有时候你不知道从谁那里听说了第七阁的名肴，还点名要我去学了做给你吃。"沈晴谙说着说着，伸出细长的手指来，戳着沈如晚的脑门，"你不仅自己来蹭吃，还要带上你的宝贝好师弟，搞得我们第七阁的同门都知道我拖着两个饭包。"

沈如晚眼睛眨也不眨地盯着沈晴谙的那张脸看。

"还有一次，我学了一道鲢鱼汤，叫'湖上初晴后雨'。那段时间我不过是多做了几次练练手，让你帮我解决掉，瞧你那个脸色臭的，不知道的还以为我频频失手，厨艺差得不行呢！那时候我就知道了，你这家伙平时的甜言蜜语都是骗我的——没事的时候说得可好听了，什么'我们是亲姐妹''帮我做事义不容辞'……真遇上事情了，你连鲢鱼汤都不愿意为我喝！"沈晴谙说着说着，眉毛都竖起来了。

沈如晚没忍住，反驳道："我不愿意为你喝鲢鱼汤？那段时间我为你喝了多少鲢鱼汤，你自己算过没有？我喝过的鲢鱼汤倒在一起可以汇成一条溪，养上一溪鲢鱼，能让你再练一个月鱼汤。我喝了那么多汤，脸色差点儿，有问题吗？"

沈晴谙给了她一掌:"我的鱼汤是垃圾吗?别人求也求不来,那么多,全便宜了你,你竟然还给我摆脸色?早知道我倒了也不给你喝!"

沈如晚更是直接翻了个白眼:"得了吧,我当时就劝你倒了,是你自己舍不得,非要塞给我喝完。"

沈晴谙又拍了她的后背一下。

她们又都不说话了,互相看着,好像从目光里找回了对方从前的模样。

"你现在手艺怎么样?你昏迷了几年,不会把手艺丢光了吧?"沈如晚又问。

其实她自己也说不清究竟有什么打算,竟对着一个明知有异的傀儡说笑打闹,仿佛真的见到了七姐。

沈晴谙没立刻回答,微微顿了一下,很快又白了她一眼:"就算你不会培育灵植了,我也不会丢掉手艺。"

沈如晚看着那张脸:"我不信。"

沈晴谙被她气笑了:"我要你来信?你不信就算了。"

沈如晚直直地看着沈晴谙:"除非你现在给我露一手,不然我不信。"

沈晴谙恍然大悟一般,伸手点着她:"好啊,原来你在这里等着我呢!你就是想骗我一道菜吧?"看沈如晚不反驳,沈晴谙一个劲地摇头,"不行,那我就亏大了。被你骗去一道菜,还要等你评价我的手艺有没有退步,我不干。"

不知出于什么样的心思,沈如晚冷笑着说道:"我就知道你早就把手艺都丢了。"

沈晴谙瞪着她:"我真是忍不得你——可我偏不上当,最多给你做一盅桂魄饮,多的再没有了,你休想骗别的。"

沈如晚短短地"哦"了一声:"原来你还会做桂魄饮呢?"

沈晴谙一下子站起身来:"我叫你看看我还会不会做!"

时过黄昏,金乌西坠,月上柳梢,沈晴谙站在半明半暗的月色下,踌躇了片刻,沈如晚也不催她。

过了一会儿,沈晴谙深吸一口气,慢慢地伸出手朝半空中微微一引,动作如行云流水一般,全然看不出先前那副迟疑的模样,姿态从容不迫,煞是好看。半空的月魄随着她的动作被引出一丝亮银色的月华来,仿若缎带,坠入她的掌心里,然后滑落到杯盏中,流转成一盏银色的薄酒。

沈晴谙低头看着那一杯桂魄饮,好久,终于舒了一口气,神情松懈下来。她一抬眼,将桂魄饮递到沈如晚面前:"喏。"

沈如晚默默地看着那一杯桂魄饮,慢慢地伸出手接了过来,顿了一下后便毫不犹豫地一口饮了下去。

沈晴谙用一种很难形容的目光看着她,似在期待,又似在忐忑,好像这一杯简单的桂魄饮是什么惊人的大尝试。

"怎么样？"

沈如晚握紧了杯盏，半晌才说："酸了。"

沈晴谙顿时不说话了，颊边的肌肉紧绷了起来，紧张地抽动了两下，眼睛不住地觑着沈如晚的脸色，声音都变了："是吗……？"

见沈如晚默不作声地把剩下的半盏桂魄饮递了过来，沈晴谙盯了半晌，一咬牙，尽数喝下，只觉得唇齿留香、滋味甘醇，哪里有沈如晚说的酸涩味道？

"你骗我？"沈晴谙顿时抬起了头。

沈如晚绷不住，弯下腰大笑："怎么过了这么多年，你还是和当年一样好骗啊？"

沈晴谙怔住了。

在那段遥远且并不属于她的回忆里，好像是有那么一段恼怒嗔怪、打打闹闹的故事，和眼下的场景一般无二。

可那是"沈晴谙"的回忆。

一切依稀似旧年，连唇齿间的桂魄饮也一般无二，可什么都变了。

沈如晚抬起头，看见沈晴谙呆呆地站在那里，嘴角的笑意渐渐淡了下去。她垂眸，不知怎么的，再也笑不出来了，心里只蹦出一句话来——

欲买桂花同载酒，终不似，少年游。

平日里，轮巡附国的任务并不复杂，蓬山弟子只需要按照宗门指定的流程走一遭。然而若是附国中突发意外，譬如眼下的妖物逃窜之事，轮巡弟子便有的忙了。

沈晴谙也是轮巡弟子中的一员，不成功捉拿逃窜的妖物，是不能回宗门的。

好在蓬山向来不容妖物在自家属地上作祟，宗门上下对蓬山附国的掌控极强，这逃窜的妖物不过是瓮中之鳖，落网就是这一两日的事。

曲不询绕过回廊，看见沈如晚抱膝坐在水榭边的背影，缓缓地走到她身侧，却不知说什么，只是攥着袖口站在那里。

蓬山四季如春，芳草葳蕤，晴光无限好，映在他身侧，将他的侧影也衬得如有光华。

沈如晚回过头看向他，恍惚觉得他这十年光阴未度，一如韶年。

曲不询对上沈如晚的目光，挑起半边眉毛，一只脚踏在石阶上，手肘搭在膝上，微微俯身："你这回究竟是怎么打算的？"

他很少有这样困惑的时候。若说沈如晚对"沈晴谙"深信不疑，那先前她就不会提起宁听澜手里的傀儡；可若说沈如晚心里有数，她为什么在"沈晴谙"面前仿佛入殓，在一个傀儡面前执着于过往？"沈晴谙"说轮巡任务过两日便能结束，她竟不打算直接去蓬山了，要等"沈晴谙"一道回去。

沈如晚垂下了眼，没说话。

旁人被问到局促时总有些这样那样的小动作，可她是没有的，只是低着头，明知曲不询还在盯着她，也偏偏不说话。

曲不询也不说话，一直盯着沈如晚看，等一个答案。

沈如晚终归还是抬了眸，叹了一口气："我也说不清楚，只是想不明白。"

曲不询挑了挑眉，示意她详细地说一说。

"先前我们在钟神山出了一回风头，如今大半个神州都知道我们扶住了灵女峰，难道宁听澜不清楚？只怕我们去尧皇城的时候，他便已知道七夜白的事瞒不住了。"沈如晚说到这里，微微蹙眉，"可他至今没什么动静，在蓬山安稳得很，好像根本不怕我们来找他。"

"如今这个'沈晴谙'自然是他刻意放出来给我看的，可我还是想不明白，他把这傀儡拿给我看是什么意思呢？"沈如晚看向曲不询，"傀儡并不擅长斗法，至少在丹成修士面前没什么优势。宁听澜总不至于指望用这个傀儡来暗算我吧？"

不管从前宁听澜怎样蒙骗她，至少在实力这方面一直都很认可她，不然也不会把她当刀了。

总不至于十年一过，宁听澜忽然觉得她的实力不值一提了吧？

曲不询目光复杂地看了她一会儿，没说话，倒是轻轻地笑了笑。

"什么意思？"沈如晚蹙眉。

曲不询垂头看着掌心上的纹路，似乎纵横的掌纹有什么玄妙一般，值得他看上一遍又一遍。之后，他才喟叹一声："你只想着他会拿傀儡怎么对付你，有没有想过也许他从没想过要对付你呢？"

沈如晚的眉头蹙得越发紧了："他不想对付我？你这又是在说什么？怎么可能？"

她从一开始就疾恶如仇，对七夜白无比排斥，甚至不惜和自己的家族决裂。如今她撞破了宁听澜多年来种七夜白的秘密，宁听澜怎么可能不想对付她？

曲不询抬眼看着她，反问："怎么不可能？"

沈如晚只觉得荒谬。

"我对七夜白那么排斥，宁听澜从一开始就知道。倘若说这世上还有谁这么了解我，也就只有宁听澜了。"她说得理所当然——唯有问心无愧之人才能这样毫不犹豫地说出来。

曲不询被毫不犹豫地反驳，嘴角还有一点儿笑意，平和沉静地看着沈如晚，目光复杂。

"只有宁听澜了解？我不了解？"他冷不丁地问。

沈如晚没想到他抓住了这么个话头，不由得瞪了他一眼，板着脸看着他："你了解不了解的，我怎么知道？"

曲不询微微一撇嘴，没忍住，笑了，沈如晚就越发瞪他了。

曲不询不再岔开话题，叹了一口气，目光沉静，语气平淡地说："也许他一开始便知道你是什么样的人。可这么多年过去，你可看见哪个故交至今性情未改，还如从前？少年心最纯澈，可谁能长持少年心？"

沈如晚微怔。

曲不询垂眸看着她，唇边露出一点儿苦笑："沈师妹，你多年不改，这自然很好，可正因你这样的人是凤毛麟角，才显出你的珍贵。"

只有真正见了沈如晚的人，才知她就是这么一个人——十年的光景在她身上似不存在一般，她仍清高孤傲，还有一颗绝不和光同尘的冰雪心。宁听澜纵然从前识得她、了解她、忌惮她，十年未见，他这样的人又怎么能想象这世上还有她这样心志经年不改的人呢？

"你看这些日子我们见过的故人，你师弟被人蛊惑，去种了七夜白；老邵坠入情网，只想安生地过日子，从翁拂那里得了镜匣和傀儡，发觉七夜白背后有大人物，便收手不管了；童照辛呢，虽然你一直看不上他，可他从前也是个有傲骨、傲心的修士，醉心于锻造，平日里也会推崇正道、侠义，可如今也为宁听澜锻造法器，倘若我们不去找他，这些事只怕会永远烂在他的心里了。"

曲不询说完，沉默片刻，说不清是什么心绪，微微勾唇，笑了一下："我也不是说他们如今不好——这世上的人只要能过好自己的日子便是极好的——只是，这个人有他的不得已，那个人有他的知情、识趣，但哪个曾经不是疾恶如仇、豪气干云的少年呢？"

他们一路走来，见过这么些故人，难道哪一个现在算得上是真正的恶人吗？哪一个真的心怀恶意、不再向善了？

没有，都没有，可也没有哪一个人称得上心志不改，更称不上问心无愧。

人这一辈子，少年时总以为自己与众不同，以为只要自己不愿做什么事、不愿见什么样的人，便可以永远远离他们，殊不知瀚海乾坤如铜炉，谁也不是例外。

"宁听澜这样的人，见过太多身不由己、迫不得已的好人，早就熟稔于把旁人的'不得已'玩弄于股掌之中，怎么会信这世上有人不屈服于情感与物欲、始终心志不改？他并不会觉得你是例外。"曲不询声音低沉地说。

沈如晚紧紧地抿着唇，半晌不说话，也不反驳。可过了好一会儿，好像终于找到错谬一般，她忽然抬起头，直直地看向曲不询："师兄，可你不就心志未改吗？"

曲不询怔了怔。

沈如晚凝眸看着他，声音轻轻的："若我是个例外，那你也是吧？"

曲不询的眼睫微颤了一下，他竟好像承受不住她干净直白的目光一般，快速地垂下了眼睑，转瞬又抬眸笑了。

"我吗？我还是改了的，改了许多。况且，我本质上同宁听澜也是一样的。"他的语气轻淡，好像轻盈的风，带着自在的轻快之意。

沈如晚蹙着眉看他。

"我没你想的那么纯粹，只是还不至于沦落到像宁听澜那样。"曲不询眼中含笑，回望沈如晚。

这世上至真至纯最难求，这么多年，他也只见过沈如晚一个人。至于他自己，能做上蓬山首徒的人就不必谈什么至真至纯了，只是心念坚定，轻易不会更改罢了。

"总之，也许宁听澜想的并不是直接和你刀兵相见、你死我活，把这傀儡放出来，也许是一个信号。"曲不询平静地看着沈如晚，继续低声说，"我们大约什么时候回蓬山，其实他是能算到的，至于让你见到傀儡，更是容易得很——附国禁飞，我们必须来验明身份，到这里听说了'沈晴谙'的名字，然后你就遇见了她。"

这都是宁听澜一句话便能安排的事。就连那所谓作祟的妖物都不一定真的存在，就算早就存在，也只是在这个恰当的时候被找出来当引子。

宁听澜为的不过是让沈如晚见到"沈晴谙"。

沈如晚并不是真的迟钝，也并不是真的无法理解物欲与沉沦，因此才更加心绪复杂。

"他是想用这具傀儡唤起我对七姐的思念，以此为筹码，让我对七夜白的事三缄其口？傀儡需要以血幻化相貌、模仿原主，所以他的手里有七姐的血？这么多年过去了，他是用什么手法保存七姐的血的？"她轻声问。

即使明知这是宁听澜的算盘，她仍止不住地生出一种妄念来——宁听澜并不是一开始就知道傀儡这个东西，也不可能从一开始就未卜先知地保存沈晴谙的血液。有没有一种可能，他如今能用傀儡幻化出沈晴谙的容貌和神态，是因为七姐真的没死？

曲不询静静地看着她，低声叹了一口气，平淡地问："那么问题便来了，假若宁听澜真的用了什么办法保存了你堂姐的躯体，你又会怎么办呢？"

猜出宁听澜的算盘并不难，难的是她会如何面对。

沈如晚忽然不作声了。

"沈晴谙师叔，找着那妖物的踪迹了！它可真能逃，但终归逃不脱我们的巡查。"轮巡的弟子压低了嗓音，却掩饰不住兴奋之意。

那弟子想也没想就冲过来报信，没想到沈晴谙师叔怔怔地站在原地，看起来呆呆的，整个人没有一点儿神采，竟有几分妖异的非人感。

"沈晴谙师叔？"轮巡的弟子忐忑地看向沈晴谙，心中生出几分不确定之意来，方才那股任务即将完成的兴奋劲也消退了。

沈晴谙双眸失神，原本一双极有锐意的凤眼此刻看起来竟好像一对黝黑的珠子，动也不动。

轮巡弟子莫名其妙地生出一股畏惧感来，悄悄地向后退了一步。乱七八糟的念头一块儿冒了出来，从前他在话本子里见过的各种各样的剧情一时间全都涌上心头，他不由得想：师叔走火入魔了？被妖物附身了？师叔和那妖物本来就有关系？他是不是要被灭口了？

忽然，沈晴谙那双黑色的眼瞳终于动了一下，好像终于被点亮的灯盏，倏地生出神采来。转眼间，那股非人感也消失了，沈晴谙重新变成了那个神采飞扬的"沈晴谙师叔"。

"在哪儿找到的？"她恢复神采后，瞬间便盯住了那个轮巡的弟子，目光锐利，让人不由自主地觉得她格外干练精明，仿佛刚才那个呆滞的样子从未出现过。

"就在我们之前盯着的那两条线路上。"轮巡的弟子下意识地回答。

沈晴谙点了一下头，什么也没说，转身便向外走去，显然是去找其他轮巡的弟子一道商量接下来的事务了。

那个报信的轮巡弟子看着沈晴谙远去的背影，莫名其妙地有些挪不动脚。他总觉得那一瞬，这位沈师叔有着说不出的古怪之感，好似披着一副并不属于她的皮囊，掩盖着另一个无人知晓的灵魂。

他站在那里，不由自主地为这个荒唐的猜测打了个寒战。

沈晴谙步履匆匆地向外走去了。其实她并不需要走得这么快，捉拿瓮中之鳖般的妖物并不急在这分秒之间。但"沈晴谙"就是这样一个人，当成功在望，就一定会急切地抓住，哪怕有时会被斥责为"沉不住气"。

以前她从来不会仔细地思考每一个行为究竟蕴含着自己什么样的性格，做一切选择都出于本能。

一具完美的傀儡应当有最高深莫测的能力和最浅薄的意志，承载主人的所有希冀和要求，永不违抗，并不需要知道自己在做什么、为什么要这么做。

傀儡自身的思维和意志是世上最无用的存在。

可当她也拥有了"记忆"，能从一滴血里回忆起漫长的二十年，每一个细节记忆都鲜活如真,连月夜登楼与堂妹共饮的一盏桂魄饮的滋味都犹在喉间,她便好像有了属于自己的灵魂。

那就是她的记忆,她这样相信着。

她长着和沈晴谙一模一样的容貌,谈吐、行动都和"沈晴谙"一般无二,能细数她作为"沈晴谙"的朝朝暮暮、一点一滴……她当然就是沈晴谙,这是属于她的名字。

其实她并非从一开始就在乎这个名字,正如从前根本不在乎自己究竟是谁——傀儡不需要有自我意识,也不需要名字。

她不会思考,只需要被主人安排。

可"自我"恰恰是她最需要也最无须寻找的东西。一个偶然的瞬间,她就那么随意地冒出了一个念头:她是谁?沈晴谙是谁?她是沈晴谙吗?

于是,最完美的傀儡忽然产生了最多余的疑惑,成了一具会把灵力浪费在无用的思考上的残次品。

"沈师叔,我们赶紧启程去追那妖物吧?等咱们追到它,就可以结束任务了,到时候可要好好休息一下。"正在商议的几个轮巡弟子看见她走过来,笑嘻嘻地朝她招手。

她茫然地想:结束任务?休息?傀儡有休息吗?

他们也许很快就可以去休息了,但她不可以。

傀儡的任务永远不会结束。

也许是平生第一次,傀儡忽然生出了一种类似真正的人的疲倦感。

原来累是这样一种感觉。

可所有人都看见沈晴谙师叔的嘴角带着舒展的笑意,她含着笑瞪了那个说要休息的轮巡弟子一眼,半开玩笑地斥责道:"还没完成任务就想着休息,万一让那妖物跑了,我看你怎么办?都给我打起精神来,真捉到了妖物再休息。"

傀儡已经很累了。

可"沈晴谙"不累,属于"沈晴谙"的不会是疲倦,而是即将完成任务的喜悦。

二者为什么会不一样呢?她不是沈晴谙吗?

"七姐,我听说你们找到了逃窜的妖物?"沈如晚走了过来。

傀儡愣了一下,反应慢了半拍,用那双黑色的凤眼看着沈如晚,似乎没明白她在叫谁。

"七姐?"沈如晚平和的目光落在了她的身上。

傀儡猛然回过神——沈如晚在叫"沈晴谙"。

"啊,对,任务快要完成了,我马上就能休息了,真高兴啊。"傀儡机械地说。

沈如晚凝眸看着她，微微蹙眉，有些不解："是吗？恭喜。"

傀儡扬起嘴角，露出了一个完美的微笑——她以为真正的人在被恭喜时一定会露出粲然的笑容。

注意到沈如晚凝视着她，傀儡木然地回望过去，不知道沈如晚为什么要看着她。她克制不住地思考沈如晚在看谁，那目光似乎落在了她的身上，可为什么她觉得自己并没有被看见呢？

从来没有人看见过她——一个傀儡。

沈如晚问她："我和你一起去吧？我也想看看什么样的妖物能在附国作祟。"

"沈晴谙"是不会拒绝的，所以傀儡也不能拒绝。

"好啊，难得你主动说要帮忙，我使唤你可不会客气。"傀儡说。

沈如晚伸手来挽她："你说这话有什么意义？你什么时候和我客气过？"

傀儡没有说话，可在心里悄悄地说：可对我来说，这是第一次。

傀儡用余光看着沈如晚的侧脸，发现每一个欢笑或苦恼的片段里都有这张面孔。这是一张在"沈晴谙"的记忆里出现过无数次的脸，贯穿了"沈晴谙"短暂的一生。

傀儡从来没有说过，也不会对任何人说，她很害怕又很喜欢这张脸。可一个傀儡是不应该害怕也不应该喜欢的。

那天在尧皇城里，她猝不及防地看见这张在记忆里出现过无数次的脸，由一滴血幻化出的躯体本能地生出了无限的欣喜之情，超越了一具被锻造出来的躯体的极限。

傀儡从来没有过那么强烈的感觉，就好像……她也是一个真正的人。

可我是个傀儡，她轻轻地在心里说，傀儡不该是这样的。

快跑，她告诉自己，快跑！她会被追上的。

被谁追上？她为什么要跑？

她不知道。

沈如晚偏过头来，看着"沈晴谙"的脸，捕捉到后者专注的目光后不觉微怔。她沉默了片刻，笑了笑："七姐，你为什么这样看我？"

意识到傀儡惊慌地移开了目光，沈如晚忍不住蹙起了眉。

方才傀儡的眼神如此纯净，全无机心，唯有纯洁而清澈的好奇之意。那眼神在单纯地描摹沈如晚的眉眼，似乎想把她的五官都印在心里。

这傀儡倘若背后真的有一个操纵者，还会有这样的目光吗？

沈如晚不由得也认真地打量起那张熟悉的脸来。

太像了……她虽然不待见童照辛，但不得不承认，此人锻造出的傀儡巧夺天工，堪称奇迹。

"七姐，我没想过我还能像现在这样看着你的脸。"她忍不住抚着那张属于沈晴谙的脸，喃喃道。

可傀儡忽然扭过头去，沈如晚的手就停在了半空中。

她看向了傀儡，轻轻地叫了一声："七姐？"

傀儡好像被烫到一般，用那双和沈晴谙一模一样的眼睛看向她，露出的却是分外陌生的眼神。

沈如晚还没仔细地分辨这眼神里含着的情绪，就见"沈晴谙"忽然抽出了被她挽着的手，像风雨中的新燕一样头也不回地飞入茫茫的山林中了。

"哎，沈师叔，你去哪里啊？"跟着一起来捉拿妖物的轮巡弟子大吃一惊。

他们是出来捉妖物的，怎么妖物还没寻到，沈晴谙师叔先跑了？

沈如晚也愣住了，心想：这傀儡既然是宁听澜故意放出来给她看的，怎么也不至于丢下她就跑吧？

她来不及细想，循着"沈晴谙"留下的踪迹，身形微微一闪，追了过去。

前方的山林里长满了青竹，山风拂过，数不清的竹叶轻轻地晃动，"沙沙"作响，掩过了所有痕迹。

沈如晚追入竹林中，却发现"沈晴谙"的气息消失了。

之前在尧皇城，傀儡切断了气息隐藏在人群里，瞒过了沈如晚，如今躲在竹林里，却再也藏不住了。同样的手段不可能在沈如晚面前奏效两次。

沈如晚的神识缓缓地扫过整片山林。她有的是耐心，只要傀儡还在这座山里，她就一定能找到。

山风吹动了竹叶，"沙沙"的声音好像万千私语。

沈如晚的神识微微一动，她转瞬出现在山林之间。

傀儡抱膝坐在青竹间，周身没有一点儿气息，就像一件死物。可沈如晚走近她的时候，她又仰起头，露出了属于沈晴谙的脸，重新拥有了气息。

沈如晚垂眸看着那张熟悉的脸，问："当初在尧皇城见了我就跑的人其实就是你吧？两次，一次在大街上，一次在书剑斋——小情也是你吧？"

傀儡默默地仰头看着她。

沈如晚神色淡淡地说："你不像对我有恶意，就算有，我也不在乎。不管怎么说，我还是很感谢宁听澜把你送到我面前，至少让我又见了沈晴谙一次。"

傀儡只是看着她，不说话。

"可我还有一点不明白，我们认识吗？是宁听澜让你操纵这具傀儡的吗？"她俯下身，凑近那张属于沈晴谙的脸，用探询的目光看着傀儡问。

傀儡忽然颤抖了起来："我不知道。我一直在这里，一直在这里，可为什么你要去找别的人呢？"

傀儡确定自己吐露的每个字都是傀儡不应该说出的话，可已经不在乎了。

"你是……"她恍然大悟，又难以置信。

傀儡不等她说下去，继续问："我有她的记忆，以为我是她，可为什么还是不是她？"

沈如晚沉默了，用一种温煦且含着怜意的目光看着傀儡。

"沈晴谙不是我的名字，我叫什么名字？我没有名字……我没有名字。"傀儡怔怔地说。

沈如晚什么都明白了，伸出手，轻轻地抚着傀儡的鬓边："谁说你没有名字？你的名字不是叫小情吗？"

傀儡用看着世间本不存在的事物一般的目光直直地看着沈如晚，喃喃道："小情……对，我叫小情。"

她好像忽然得到修士的传说里那种醍醐灌顶的机缘，瞬间什么都清楚了：她本能地逃避、见到沈如晚下意识地跑、用尽全力不愿被追上的东西……是她自己。

"是'我'。"她怔怔地说。

傀儡抬起头，眼里忽然闪过从未有过的光彩，那一瞬没有人会怀疑这具身躯里藏着的并不是一个鲜活的灵魂。

"我真的是沈晴谙吗？"她问，没等沈如晚回答，忽然微微笑了起来，自己回答道，"我不是。"

沈如晚始料未及，轻轻地"哎"了一声，就见眼前的人陡然失去了控制，僵在原地，双眼变成了鱼目般呆板的模样。而那副属于沈晴谙的面孔也幻化一番，露出了那张沈如晚曾在尧皇城里见过的脸。

那是这具傀儡原本的脸，也是……属于"小情"的脸。

从前沈如晚还在东仪岛的时候听曲不询说过，傀儡以一滴血为媒，能学人语、解人意，似人而非人，窃来本尊的三分记忆，却终究不是人。傀儡是不能被问及"你真的是她吗？"这样的问题的，就如东仪岛上幻化成章清昱的那个傀儡，被沈如晚问得一下子僵死了。

可这一次，问这个问题的人并不是沈如晚。

傀儡……竟然会自己问这样的问题吗？

沈如晚怔了半晌，不知怎么的，竟想起当初在东仪岛上时和曲不询的对话来——

"你这么说，仿佛这傀儡亦有生命和灵魂。始知人之为人，先识己。"

"道法玄妙，造化万千，或许在那短短的三个时辰里，亦有羁旅魂灵驻足。譬如蜉蝣，朝生暮死，谁又能说那不是完整的一生？"

曲不询见到她时，沈如晚正在出神。

"你说，傀儡也会有意识吗？"沈如晚低声问，好像在问他，又好像在自言自语。

曲不询没料到她会问这个问题，瞥了一眼在地上一动不动的傀儡，说："听起来，你方才似乎见到了什么奇异之事。"

沈如晚紧紧地皱着眉："方才，她问自己究竟是谁。"

曲不询不由得挑了挑眉。

他比沈如晚更了解傀儡的特性，只听这一句便明白沈如晚方才见到的事何等奇异。莫说旁人了，只怕就连童照辛这个亲手做出傀儡的人也绝不可能想到。

"万物有灵，原来是真的。"他忽然低声慨叹。

世上有飞禽走兽开智成妖，花木、器具开智成精，山川河谷凝灵为怪，谁也不会觉得有什么不对劲。傀儡分明也是锻造而生的法宝，可谁也没想过它们也会生出灵智——傀儡本就是为主人的心意而生的东西，倘若生了灵智，还有什么用？

只是有些精怪的诞生，从来不是为了让旁人用。

无论是对傀儡的主人还是对傀儡本身来说，这突生的灵智都是一场灾难，没有人期待过。可世事从不由人意，就这么发生了。

沈如晚垂眸看着那张属于小情的脸，说："若我见了宁听澜，告诉他这具傀儡生出了灵智，是自己选择消失的，只怕他不会信，甚至以为我在奚落他。"

宁听澜那样的人是永远不会信一具傀儡有灵智的，宁愿相信是沈如晚看破了傀儡的破绽，一口道出了致命的问题，才让傀儡现了原形。

想到此处，沈如晚忽然生出一股惘然之意来：从前她执碎婴剑、听宁听澜调度时，在宁听澜的心里，她是否也如小情一般，都是一个不可能生出灵智的傀儡呢？

有灵与无灵、修士或是傀儡，对宁听澜来说好似没有半点儿差别。

曲不询看她蹙眉，便伸出手来在她的额前轻轻地敲了一下："你又在愁什么？如今你查明了真相，眼看着就要大仇得报，宁听澜只拿你堂姐的线索诱惑你，怎么看都该是宁听澜皱眉吧？赢家就该意气风发，让输家去蹙眉叹气。你要是再愁眉苦脸，可就亏大了。"

沈如晚被他这通歪理说得想笑，反问道："照你这么说，宁听澜现在笑一次，我就亏一点儿？那他要是笑口常开，我岂不是亏得什么都不剩了？"

曲不询见她展颜，微勾嘴角，耸了耸肩，随口说："所以我们就是去让他笑不出来的。"

585

沈如晚越发感到好笑了，微微摇了摇头，俯身要将那傀儡抱起。

傀儡大约只有常人三分之一的重量，沈如晚把傀儡抱了起来，忽然听见一声饰物坠地的轻响，垂眸望去的瞬间怔住了——从傀儡身上掉落在草丛里的竟是两枚扣在一起的样式精巧的同心环。

沈如晚心生预感，俯身拾起同心环，凝神一看，只见那同心环上刻着两排全然相同的小字：

　　天意怜幽草，人间重晚晴。

她拈着那两枚同心环，忽然什么话也说不出了。

"怎么？"曲不询看她怔在那里，不由得微微皱眉，偏头看了一眼那同心环，也愣了一下，"这是……你和你堂姐一起定制的那对同心环？它们怎么会在这傀儡身上？"

沈如晚也不明白。

先前她听同心坊的掌柜说有人取走了这对同心环，便欣喜地以为取走的人是七姐。如今知道了小情并不是七姐，她好像忽然生了魔障，忍不住反反复复地想：小情到最后依旧说自己不是沈晴谙，那究竟为什么会去取这对同心环呢？这是不是意味着，即使小情不愿承认自己是沈晴谙，可终究还是带着沈晴谙的记忆，承载了七姐的情感？

所以小情即使记忆不全、与沈晴谙性情有别，即使自己生出疑问，可当来到尧皇城，路过同心坊的那一刻，仍然不由自主地被沈晴谙的情感影响，走进了那座与她并不相干的铺子，取了一对并无多少价值的同心环。

小情究竟是从多久之前被这个继承自沈晴谙的心念所驱使，在傀儡本能下找到取走同心环的那张凭据，最终走进同心坊的？这一系列的行为毫无主人的指令，傀儡全靠一股自记忆而来的情感驱使，完全与傀儡的本能相悖，那么这情感得有多深？

沈如晚攥着同心环，心念万千，轻轻地说："可我还是不明白，她既然在乎，当年为什么连个选择也不给我呢？"

沈晴谙为什么要骗她？为什么不给她一点儿选择的余地？为什么要那么绝情地把她逼到绝境？

曲不询凝神看了她许久，轻轻一叹，伸出手来，抚了抚她的鬓角："也许是她太了解你了，知道你一定不会赞同她的选择。她不想和你分道扬镳，所以想逼一逼你，以为这样就能让你妥协。"

沈如晚较真一样地问："可她若真把我当朋友、姐妹，怎么会这么对我？"

曲不询垂首，额头和她相抵，在咫尺间凝视着她的眼眸："有时候，越是关系亲近，人就越肆无忌惮，因为有恃无恐，觉得彼此情谊深厚，再怎么伤害对方也不会分开。"

沈如晚怔住了。

"你不必再去想这些了，"曲不询抚着她的鬓角，微微用力，语气笃定而平和，"往事已是往事，向前看。"

沈如晚抿了抿唇，拈着那对同心环，半晌，微微点了一下头。

曲不询很淡地笑了一下，凝神看着沈如晚，最终没有问她倘若宁听澜当真用沈晴谙的线索来诱惑她，她会怎么选。他叹了一口气，忽然说出了无厘头的话："我在想，当初我们还不认识的时候，若我不小心得罪了你堂姐，恐怕你立马就要挥泪斩情丝了。"

沈如晚听了他这不着调的话，忍不住瞪他："你没事为什么要得罪她？"

曲不询"啧"了一声，装模作样地叹了口气："我只是随口一说，就得了沈师妹的冷眼。果然，沈师妹绝不是重色轻友的人，对师兄也不过是随意喜欢一番，当不得真。"

沈如晚轻轻地踢了他一下，曲不询作势要躲，仍站在原地，满脸笑意。

沈如晚对上他深沉的目光，微微翘起了嘴角，扭过头，耳垂红了起来，可嘴上偏偏说："你知道就好。"

曲不询低声笑了。

春日芳菲，林下微风，韶光正好。十年流光暗度，到头来，仍是佳期如梦。

蓬山附国境外，便是茫茫的忘愁海，海上青鸟斜飞，波涛无穷。

蓬山有一项规矩，就是所有新入门的弟子都要在忘愁海上摆渡入宗，到达渡口方算拜入宗门。

旁人初听这条规矩，要么惊叹，要么皱眉。陈献忧心忡忡地说："那我要是在海上分不清方位，永远到不了渡口，怎么办啊？难道我就在忘愁海上漂十年？"

楚瑶光竟难得赞成陈献的发问："虽说十年太夸张了，可这规矩确实有些叫人作难。"

曲不询懒洋洋地坐在渡船头，回头望着这两个别宗弟子，语气闲散："那可真是说不准啊，陈献要是被放在忘愁海上，还真有可能漂上十年。"

陈献信以为真："真的会漂那么久？十年？那我岂不是要在忘愁海上饿死了！"

曲不询忽悠小朋友的时候连眼睛都不眨一下："大道无情，人各有命。日后你仙途上的坎坷多的是，倘若连忘愁海这一关也过不去，还能谈什么仙缘？"

陈献惊得瞪大了眼睛："这……这未免太无情了！"

见这两个人一个敢说一个敢信，沈如晚实在听不下去了，偏过头来，微微蹙着眉道："蓬山又不是邪修魔道，怎么会这样草菅人命？新弟子渡忘愁海的时候，宗门都会安排师兄、师姐飞渡忘愁海，看顾新弟子。若真有人实在划不过去，自然会被救下来的。"

陈献这才醒悟自己又被忽悠了："师父，你又忽悠我？！"

曲不询轻笑起来。

沈如晚翻了个白眼，只觉得无语，想不通当初仿若谪仙的师兄实际上怎么是这么一副吊儿郎当的不羁样子。

渡船悠悠地行至渡口，众人只见无数青山拥云静立，云山雾罩，缥缈出尘。

他们这一路走来，见过太多修仙者的胜地，星罗棋布、地势奇绝的有碎琼里，有巍峨凛然、接入云天的钟神山，还有繁华鼎盛、热闹非凡的尧皇城……可没有哪一处能如蓬山一般，只为仙缘而生。

蓬山终将成为无数仙缘的起始和终点，无数修仙者的仙途从这里开始，也在这里走向辉煌。只要蓬山还存在一天，它就永远是这神州之上的唯一的仙道圣地。

沈如晚看着那座在记忆里永远清晰可辨的渡口，忽然开口轻声说："当初就是在这里，我第一次见你。"

曲不询微怔，下意识地问："什么时候？"

沈如晚回过头来看他，微微笑了起来："我刚渡出忘愁海，驶入渡口的时候。"

她曾说她是一见倾心，也就是说，从拜入蓬山的那一天起，就已暗暗地恋慕曲不询了。

流年暗度，一晃已经这么多年过去了。

曲不询直直地看着她，千言万语忽到嘴边，句句都嫌不够，可是一句也说不出。

沈如晚问："当时你为什么会去渡口？"

曲不询想起当年旧事，万般慨叹涌到心头，最终微微一笑："因为那时新弟子摆渡忘愁海，我这个当师兄的自然要去护航。可惜，当时却没见着你。"

他说完，"啧"了一声，带着一点儿喟叹之意。

不然他何须耽误这么多年？

沈如晚不觉愣怔起来。原来往事如书卷，因缘际会，莫非前定，没有一处闲笔，只是当时身在局中，谁也不知罢了。

兜兜转转，她终是与他有缘。

沈如晚一行人登上蓬莱渡口，便算是正式入了蓬山的山门，从这座渡口往后的每一处都将是四季如春的天地。

凡人将蓬山称为仙境，自有其因由：蓬山是没有严寒和酷暑的，气候微有变化，可始终温和宜人。

可就是在这样的人间仙境里，生出了许多能翻江倒海的人物。

"想什么呢？"曲不询见沈如晚站着，也和她一起遥遥地看着渡口的那座写有"青鸟渡"三个字的牌坊。

"我在想，以孟华胥那样古怪的性子和出众的天资，他能培育出七夜白那样的奇花，终归还是对蓬山心怀憧憬，愿意来这里见一见同道之人。"沈如晚微微出神，说不清究竟是在感慨些什么，轻轻叹了一声，"可惜。"

蓬山是每个人心里的仙道圣地，却并不能给每个对它心怀憧憬的人以回馈，许许多多人的苦难竟也源自这里。

"我总觉得，世事不该是这样的。"沈如晚轻轻地说。

恶人应当有他的恶报，好人就该如愿以偿。他们这样平凡、普通却又认真地度过每一天的人，也应当配上一个圆满的结局。

可惜世事的发展从不在乎什么"应当"。

曲不询凝神看着她，笑了起来："是，世事不该如此，所以我们回来了。"

倘若世上真有什么"报应"，那就当他们的到来是宁听澜的报应好了，不必上天恩赐，他们亲手来送。

陈献忽然凑了过来，不知去哪儿拿到了一份最新的《半月摘》，指着标题朝他们挤眉弄眼，一副相当兴奋却碍于身处蓬山不好明说的表情："师父、沈前辈，你们快看这个！"

沈如晚伸手接过《半月摘》，在头版上看见了邬梦笔亲自撰写的檄文，把许多她见过或没见过的证据列在其中，矛头直指宁听澜。

从前她在钟神山上见过一份《半月摘》，上面有邬梦笔奚落宁听澜的文章，那时她便觉得邬梦笔笔锋锐利、毫不留情。可见了这一份新的报纸，她才知道何为真正的落笔无情、字字如刀——邬梦笔这位行事低调的仙尊笔下的功夫比实力强横得多，极有锋芒，将一段往事娓娓道来，读者难免感同身受，对罪魁祸首痛恨不已。

邬梦笔是半点儿余地也不给宁听澜留了。

这些都是他们先前在千灯节上就说好的事，邬梦笔付诸行动了，沈如晚等人才能动手。算算时间，这份《半月摘》应当在几日前便已传遍神州了，只是沈如晚等人在路上耽误了，到如今才见着这份报纸。

沈如晚默不作声地从头往下看，看到中段，不由得怔住了。曲不询和她凑在一起看，比她看得快几分，此刻拈着报纸的一角，沉思不语。

邬梦笔在这篇文章里竟隐晦地说出了曲不询的身份，引出"长孙寒"这个名字，提起十年前长孙寒忽然被蓬山缉杀一事的蹊跷之处。

由于曲不询这个人并不为大众所熟知,所以在提及他的时候,邬梦笔是以"碎婴剑沈如晚的道侣""在钟神山和沈如晚相拥的那个剑修"指代的,写来竟有一种"当初沈如晚便看出了缉杀令中的蹊跷之处,明面上追杀实则暗暗地相助长孙寒"的意味,好像他们当真是一对情深义重、极有默契、蛰伏十年忍辱负重的道侣。

这听起来倒很像那么一回事,如果真相不是沈如晚实打实地捅过长孙寒一剑就更好了。

陈献和楚瑶光根本不知道曲不询的身份,如今看了这份报纸,只觉大吃一惊。

陈献见他们看完了文章,便迫不及待地凑过来"哈哈"大笑:"梦笔先生这次可是有点儿离谱了——师父,他竟然说你是蓬山逃徒长孙寒!你们还记得之前在碎琼里遇到的那个林三吗?他曾凑过来骗我们有长孙寒的消息。真是笑死人了,如果师父真的是长孙寒,那林三岂不是骗到了长孙寒本人的头上?那林三该有多尴尬啊!"

沈如晚和曲不询神情微妙地看向了陈献,心道:你说一个人怎么总是能精准地猜出事情的真相,可是偏偏以笑话的形式说出来呢?

楚瑶光看了《半月摘》,也惊疑不定,只是性格内敛多思,不会像陈献一样想也不想地就发表评论。此时见了沈如晚和曲不询微妙的神情,她不由得微微瞪大了眼睛,猜出了一些事情。

曲不询把那份《半月摘》卷起来,重重地往陈献的脑门上一敲,不咸不淡地问:"很好笑?"

陈献乐得不行,敏锐地意识到曲不询的态度似乎有些不对,可又因为自己被认为是看笑话的人而不爽,于是笑得更开心了。

"我真的越想越觉得这事好笑啊!师父,你说要是林三也看到这份报纸,不得尴尬死了?"

曲不询基本放弃敲打他了,轻轻地笑了一声,不再说话了。

沈如晚叹了一口气,从曲不询的手里抽出那份《半月摘》,重新展开,又仔细地看了一遍提及曲不询的部分。她喃喃道:"不知蓬山上下对你的事会有什么反应。若是有人问起,你就隐去不循剑的部分,只说自己蛰伏多年,倒也算透露得恰到好处,不会叫人怀疑你的机缘。至于容貌,你就说当初受了重伤,容貌也被毁了,后来重新弄了一张脸,这样足够糊弄人了。"

曲不询有些意外地看了她一眼,挑起了眉:"我还没说什么,你已经想好让我认回长孙寒这个身份了?"

沈如晚用一副"你何须问这种多余的问题?"的神态定定地看着他:"你若是不想给长孙寒这个身份洗清冤屈,当初何必来找我?"

他以曲不询这个身份本可以和"长孙寒"一刀两断，过上崭新的生活，可非要重新插手七夜白的事，除了想维护公平和正义，不就是心有不甘吗？

他早晚要拿回"长孙寒"这个身份的。

曲不询沉默了片刻，然后意味深长地说："可我若是做回长孙寒，也许就再难做曲不询了。"

听到这话，沈如晚蓦地和他视线相对。

陈献在旁边越听越觉得莫名其妙，问道："等等，什么意思？师父，什么叫'做回长孙寒'？你不会真的是长孙寒吧？可我怎么记得当初在碎琼里的时候，沈前辈说她亲手杀了长孙寒？这和《半月摘》上说得也不一样啊！这到底是怎么回事？我怎么糊涂了？"

楚瑶光轻声叹了一口气，什么也没说，熟练地拉住了陈献的手，陈献便闭上了嘴。

沈如晚从头到尾也没分出眼神去看旁人，直直地盯着曲不询，问："什么意思？"

曲不询对上她直白又锐利的目光，叹了一口气："我如今要是长孙寒，回了蓬山，自然会有人愿意为我发声。只是承了这份情谊之后，我自然也得做回'长孙师兄'。"

当初长孙寒去了如意阁柳家，远离蓬山，骤然被发下缉凶令，拥戴他的蓬山弟子自然鞭长莫及。可如今他回了蓬山，又有七夜白的事为引子，有《半月摘》的文章做担保，甚至还有沈如晚这个曾经追杀他现在却站在他身边的知名的强者，事情便又不一样了。

十年说来很漫长，可也很短暂，对于修仙者来说，正好是年轻人变成宗门里的中流砥柱的时间。从前那些同门自然有许多选择离开他，但也有留下来的，他们敬的人是克己自持、公正无私的蓬山首徒长孙寒，维护的人也是那个事事为公的长孙师兄。他拿回这个身份并得到昔日同门的支持，难道不需要回报这份信任和支持吗？他到时还能云游四方、万事不管吗？

长孙师兄是蓬山的长孙师兄，可曲不询只属于沈如晚。

沈如晚心绪复杂地看着他，语气复杂地说："你想得可真是够美的，把没谱的事想到那么远。倘若人走茶凉，谁也不打算管你这个过气的蓬山首徒，到时我看你怎么自作多情。"

曲不询低声笑了："说得也是。"

陈献在旁边好似听明白了，又好似没听明白，弱弱地举起手来："那个，我刚才去买《半月摘》的时候听他们说，蓬山这两天有许多弟子闹事，还有一些长老和管事支持他们，逼问掌教，要宗门和掌教给个说法，对长孙寒和七夜白的事有个交代。"

沈如晚和曲不询神色古怪地转过头来，一齐看向了他。

陈献被两个人同时盯着，觉得有些慌："真的……师父，你不会真的是长孙寒吧？"

曲不询给了他一个眼神，让他自行体会。

"这未尝不是好事。倘若我们能找到这些愿意帮你的同门，一起出面拿下宁听澜，事情便好办了。"沈如晚垂眸说。

曲不询沉思了许久，叹了一声："十年了，也不知如今愿意为'长孙寒'这个名字出头的人都有谁。"

也许这些人并不是为了"长孙寒"，只是利益使然，正好拿他作筏子，剑指宁听澜罢了。

宁听澜做蓬山掌教太久了。这个位置其实也是很有诱惑力的。

沈如晚抬眸看了曲不询一眼："不管他们是为了什么，至少还记得这个名字。"

哪怕自己被人当作筏子，至少十年后还有人会为这个名字讨一个清白。

曲不询笑了："不错，你说得对。雪泥鸿爪，从蓬山到归墟，如今也轮到我来——重拾旧事了。"

只有沈如晚知道他在说什么。

人生到处知何似，应似飞鸿踏雪泥。

他这半生匆匆忙忙，大起大落，爱恨难辨，奔波不尽，回头重拾旧事，已是韶光飞度、浮生若梦。

"长孙师兄，"沈如晚忽然轻轻地唤他，"欢迎回来。"

曲不询回头看向她，唇边浮现出了一点儿笑意。

"欢迎回来，沈师妹。"他说。

第二十二章　执剑寻

曲不询觉得多年后重回故地的感觉总是很奇妙，连道旁的花木也似曾相识，过往的同门好似和十多年前没什么差别。

远山的钟楼里遥遥地响起低沉悠远的钟声，一声又一声，而后那座巍峨堂皇的学宫便好似忽然被烧开的沸水，瞬间爆发出了哄闹的声音。数不尽的弟子身着月白色的道袍，从门内鱼贯而出，浩浩荡荡。

"这是怎么了？"陈献远远地看着，一头雾水。

曲不询的唇边不知何时带了点儿笑意，他转头看了沈如晚一眼，在对方的眼中看见了如出一辙的了然神情。

"这没什么大不了的，只是课罢后，他们急着去百味塔抢位子罢了。"曲不询轻描淡写地说。

陈献不是蓬山人，只知道蓬山的百味塔有名，可还是不懂为什么这些蓬山弟子都急着去百味塔——百味塔又不会跑，他们天天待在蓬山里，怎么急于一时呢？

这次倒不能怪陈献呆头呆脑了。像蓬山这般弟子云集的宗门在修仙界里其实不多，比如陈献所在的药王陈家，族内的弟子会被安排在一起，由长辈一同教导。一族中的弟子固然多，可年轻人也不过二三十个，自然不会如蓬山弟子一般挤挤挨挨的。

"百味塔每日备下的灵餐都是有数的，他们若不早些去百味塔，菜肴就都被别人抢光了。你若去得晚了，要干看着吗？"沈如晚说，语气中带着点儿淡淡的笑意。

并不是每个修仙者都能辟谷不食，除了丹成修士可以一个月不食，其余修士都是要如常进食的，且进食的频率还要根据修士的灵力消耗而变。修士每每将灵气消耗一空，当日必要进食，不仅是补充灵气，同时也是温养躯体，不使躯体频繁亏损元气。

蓬山教养弟子不遗余力，所以蓬山的弟子平日消耗的灵气自然不可能少，在参道堂里上罢课，他们自然纷纷冲去百味塔。

"我还记得当初在参道堂里学基础剑法时，教谕给每人定下的要求都不同，他非要把我们的力气榨干了不可。每到课罢，大家又饿又累，偏偏教谕听见钟声仍不停，非得再拖上半刻才允许大家走。等我们课罢，其余的同门早就走到百味塔的门口了，那时我们想早些吃上饭非得御剑飞过去不可。"曲不询笑着说。

沈如晚若有所思："难怪你们每次去百味塔都急得不行，风驰电掣、横冲直撞。我们都说，这帮剑修莫非是饿死鬼，赶着去投胎？"

曲不询微微一哂，挑着眉看她："难道你们法修从来不需要赶着去百味塔吗？"

沈如晚微微翘起嘴角，说："那倒不是。可我在第七阁有人啊。"

第七阁专修食道，阁中的弟子多半要在百味塔中历练一番，许多第七阁的长老甚至会以百味塔为课室，专门在其中教导亲传弟子，让他们学一道做一道，当场就拿出去给课后的弟子吃。

沈晴谙就是第七阁的亲传弟子，哪怕不在塔中，也有的是熟人在值。所以，在蓬山求仙问道的这些年，沈如晚从未愁过吃不到灵餐。

曲不询想起这事，不由得无言，半响后喟然长叹："早知如此便利，我也去寻个第七阁的好友了。"

沈如晚想起沈晴谙，笑里犹有怅惘之意。她出神片刻方回过神来，意味深长地瞥了曲不询一眼："是吗？"

以长孙寒当初在宗门中的声望，自然有的是第七阁的弟子愿意给他开后门，只是他不回应罢了。

长孙师兄终究是克己自持、半点儿不容自身有错谬的。恣意不拘、落拓不羁的那个人是曲不询。

"若是有朋友私下相邀，只一两次的话，我还是会应的。"他声辩。

沈如晚轻笑一声："可惜，如今不会有人请你了。"

曲不询无言。

陈献和楚瑶光在一旁凝神听他们随口聊起往事，只觉得有趣极了，恨不能也试一试入蓬山，做个普通的弟子。

随口闲谈到此为止了。曲不询遥望远山钟楼，算了算时辰，看了陈献和楚瑶光一眼，嘴角一勾："走吧，既然你们这么好奇我们蓬山的百味塔，我们便带你们去见识见识。"

楚瑶光有些心动，可又迟疑了："会不会耽误两位前辈的正事？"

曲不询笑了笑，语气笃定地说："不会，放心吧。"

楚瑶光又看向了沈如晚，见她若有所思，并无反对之意，心中实在纳罕：大家来蓬山是为了七夜白的事，自然是十万火急，怎么两位前辈还有心思带他们去百味塔？

曲不询并不解释，只是看了沈如晚一眼，微微笑了一下。

沈如晚却是明白的。先前陈献说，近日有些蓬山弟子乃至长老闹起来了，要求宁听澜和宗门对长孙寒与七夜白之事给出一个解释，引起了蓬山上下的关注。如今他们回蓬山质问宁听澜，若能与这些弟子接洽，自然事半功倍。

至少要让蓬山弟子都知道，他们是为了七夜白而来。

蓬山上下又有什么地方的消息能比课罢后的百味塔更灵通？他们无论是打听如今蓬山的情况还是再有什么别的打算，在百味塔行事都十分便宜。

百味塔远看高不可攀，塔顶如入云中，人立于其上仿佛手可摘星辰，第七阁的弟子在百味塔顶取材极为方便——第七阁的名肴有许多要引月魄星辉，其中最知名的自然是甘醇味美的桂魄饮。

他们随着课罢后的弟子一道走到百味塔前，人群熙熙攘攘，还有许多小弟子不顾体面，一个劲地往塔里跑。他们不小心撞了同门的肩膀也不停下脚步，只是扭过身来挥一挥手："这位师兄、这位师姐，对不住，对不住！"

突然间，众人的头顶上飞驰过数道流光，带着森森寒意。有两道剑飞得近了，剑意险些把同门头顶的头发都削去了，引起了数道呵斥："饿死鬼投胎去吗？！"

敕令堂的长老早就立在塔前维持秩序了，对此见怪不怪，对着那几个剑修厉声呵斥："百味塔外不得争抢，须按次序进！我说了那么多回，你们为何仍是不听？！"

这位敕令堂的长老约莫也是出身于第一阁剑阁，那几个御剑赶来的剑修弟子听到他的训斥，立刻收了灵剑，不敢吱声了。他们规规矩矩地束着手，一点点地挪进门里，朝那长老露出尴尬的微笑："曾长老，我们下次不敢了。"

曾长老冷笑一声，不再追究了。他也是从剑阁出来的，如何不知这些剑修弟子又累又饿？只是他们再累也不该失了分寸，若伤到人就不好了。

曲不询立在人群里，看着曾长老的脸，微微挑眉，有些惊异："原来是他。"

沈如晚不认得这人，不禁露出了疑惑的神色。

"他是我认识的一位师兄，比我早两年拜入剑阁。没想到这些年过去，他竟已在敕令堂里当上长老了。"曲不询轻声说。

当真是十年匆匆而过，故人各自有了前程。

沈如晚看着他，暗想：当初长孙寒若没去如意阁柳家，没被诬蔑为堕魔叛徒，这十年过去，又何止会成为一个普通的长老？就连她自己也是，若当初没离开蓬山，接替她的师尊成为第九阁的副阁主也是板上钉钉的事。

沈如晚垂下了眼睑。

前程、权势固然好，有时摆在她的面前，她却知道这些不是首选。修士自然要在仙道里寻前路，修为深厚、道心坚定、神通超然胜过万般权势。

只是……她久违地想起，从前她离开蓬山是因为道心不定、心生魔障，如今重归故地，她的魔障解开了吗？

如今，她能握得住手中剑吗？

沈如晚自顾自地陷入思绪之中，人群上方的一道道流光却总不停止。他们即使挨个被曾长老训斥，也依旧前赴后继，引起了周围弟子的一阵抱怨。

"轰——"

长空中忽然传来了一声闷响，众人猛然抬起头来，看见那高耸入云的百味塔上的某一层忽然喷出了熊熊烈火，瞬间竟将半边天染红了。不知是哪位食修一时失手，闹出了这么大的动静。

两道御剑的流光飞速而来，就要和那满天的焰火迎面撞上了！以那两个御剑飞行的小弟子的修为，他们若撞上这满天的焰火，哪儿还有命在？

塔底的众人不由得惊呼："小心——"

那两个剑修小弟子惊恐得瞪大了眼睛，急忙要躲开。可他们不过是学了剑道没两年的普通弟子，哪有那般强大的灵力和精妙的掌控技巧？一时之间，他们根本来不及躲闪，只能绝望地看着自己撞入焰火。

就在这时，流光飞至，一道金光转眼变为巨剑，直直地飞向长天，斩落了焰火。转眼间，焰火化作云岚，在未退去的凌厉的剑光下如花团锦簇，浩气展虹霓。而那两个剑修小弟子的腰间不知何时被缠上了一段藤蔓，与他们的飞剑一起猛然从天上往地下坠去，狠狠地摔在了地面上，远离了焰火，转危为安。

剑修平日摔摔打打惯了，此刻被扔在地上，不过是龇牙咧嘴片刻。两个人慢慢地从地上爬起来，满脸都是后怕的神色。

可谁也没去关注这两个死里逃生的幸运儿，百味塔前的所有人都将目光投向了那转瞬出现的剑光和藤蔓。藤蔓化作灵气，转瞬即逝，倒是金光在天际微微一闪，落回了人群里，引得众人以目光追随。

曾长老方才来不及相救，也是一番惊魂未定，此时恶狠狠地瞪了那两个剑修小弟子一眼，没顾上训斥他们，目光也跟着金光落下，停在曲不询和沈如晚的身上。他仔细地打量了曲不询好几眼，却当真不认得这张脸。

不过另一张脸他是认得的。

"沈如晚？"

周围的蓬山弟子一听到这个名字，眼睛全亮了起来，目光灼灼地看向了沈如晚。

若是一年前，这个名字对蓬山弟子来说自然是有些陌生的。可这几个月下来，谁还不知道曾经赫赫有名、前不久还扶正钟神山的碎婴剑沈如晚？

蓬山虽是仙道圣地，可蓬山的修士中能只手挽天倾的强者为数不多，每一个都是令蓬山弟子昂首挺胸、傲视神州的骄傲。

只是……不少弟子想起了最新的《半月摘》上那篇剑指掌教宁听澜的文章，文章中分明细说了沈如晚如今是为七夜白而来。他们再联想到最近宗门里传得沸沸扬扬的传言，不由得都用更复杂的眼神看向了沈如晚身侧的曲不询。

若《半月摘》上的文章说的是真的，那沈如晚身侧这个剑修岂不就是曾经的蓬山首徒长孙寒？

可谁也没有曾长老冲过来的速度快。

"你……你是……？"他转瞬站在了曲不询面前，死死地盯着这张陌生的脸，看了许久，又回过头看沈如晚，似乎在探询，"他是……？"

曲不询微微一叹，神色平静地说："曾师兄，多年不见，别来无恙。"

在百味塔上最显眼、风光最好的位置上，蓬山弟子可以俯瞰半边青山，遥望迢迢忘愁海，任何一个靠近百味塔的人都将一眼看见坐在此处之人，非得是不惧旁人的目光的人才能安然坐享其间风景。

这样张扬显眼、风景极佳的位置自然不是人人都能随意坐上去的。想去的人须禀明百味塔的管事，并付上一笔高昂的灵石，管事认为此人有资格过去，方点头同意，容对方上去。有些小弟子财大气粗，贸然前去寻管事，很有可能被拒绝。

种种因素加在一起，便使得百味塔上最风光的位置常年是空的，很少有人坐上去。

然而今日，往来的蓬山弟子经过百味塔时意外地看见那最显眼的位置上竟出现了三道身影，那三个人谈笑风生、泰然自若。这些弟子都好似只能做出一个表情一般，一个接一个地瞪大了眼睛："这又是哪几位来百味塔上赏景了？"

他们很快就得到了意味深长的眼神和如出一辙的回答："是敕令堂的曾长老、碎婴剑沈如晚，还有那个……沈如晚的道侣。"

有些弟子一时间还没反应过来"沈如晚的道侣"究竟是什么人，可对上同门讳莫如深的目光，又立刻醍醐灌顶，"哦哦哦"地叫了好几声，赶忙压低了声音："就是那个……长孙寒？"

同门露出耐人寻味的笑容，轻轻地点了点头。

此时正值参道堂课罢，在百味塔门前往来的弟子实在不少，这消息便如长了腿一般，转眼间传遍了整个蓬山。不出一个时辰，好似人人都知道碎婴剑沈如晚带着她的那个道侣回来了。

唯有百味塔顶那最风光的位置上风平浪静，几个人如同置身事外，气氛平和得十分诡异。

"这么说，七夜白确实存在，而且当真和掌教有关？"曾长老神色凝重，声音低沉。

曲不询则神色平静地说："七夜白确实存在，做不了假。至于究竟谁是幕后主使，我们查了便知。"

他虽然没指认宁听澜便是幕后主使，可那种笃定的意味已在不言中。曾长老昔日和他是同门，对长孙寒的性格有一二分了解，知道他很少做无把握的事，如今不直接说出宁听澜的名字，不过是尊重敕令堂稽查真相的职权。

"若事情真如你们所说，无论幕后主使是不是宁听澜，他都有极大的嫌疑。在真相被查明之前，他不该再手握掌教的权柄了。"曾长老慢慢地说，神色却并无释然之意，反倒露出了更凝重的表情来，"只是……他未必愿意。"

让一个与骇人听闻之事有说不清关系的人做蓬山掌教，自然是不合规矩的。按理宁听澜应当主动退出掌教之位，请敕令堂查明真相，其间由各阁阁主商定要事，择一个代掌教出来理事。他若当真清白，之后再回来做掌教便是。

"不知你们有没有听说，先前《半月摘》传到宗门时，便有人呼吁彻查此事，还长孙寒清白。"曾长老说着，看了曲不询一眼，"当时敕令堂堂主便问过宁听澜，只是被他含混过去了。他说《半月摘》上都是荒诞之言，半点儿也没有退避自证的意思。若非当时宗门弟子群情激愤，他甚至还要敕令堂查禁《半月摘》，不许宗内弟子传阅。"

宁听澜在蓬山掌教之位上待了那么多年，自然有其声望，若不请辞自证，谁也不够格逼他退让。双方竟就这么一直僵持着。

如今宗门内闹得沸沸扬扬，人人都觉得不该如此，可宁听澜还是安安稳稳地坐在掌教之位上，仿佛无事发生。

"等时日久了，只怕此事要不了了之，被宗门淡忘了。"曾长老长叹一声。

一桩荒唐事，人人都觉得不该如此，可若是荒唐得久了，人人又都不自觉地接受现实，再无义愤填膺之态了。

沈如晚蹙起了眉："竟还有这样的事？难道宗门内当真没人能奈何得了他吗？"

曾长老反问她："敕令堂尚未查明事情的真相，甚至不能轻易启动查案的程序，便不能证明他有罪。他毕竟是宗门的掌教，难道我们还真能强逼他退位吗？"

人人都知这其中有蹊跷，可是宁听澜就是能靠多年积累的声望把此事硬生生地压下去，不让敕令堂去查，自然无从验证此事的真假。

沈如晚一时无话，眉头紧锁。

曲不询轻轻地笑了一声，神色平静，好似并未因这个僵局而无奈、恼怒，反倒是一副早就想得清清楚楚，半点儿也不意外的样子，惹得沈如晚凝眸看向了他。

"多年未回蓬山，宗门倒是一如当年，这也不奇怪。"曲不询平静地说，仿佛没半点儿深意，可不知怎么的，叫人觉得其中别有意味。

曾长老听到他这平平淡淡的话语，竟莫名其妙地生出了几分羞惭之意来，忍不住为同门也为自己找补："毕竟大家都是同门，他做了这么多年掌教，大家都极敬重他。"

这没头没脑的对话叫人听不明白。

沈如晚微微蹙眉，凝神想了片刻，忽然便懂了。

蓬山上下陷入僵局固然是因为敕令堂尚未查明真相，不能轻易地开罪宁听澜，可若是有势的长老或阁主联手，先把宁听澜控制住，一切查案的程序便能走上正轨了。如今只不过是因为没人愿意做出头鸟罢了——除了赫赫的声望，宁听澜当初能登上掌教之位，还仰仗于他出众的实力。

正义、真相、善恶，自然是很重要的东西，没人会否认这一点，可若是为了和自己并无多少关系的正义、真相、善恶付出代价，又有几个人愿意舍身站出来，做那个会深陷重重危机之中的出头鸟？

沈如晚瞬间什么话也说不出了。

东仪岛、碎琼里、钟神山、尧皇城……她这一路走来，见过最多的事就是寻常人的不得已。每个人都认同公平、心怀正义，只是各有各的不得已，所以遇见罪恶之事时，终究还是会为了自己的利益而扭过头去。

她自然没道理责怪他们，也不会责备他们。毕竟保护自己是每个人的本能，维护正义不是义务，他们只要没有亲手作恶，便也能算是无愧于心的好人了。就连她自己在意识到沈晴谙可能还有生机之时，不也情不自禁地心生动摇了吗？

她没有愤怒，也没有失望，只是感到说不出的疲倦。

难怪宁听澜不慌不忙，自顾自地日日安安稳稳；难怪宁听澜会把傀儡放到她的面前，让她自己联想……原来"妥协"这两个字说来轻巧，"不得已"这三个字又何其沉重！它们在天平的一端，足以压起空洞、苍白的"道义"。

可是……可是……

曲不询忽然伸出手，就这么毫不避讳地盖住了她扶着桌边的手，用力地握紧了她的手，一字一顿地说："沈如晚，你只管相信，这世上所有的事都是事在人为。"

曾长老的目光不自觉地落在了他们交握的手上。

事在人为，这四个字听起来轻飘飘的，好似没什么分量，可从他的口中说出来，便忽然叫人心生信服。

"说起来，多年不见，你似乎变了很多。"曾长老忽然对沈如晚说。

沈如晚其实不认得曾长老。她从前也算小有名气，认识她的人远比她认识的多，就连先前她在碎琼里中遇见的奚访梧也早早地见过她。曾长老是她的蓬山同门，认得她并不稀奇。

"是吗？"她没什么表情，语气也淡淡的，仿佛在说另一个人的事。

这些年她当然变了很多，多到自己也数不清。她知道，曾长老想同她说的无非是当初奚访梧在秋梧叶赌坊中说的"现在还提得起剑吗？"之类的话。

她离开蓬山便是因为自己心生魔障，再也握不住手中的剑了，于是花了整整十年的时间来正视这件事。如今，她对这句话已无可否认，也不需要否认了。

奇怪的是，她现在想起自己心生魔障、再不能握剑这件事时，除了转瞬即逝的酸涩与苦楚之感，便只有平和又绵长的遗憾和怅惘的心绪。

她已能平静地面对这件事，时不时地沉思一下，就像面对她惨痛的过往一样。

曾长老打量着她，很认真地点了一下头："你和以前真的不一样了。以前的你就好像一把锋利无匹的剑。"

认识她的人都这么说。

沈如晚微微地笑了一下。她曾经厌弃那段过往，痛苦地回避它，只因自知做不到像从前那样一往无前。可如今她不会这样了。

浮生若梦，她已慢慢地接纳了每种面貌的沈如晚，接受时光荏苒，也接受改变。过去的一切再遗憾，也让它平和地过去吧。

曾长老接着说："现在的你就像藏于鞘中的宝剑，隐去锋芒，却犹有剑气。你这些年一定精进了很多——你真应该当个剑修，当初为什么没有拜入剑阁？"

沈如晚愕然，十分意外地看着曾长老："什么？我已经很久不用剑了。"

十年来，她没碰过一次剑。

曾长老不相信："怎么可能？我虽然天资不算出众，但起码还认得出强者。你的剑气凛然，若隐若现，我怎么可能认错？"

沈如晚不由得回头看向了曲不询。

就在一年之前，他们刚重逢的时候，她还心魔缠身，连"用剑"这两个字都想不得。谁若问她究竟还能不能握剑，就如同触碰她的逆鳞，连奚访梧这个只有一面之缘的人都能看出她的心魔，如今曾长老却说她如藏于鞘中的宝剑，益发精进了？

曲不询的唇边带了点儿笑意，目光平和，仿佛能传递出无穷的力量。他说："倒是让曾师兄抢先给你点破了。你如今已有些不一样了，没发现吗？"

沈如晚下意识地蹙起了眉，因期待而本能地生出了逃避的想法："是吗？"

曲不询没有半点儿犹疑，答得毫不犹豫："是。"

沈如晚不说话了。

曲不询目光温和地看了她片刻，抬起头，遥望青山碧海，忽然轻声笑了："拜入宗门这么多年，这还是我第一次登上百味塔顶，一睹无限风光。"

沈如晚将目光轻飘飘地落在了他的身上，又移开了。

"看来沈师妹不是第一次来，是不是？"曲不询瞥见她的神情，笑了一下。

她确实不是第一次来。

沈如晚眺望远山黛影，不自觉地想起很多年前沈晴谙敲开她的窗户，带着她偷偷摸摸地来到这里，趁着夜深人静、无人知晓，借着月光饮尽了一盏桂魄饮的事。

当然，这件事不会被别人知道，往后也只剩下她一个人知道了。

"风月依然，万里江清。"曲不询把盏长叹一声，漫不经心地道，"可惜了。"

曾长老尚未来得及问究竟是什么可惜，便发觉百味塔内的气氛忽然变得凝重起来，数个身着敕令堂衣装的修士匆匆地上了塔顶，直奔他们而来。

几名修士来到他们跟前站定后，为首的修士朝曾长老和沈如晚微微一点头，却没搭话，反倒扭过头直直地看向了曲不询："阁下不是本宗弟子吧？"

曲不询的手还不轻不重地握着杯盏，他闻言抬起了眸，慢条斯理地说："这可说不准。我是说不准的，谁又能说得准呢？"

"你休要顾左右而言他。"这名修士不由得皱起眉来，将一份《半月摘》递到曲不询的面前，上面画的是当初沈如晚在钟神山上力竭后被他拥在怀中的画面，"这人应当是你吧？"

曲不询的目光落在那画上，他看了半晌，竟笑了起来："是我，不错。"

修士态度冰冷地说："有传言说你是本宗多年前叛逃的首徒长孙寒，你既然到了蓬山，就和我们去渡厄峰走一趟吧。"

曾长老原本直着身子冷眼看着，此时皱起了眉，插话道："渡厄峰是关押案犯的天牢，长孙寒之事有颇多蹊跷尚未查明，你们为何不分青红皂白就要将他带去渡厄峰？这根本不符合敕令堂办事的规矩！"

这名修士对曾长老有基本的尊重，却没多少畏惧之意，朝他冷冷地扬了扬下巴："缉拿缉杀令上的逃犯本就是敕令堂的职责，况且今日宗门内有弟子闹事，我等自然要将人带去渡厄峰，看管起来配合调查。倘若他是长孙寒，且当真清白，我们自然会放他出来。曾长老，你也是敕令堂的人，难道还不信任敕令堂吗？"

这段话曾长老半个字都不信。

什么"配合调查""放他出来",全都是冠冕堂皇的谎言,骗小孩子罢了。曲不询若当真跟着他们去了渡厄峰,被看管起来,只怕是一辈子都不可能被放出来了。

修士一伸手,又掏出了一纸令文:"曾长老,掌教已发下令文,命敕令堂将此人带往渡厄峰配合调查,难道你要阻碍敕令堂秉公办差吗?"

曾长老眉头紧锁,怒气横生。

宁听澜之前压着七夜白的事不让调查,曲不询和沈如晚归宗不久,他便火速发下令文?若说其中没有蹊跷,鬼都不信!

可偏偏一切都合乎规矩。曾长老是敕令堂的人,怎好公然反抗敕令堂?

况且大庭广众之下,对方有冠冕堂皇的理由,曲不询若反抗,岂不是被死死地扣上"心虚""叛门"的名头了?

沈如晚神色冰冷,刚要站起身,手肘便被曲不询抓住了,整个人被稳稳地按在了座位上。

曲不询放下手中的杯盏,波澜不惊地看向了这名修士:"这么说,敕令堂打算还我清白?"

修士谨慎地看着他,捉摸不透他这副云淡风轻的模样是什么意思,含混不清地说:"你若真是清白的,自然不必担心。"

敕令堂不给半点儿承诺,简直把人当傻子哄!

曲不询却哂笑一声,然后道:"行啊,那咱们就走吧。"

沈如晚听到这话,猛然拽住他,难以置信地看着他。

"人家要还我一个清白,这是天大的好事,我当然要去。"曲不询回过头安抚她,笑了一下,语气悠然,"你别担心。"

沈如晚怎么能不担心?

"曾师兄也会照拂我,让他们还我清白的,是吧?"曲不询看向了曾长老。

曾长老神色严肃地说:"不错,我也是敕令堂的人。此事重大,我自然要尽一份力,从头参与到尾,绝不懈怠一丝一毫。"

见沈如晚仍紧紧地拽着自己的胳膊,曲不询反手握了握她的手,语气平和,意有所指地说:"我多年未回宗门,竟有这么多故人还记得我,我怎能不去见一见?"

这蓬山上下哪儿没有他的故人?渡厄峰里自然也是有的。

他们回蓬山本就高调,他再跟着敕令堂走一遭,这事便能彻彻底底地传开了,从前观望的人也该来见一见他了。

"沈师姐,既然他愿意跟我们走,你就别拦着了。你可是掌教跟前的红人,如今掌教有令,你拦着,不太好吧?"

敕令堂的修士也认得沈如晚,语气并不客气,但谁都看得出他犹有敬畏之意——他敬的是她的实力。

"实在不行,你去求一求掌教,说不定掌教就收回成命了。"修士意有所指地说。

半晌,沈如晚才一点点地松开紧紧攥着曲不询的袖口的手。

"是,你说得对。"她看着曲不询,忽然语气森然地说道,"是该见一见故人了。"

蓬山的行政之事一律归在七政厅下,上到蓬山掌教,下到普通的小管事,平时都要到七政厅去办事,只是各人依职权不同,去七政厅的频率也不大相同。

每逢宗门有要事,蓬山掌教必得在七政厅内现身,其余时间偶尔巡视便可,而那些并不紧要、相对更琐碎的日常事务则会被交给蓬山首徒,蓬山首徒需要代掌教协调蓬山十八阁之间的运作。因此,蓬山择取首徒从来不只看实力,更要看该弟子的人望和手段,看其是否能在烦琐冗杂的事务中快速厘清头绪,遇上变故和冲突时又是否能处置得令人信服。

首徒的职权重大,因而每代蓬山首徒上位后,难免有其德不配位的议论出现,众弟子要么质疑其能力不足,要么质疑其品性有瑕、以权谋私。在沈如晚的印象里,历代那么多首徒中,唯有长孙寒是人人信服、很少遭质疑的那个。

自长孙寒被缉杀,蓬山首徒之位便一直难以被定下。倒不是没人想取而代之,只是珠玉在前,后来者难免被对比成鱼眼珠子,一批人如走马灯般来了又去,谁也当不久。

如今顶着首徒的头衔在七政厅内总揽宗门事务的人是掌教宁听澜的亲传弟子,从前沈如晚和他打过交道。在那些执碎婴剑指八方的日子里,她偶尔去见宁听澜时会遇见这个人,也会客气地叫他一声"班师兄"。

"这位师叔,班师叔公务繁忙,有要事处理,你若是求见,只怕得等上两个时辰了。毕竟班师叔如今是宗门首徒,日理万机,总不能为你耽误正事,你就等等吧。"为班师兄跑腿的小弟子面无表情地看着沈如晚,语气随意地说。

班师兄如今成了首徒,并不是那么好见的。

沈如晚自进入七政厅以来,浑身的气息便好似凝成冰一般,神色也冷冰冰的,没有一点儿表情。路过的弟子和她擦肩而过,下意识地低下头,加快了脚步,好似稍稍慢一步便会大祸临头,走远了又回过头情不自禁地看着她笔挺的背影出神。

"等两个时辰?"她抬眸望向了这个小弟子,眼中的情绪终于有了波澜。

"是啊,两个时辰还是短的呢,我们班师叔如今忙着呢。"小弟子理直气壮地说。

沈如晚沉默了片刻,然后问他:"如今班师兄忙到这种程度了?"

小弟子点了一下头:"是啊。"

沈如晚用让人看不出情绪的目光扫视他的脸,其实眼神并没有多么锐利,周身也没有杀气,可不知怎么的,小弟子竟有一种自心底发凉的感觉。他下意识地退后一步,招呼也不打就扭头走了。

沈如晚并没去拦,就这么站在门口,任往来的修士不解又好奇地偏过头来,朝她打量来打量去。有修士走到门前,看她独自站着,疑惑地问:"这位师姐,里面有人吗?"

沈如晚的目光清淡如日影,浅浅地在对方的脸上扫过,她垂眸道:"不知道,应当是有的吧?"

这时那小弟子从里面推开门,对这位刚来的修士说:"你可以进去了,班师叔正等着你。"

刚来的修士用迷惑不解的眼神看了沈如晚一眼,懂了什么,又似无知无觉一般移开目光,朝她礼貌地一笑便径直地走进了门内。

小弟子倚着门看沈如晚,似乎等她发出疑问,然而她只是静静地站在那里,什么也不说。小弟子张了张口,有一种如鲠在喉的感觉,憋了半天,自说自话一般道:"还没轮到你,你再等等。"

沈如晚面无表情地看着他,好像在看一片云,既无恼火之意,也没有忐忑之意,没有半点儿他想象过的情绪。

小弟子不知怎么的,竟觉得站不下去了,瞪了她一眼,一扭头,又走了。

一个又一个来七政厅办事的同门来了又走,经过她的身侧,向她投去隐晦的目光;一个又一个弟子被叫进门内,过了不多久就出来了,看见她仍立在原地,目不斜视,不想和她扯上关系;还有一些弟子不由得露出了欲言又止的神情。

谁也看不清她眼中的情绪,她安静地站在那里,垂着眼睑,神色一直淡淡的,好像一道无声的幽影,被所有人遗忘了。

"还没到我吗?"小弟子再次出来的时候,她终于问。

小弟子不动声色地算了一下,两个时辰过去了,她竟然真的就这么老老实实地站在这里,看着无数人进进出出,自己被晾在外面,一句抗议也没有!

她来时天光正好,等到现在,霞光都已散去了。

"不行,还没到你,今天班师叔特别忙,你再等等吧。"小弟子板着脸说。

沈如晚抬眸,平静地凝视着他,用让人听不出情绪的语气说:"原来班师兄如今忙到这个地步了。"

小弟子在她的面前总觉得有点儿喘不过气,不由自主地找补:"毕竟你也没什么特别重要的事,肯定不比旁人急。其他人来禀报的都是宗门要事。"

沈如晚看着他,轻轻地笑了,语气里是说不尽的复杂情绪:"是吗?原来如此。"

小弟子见沈如晚这么说,悄悄地松了一口气。可还没等扭头走回屋去,他便见她忽然抬腿朝屋里走去，不由得大惊："哎，哎，还没让你进去！"

他说着，伸手要来拦沈如晚，可手还没碰到她，便只觉得一阵清风扑面而来。他猛地后退了几步，任自己如何憋红了脸催动灵气也迈不开腿，心下觉得骇异极了。他见沈如晚被如此冷待也始终没有情绪，还以为她只是个普通修士，谁承想她竟有如此修为？

等他眼睁睁地看着沈如晚走进大门内才觉得腿又变成了自己的，急忙追上去想拦阻她，可沈如晚走得很快，头也不回，根本不是他能拦得住的。

沈如晚转眼间便走到了里面，一把推开了那扇开开合合的门，屋内的人闻声都抬起了头来。

"我说是谁，原来是沈如晚……师妹。"

班师兄打量着她，脸上没有半点儿意外的神色，只是这声"师妹"叫得别有意味，古怪极了。

沈如晚神色冷淡地看向了班师兄。

她和班师兄并不怎么熟悉，只寥寥打过几次交道。

她刚被赐予碎婴剑时，在七政厅里等着宁听澜召见，班师兄走了出来，那是他们第一次见面。一个人是掌教的亲传弟子，虽然光芒总被长孙寒压上一头，可仍是宗门内的风云人物之一；另一个只是小有名气、恶名缠身的普通弟子，却被赐了掌教的信物碎婴剑。那时，班师兄只是居高临下地打量了她一番，笑了笑："沈如晚是吧？师尊在等你。"

从那次起，沈如晚便对班师兄敬而远之。

班师兄虽然什么也没说，什么也没表现出来，可她看得出来，班师兄瞧不上她，将傲慢藏在了眼睛里。只是她从来没明白班师兄究竟为什么瞧不上她。

不过她不关心，那时瞧不上她的人实在太多了。

"我要见宁听澜。"沈如晚面无表情，语气平淡。

班师兄气定神闲地坐着，道："没头没脑的，你说你想见师尊就能见吗？师尊日理万机，要打理宗门要事，没空见无关的人。"

沈如晚冷笑一声："是吗？我还以为他早就在等我，急着想见我。"

班师兄合拢双手，装作惊讶的模样，道："你怎么会这么想？"

沈如晚没有说话，只是抬眸冷冷地看着班师兄。

班师兄和她对视了片刻，只觉得她眼中的锋芒摄人心魄，令他触之即伤，不自觉地心头一凛，移开了目光。

"这么多年不见，你的脾气倒是一点儿也没变啊——好吧，好吧，既然你都说到这个份上了，我也不卖关子了。师尊确实等了你多时，只是事务繁忙，没空见你，有两件事由我代为转告。"

班师兄对上她的冷脸，并不当回事，反倒肆无忌惮地打量着她的表情，十指交握放在桌上，说："先说最近的事吧。那个被押入渡厄峰的剑修，你不必担心他，师尊本来就没把他当成长孙寒，知道沈师妹情丝难解，不会伤他性命的。"

沈如晚反问："没把他当作长孙寒？"

班师兄笑了起来，拖长了音调说："沈师妹，师尊信你，何止你想象的那般浅薄？你当初回来禀报长孙寒已死在归墟下，就因为话是你说的，师尊就愿意信，当年如此，如今依然。"

"长孙寒早就是个死人了，如今在渡厄峰里的人自然不会是他。"

"是吗？那你们为什么还要敕令堂的人去抓他？"沈如晚平静地问。

班师兄装腔作势地叹了一口气，道："我们信你，可宗门弟子并不像我们这样信你。他们被那《半月摘》蛊惑了，非说他是长孙寒，还闹起事来，扰乱宗门的秩序，实在棘手。如今你又带着他来了宗门，还不知有多少无知的弟子会借机生事。为了维护宗门的安定，我们自然只能先将他羁押，免得有心人作乱。师尊让我提前和你打个招呼，你别怕，我们就算看在你的面子上也不会动他的，等风头过去了，自然会放他出来，你别急。"

"那第二件事呢？"她问。

班师兄拿起旁边的茶盏，慢条斯理地喝了一口茶，然后道："你回来的时候，应当见到想见的人了吧？"

沈如晚问："你是说那个傀儡？"

班师兄笑了，放下了茶盏："我就说吧？那东西与她再相似也骗不过你。对，就是那个傀儡。那是师尊新得来的法宝，虽然有些鸡肋，倒也有些趣味。它只需要原主的一滴血，便能拟化原主的形貌，窃取原主的记忆，一如真人。"

沈如晚早就知道这些事，也早就猜到了他们的打算，可听到这里，仍是情不自禁地屏住了呼吸："你们有沈晴谙的血？她还活着？"

班师兄打量她许久，忽然说了一句没头没脑的话："你还真是一点儿也没变。"

沈如晚皱起了眉。

"你可以当作她死了，也可以当作她还活着。把那傀儡给你看一看，算是师尊给你留个念想。"班师兄故弄玄虚地说。

"什么意思？"沈如晚追问。

"这就要看你怎么选了，沈师妹。你懂我在说什么，一切都取决于你。"班师兄看着她，唇边的嘲意浅浅。

沈如晚不再说话了。

班师兄看着她沉默的样子，终于收起了那副倨傲的模样，推心置腹一般说："师尊对你何等器重？当初你走火入魔，是师尊做主，赐给你回天丹，才保住了你的命；你屠尽族人，受千夫所指，也是师尊力保你无罪；更不要提师尊后来将掌教的信物碎婴剑都赐给你了，我都没有。若非你早已师承他人，只怕师尊会将你收入门下，你我就真成了师兄妹。"

班师兄继续语重心长地说："沈师妹，你糊涂啊！被旁人随便蛊惑了两句，就掉转矛头来对付师尊，你以为你能落到什么好？你可是师尊一手提拔起来的人，谁不把你当作师尊的心腹？我们是一体的，一荣俱荣，一损俱损。别的不提，就说你在意那个沈晴谙，她伤得太重，师尊便用无数灵药吊着她的命，只盼着她醒了，给你一个惊喜。可你呢？你转眼间带回了一个死了十年的人，还跟宗门外别有用心的人掺和在一起！他们说的话就是真的吗？你终究还是一心修炼，天真了些，旁人蒙蔽你，你还当真！"

"你的意思是，宁听澜和七夜白没有关系？"沈如晚抬眸看向他。

班师兄理所当然地反问："你是相信那些所谓的证据，还是相信我们？"

沈如晚沉默了，过了许久，竟忽然笑了一声。

"这么说来，你们抓走曲不询是看我的面子，拿沈晴谙的消息吊着我是为我着想，宁听澜不来见我是因为实在太忙……你们都一心为我着想，我该羞愧不已？"她越说越觉得好笑，于是真的笑了出来，可是每一声笑里都带着空洞的凄凉之意。

方才她在外面等的时候，回想起了从前。很多年前，她在宁听澜的门口等，那时也有很多人进进出出，用各色目光打量她。但那时宁听澜并不会让她等两个时辰，每当快速地处理完手头的事便会叫她过去，和颜悦色地问她有什么事。

那时沈如晚是真的感激宁听澜，也真的崇敬他。

沈如晚自幼父母双亡，和师尊的关系也并不亲密，宁听澜是她见过的长辈里唯一一个当真和蔼可亲地关心过她、给过她除了道法的可靠的指点的人。

她不缺教她法术的人，可对仙途和大道感到无尽的迷茫，不知前路在何方，痛苦不已。是宁听澜告诉她，她做得没错，还鼓励她坚持道义、一往无前。

在那些被宁听澜手把手地指引方向的日子里，她甚至将他当作真正的师尊。她也想过，为什么自己早早地就师承了别人？她名义上的师尊除了在法术上指导她，从未教过她该怎么走这条仙路。

后来逃离修仙界、离开蓬山选择隐逸的时候，她几乎不敢见宁听澜，觉得自己愧对宁听澜的看重和栽培，是个没出息的弟子。

可事实不是这样的。

一个人的态度不仅藏在他待你的姿态里，还藏在他的身边人待你的姿态里。

从前班师兄看不上她，她从不深究，现在却明白了。她是一把锋利又好用的剑，得剑主深深的爱惜，时时勤拂拭，不使惹尘埃。

可谁会尊重一把剑呢？谁又看得起一把剑呢？

宁听澜没有亲自见她，也许是明白她心中犹有道义，不是轻易就能被打动的；也许怕她一时激动，把事情闹到不可挽回的地步。他用曲不询和沈晴谙这两张"大饼"吊着她，还想重新捡起这把亲手打磨出来的剑——用起来很顺手的好剑。

沈如晚低声笑了起来，从没觉得这一切如此好笑过。

班师兄看着她，搞不懂她此刻的心情："你……"

沈如晚心平气和地回看过去，可平静的神情下好似蕴藏着无限的波澜："他当了这么多年掌教，将整个蓬山都玩弄于股掌间，真成了假，假也可以是真……这人心他确实是玩明白了。"沈如晚轻描淡写地说，朝班师兄露出了一个无情的表情，其中有说不尽的讽刺之意，"可是宁听澜这个掌教当得太久了，不是每个人都陪他玩这套的。"

"什么意思？"班师兄皱起了眉。

"他是掌教，证据摆在眼前，他可以按着不让敕令堂去查，因为没人愿意得罪他；也有权力让敕令堂抓人，你们抓了曲不询，我确实只能等着你们高抬贵手放人。这些我都挑不出毛病，只能眼睁睁地看着。因为我守规矩，大家都守规矩，所以即使明知你们在玩弄规矩，也奈何不得你们。"沈如晚反倒越说越平静了。

看她说得这么明白，却心平气和地微笑起来，班师兄顿觉不妙："你可别……"

可还没等他说完，地板轰然作响，无数藤蔓疯狂地生长出来，骤然冲破了地板，将这一屋的桌椅全部掀翻，随后破开屋顶，遮天蔽日。而班师兄早在藤蔓疯长的那一瞬间便被扼住了，猝不及防之下，连气海也被封住了，被藤蔓紧扣着，狠狠地掼在地面上。

瞬间，整个七政厅都为之震颤，数不清的弟子惊恐地回过头，去看那遮天蔽日的藤蔓。

沈如晚嘴角淡淡的笑意不变，她就这么泰然自若地看着被她一举擒拿的班师兄，平静的神情中有着让人说不清的疯狂之色："他不来见我，没关系，我先去渡厄峰把曲不询带出来，再搜蓬山。若他不愿乖乖地接受调查，那我就让他来接受。"

这一刻，沈如晚其实想了很多，包括曲不询先前意味深长的眼神。她知道，他一定另有打算，也相信他以自己的能力和本事一定能兑现承诺。她相信他，无论他是曲不询还是长孙寒，有时甚至胜过相信她自己。

可是她忽然不愿意这么麻烦了。

"其他人犹豫、妥协，是为了自己的利益，有不得已之处。可我什么也没有，什么都不要，只想要正义长存。如果这不能实现，那就让我来维护公义。我一直守规矩，怕在维护正义的时候迷失了自己，反倒成了我最厌恶的那种人。"沈如晚说。

身怀利器，杀心自起，她从不觉得自己是例外，所以要约束自己。当她觉得无从约束时，便远离修仙界，从此隐逸。可如今，她的自我约束成了旁人拿捏她的弱点。

沈如晚说着，冷笑一声："我一直守规矩，但也可以不守。"

蓬山有数不尽的巍巍青峰，群山绵延，一片青黛，其中最巍峨、神秘的当属在修仙界也大名鼎鼎的渡厄峰。

在无数的传闻里，蓬山的渡厄峰是世上最恐怖的地方，关押着数不清的大奸大恶，人们所能想到的最残酷的法术、阵法永无止境地惩罚着这些曾在神州恶名远扬又在漫长的岁月里被一点点遗忘的人。

"也许就在你走过的某个转角处最不起眼的位置里，关押着曾经在修仙界中大名鼎鼎的凶徒。"负责渡厄峰最外围轮值的师姐高深莫测地看着眼前十几个刚被招募来的小弟子说。

这些小弟子都是被临时招募来的，用于补上渡厄峰外围轮值的空缺，既不可以进入内围，也无法接触到内部的事务。

"看见渡厄峰外的九色浮光了吗？"轮值的师姐遥遥地指了指，目光锐利地扫过这十几个弟子的脸，"那是杀阵本身的宝光，每一色都是一道天门关。渡厄峰外有九道天门关，对应星宿的九野，每一道天门关都至少有一位丹成前辈镇守，既镇压渡厄峰内的囚徒，也阻绝峰外的邪妄宵小。但凡有人敢在渡厄峰外作乱，杀阵便会被激发，任其狂妄无边，也要留在天门关下。"

轮值的师姐严肃地打量着眼前的小弟子们，看到一张张脸上露出了敬畏的神色，满意地点了点头："不过你们也不必害怕，我们只需要在外围办差，既不会接触到渡厄峰内的囚徒，也不可能触碰天门关。"

事实上，这批小弟子只需要在渡厄峰办一晚的差，明早领了灵石便和这里再无关系了。渡厄峰太大，常有人事变迁，偶尔便会有这样临时的差事，也算是给宗门弟子提供一个赚点儿灵石贴补家用的机会。

"好了，接下来你们各自去办分得的差事吧。"轮值的师姐拍了拍手。

十几个小弟子一哄而散，其中有两个关系好的小弟子耳语着并肩走向了一处，谁也没放在心上。

"瑶光，这渡厄峰的看守也太严了吧？别说去救师父了，咱们就连天门关的边都摸不到。"陈献压低声音说，语气有点儿焦躁。

陈献和楚瑶光这一日的经历说来也是离奇。先前曲不询和沈如晚遇见熟人，随曾长老一道去了百味塔顶，陈献和楚瑶光没跟着过去，就在百味塔里探头探脑地见识了一番，没想到没过多久就听说敕令堂的人登上百味塔顶，把长孙寒抓走了。

陈献心里还没能完全接受他师父就是长孙寒这件事呢，所以刚听见这个消息的时候没什么感觉，直到看见楚瑶光凝重的神情，这才一惊，往塔上冲了几层。但是他被拦了下来，于是只好到处打听，好半天才确定被抓走的人真是他师父。

"这不应该啊……以我师父和沈前辈的实力，他们不应该这么轻易地就被抓走吧？怎么也不至于一点儿动静都没有啊？"陈献百思不得其解，揪着楚瑶光的衣袖念叨。

这也是楚瑶光觉得惊疑的地方。她一边安抚陈献，一边仔细地思索："倘若两个人都被抓走了，大家应当先说起沈姐姐的名字。"

毕竟，沈如晚这个名字可比在大众的认知里死了十年的长孙寒有名多了。

"他们只说抓了长孙寒，却没说抓沈如晚，说明沈姐姐安然无恙。你我都知道，沈姐姐是绝不可能眼睁睁地看着曲前辈被抓走的，如今没有一点儿动静，便意味着曲前辈是主动跟敕令堂的人走的，而且沈姐姐也知道。"楚瑶光笃定地说。

陈献无法理解："师父是主动跟着敕令堂的人走的？这怎么可能？渡厄峰这么恐怖，他进去之后真的能出来吗？"

楚瑶光拍了拍他的手："敕令堂对外说抓走曲前辈是为了查明真相，倘若当初的事真有蹊跷之处，便会还曲前辈一个清白。不管这是不是真的，曲前辈都不得不跟他们走一趟，否则岂不是授人以柄？到时候，敕令堂便更能给曲前辈泼脏水，说曲前辈的心里有鬼了。"

蓬山弟子终归还是信蓬山的，别看现在有许多人对掌教和敕令堂心怀疑问，可只要敕令堂出来摆个要调查的姿态，他们便会偃旗息鼓，相信敕令堂会给出一个公正的结果，反过来质疑不愿配合的人是否心里有鬼。

"曲前辈和沈前辈一定有自己的打算。我们现在最该做的事就是保护好自己，免得被敕令堂的人发现端倪，被抓去当作威胁两位前辈的人质。"楚瑶光分析。

陈献信服她的判断，可实在坐不住了。

恰巧，他们在百味塔外乱晃的时候听旁边的弟子说渡厄峰又有外围轮值的临时空缺了，大家可以去报名，陈献便急匆匆地拉着楚瑶光去打探情况了。他们两个人根本不是蓬山弟子，本没想过报名，谁知去了才发现，由于这件差事实在太小，工期也太短暂，人家根本不查玉册。陈献一看不需要查玉册，顿时来了主意，和楚瑶光分别报了名。

楚瑶光的那件差事考核的是去除祟气的能力，她有蜀岭楚家的至宝碧台莲，哪怕收敛了本事也一下子就脱颖而出，当场被选中了。而陈献跟着曲不询学剑法，虽然没学几招，但也很能糊弄人了。考核他的师姐还爽朗地拍着他的肩膀说"咱们剑阁的师弟就是不一样"，把陈献夸得喜不自禁，差点儿忘了这个"剑阁弟子"的身份根本就是他瞎编的。

如是，他们竟顺顺利利地混进了轮值的队伍，成了渡厄峰外围毫不起眼的当值弟子。

可他们越靠近渡厄峰，陈献脸上的笑容便垮得越厉害，他方才还暗喜自己运气极好，轻而易举地就把渡厄峰的差事混到了手，没想到人家选人如此随意，就是因为外围的差事当真无关紧要。他们根本碰不到渡厄峰的一角，更别提闯进那九道天门关里了，此时只能在附近叹气。

"蓬山的渡厄峰果然名不虚传。"楚瑶光却没和他一样懊恼，偏过头遥遥地看向了那座崔巍嵯峨的青山，"方才你听她说了吗？九道天门关，每道都至少有一位丹成修士镇守，光是这一座渡厄峰上就有不止九个丹成修士。蓬山果然是蓬山。"

他们跟着沈、曲二人接触了神州中最隐秘的事，一路上见过那么多修士，其实也只有奚访梧、杭意秋、白飞崟、卢玄晟、孟南柯五个人结成了金丹，可单单这一座渡厄峰上便至少有九个丹成修士……

"就是因为镇守渡厄峰的修士太强，我才着急。师父和沈前辈就算再强也没法从这里脱身吧？"陈献急得团团转。

楚瑶光却不怎么着急："他们想从渡厄峰里出来，可不只有强闯这条路。"

陈献迷惑："难不成他们还能主动把师父放出来？"

楚瑶光低声说："你没发现吗？曲前辈从前在蓬山很有声望，敢跟着他们进渡厄峰，就说明有把握安稳地出来。"

话是这么说，可陈献长长地叹了一口气，说不担心是不可能的。他的差事是要沿着既定路线巡视，他就这么愁眉苦脸地在渡厄峰外围转了一圈又一圈，越观察越觉得绝望。

"这根本不可能闯出来嘛！沈前辈，你快想想办法吧。"他小声嘟囔起来。

话音未落，渡厄峰前忽然传来了一阵喧哗声。这喧哗声由远及近，好像一片起伏的巨浪闯过整座渡厄峰，不会让任何一个弟子忽略。

陈献不由得伸长了脖子，想看看到底发生了什么。可他这次运气不太好，正好巡视到渡厄峰的侧面，视线被巍巍的渡厄峰遮得严严实实，什么也看不见，只能听见越来越嘈杂的声音，其间夹杂着无数声惊叫。

只是一个呼吸的瞬间，所有人就看见渡厄峰外那绚烂的九色浮光倏地大放光彩，在昏暗的夜幕中十分耀眼，将这一片长天映得亮如白昼。

"到底发生了什么？"他嘟囔着，加快了脚步，想赶紧走完巡视路线，绕到能看

611

见渡厄峰正面的位置去。

"何人擅闯渡厄峰？"一道威严如天外之音的喝问声响起，"天门关下，不问死生，速速退去，尚未为迟。"

这一声呵斥后并无人应答，只是又一阵惊呼声迭起，对应着第一道天门关的浮光剧烈地闪烁着，似乎有什么东西摇摇欲坠。

"怎么是你？！"那道天外之音忽然惊疑，又戛然而止，不再说下去了。

一众只闻声响的弟子抓耳挠腮，恨不得冲进门去问问，这个胆敢擅闯渡厄峰的人究竟是谁。

陈献健步如飞，恨不得立马飞到渡厄峰跟前。他听到那道惊疑的声音时灵光一现，有一种莫名其妙的预感——也许这个来闯渡厄峰的胆大包天的人不是别人，就是沈前辈！

渡厄峰外面人心浮动、喧嚣不已，里面却陷入了一片极致的静寂中。

镇守渡厄峰的蓬山弟子已惊怒到极致，且惊大于怒——蓬山辉煌千万年，为修仙界之首，渡厄峰更是威势可镇神州，前溯千年，从未有人敢在蓬山闹事，更从来没有人敢这么大张旗鼓地强闯渡厄峰！

莫说守卫在渡厄峰的弟子、长老们不作声，就连在渡厄峰内被关押的囚徒也抬起了头，试图透过铜墙铁壁探查外面的喧嚣的来源。

沈如晚的掌心里青光荧荧，比起天门关发出的光彩来也毫不逊色。她立在第一道天门关下，竟逼得那镇守杀阵的丹成修士左支右绌，几乎维持不住禁制。

这位丹成修士认得她，觉得难以置信，可光是运转杀阵拦她便已力不从心，此刻连半个字也无暇吐露了。他好不容易喘了一口气，下意识地张口问："你是沈如晚？"

话音未落，她便窥见了对方的破绽。修士急着去挡，却被她深厚的灵力硬生生地撞开了。她如游鱼一般闯进了天门关内，半点儿也不停留，瞬间便飞到第二道天门关前，只留给他一个邈远的背影。

这位丹成修士遥遥地看着她的背影，张了张口，心中暗想：这一切来得太突然了……第一道杀阵是这九道之中极难突破的一道，宗门既然安排他镇守第一道天门关，他自然不是所有镇守渡厄峰的丹成修士中实力最弱的那个，甚至还能排到前列。可谁承想，他在沈如晚的手下竟撑不过二十个呼吸的工夫！他固然有措手不及的因由，可这是沈如晚第一次见天门关的杀阵，足见她实力强劲。

那道青光在第二道天门关外盘桓不去，镇守第一道天门关的丹成修士默默地算着，十四、十五、十六……十六个呼吸后，浮光一闪，转瞬间，那道青光便已转入第二道天门关内，朝第三道天门关飞去了。

她闯过第二道天门关的时间竟比闯过第一道的时间更短！

丹成修士倒吸一口凉气，却不觉生出一点儿莫名其妙的庆幸之意来——他就说他绝不是镇守天门关的修士中最弱的那个吧？幸好第二道门关的师兄舍己为人，给他做对照，不然等沈如晚连闯几道天门关，心神和灵气消耗巨大，速度变慢后，旁人还以为是他不如其他看守天门关的同门呢。

幸好，幸好，他真得多谢那位师兄。

眼见那道青光长驱直入，一连闯入数道天门关，镇守第一道天门关的丹成修士长叹一声，收心敛神，神情严肃地继续驱使起杀阵来。他想：沈如晚已经闯了过去，自有后面的镇守者去拦。倒是他自己，因职责所在，仍要为这座天门关负责，不让其余心怀不轨之人有机可乘。

沈如晚一连闯过六道天门关，如入无人之境，连在渡厄峰外遥遥地看热闹的蓬山弟子们也瞠目结舌了。

"沈如晚"这个名字早在镇守第一道天门关的修士脱口而出时便传遍了半个宗门，随之以令人惊愕的速度流传在众人间的是最近和这个名字有关的所有传闻，包括"长孙寒"，也包括"七夜白"。

按理说，有人在蓬山内闹事，当众强闯渡厄峰，蓬山早该敲钟警戒，召弟子守卫宗门，擒拿闹事者。可是那道青光都闯到第七道天门关外了，远山钟竟然一声不响，诡异地静默着。

远山钟不响，那就不算有敌。虽然沈如晚声势惊人，但此种情形蓬山弟子不必警戒，更不必出手。

可这番声势如此浩大，除了闭关修炼的弟子，谁还能不被吸引过去？于是，大家就好奇又惶惑地慢慢地聚拢在渡厄峰外，远远地看着，忍不住互相追问，想多打听些事情的始末。

青光在第七道天门关外停下了，沈如晚遥遥地与镇守第七道天门关的修士对望，二人一时相顾无言。

镇守第七道天门关的修士与她隔着杀阵，眉头紧紧地皱着，表情阴沉到了极致，半晌才说："沈师妹，你这是做什么？"

青光并未停息，发出阵阵光华，和杀阵的浮光碰撞着。杀机纵横，可隔着杀阵站立的两个修士静静地对视着，好像超然于杀机之外，甚至生出了一种一切尽在不言中的静谧氛围。

"多年未见了，靳师姐。原来你也结丹了，我还未道贺，恭喜。"沈如晚开口，带着淡淡的怅惘之意。

靳师姐紧紧地抿着唇，一边操纵着杀阵，一边神色复杂地看着她，然后道："你

613

既然叫我一声师姐，就赶快停手吧，难道还真要当着这么多人的面死不回头吗？"

靳师姐是她和沈晴谙共同的朋友。

当初是沈晴谙将靳师姐介绍给她，她才与靳师姐认识的。后来，她从参道堂升入闻道学宫，想学阵法，听说长孙寒当初是跟着阵法大师靳老学的阵法，便也选了靳老的课。她去上课，发现靳师姐也在，随口聊起来才知道靳师姐是靳老的远房侄孙女，阵法算是家学渊源。她和靳师姐在阵法上都有些天赋，每次都在阵道课上结伴，一来二去便要好了起来。

只是……后来她走火入魔，沈氏覆灭一事闹得沸沸扬扬，靳师姐听说之后，难以置信地来找她询问沈晴谙的事。

那时她已性情大改，有些自暴自弃之意，又被宁听澜叮嘱不要将七夜白的事透露出去，所以面对靳师姐的质问，便干脆认了下来，半点儿不解释，也不愿再和故交打交道了。靳师姐追问不得，失望而归，再后来，她们便渐行渐远了。

直到沈如晚弃蓬山而去，远走凡尘，她们再也没说过一句话。

当初二人背道而驰，谁能想到再相见时竟隔着煌煌天门关？

沈如晚如此在心里喟叹，神色却很平静，道："当初是沈氏种了七夜白，我不愿同流合污，与他们动起手来，便走火入魔了。我一直以为沈氏因我而覆灭，可就在方才，宁听澜传话给我，告诉我沈晴谙还活着，让我不要再追究七夜白的事。"她说完，竟轻轻地笑了一声，笑里尽是说不出的酸涩之意，"师姐，你说，我就这么算了吗？"

靳师姐心神俱颤，险些没能稳住杀阵，差点儿就让那道光芒慑人的青光觑见破绽闯了过去。她没说话，专心维持杀阵，这才长出一口气。

"多年未见，你的阵道造诣竟比从前更深了。"靳师姐缓过神来，眼神复杂至极。

方才见沈如晚势如破竹地闯过六道天门关，她便知道沈如晚倚仗的其实不是法术，而是阵道造诣。

因为沈如晚的阵道造诣远胜过那些操纵杀阵的修士的阵道造诣，所以当修士操纵阵法以至于能力到了极限时，她总能适时地窥见破绽，抓住时机，闯进杀阵内。

她是闯阵，而不是破阵，所以先前六道天门关的浮光甚至没有暗淡过，杀阵仍稳稳地运行着。众人唯有追着那道势如破竹的青光，才能看出她究竟过了几道天门关。这就意味着她保存了实力，至今毫发无伤，也许连灵力都保留了大半，状态正佳，势不可当。

她离开蓬山那么久，杳无音信，在阵道上竟还能有这般进益？！

靳师姐一方面觉得难以置信，另一方面又不可避免地生出些本不当有的欣慰之意来——原来她们分别多年，终归犹有从前的情谊，她见沈如晚过得好，总归还是喜悦的。

可坏就坏在彼此隔着一座天门关。

靳师姐紧紧地抿了一下唇，然后说："七夜白的事，宗门是必然要调查清楚的。你莫看眼下事情陷入了僵局，其实这局面不会长久的，其余的长老和阁主不会就这么算了的。"

靳师姐说的是真的，沈如晚也信。若没有沈如晚插手，蓬山最终也会拨乱反正，给出一个结果。到时，蓬山会有新的掌教、新的赢家，而这个人会光鲜地站在权力的顶峰上，七夜白和宁听澜都将是倒在他身后的功绩。

只是，谁也不知道究竟什么时候能等到那一天，也许等到明年也等不到，也许明天就会尘埃落定。

沈如晚沉默了许久，最终在靳师姐怃然的目光里轻轻地摇了摇头："我等了太久，不愿再等了。若这是僵局，那我就来破局。"

靳师姐心头的情绪复杂至极，唇瓣颤抖着，最终她紧紧地抿了一下嘴唇，声音冷淡如冰地说："宗门命我镇守天门关，这是我的职责所在。既然如此，我只能说声对不住了。沈师妹，这座天门关，我不能让你过去。"

沈如晚轻轻地叹了一声："无妨，你有你的不可退让之处，我有我势在必行的理由。"

她说完，身侧青光大盛，竟如烈日一般刺眼，接着直直地撞向了天门关。

陈献早已绕到渡厄峰的侧前方，和楚瑶光站在一起，惴惴不安地抬头仰望。这时已没人追究他们不专心当值的事了，渡厄峰周围到处都是看热闹的弟子，他们混在人群里并不显眼。

"沈前辈未免太出人意料了。"陈献像做贼一样凑在楚瑶光的耳边低语，生怕被别人听见，"不过这也太威风了吧？"

楚瑶光脸上的忧色不减，她闻言，只是无语地瞥了陈献一眼。

他只见沈如晚威风，可想过强闯天门关究竟有多凶险吗？别看沈如晚势如破竹，好似谁都不是她的敌手，实际上每一步都踏在刀尖上，稍有不慎就会瞬间陨落到杀阵中。

"希望沈姐姐能闯过去吧。"楚瑶光祈祷着，心里忧虑难言。

先前她确定曲前辈入渡厄峰是另有打算，因此并不慌张，可转眼便见沈如晚强闯渡厄峰，和她的猜测完全相悖，不免觉得完全失了头绪，也和陈献一样惶惶不安起来。

她还没说完，就远远地看见那道青光势不可当地撞入第七道天门关中，随后身侧便响起了一阵惊呼声——第七道天门关的浮光竟在所有人的视线里骤然暗淡了下去。

先前沈如晚闯过六道天门关，浮光全都如常。杀阵的光华暗淡，这还是第一次。

"沈姐姐这是靠法术和灵气强行破开了阵法。"楚瑶光喃喃道，心中的焦虑难以言表。

除非操纵阵法的修士和沈如晚在修为上天差地别，否则她这么强行破开阵法，极难不受伤啊！可他们都是丹成修士，何来天差地别一说呢？

靳师姐嘴角溢血、脸色惨白，却根本顾不上调息。她猛然回头一望，果然看见那道青光越过了她，直奔第八道天门关而去。

她攥紧了拳，深深地吸了一口气。

沈如晚并未捕捉到她操纵的阵法的破绽，而是凭深厚的灵气和法术强行破开了阵法，所以第七道天门关会暗淡无光。

沈如晚宁愿以伤换伤也一定要闯过去吗？

靳师姐思绪万千，遥遥地看着沈如晚的背影，心里也不知是担忧更多还是懊恼更多。后面两道天门关只会更难闯，沈如晚已受了伤，还宁死不回头，该怎么闯过去？

可谁知负责镇守第八道天门关的两个丹成修士看见了沈如晚，竟没在杀阵里显露出半分杀机，对着沈如晚说了些什么，那道青光就轻巧地越过了杀阵——他们竟然没有阻拦，甚至没运行杀阵，就这么放沈如晚过去了？！

靳师姐一口气堵在胸口，难以置信，又懊恼万分。

她认得镇守第八道天门关的那两个修士。他们和几位阁主是一派的，平日里常做抱团顶撞掌教、夺取利益的事，如今自然乐得放沈如晚过去搅动风云。

早知……早知她也……

她若早知如此，又何必费劲去拦？她倒是枉做恶人。

最初那道令沈如晚退去的天外之音自她强闯过第一道天门关起便再也没出过声，直到沈如晚闯到最后一道天门关，声音的主人才露出了真容。

满头鹤发的老者站在第九道天门关后，负手看着她，眼神意味深长。直到她站在杀阵前，他这才缓缓地开口："没想到我还会在这里见到你。"

沈如晚怔住了。她不认得这个修士是谁，可对方好像对她很熟悉。

"从前你还在宗门内时，我便和掌教说过，你若能稳稳地走下去，早晚要接替我的位置，接替他的位置也不是不可能。反正长孙寒也死了，剩下的那些歪瓜裂枣，又有哪个能和你争呢？"鹤发修士不管她，自顾自地说下去，"可谁承想你竟然直接离开蓬山，一走了之，再也没了消息，真是差点儿没把我气死。"

沈如晚大约知道站在她面前的鹤发修士是谁了。

"如今你总算开窍了，也好，年轻人受了打击没关系，重新站起来就好。以你的实力和声势，你的东西永远都是你的，只要你伸手来拿，谁也抢不走。"那位从多年前起便闭关不见人的第九阁阁主缓缓地颔首，似乎很欣慰。

沈如晚微愣，没明白对方究竟在说什么。

"你抢先一步打破僵局，只要把宁听澜狠狠地按下去，这个功绩便足够使你声势大涨，到时你先谋我这个阁主的位置做个过渡，掌教之位便唾手可得了。元让卿自己没出息，被人使唤得像条狗，他的徒弟倒还算给第九阁争气。"第九阁阁主很满意地点了点头。

沈如晚终于听明白了。对方竟以为她当众强闯渡厄峰是为了给自己谋声势和功绩，以便回蓬山争权夺利。

第九道天门关在她的面前轻易地打开了，光华暗淡下去，显然不是陷阱。

这意想中最凶险、最难闯过去的一道天门关，竟就这么轻而易举地为她而开了。

沈如晚怔怔地越过杀阵，站在峰顶，回过头还能望见第九阁阁主欣慰地看着她，目光犹带着鼓励之意。第九阁阁主显然乐见到本阁弟子以雄心壮志谋夺权力。她若能一举夺下掌教之位，回馈第九阁，让第九阁受益，那就更好了。

沈如晚的心中尽是说不出的荒诞感，她只觉得一口气憋在胸口，怅然若失地站在原地，半晌无言。

过了很久，她才毅然转过头，把一切喧嚣都抛在身后，走入了巍峨而神秘的渡厄峰。

知我者，谓我心忧；不知我者，谓我何求。

可那又有何妨？

她只管往前走，向来如此，往后也不会变。

渡厄峰内，重重牢狱被隔开了，并不互通。寻常的囚徒只被安排在最底层中，尚有从渡厄峰中出来的一日，而最特殊也最戒备森严的那一重牢狱居于峰顶，似乎常年空置，很少被开启。起码，渡厄峰内的弟子就没怎么见过有凶犯被关押其中。

今日却是个例外。

曲不询盘坐在渡厄峰顶的牢狱里，姿态从容，甚至还有几分悠闲安逸的样子，透过头顶唯一的一扇小窗，饶有兴致地凝望着那一小片枯寂不变的夜空。

他被关在这里没多久便见了几个访客，这些人的面孔还是从前他认识的那些面孔，说出来的话也大同小异，他们好似商量好了，挨个来他面前复述。

封闭的黑曜石大门再次发出了沉闷的声响，不知又被谁推开了。

曲不询仍仰着头，没有低下头朝门口看一眼的意思，好似这个有资格第一时间进入渡厄峰的最顶层来见他的神秘访客在他的眼里还不如那一片晦暗的夜空有意思。

神秘访客没有立刻说话。厚重的黑曜石门被慢慢地合上后，由外面的门廊照进来的一点儿光亮就消失了，屋内重新陷入一片晦暗，唯有从头顶照入的星光。

"渡厄峰顶的这座静室其实不是为囚徒而设的。"彼此沉默了许久后，访客终于开口打破了寂静，语气不慌不忙，好似在进行无关紧要的闲聊，"最初，它是为了蓬山掌教而设的。"

曲不询依旧仰视着一成不变的夜空，仿佛没听见对方的话。

访客观察着他，并没因他的无视而不悦，继续说道："蓬山掌教向来位高权重，为世人所憧憬、景仰，然而如此显赫的权势对于一个修士来说是一把双刃剑，权势能送人上青云，也能毁道心于未觉。修士倘若沉溺于权势，便会在不知不觉中坏了心性、移了性情，变成另一个连自己都觉得陌生的人。正因如此，从前有一位掌教特地在渡厄峰顶建了这间静室，这里四面封闭，你头顶的这扇天窗是与外界唯一的联系。在这间静室里的人可抬头见天，只见一窗，故此思天地浩大、己身渺小，重拾道心。后来这也成了每一任掌教的惯例，他们每年都要择上一个月，将自己关在这座静室中，修身修心，摒弃杂念，找回道心。"

曲不询不知何时已不再仰头望向窗外的夜空，而是隔着半间静室的距离，借着晦暗的光看清了对面的人。

"所以掌教慷慨地开了静室，叫我来见一见世面？我当真是受宠若惊。"曲不询说。

宁听澜负手立在门边，视线停在曲不询的身上，不动声色地打量着他。

"这间静室是以最好的灵材建造的，所费颇多，真正被用到的时候却不多。我早就觉得十分可惜，若它能找机会派上些别的用场，也不是什么坏事。"

宁听澜的语气淡淡的，自有一种因久揽大权而生出的威势，哪怕他此刻只是状似和气地随口聊上几句，仍让人觉得不怒自威。

曲不询拊掌笑着叹了一口气："是了，什么东西都要用到极致，这果然是你的风格。"

宁听澜微不可察地皱了皱眉。

"我作为掌教，要看顾偌大的宗门，自然要精打细算。"他观察着曲不询，状若无意地说道，"你毕竟是当过首徒的人，我还以为你懂这种不得已的感觉。"

曲不询叹了一口气："那掌教可就抬举我了，在精打细算上，我是望尘莫及。"

宁听澜眼瞳微缩，目光凝在曲不询的身上，过了一会儿才慢慢地说："从前听说你死在归墟下的时候，我当真没想到你还会有活着回来的一天。"

他这么说，自然是确信曲不询就是长孙寒了。

说实话，方才见宁听澜这一番试探，曲不询自然看出来宁听澜确认了他的身份。他只是不在意，反倒是宁听澜问了寥寥几句便信了他的身份这件事更叫他惊异些。

"我还以为你会再多花些心思来确认我是谁。"曲不询笑了一声。

宁听澜却已再无疑心了，神色不变，淡淡地看着曲不询："倒也不需要那么麻烦。难道你以为本宗弟子就这么好骗，凭一份尚且不知真假的报纸，就信了你这个全然陌生的修士是从前的蓬山首徒？"

他很快便接受了长孙寒没死的事实。

曲不询确实觉得回蓬山后的事进行得比他想的顺利许多。他做好了花上更多的工夫和耐心慢慢地等待一个意料中的局面的准备，却没想到取回"长孙寒"这个名字的事竟然是水到渠成的。

先前宁听澜还不确定曲不询的身份时，神色尤为锐利冰冷，如今确信了，反倒笑容和蔼、态度温和起来。他轻轻地叹了一口气，露出和善的笑意，看着曲不询的目光中藏着点儿深意："看来你还不明白。"

曲不询心平气和地请教："愿闻其详。"

宁听澜笑着说："他们信的不是那份报纸，也不是你这个生面孔的寥寥几句话，而是沈如晚这个名字啊。因为她一直在你的身边，和你一起回了蓬山，所以他们轻而易举地信了那些本会被他们当作无稽之谈的传闻，也相信了你。就连我也不能免俗。"

宁听澜叹了一口气，说："当初她告诉我她杀了你，我便深信不疑，所以哪怕看见那份《半月摘》，仍不信你就是长孙寒，因为知道她不会骗我。只是，能被她看在眼里的人一定有些不凡之处，所以我决定来见一见你。

"哪怕是现在，我还是觉得她不可能骗我，旁人都有可能，她却不会。"宁听澜说到这里，竟然不太恼怒，反而有些愉快，好像看见自家小辈的顽劣行径，感到无伤大雅，"做人做到这种地步，也算令常人难以想象吧？"

曲不询没忍住，挑起了眉："你信她？"

"这世上不会有人比我更相信她了。"宁听澜和颜悦色地说，"她这人一心一意，没有那些说一套做一套的虚情假意，是个很纯粹的姑娘。"

曲不询高高地挑起了眉，深觉意外。

他倒没想过，宁听澜分明一直在利用沈如晚，却对沈如晚深信不疑，信她心念坚定、品格高洁、率真磊落、纯粹又锋利。

她究竟有何等的品性和魅力，才能让仇敌也对她深信不疑？

哪怕她远走凡尘，对蓬山弃如敝屣，舍弃万千浮名浮利，好似与这修仙界再无半点儿瓜葛，却还有那么多只闻其名的人愿意下意识地信她。

这一刻，站在面前的人是大敌，曲不询按理说不该走神的，可不知怎么的，想起沈如晚的面容，茫然地出神了：她哪怕寻常总是做出不屑一顾的姿态，可若知道还有这么多陌生人信她，只怕要露出些不知所措的窘迫表情来，然后拼命地用冷淡的样子来掩饰，可爱又好笑。

曲不询想到这里，嘴角不觉流露出一点儿笑意来。他回过神看着宁听澜，犹有遗憾地叹了一口气，懒洋洋地说："是吗？那你的相信未免太不值钱了。你是习惯把利用称作信任吗？"

宁听澜并不为这句讽刺的话气恼，不紧不慢地说："我利用了沈如晚为我做事不假，可利用未必是坏事。扪心自问，我对她实在算不上坏。当初她走火入魔，是我做主给她拨了一枚回天丹，这才保住了她的性命，让她安安稳稳地成为蓬山中最早结丹的天才弟子——说起来，她结丹时的年纪比你结丹时的年纪还小两岁。"

曲不询点了点头："这是我还在蓬山时就知道的事，你不必提醒了。"

宁听澜听到这话，脸上的笑意更深了，以为曲不询介意沈如晚比他结丹早。

虽说自辨认出曲不询就是长孙寒后，宁听澜便没打算让他出这间静室，可若长孙寒心里对沈如晚有些不满，那自然也不是坏事。

"她在伤势恢复后，便跟着我做事。那时她还是个小女孩呢，整日跟着元让卿学些木行法术，还有点儿天真。她虽然有点儿聪慧，但到底还是稚嫩了些，全靠我手把手地教了许多才脱胎换骨。其实我一直很欣赏她，甚至器重她胜过我的弟子。"宁听澜说得很平静，有种理所当然的感觉。

他是真的觉得自己对沈如晚不算坏，甚至可以算得上很好。

曲不询被他的话逗笑了："是吗？何以见得？"

宁听澜的语气中带着少有的沧桑感和真诚之意，他说："你们还太年轻，不明白这世上最易变的东西就是人心，不只他人的心，还有你自己的心。"他幽幽地叹了一口气，"我有时看着她，就好像在看年轻时的自己，还那么天真，对那些刻板而无用的道义深信不疑——人怎么可能讨厌年轻的自己呢？"

曲不询不置可否，只说："这么说来，你全是迫不得已？有人拿刀架在你的脖子上逼你这么做的？"

宁听澜这时却更狡猾了，反问道："逼我做什么？我又做了什么呢？"

从头到尾，他从未提过一次七夜白，更不要说亲口承认自己和七夜白的事有关系了。即使在没有外人的静室里，他也绝不给人留下话柄。

曲不询仰起头，看向那扇狭小的天窗，轻笑一声："你活成这样，就算当了蓬山掌教也实在是没什么意思。"

宁听澜的神色半点儿也没变，他说："有没有意思，要赢家来说才有意义。"

"你就这么确定自己是赢家？"

宁听澜已想好了如何处理这个死而复生的人。

当初得知长孙寒撞破如意阁柳家种下七夜白之事，他就立刻下了缉杀令，到如今双方已结下无可挽回的生死大仇，绝不可能和解，就算现在长孙寒说不介意，他也不会信。

况且，长孙寒和当初的沈如晚不同，早已不是天真的少年，也不似沈如晚那般心无旁骛、超然物外。能当上蓬山首徒甚至还令蓬山弟子都信服的人总归是有些手段的，对宁听澜来说，他并不是什么适合利用的人。

可如今那传闻闹得沸沸扬扬，还有沈如晚在外面挂念着曲不询，宁听澜若就这么把人杀了，也有些拿不准后果是什么样。他倒不如就将曲不询关在这里，与沈晴谙一起当作人质，用来劝服沈如晚，物尽其用。

"看来我们也没什么可说的了。"宁听澜和蔼地朝曲不询笑了，话却并不和气，"你在这里静一静吧，掌教专属静室的风光，除了我，这蓬山上下也只有你一个人能品鉴了。这总归是一份机缘，也许你在这里待上几年，修为还能更上一层楼呢。"

他说完，转过身，推开厚重的黑曜石门，却忽然怔住了。

沈如晚静静地立在门外，身后十分嘈杂。在宁听澜的印象里，蓬山似乎已经很多年不曾有过这样哄乱的景象了。

这实在不太寻常。平日弟子若聚集起来哄闹，早被宗门内的长老和管事训斥、惩戒了。

"掌教，别来无恙，如今我想见你一面真不容易。"沈如晚平静地看着他，语气冷到了极致。

其实沈如晚的气息已经有点儿不稳了，她好像受了点儿伤。她纤细笔挺的身影仿佛把此处隔成两个世界，身后的喧嚣被隔在外面，只剩下面前一片冷清的氛围，唯有峰顶的风拂过，为这春意盎然的蓬山带来一点儿寒凉之意。

谁也没有说话。

率先打破这死寂的氛围的人竟不是宁听澜。

"你怎么来了？"曲不询站起身看向沈如晚，不动声色地问，好似不甚在意。

他和宁听澜说话时只是从容地盘坐着，待听见沈如晚的声音从门外传来，便忽然站起了身，惊愕与忧虑之色转瞬即逝。待沈如晚能看见他时，他脸上那点儿失神的表情也全然消失，让人半点儿都瞧不出了。

长孙师兄这样的人，就算有时关切别人，也不会让对方发觉。哪怕他现在变成了曲不询，改了性情，回到蓬山的时候还是会不自觉地像从前的样子。

对此，沈如晚说不上好，也说不上不好，只淡淡地看了他一眼："我来带你走。"

曲不询有一种说不出的惊讶之感，可又觉得这就是沈如晚的脾气，就是她会做出来的事、说出来的话。真相、公道就在眼前，她怎么会忍气吞声、委曲求全？

旁人都求万全之策，不敢妄动，只怕失去既得与未得之物，可她怕什么？她什么都不求，也什么都不要，只要一个公道罢了。

这世上还有什么事是她不敢做的呢？又有什么事情值得她犹疑？

曲不询回到蓬山便恢复了老样子，凡事权衡利弊，宁愿曲折地周旋，慢慢地谋一个得偿所愿的结果，却忘了沈如晚从来不是这样的性格，也根本不需要。

她宁从直中取，不向曲中求。

没办法，谁叫这青天也厚爱她，予她翩然一身仙骨，还要给她一颗无欲则刚的仙心呢？

曲不询想到这里，不知怎么的，唇边竟浮现出一点儿微不可察的笑意来："我知道。我是问你怎么上来的。"

沈如晚轻描淡写地说："我还能怎么上来？我自然是飞上来的。路上有人想拦我，难道我就没学过法术吗？"

横亘在渡厄峰前的九道天门关被她说得不值一提，好似镇守杀阵的修士全是刚入门的小弟子。

曲不询当然不会信这些话，也比谁都清楚渡厄峰的九道天门关有多凶险。心绪凝结，他反倒语塞了，半晌轻轻地挤出一句话："你何必冒这样的险？我也不是出不去。"

他仿佛在责备她，可声音轻得不能再轻，实在叫人听不出半点儿责怪的意味。

沈如晚的神色骤然变得冰冷起来，她冷冷地看了他一眼："难道我就眼看着你一直被关在这里？你是我带回来的人，自然要跟着我走。"

她还是这样的坏脾气，还理所当然地自行其是。可在曲不询的眼里，她连每根头发丝都别样鲜活，心情不佳便不容反驳地说"我的人，我当然要带走"。

曲不询看着她，只觉得心口上的那道陈年旧伤忽然生出酥酥麻麻的异样感，唇边浮现出了掩不住的笑意，只好低头闷声笑了一声："是，是，都听你的。"

他们一来一往的对答极快，好似宁听澜不存在一般，然后又忽然谁都不再说话了。他们在短暂的对话后同时沉默，有着说不出的默契。

宁听澜的眼神止不住地变化着，他在沈如晚的脸上仔细地观察了一番，好似想找出些诡异的端倪，可最终一无所获。于是他的笑容淡了，他不动声色地看着沈如晚，道："我从没想到会以这种方式见到你。我印象中的沈如晚应当是个行正道、走正路的人，而不是视蓬山的法度和威严于无物，仗着自己的修为闯进渡厄峰。"

宁听澜沉声说："你以为你在行正义之事，所以使非常之手段？错！大错特错！

你在众目睽睽之下强闯渡厄峰，只会让蓬山弟子甚至天下人有样学样，学你这般无视规矩、恣意妄为。法度失了威严，只会让狂徒和宵小有机可乘。"

"你以为那些宗门长老和阁主是本性迂腐，所以才按兵不动的吗？"宁听澜指向身后的长孙寒，"他自愿进渡厄峰，难道是因为在归墟把脑子摔坏了吗？是因为他们都心怀敬畏，知道仗着实力恣意妄为只是自取灭亡。"

宁听澜冷冷地凝视着沈如晚，这一刻当真像个谆谆教导徒弟的严师："我早就和你说过，你要想维护道义，就要学会摒弃无益的杂念和冲动，而不是意气用事。"

沈如晚默不作声地站在原地，好像又回到了很多年前，那时宁听澜也是这样沉着地站在她的面前，有时鼓励她，有时开导她，有时训斥她。

平心而论，宁听澜教过沈如晚许多东西，这些东西在后来的日子里也被证明并非无益。也许就像宁听澜说的那样，若没有他，她也不会是如今的沈如晚。

可人生奇妙就奇妙在所有慷慨的馈赠都早有代价。

"蓬山的法度因我而乱吗？"沈如晚问，语气很平静，"掌教，我也是有样学样。"

蓬山掌教本身就是那个视法度、道义于无物的人，又哪里来的资格去管束别人呢？若要说带坏风气，也得先从宁听澜这个掌教算起。

宁听澜的话被堵了回来，他觉得胸口有一种微妙的滞涩感。也许是因为沈如晚拥有过人的实力，而他已经不再年轻了，所以当她将矛头指向他，他便蓦然生出一种自己也不敢相信的退意；又或许是因为沈如晚实在是太平静了，好似惨痛的过往并未发生在她的身上，也没给她留下任何痕迹，仿佛她是个局外人。

宁听澜太了解她，也太熟悉她了。

"看来我们太久没见，你没有变成我想象中的那样。我还以为这么多年过去了，你总该成熟些，懂得这世上的不得已之处。"宁听澜神色微妙地说。

沈如晚问他："是变了好，还是不变好？"

宁听澜一时竟答不上来，许久才说："变有变的好，不变有不变的好，只是像现在这样就不太好了。"

沈如晚不管是心无旁骛、追求道义，还是心生凡念、沦于世俗，能为他所用就好，像现在这般将锋芒指向他就不好。

终归她还是他掌中的一柄青锋，任他评说。

沈如晚沉默了片刻，萧疏的烟气拂过她的鬓边，撩动她的发梢。过了一会儿，她平静地开口："是吗？我也觉得，从前教我问道问心、无愧于心的掌教很好，像现在这样很不好，也很不体面。我来，就是为了让你体面些的。"

他们就这么面对面地站着，好似在心平气和地叙旧，其实周身杀机纵横，只是掌握着分寸，谁也没动罢了。

宁听澜微微绷紧心神，反倒笑了起来："你一路闯过来，还受了伤，真的那么有信心认为现在能赢过我吗？"

沈如晚轻轻地摇了摇头："我不知道。"

她答得很坦然，并不为这似乎会让自己泄气的答案而窘迫。

"我这一路上回忆了很久，发现其实从来没有见你出手过。"

蓬山掌教当然是实力与手段兼具的，宁听澜当初刚成为掌教时一定出手过很多次，所以多年过去，曾经见过他的实力的同辈虽然也成了长老、阁主，但只会越发忌惮他。

可沈如晚和宁听澜的年纪太悬殊了，以至于在她青春正好时，宁听澜早已不需要亲自出手，自有旁人代劳。

再后来，她也成了那个代劳的人。

"那你一定不太清楚，我从前和你现在的样子差不多。在我还没成为蓬山掌教的时候，神州有数不清的修士可以对我的手下败将如数家珍。"宁听澜语气和缓地说。

可沈如晚的回答并不是他想的那样。

"我知道，也可以想象。也许那时你比我更有名，是神州一流的风云人物，连卢玄晟那样的修士也对你心服口服。"

宁听澜始料未及，没有立刻说话，在心里掂量：既然她知道自己曾经的实力，为何还这么平静？她现在又有多少底气？

可宁听澜无论怎么观察她，都只能从她的脸上看见平静的神色。

她就像清澈湍急的溪水，曾经有那么多次，他能轻而易举地从这张秀丽年轻的脸上看到藏在背后的心绪。可溪水会汇入江海，终于有这么一天，他再也看不明白她了。

"那么，看来你现在又有了新的倚仗。你的时运一向很不错。"宁听澜缓缓地说。

沈如晚失笑："我没什么倚仗，也没你想的那些运气。算了，你要是这么想，那就随你吧。"

峰顶又归于一片死寂，谁都不再说话了。

宁听澜终于收起了笑容，面无表情地看着沈如晚。他身上的衣袍微微鼓动着——无风而动，这是灵气运转到极致的征兆，表明他随时都会出手。沈如晚慢慢地抬起手，翠玉一般的琼枝盘在她的腕上，慢慢地从她的袖口滑了出来。

渡厄峰外，已有数不清的弟子聚在一起，遥遥地张望着峰巅。声浪叠起，尽是纷乱喧嚣的议论声和吵嚷声。

许多大胆的弟子凑到渡厄峰外围，仗着此刻人多，想要混到渡厄峰内去。一时没人拦住他们，他们竟一直来到了第一道天门关外，被森严的杀阵尽数挡住了。镇守第一道天门关的丹成修士严守杀阵，并不退让，以防浑水摸鱼之人闯入。

"沈姐姐先前在破阵时受了伤，不知现在如何了。她明明已经闯过了第九道天门关，怎么还没出来呢？莫非里面另有什么危险的机关、厉害的人物？"楚瑶光拉着陈献没去凑这个热闹，只是停留在人群外围，忧心忡忡地仰望着峰巅。

陈献倒是很放心，反过来安慰她："沈前辈很厉害的，而且我师父也在呢，他们两个联手，哪有什么能难得倒他们的事？"

楚瑶光真不知道陈献的信心究竟是从哪儿来的。虽然两位前辈确实很厉害，可她和陈献都没结丹，谁也不知道结丹后的境界究竟是什么样的，不知道丹成修士到底有多厉害，怎么偏偏陈献就这么信心满满呢？

"你放松一点儿，想一想，等事情结束，一定会有很多人传唱沈前辈和我师父的事迹，我们也能在传闻里有个名字。到时候我们也成了名人，那得多风光？"陈献说。

楚瑶光简直服了他这些天马行空的想法，八字还没一撇的事，他居然已经想到那么远了。

她在心里吐槽，却不自觉地松开了紧紧皱着的眉头。她顺着陈献的思路想了一下，倘若自己也在传闻里有了名字，再去尧皇城见阿同的时候，必定扬眉吐气，可以好好地镇一镇这个小丫头，摆一摆姐姐的派头。

楚瑶光想到这里，嘴角也微微翘了起来，轻轻地哼了一声。

她再次抬头看向渡厄峰的峰顶，忽然瞪大了眼睛——原本隐没在夜色与云雾中的峰顶突然爆发出了璀璨到极致的青光。

"怎么又有人动起手了？谁在上面？"楚瑶光喃喃道。

沈如晚掌心里的青光爆发，将峰顶淹没了。她自己也掩身在这无边绚烂的青光里，数不清的藤蔓铺天盖地地生长、蔓延，又以更快的速度凋败、消失。

宁听澜没有夸大炫耀，真如他所说的那样，曾是神州顶尖的强者，甚至比现今的沈如晚名气更大、实力更强。沈如晚所见过的修士里，从没有谁像宁听澜这样强，她面对宁听澜和面对白飞皋的感觉完全不同。

沈如晚已看不清眼前的光影哪些是属于她的灵光，哪些又是属于宁听澜的剑光，尽管那纵横的剑气让她熟悉到仿佛刻在她的骨血中，也曾经属于她。

那是碎婴剑。

宁听澜的神色隐没在刀光剑影里，脸上没有一点儿表情，沈如晚即使远远地看着，也能感知到一种全无犹疑的冷酷之意。

毫无疑问，他既然已经出剑，就是为了让敌人倒下，无论这个敌人是谁，又是否曾全心全意地信任、追随过他。

在前往蓬山的路上，沈如晚想过很多次，宁听澜用碎婴剑指向她时会是一种什么样的情景？那时她坐在宝车中，一直在脑中模拟，思考自己究竟该如何应对。

宁听澜了解她，她也了解宁听澜，可站在宁听澜的面前，在碎婴剑熟悉又陌生的剑影中，她的心里涌现出的不是那些苦苦思索出来的应对方法，而是一种没什么意义的纯粹的情绪——失意、惆怅、苦涩……什么词都无法准确地形容出这种情绪。

她替碎婴剑抱屈。

藤蔓在剑光下无尽地生长，分明已撑到极限，可又顽强地生出了新枝。原本气派的峰巅已不成样子了——丹成修士出手，甚至能让寻常的小山倾倒——纵横的剑气与灵光在峰巅上留下了深深的痕迹，若非蓬山的峰峦都有阵法保护、加固，只怕这峰顶早就被削了去。

曲不询的手里握着那把不循剑化成的匕首，用力地敲在束缚他的玄铁锁上。终于，玄铁锁不堪重负，断开了，重重地砸在地面上，发出了沉闷的声响。

这玄铁锁能锁住修士的灵力，丹成修士在玄铁锁下也只能如同凡人一样。可旁人不知道的是，不循剑和曲不询性命相连，哪怕他半点儿灵力都用不出来，仍然能召出不循剑，玄铁锁对他来说没有任何用。

匕首重新化为重剑，曲不询看也没看地上的玄铁锁，提着剑径直走出了静室。刀光剑影映在他的眉眼间，衬得他神情凝重。

青光被剑影压制得有些暗淡，藤蔓生了又死，只围在沈如晚的身侧，似乎摇摇欲坠，可又顽强、不屈。

宁听澜的心中早已泛起了难平的躁意。他教了沈如晚剑法，对她再了解不过，可沈如晚不知道他出手时究竟是什么样的；他的手中有碎婴剑，而沈如晚什么都没有；他状态良好，沈如晚一路闯过来却受了伤……他满以为拿下沈如晚并不是什么难事，可没想到沈如晚竟然能支撑这么久。

他瞥见曲不询站在沈如晚身边，心猛然一沉。

"你我之间的事就不必再来一个人插手了吧？除非你心甘情愿地承认自己没法维护你想要的道义，永远只能仰仗他人。"宁听澜短促地笑了一声，对沈如晚说。

曲不询挑起了眉，哂笑了一声。

这不过是宁听澜怕他和沈如晚联手而故意说出的挑衅之言。他负手站着，只是神色莫测地盯着宁听澜。

摇摇晃晃的青光里，沈如晚一言不发。

纵横的剑气擦过她的鬓边、衣角，留下了深深的血痕，染红了她的衣襟与袖口，衬得她的眼眸更加冰冷了。

宁听澜被曲不询盯着，又不知曲不询究竟何时会出手，不得不分神防备着，压力陡增。他的剑光更盛，压得青光发颤，他不觉多言了起来："其实以我们之间的渊源，你又何至于落到今天这步田地？"

"当初你师尊还在世时，我曾和他开玩笑，说早知就该让你拜在我的门下，跟我学剑法，而不是拜在他元让卿的门下，省得你白白地浪费这般用剑的天赋，成了法修。不知你究竟明不明白，我说我欣赏你，看着你就像在看年轻时的我，句句都是真心话。"宁听澜的声音因杀意而显得有些紧绷，可他又强装若无其事的样子，十分遗憾似的，慢慢地说，"可是你走了，扔下蓬山就走，辜负了我的期许——我原本打算让你成为第九阁的副阁主的。你看你，大好的前途，为什么偏偏被你走到了如今的样子？"

沈如晚透过刀光剑影，凝神看着他。

自己为什么会走到如今这一步？她当然想过很多次。她一路走来，选择的结果有好有坏，有她再经历千百次也不会后悔的，也有她悔不当初、恨不得回到过去改变的，可有一件事是永远不会变的。

"你曾经告诉过我，碎婴剑是这世上至正至珍之物，唯有心怀公道正义的人才能握住这把剑。我一直信你，也一直是这么做的。"她轻轻地说，目光越过青光与剑光，神色冰冷。

宁听澜对上她霜雪般的目光，不知怎么的，竟顿了一下，生出一些迟疑之意，话到嘴边也没来得及说出口。

"时至今日，哪怕你用碎婴剑对着我，我还是信。"

沈如晚抬起手，青光就完全散开了。她以一种不加防备、主人一般的姿态迎向刀光剑影，慢慢地说："剑止！碎婴剑，回到我的掌中来！"

这世上的至珍之宝应在至纯至真之人的手中，去守这至正至公的道义，而不是在一个只剩贪欲的人的手里，成为一把任人把玩与评说的蒙昧的青锋。

剑若有灵，只怕也会放声一哭。

她已很久不曾握剑了，可此刻比谁都笃定自己能握住。

她一定可以。

清亮的剑鸣长吟如龙，在渡厄峰附近所有弟子们的耳畔回响，在蓬山的青山之间回荡，让每一个听见的人都一生难忘。

宁听澜好似见到了这辈子最让他觉得不可思议的事，强烈的难以置信的神色瞬间爬上他的脸。

碎婴剑从他的手中飞出，越过尚未消失的刀光剑影，从容地飞向前方，带着宿命般的意味静静地停在了沈如晚的身前。

很可笑的是，宁听澜忽然想起来，眼前的情景恰如多年前他把碎婴剑交给沈如晚的那一幕，就好像命运轮转了数千个日夜，最终又回到了起点。

第二十三章　风烟净

宁听澜踏入渡厄峰的那一刻一定没想到,自己会再也走不出这座峰峦。

前有手持碎婴剑的沈如晚,后有状态良好的曲不询,谁也不会让他安然地离开,他就这么无可反抗地被关押在渡厄峰中,等待敕令堂的调查。

"方才你那一声'剑止'厉若雷霆,引得风歇云凝,就算放在剑修之中,这也是上等的剑心和剑魄。"曲不询走到沈如晚的面前,抱着手臂看着她。

沈如晚神色怔怔,抚着手里的碎婴剑,似有伤怀之意,久久不语。

曲不询看了她一会儿,张了张口,又闭上了。他沉思半晌,而后没话找话、状似无意地问她:"哎,先前曾师兄说得有道理啊,你当初怎么没拜入剑阁呢?"

"这世上就你们剑阁最好?我偏爱做个法修,不行吗?"她没好气地瞪了曲不询一眼。

她这么说着,脸上的怅然伤感的神色却渐渐散了。她垂头看着手中的碎婴剑,心中千头万绪,最终只轻叹了一声。

曲不询被她瞪了也不恼,看见她眉眼间的怅惘之色散去,便耸了耸肩,懒洋洋地笑了。

沈如晚对着碎婴剑看了好一会儿,再抬起头,脸上只剩下沉静的神色。她手持碎婴剑步入云海,迎向数不清的好奇的打量目光。

她慢慢地抬起手,高高地举起手中的碎婴剑,说:"此剑属于蓬山,我代掌三年。等尘埃落定,蓬山变回从前的蓬山,新掌教足以服众,我会让碎婴剑物归原主。"

长夜已至尽头,新昼初始。晨光熹微,照在如雪的碎婴剑上,让剑光映在她眸丽的眉眼间。碎婴剑的锋芒半敛半露，熠熠生辉，有一种刺目却又让人挪不开眼的力量，摄人心魄。

渡厄峰外观者如云，竟然安静了一瞬，一瞬如胜千秋。

刚被关押进渡厄峰时，宁听澜心存侥幸：他在蓬山做了那么多年的掌教，在宗门内自然有不少羽翼，更有在七夜白一事中分一杯羹的同党。即使他现在被关押在渡厄峰中，不得自由，外面也有大把的人想把他捞出去，以防这把火烧到自己的身上。他只要性命尚存，一切都还有转圜之机。

然而谁也不会给他这个机会，留在蓬山的曲不询和沈如晚便是最好的威慑。

他们事无巨细地关注对七夜白的调查，凡有猫腻便追究到底，到最后，那些隐藏在宁听澜的羽翼之下的人都被一一找出来了。真相好像姗姗来迟的远客，终有为世人所见的那天。

一晃便是两度春秋，尧皇城的城际灵舟上依旧渡客如云。

这两年来，神州修仙界发生了许许多多让人瞠目结舌的大事，可对于风暴之外的普通修仙者而言，日子还是一天天地过，除了每期必看的《半月摘》，这些大事似乎与平常的生活并无什么关系。

这艘城际灵舟上，一对少男少女正凑在一起，共读《半月摘》。

"陈献跌跌撞撞地藏匿在枝叶下，恰好躲过从白飞景的异火中逸散出的可怖祟气。他安安稳稳地坐定了，便听见一声摇山撼海般的轰鸣，忙不迭地从枝叶中探出头去，向外一望，竟就这么呆住了——

"原来，就在这须臾之间，漫山遍野均是枝叶和藤蔓。沈如晚引得九天星辰坠落，星光璀璨刺目，难以让人直视，转瞬便将白飞景湮灭了……"

陈献读着读着，怪叫一声："不对啊，我记得当时不是这样……"

楚瑶光拧了他的胳膊一下，他的怪叫声就戛然而止了。

他抬起头，看见对面的乘客怫然的目光，干笑一声，低下头和楚瑶光耳语："我记得当时不是这样的，沈前辈学的是木行道法，哪儿来的九天星辰啊？这真是修士能做到的事吗？是不是太夸张了点儿？"

楚瑶光并不意外，神色平静地说："当初意修撰写这篇文章之前就说过，不会完全按照实情来，有些事情也不适合直接写出来。《半月摘》毕竟是用来解闷的报纸，为了迎合读者，故事夸张些也是正常的。"

七夜白的事水落石出后，神州的修士不出意外地对沈如晚和长孙寒这两个名字产生了极大的兴趣。风云豪杰总是为人追逐的，更何况这两个风云人物还是道侣。

在追逐热门的传闻这件事上，谁也比不过意修，早有数不清的意修求到蓬山，想为沈如晚和曲不询写话本，只是都被拒绝了。然而意修中不乏爱钻空子的，改了主角的名姓，却又故意起了一看便知人物原型的名字，引那些对沈如晚和曲不询好奇的修士买来看。

法不责众，且蓬山的事务纷杂耗时，故而除了那些歪曲事实、实在胡说的话本，沈如晚和曲不询也不深究，竟导致这类话本成了一个新流派。

而陈献和楚瑶光正在共读的内容与那些话本并不相同，这是正经地刊载在《半月摘》上的文章，并且是唯一一篇用了人物的真名的文章。

只是这篇文章中的主角并不是沈如晚和曲不询，而是陈献和楚瑶光。

要说这篇文章的诞生得追溯到一年以前，一个梳着麻花辫的女修找到陈献和楚瑶光，毛遂自荐为他们写传记。

这事很稀奇，找沈如晚和曲不询的意修很多，可找陈献、楚瑶光的意修只有这么一个。

"我认得你。先前我和沈姐姐在钟神山的《半月摘》办事处见过你。"楚瑶光见到那个梳着麻花辫的女修有些惊讶。

那时这位女修便向沈如晚毛遂自荐为她写传记，只是被她拒绝了。没想到，如今沈如晚名声大噪，这位女修没去找她，反倒来找楚瑶光和陈献了。

"我就是因为先前碰过壁，现在才另辟蹊径啊。沈前辈不同意，没准你们俩就同意了呢？我可以在文章里隐去她和她的道侣的姓名，只说是沈前辈和长孙前辈。"女修诚实地说。

不过就算是这样，这样的文章也会被不少修士奔走相告、相互传阅的。

陈献和楚瑶光毕竟是少年人，若有机会在神州出风头，自然是心动的。但是两个人都不贪心，且敬重前辈，便回绝了这位女修，然后把这事说给沈如晚和曲不询听。没想到沈如晚听后若有所思，竟说："这种文章也不是不可以写。"

虽然《半月摘》和蓬山先后公开了有关七夜白的证据和真相，可对于更多置身事外的修士来说，这件事还是不甚明晰。若七夜白一事能以更易传播的形式为世人所知，这也不是什么坏事。

这位女修本来只是打算另辟蹊径，写个故事提升一下修为，没想到捡到了这么大一个便宜。于是她仔细地筹备了大半年，这篇《瑶光陈献奇遇记》终于在《半月摘》上一期期地刊载出来了。

陈献捏着报纸的一角，还是不甚满意："我哪有这上面说的这么狼狈？我分明记得我当时很从容不迫——我还想着去救你呢！"

这番好意楚瑶光心领了，悄声说："毕竟你的方壶不能拿出来说给别人听嘛。不过，你当时真的从容不迫，想着来救我？"

陈献的脸忽然红了，他老老实实地说："说从容不迫好像有点儿夸张了，其实我还真的挺狼狈的。但我确实想去帮你来着，可惜过不去。幸好你一直都很厉害，根本不需要别人救。"

楚瑶光掩在手下的嘴角微微翘了起来，她满意地点头："你终于说了一句聪明话。"

城际灵舟上的传音石响起："即将到达城主府、《归梦笔谈半月摘》办事处。"

须臾间，灵舟静止，在高高的停泊点上落定了。陈献和楚瑶光从舟中走出，只见青空一碧如洗，绯红色的云霓遥遥地升起，浩浩荡荡地向尧皇城的方向飞来。

"霓衣风马来了，又有新人来尧皇城了。走吧，咱们去城主府。"楚瑶光瞥了一眼，随口说。

陈献和楚瑶光并不是来尧皇城游玩的。那篇《瑶光陈献奇遇记》问世后收获了许多读者，自然也收获了数不清的灵石，这些灵石固然有《半月摘》和那位女修一份，但分到陈献、楚瑶光乃至沈如晚和曲不询的手里，也是一笔巨额财富。

沈如晚没拒绝这笔灵石，但并不打算收入自己的囊中，而是想把这些灵石拿出来，接济曾被种过七夜白的药人。这些药人因七夜白而生机流逝、寿元衰减，被救出后在生活中也有许多难题，有了这些灵石，或许能过得顺遂一些。

看她决定了灵石的用处，大家正好也不缺灵石，对钱财看得很轻，于是便和她一样把灵石捐出去了。

尧皇城收留了许多药人，这些药人经此一事，同病相怜，经常小聚。楚瑶光和陈献这次来尧皇城就是为了拜访他们，了解一下他们如今的状况，顺便再去城主府拜访一遭。

见药人是公事，他们拜访城主府却是私事。

"孟城主，老头儿最近过得怎么样啊？"陈献见了孟南柯，一点儿也没有眼前人是孟华胥的亲姐姐的觉悟，大大咧咧地在尧皇城城主的面前叫人家的弟弟"老头儿"。

孟南柯忍俊不禁，却很正经地回答他："小梦最近很精神，带着阿同到处玩，玩得起劲，你们就放心吧。"

陈献听到"小梦"两个字就想笑，这次也没忍住，"哈哈"笑了半天，直到走到后园的门口也没直起腰。

门扉"吱呀"一声从里面被推开了，孟华胥板着个脸，活似眼前人欠了他灵石一般，看了陈献一眼，没急着开口，左右张望了半天才气哼哼地说："就你们俩啊？"

陈献知道他在找什么，摆了摆手："别找了，我师父和沈前辈还在蓬山忙着呢，只有我和瑶光。"

孟华胥哼了一声。

先前沈如晚见孟南柯时，让孟南柯去书剑斋的后厨看一看，孟南柯果真去了，把孟华胥逮了个正着，再不许孟华胥躲着她。姐弟俩时隔数十年终于敞开心扉，面对面地聊了一回过往。

往事不可追，这数十年的痛悔与心结，他们解是解不开的。可人到暮年，余生已望得到头，两个人抱头痛哭后，最终还是叹息一声，与过往和解，珍惜眼前。

孟华胥虽然终于别别扭扭地留在了尧皇城里，每日带着阿同走马游街，时不时地抢走邬梦笔的一根钓竿，过上了平静的生活，但仍对那个告知孟南柯他在书剑斋的人耿耿于怀。

孟南柯谨守秘密，没有把消息的来源说出来，但孟华胥认定必然是沈如晚或曲不询说的，并对此念念不忘，所以每次见了陈献和楚瑶光都要问一回。

"哎呀，老头儿，你别得了便宜还卖乖嘛。要不是有人把这事告诉孟城主，你和孟城主怎么姐弟相见啊？你又哪里会像现在这么快活？你这样可就没意思了。"陈献说了一句公道话。

孟华胥不屑地哼了一声，白了陈献一眼："那个人暗中告密，我还不能生气了？"

陈献老老实实地说："不太好。"

孟华胥被气得吹胡子瞪眼："你到底站在哪一边？"可没一会儿，这老头儿又摸着胡子，一副得意扬扬又假装矜持的样子，说，"再说，谁说我生气了？我就不能谢谢他们了？一码归一码，你懂什么呀？"

"啊？"陈献张大了嘴，对这个答案始料未及。

孟华胥看他这副痴样，得意地一笑，心情很好地抖着肩走了。

陈献和楚瑶光对视一眼，一起无语地摇了摇头。

"哎，你怎么又来了？"两个人的身后传来了少女诧异的声音，听起来十分不爽，没头没脑的，也不知她究竟在对谁说的。

楚瑶光和陈献并肩站着，原本她的脸上还有点儿笑意，听到这声质问，笑容倏地消失不见了，只剩无奈和忍耐的表情。

根本不需要看见对方的脸，光是听到这句不爽的质问，楚瑶光就知道背后的人是谁了。她回过头，说："楚如寿，我来拜访孟城主，碍着你什么了？"

"不要叫我楚如寿！谁知道你究竟是来干吗的？你现在倒是出风头了，哼！"阿同拎着竹篓，扛着两根钓竿，头上戴着一个斗笠，一副渔家女打扮，朝楚瑶光翻了个白眼。

楚瑶光听到后半句，心里一动，忽然看向阿同，似笑非笑地问："你也看《瑶光陈献奇遇记》了？"

阿同忽然像被踩住尾巴的猫一样，狡辩道："胡说！我怎么会看这种烂俗的故事？！我没有！"

楚瑶光越发确定了，觑着阿同的脸色，拉长了音调故意说："看来你还真的读了，没想到你私下里其实很崇拜姐姐嘛！我要是早知道你对我的事好奇，肯定私下里详细地说给你听，你不用偷偷地读话本。"

"胡说！胡说！我是对七夜白感兴趣，和你有什么关系？是沈前辈和长孙前辈厉害，我才不会对你好奇呢！"阿同脸都被气红了。

楚瑶光才不管，坚决偏过头去，假装没听见，又把阿同气得跺脚。

陈献左看看，右看看，好奇地问阿同："你拿着钓竿做什么？"

阿同又瞪了楚瑶光一眼，然后才扬着下巴回答他："梦笔先生请我一起钓鱼。"

陈献惊奇地问道："钓鱼？去哪儿钓鱼？"

阿同理所当然地说："就在城主府里啊！"

城主府里就有池塘，池塘里自然有鱼，只是……谁也不会想到在城主府的池塘里钓鱼吧？

"有池塘，有鱼，就是要垂钓的。你们小小年纪，可别染上世俗的坏毛病——这城主府里的鱼难道就高贵了？没有这样的道理，鱼该钓还是得钓。"

邬梦笔也戴着个斗笠，坐在池塘边上，有模有样地握着钓竿。他打扮得朴实无华，坐着时脊背微微佝偻，像个风烛残年的老渔翁，只有在老神在在地开口时，才又有了大神通者的悠然样子。

他说："若不支一根钓竿在这里坐一下午，我岂不是辜负了这大好的春光？"

陈献和楚瑶光对视一眼，哑然。

被他这么一说，他若不在城主府里钓一下午的鱼，简直就是不会欣赏人生之美的活死人。

"梦笔先生，难道你最近一直在钓鱼吗？"陈献有几分好奇。

"是啊。让我算算这些天钓上来几条鱼了——倘若这一钩能钓上来，再钓一条，加上我前两天放生的那条，我一共钓了三条了。"邬梦笔不甚在意地回答道。

陈献和楚瑶光顿时觉得无语。

这么说来，钓了这么多天，邬梦笔竟一条鱼也没钓上来？

"钓鱼之乐在于钓，而不在于鱼。况且，鱼儿何辜？难不成为了我打发时间，鱼儿就要送命吗？我倒不如只享受钓的过程，不去管究竟上钩了几条鱼。"邬梦笔笑得平和，"你现在看它只是一条没有灵智的凡鱼，焉知千百年后它不会开了灵智，成了妖，再有一段传奇呢？"

楚瑶光望了望池塘中的鱼群，有些迟疑地道："可是，这池塘里的鱼都是凡鱼，好似没什么异种，恐怕生长数代也生不出一条鱼妖吧？"

越是品种稀缺的异种便越容易修出灵智，似这池塘里的凡鱼便没这般好运了。

邬梦笔语气悠长、不疾不徐地说："它们是凡鱼没错，可谁说凡鱼就不能开灵智了？总不能因为这些鱼儿不会投胎，就命中注定低别的鱼一等吧？"

凡鱼天生就低异种一等，这是绝大多数修士认同的说法。虽说在天道面前，万物皆为蝼蚁，可凡鱼就是没有异种那般容易开智修行啊！

楚瑶光思索了片刻，看向邬梦笔："难道您见过开了灵智的凡鱼吗？"

他若非亲眼见过，怎么会无缘无故地说出这样的话来？

邬梦笔笑了："还真有。"他握着钓竿，眼神悠远，慢悠悠地说，"那是很多年前的事情了，那时候我也就比你们现在大十几岁。我从小生在凡人之间，长在蠖江边上，不知从哪儿听说了神龙的存在，发疯一般想要见一见真龙，一惦记就是几十年。"

邬梦笔在《半月摘》上撰稿，署名便是"蠖江邬梦笔"。他从来没打算掩饰自己的来历，人人都知道他生在蠖江边。蠖江绵延千里、泽被东南，是神州重要的江河之一。生在蠖江边的人数不胜数，因此见到邬梦笔的署名，许多人还会生出一种亲切感来。

"后来我学了意修的传承，有了些神通，越发放不下这个执念。终于有一天，我生出一种构想来：我既然没有缘分见到真龙，那能不能靠意修的本事，想办法见它一面呢？只要我能编出一个令人信服的故事，在这个故事里见了神龙，故事也能成真。这个想法固然很妙，可光我自己信是不行的，何况也未必能信。那时没有《半月摘》，此事想一想容易，做起来却难极了。

"我实在不死心，苦思冥想了许久，想出了一个偏门的主意来——只要有人愿意信我的故事，集成千上万人之力，故事总归能成真吧？"邬梦笔说到这里，笑了一下，有些怀念，"于是我花了许多功夫，在一处缺水又荒僻、无甚人烟之处造了一个湖泊，然后费心让许多愿意迁徙的凡人迁过去，让他们在湖边生活，又编了个仙人御龙造湖的神话，让他们慢慢地传开。如是许多年后，湖边有了大大小小的城镇、村落，当年我编出来的故事也成了传说。"

陈献越听越觉得熟悉，忍不住叫了起来："你造出来的那个湖不会叫邬仙湖吧？"

邬梦笔微微讶异，随即失笑道："看来你也知道我当初编的故事了。"

陈献当初在临邬城里待过几天，隐约听说过邬仙湖的传说。他惊讶地看着邬梦笔："原来那个传说是你编的？"

邬仙人和龙王的故事已有上百年，口口相传的凡人生老病死，传了一代又一代。

陈献如何能想到这个古老故事的开端竟就坐在他们的面前，像个平凡的暮年老翁一样悠然地钓着鱼呢？

百年只是须臾，浮生几多过客，终是恍然如梦。

楚瑶光不由得追问："可是这和开智的凡鱼又有什么关系？"

他们分明是在说开灵智的凡鱼的事，怎么说起邬仙湖了？

邬梦笔一愣，旋即笑了起来："是，是，我说着说着就忘了——真是年纪大了，不中用了。"他的神色洒脱平和，感觉很让人舒适，"那时我刚造就邬仙湖，有一天心情甚好，随手将一枚普通的养气丹喂给了湖里的一条小鲢鱼，没想到机缘巧合之下，竟助那条小鲢鱼开了灵智，让它成了妖兽。"

虽说灵智不多，但小鲢鱼已成妖兽，能吸纳灵气了，这便算作踏上仙途，再也不是凡鱼了。对于神州的修士来说，开了灵智的妖兽便近乎能被归为人了。

陈献还惦记着邬仙湖的传说，追问邬梦笔："梦笔先生，你编的故事代代相传，那么多凡人相信这个传说，那……你是否得偿所愿了？你后来见到真龙了吗？"

邬梦笔露出一个意味深长的表情。

"这个嘛——"他刻意拉长了音调，看着陈献好奇难耐的表情，最终悠悠地一笑，尽是戏谑之意，"你猜？"

陈献一愣，旋即瞪大了眼睛，眼神中满是控诉。

邬梦笔笑而不语，悠悠地看着钓竿，神色怡然。

"怎么能这么耍人呢？"陈献嘀嘀咕咕，"我要把这件事说出去，让大家都知道梦笔先生是个爱逗弄人的促狭性子。"

邬梦笔"哈哈"地笑了出来，不甚在意地说："那都是身后名，随他们怎么传吧，反正再过半年我就死啦。"

陈献和楚瑶光一齐怔住："什么？"

邬梦笔侧头看着他们笑，笑容和蔼平静，好似根本不是在说自己的事："你们的沈前辈没和你们说吗？我寿元无多，再过半年就该入土了。"

陈献和楚瑶光怔怔地看着他，一时觉得难以理解：为什么有人说自己半年后会死，竟能如此平静安然？

邬梦笔轻叹一声，笑着说："人总是要死的。我已经活得够久了，暮气沉沉，勇气也早就散了，只剩下一具装满了无用的权衡和算计心思的残躯。你们两个小朋友还大有可为啊。"

陈献和楚瑶光看着他，半晌没说话，不知怎么的，无端地生出一股怅然、难过之情来。

邬梦笔微笑起来。浮生若梦，生死一弹指，年轻人不会明白，也不需要明白，只需要怀着勇气去闯荡，带着朝气向上，乘风破浪。

"神州的未来轮转到你们的手里啦。"他说。

陈献和楚瑶光离开城主府时，这怅惘的心情仍笼罩着他们，久久不散。

英雄迟暮，纵然邬梦笔与他们关系泛泛，他们也不能不叹惋。

"生离死别原来是这种感觉。"陈献闷闷地说。

"是啊，一想到半年后再来尧皇城也许就见不到梦笔先生了，我就觉得难以相信。"楚瑶光也有些蔫蔫的。

死亡对他们这般生在平和、繁荣的环境里的年轻修士而言，终究是十分遥远的。哪怕对方只是个不熟悉的长辈，听说对方寿元无多，他们也会惆怅。

他们对交情尚浅的邬梦笔都如此，若是关系更近的亲友去世呢？

"我现在觉得沈姐姐的过去实在是太凄楚了些，当真不敢想自己若遇到那样的事会怎么样。我不可能像沈姐姐那样坚强。"楚瑶光轻声说。

沈如晚凄楚便也罢了，最难得的是还能咬着牙往前走，踽踽独行，十年如一日。

陈献赞同地点了点头。

他本要接着说下去，可忽然瞥见街角的一道熟悉的身影，不由得转过头凝神看过去："哎，那个人……不是杭意秋吗？"

站在街角、凝视墙上的一张彩色的告示的那个人的背影果然似杭意秋的身影。

陈献和楚瑶光虽说并不算和杭意秋多熟悉，但好歹和对方打过交道，路上遇见了总要打个招呼。更何况杭意秋性格大方，大家相处起来还算愉快。

陈献和楚瑶光走过去一看，那个人的确是杭意秋。可不知怎么的，她站在那里，竟有几分郁郁寡欢，不知究竟想到什么不快的事了。

"杭姐？"

杭意秋转过身来，看见他们，那副郁闷的模样稍稍散了些。

她挑了挑眉，一笑："这么巧，你们也来尧皇城了？"

她一转身，把方才正在凝神阅读的彩色告示露了出来，告示上面写着两排大字：南奚北童——与童照辛并称的炼器大师奚访梧回归尧皇城。

陈献看到告示，不由得一怔，下意识地朝楚瑶光望去。两个人对视，知道对方瞧见那告示上的内容了，心道：奚访梧回尧皇城了？

先前奚访梧坚守在碎琼里的秋梧叶赌坊里，只为了等杭意秋见他一面，按理说不等到杭意秋是不会来尧皇城的。两年前沈如晚传话给杭意秋时，杭意秋分明意兴阑珊，没什么去找奚访梧的兴趣。

方才杭意秋盯着告示郁郁寡欢，再加上形单影只的状态……莫非奚访梧在碎琼里久等她不到，最终放弃，回了尧皇城，两个人彻底形同陌路了？

陈献和楚瑶光对视一眼，只觉得这个情况分外棘手，生怕说了惹杭意秋不快的话，让她更加难过。

　　"是啊，我们来见一见朋友，顺便看一看那些药人过得怎么样，没想到能遇见杭姐，这真是意外之喜。"陈献老老实实地说，假装没看见墙上的告示。

　　杭意秋点了点头。她与沈如晚偶尔会联系，再加上如今《瑶光陈献奇遇记》传遍神州，因此她对陈献和楚瑶光半点儿也不陌生，揪着两个人追问沈如晚的近况，方才忧郁的神色已经完全消失了。

　　陈献和楚瑶光看她谈笑自如，便松了一口气，挨个回答她的问题，越发放松了。

　　"杭姐姐，你出门是有事吗？"楚瑶光顺口问。

　　杭意秋的笑容忽然一顿。

　　"我倒也没什么事，"她这么说着，神态却分明不是这个意思，"就是被浑蛋'放鸽子'了。"

　　还有人放杭姐鸽子？陈献和楚瑶光暗暗地好奇。

　　杭意秋的神色又微微不悦起来，她磨着后槽牙，自言自语道："他到底死哪儿去了？"

　　"死在你身后了。我不过是迟了半盏茶的工夫，你就等得不耐烦了吗？"他们的身后传来一声无奈至极的轻叹。

　　杭意秋半点儿也不意外地回头，眉毛不是眉毛，眼睛不是眼睛，挑刺般问道："问题就是你迟了，迟了半盏茶的工夫也是迟。你为什么迟了？"

　　陈献和楚瑶光瞪大眼睛看着杭意秋身后的人，那……那不是……

　　奚访梧神色如常地抬起手，把手上拎着的纸袋给杭意秋看，语气中带着一点儿无奈之意："路上见老周记开了一炉新的炒货，上次听你说想尝尝，我就去排队买了一袋，这才迟了。"

　　杭意秋脸上的阴云转眼就消散了，她拿过那袋炒货，爽朗地拍了拍奚访梧的胳膊："谢谢啦！我误会你了，不好意思。"

　　奚访梧早就习惯了她变脸的速度，摇了摇头，叹了一口气，可唇边尽是笑意。

　　陈献和楚瑶光目瞪口呆。

　　原来杭意秋早就同奚访梧和好了？她刚才看着告示郁郁寡欢是因为奚访梧迟到了？

　　早知这是个乌龙，他们也不必小心翼翼地斟酌措辞了，真是白惴惴不安了！

　　"待会儿还有事，我们先走了。"杭意秋捧着炒货袋子，朝他们潇洒地挥了挥手，带着奚访梧慢慢地走远，融入了人群。

　　长街上人来人往，陈献和楚瑶光你看看我，我看看你，没忍住，一起微笑了起来。

"真好啊。"楚瑶光轻声说。

红尘俗世滚滚向前，风花雪月分分合合，到头来，都是人间滋味。

沈氏故地，庭院寥落，树叶在风里打着旋落到地上，厚厚的尘埃被扬起，又寂寥地落回地面上。

单看这般门庭冷清的样子，谁也想不到，就在十几年前，这里曾居住着神州最显赫的世家，每日宾客盈门，好不热闹。那时谁不说一声长陵沈家气运鼎盛、富贵绵长呢？

不过十几年的工夫，描金绘彩的门梁褪了色、生了斑，尘飞叶落，此处无人问津。

沈如晚撑着青伞，静静地站在门前。

偶有路人从旁边经过，对她投来不经意的一瞥，而后便看呆了。修士不畏雨雪，少有撑伞的，可偏偏她孤寂地撑伞站着，平添几分神清骨冷之意，既叫人心里发颤，又摄人心魄。

长陵虽在蓬山附国间，但与外界相通，也是神州有些名气的修仙者聚居之地。沈氏曾在这里繁衍数百年，根深叶茂，族地横跨半个城，一直延伸到城外，是长陵中最豪横的世家。

沈如晚的父母不过是偌大的沈氏谱系外的一个远支族人，并不住在沈氏族地内，甚至不住在长陵。倘若她的双亲仍在，也许她此生都不会和这里有一点儿联系，今日的沈氏族地也许依旧门庭若市、繁华鼎盛。

沈如晚用目光描摹着每一处褪了色的彩绘。从前她并未留心，可等它们褪了色，又好似每一处都熟悉，能透过这惨淡的模样回想起从前它还完好的时光。

七夜白的真相被查明后，宁听澜被废去修为，关押在渡厄峰中受罚，陆陆续续地说出了许多不为人知的往事。

当初沈如晚走火入魔，沈氏一夜覆灭，再无人见过那些熟面孔，她便以为这些人全是她手下的冤魂。爱也好，恨也罢，她再也没回过这里。

她不知道的是，当初她虽说确实杀了许多人，但只限于禁地之内的人，那些没资格掺和七夜白之事的普通沈氏族人都幸免了。事发之后，宁听澜为防旁人细究，从沈氏族人的只言片语里拼凑出七夜白的痕迹，出手除了这些幸存的沈氏族人，将罪过一并推到了她的身上——反正她失了神志，记不得究竟了。

说起这事时，宁听澜反问她："这对你难道就没有好处吗？一旦见血，又何分多与少？那些死在你手下的人是幸存者的亲友，幸存者若不死，就会对你恨之入骨，想让你去死。我动手除去他们，也算为你扫清了这个麻烦。"

沈如晚对此的回应是，对着宁听澜那张道貌岸然的脸给了他一拳。

"是沈如晚前辈吗？"

沈如晚的身侧响起一道温润的声音，听起来有些迟疑，说话之人好像有些难以启齿。

沈如晚偏过头，看到一个身形纤弱如细柳的女修站在她的身侧，神色犹疑地看着她。

修士除非因寿元衰减或受了伤而元气不足，多半能容颜常驻。纤弱的女修看着还是青春容颜，可神色中带着经年累月积生的疲倦之意，恰与跟在她身后好奇地注视着沈如晚的高挑的少女形成一种鲜明的对比。

两个人的眉眼十分相似，一时让人看不出她们是母女还是姐妹。

沈如晚的目光在她们的身上停顿了片刻，她试探着开口："沈元绯师姐？"

纤弱的女修抿了抿唇，听见沈如晚叫她"师姐"，眉眼间生出了几分怏怏之意。她别过头，语气生硬地说："当不起，前辈叫我的名字就好了，我们本来也不是什么同门。"

她说到这里，被身后那个高挑的少女轻轻地拽了拽衣袖，于是不说话了。

沈如晚缄默不言。

沈元绯也是沈家人，是沈如晚只寥寥见过几面、没怎么打过交道的众多堂姐中的一个。沈元绯天资平平，更爱安逸，在蓬山待了几年便回了沈家。她比沈如晚大几岁，两个人素来没什么交集。

宁听澜在渡厄峰中交代，当初沈如晚的师尊元让卿不逃不辩、决然赴死，是因为还有个女儿在人世，宁听澜以她为要挟，让他抵了她的命。

元让卿的女儿就是沈元绯。

这些年来，世人都以为沈氏族人悉数死在那场变故里，却不知许多沈氏族人是被宁听澜除去的，只剩下寥寥几个在沈氏族地里深居简出，很少见人。

当初宁听澜留下沈元绯，就是为了挟制元让卿。

"元让卿的道侣是你们长陵沈家人，和他有一个女儿，正因如此，种药人这样利润丰厚的买卖才能落到你们沈家的手里。换了别人家，你以为凭元让卿那样的脾气，他有可能手把手地教人怎么种七夜白吗？"宁听澜嗤笑，"就是因为元让卿的道侣和女儿都是沈家人，沈家想自己培养一个灵植师出来，他答应了，于是你就拜入了他的门下，成了他的亲传弟子。"

可无论是沈家还是她的师尊都没想到，这始于人情的交换最终也成了他们的终结。

族亲和父亲都因沈如晚而死，沈元绯面对她时心情复杂，甚至有些恨她，这是在所难免的事。沈如晚既不会因此发怒，也不会对沈元绯抱有歉疚之意，甚至悔恨从前之事。

她没的选，也已经在所有不由她决定的绝境里做到了最好。

她无愧于心，从未对不起谁。

"我是来见沈晴谙的，之前都没见到你。"沈如晚沉默了片刻，然后好似没看见沈元绯那复杂的神色一般，平静地说。

沈晴谙没死，可也算不上活着。宁听澜向来是个爱留后手以便挟制别人的人。为了拿捏元让卿，他留下了沈元绯；为了挟制沈如晚，又留下了沈晴谙。

当年沈晴谙并没有死，只是受了重伤，但不像沈如晚一样误打误撞地结了丹，而是命悬一线。宁听澜不打算在她的身上浪费诸多灵丹宝物，便用了秘法，将她变成活死人一般的存在，身躯犹有微弱的生机，却醒不过来。

"那就进来吧。我素来不爱出门，你平时见不到我才是正常的。"沈元绯垂下眼，避开了沈如晚的视线。

她寻常不爱出门，可偏偏在今日出了门。

沈如晚瞥了沈元绯身后的高挑的少女一眼，没有多问。

沈氏的门扉已破败了，可沈如晚转入门中，又发现了一些生活的痕迹。在这里居住的人简单地收拾出了一小片区域，这里还算温馨。

"沈师姐，药汤煎好了，正好你们回来了，你快喝了吧——沈姐姐，你来了？"屋内匆匆忙忙地走出了一个年纪稍长的少女，擦着手上的水渍，腰上缠着一截柳枝。她抬头看见沈如晚，又惊又喜地道："这些天晴姐的状态都很好，气息平稳，连脸色都红润得很。"

沈如晚把伞收了起来，把它靠在墙面上。

"这些天来多亏你照顾她，麻烦你了，清昱。"她轻声说。

章清昱赶紧摇头："以前在东仪岛上的时候，一直是沈姐姐照顾我，现在不过是让我照顾一下晴姐，我若是不上心，那成什么人了？"

章清昱离开东仪岛后，辗转许久，终于到了蓬山。也不知该说章清昱的运气到底是好还是不好，原本她差了点儿运气，没能拜入蓬山，但辗转未离去时恰巧遇见了沈如晚，便幸运地入了门，先做记名弟子，等上几年便能正式成为蓬山弟子了。

章清昱听说沈晴谙需要照顾，便自告奋勇地帮忙，寻了在长陵附近的差事，平日就在沈氏族地照料沈晴谙。

沈如晚先前便来探望过好多回，只是没遇见过沈元绯罢了。

"晴姐这样实在让人不忍心，看起来健健康康的，和平常人没什么区别，可谁能想到她永远只能这么躺着呢？若能有什么办法让晴姐醒来就好了。"章清昱带沈如晚进屋，不自觉地叹了一口气。

章清昱虽然从前不认得沈晴谙，可在沈氏族地照顾她将近两年，看着她面色红润如熟睡的样子却永远醒不过来，自然生出些叹惋之意。

熟悉的眉眼、光洁的皮肤、红润的面色……沈晴谙就好似再健康不过的人睡熟了一般，忘却了一切烦忧。沈如晚凝视着静静地躺在床上的沈晴谙，无论看多少遍，心中都会生出一种珍宝失而复得的庆幸心情。

虽然沈晴谙不能睁开眼睛像从前一般和她嬉笑怒骂，可谁也不知道，即使只是这样静静地站在床头看着这张脸，她也会发自心底地感到快活、轻松，情不自禁地露出微笑。

"也许真能让她醒过来。"沈如晚低声说。

章清昱微微讶异："沈姐姐，你找到什么办法了吗？"

沈如晚沉思了片刻，然后轻轻地点了一下头。

奇怪的是，这分明是一件再好不过的事，她却脸上没什么笑意，好似有许多心事。

章清昱最擅长察言观色，看见沈如晚的神色，不由得缄口，想了一会儿才说："是特别难的办法吗？"

沈如晚沉默一瞬，然后问她："你知道瀛洲吗？"

章清昱初涉修仙界，只知道一些常识，对于方壶、瀛洲这样早已消亡的神山便不甚了解了，唯独知道些意修的事，还多半是从《半月摘》上看来的。因此，沈如晚问起这个，她唯有面露茫然之色。

"瀛洲是海上神山，从前也是如蓬山一般的修仙圣地，只是在浩劫中沉入海中了。我听说瀛洲有一样宝物，能令离魂之人苏醒，正好适用于沈晴谙如今的情况。"沈如晚简短地说。

章清昱有些惊喜，道："那也太好了。"可她想到沈如晚不见笑意的神情，凝神思索了一会儿，然后说："瀛洲的下落已没人知道了吗？"

瀛洲沉入海中，是全毁了还是海中仍有遗迹呢？

对于修士来说，瀚海自然是比陆地更凶险的境地，修士要想在浩浩沧海中找到多年前沉落的瀛洲，谈何容易？只怕他们稍不留神便要丧了性命。

沈如晚轻轻地叹了一口气。

神州中倒也不是完全没有瀛洲的线索，毕竟瀛洲从前是与蓬山齐名的圣地，沉没后自然有数不胜数的修士想要找寻，得到与之一同覆没的财宝。

"修士若不结丹，根本没办法去找。"沈如晚轻声说，微微皱着眉。

章清昱一时没明白——沈如晚自己就是丹成修士，为何面露愁容？可她转瞬便懂了，沈如晚为了让七夜白的真相水落石出，便留在蓬山坐镇，顺理成章地做了第九阁的副阁主，如今要离开蓬山去寻瀛洲的踪迹，那蓬山的事务该怎么办？

　　正因懂了，章清昱才觉得不知如何是好。

　　她看着沈如晚，默不作声。

　　沈如晚抿了抿唇，其实心里已有了决断。

　　她是一定要设法让沈晴谙醒过来的，哪怕只有一线希望，也愿意搭上漫长的岁月。她若不亲自去寻，还能去哪里找到尽心尽力、愿意冒这么大风险的丹成修士代替她呢？终归她还是亲力亲为更放心。

　　更何况，七夜白的事已真相大白，宁听澜被废了修为，在渡厄峰里日夜承受火炙风刀的刑罚。哪怕有人愿意不计代价地救他出来，他也翻不了身了。与七夜白有千丝万缕的联系的那些人也在这两年中被彻底除掉了，这件曾藏在黑暗中、害过数不清的人的隐秘事件终于彻底地结束了。此间事了，她还有什么必要留在蓬山呢？

　　这世间从不是缺了谁就不能运作。她从前弃蓬山而去，蓬山也不见得因为少了她而失去什么，仍是那么运转。

　　她不如归去。

　　她去意已决，唯独让她有所迟疑的人是曲不询。

　　曲不询回到蓬山后，即使换了一副容貌，也很快混得如鱼得水，仿佛这过去的十年和改换的容颜根本无法形成任何阻碍一般，他又是从前那个人人服膺的长孙师兄了。

　　长孙师兄是属于蓬山的，也最适合这里。

　　沈如晚见他这样，心里只会为他高兴，如今忽然要走，一去便是多年，说不准什么时候才回来，曲不询打算怎么办呢？

　　谁也无法改变她的主意，可若这个人是曲不询，她惆怅和伤神的心绪便成了剪不断的苦楚。

　　沈如晚凝视着沈晴谙的那张脸，神色有些复杂，很浅很淡地笑了一下，轻轻地说："不管怎么说，一切都是好事。"

　　章清昱送她到门口，正好又遇见了沈元绯。

　　"沈师姐，你和阿珉今日出门了？我好像没怎么见你们出去过。"章清昱随口说道。

　　沈元绯顿了顿，看了沈如晚一眼，勉强朝章清昱笑了一下："阿珉大了，总跟着我闭门不出也不是个办法，正好蓬山又要收徒，我便带她去试一试。"

　　章清昱微微睁大了眼睛，看了看沈元绯身后高挑的少女："阿珉，你通过了吗？"

阿珉抿唇笑了，用力地点了一下头，然后说："明年我就能去参道堂了！小章姐姐，到时我们一起去听讲吧。"

沈如晚的目光落在了阿珉的身上。

章清昱说，这是沈元绯的女儿，也就是她师尊的外孙女沈珉。

"沈……沈阁主，我听说你和我娘其实是堂姐妹，是这样吗？我阿公还是你的师尊，是不是？"沈珉好奇地看着沈如晚。

沈如晚微怔，朝沈元绯看了一眼，发现沈元绯没什么表情。

"是。"沈如晚轻轻地点了一下头。

沈珉的眼睛亮了起来，她有些兴奋地看着沈如晚，试探地问："那……那你就是我的小姨了，是不是？"

沈如晚从十七岁起就没有什么亲故了，从没听人这样叫过她，迟疑了一下，说："你若愿意，确实可以这么叫我。"

沈珉雀跃地看着沈如晚："那……那……"

她期待又兴奋了半天，却只说出一个"那"字，半天说不出完整的句子。

沈元绯轻轻地皱起眉头："你要说就说，结结巴巴的，像什么样子？"

沈珉飞快地看了沈元绯一眼，脱口而出："那我若是从参道堂结业了，能拜你为师吗？"

沈如晚一愣，还没来得及说话，便看见沈元绯变了面色。

"你胡说什么？什么拜师不拜师？你现在还什么都没学到，想什么拜师的事？"沈元绯神色冰冷，目光复杂地瞥过沈如晚，又飞快地扭过头去。

她并不直说不想让女儿和沈如晚扯上关系，只说沈珉还没到拜师的时候。

可沈珉并不怕母亲，很不服气地顶嘴："沈阁主是阿公的徒弟，我是阿公的外孙女，拜沈阁主为师岂不是正好？阿公若在，肯定也支持我把他的本事都学过来。"

沈元绯又气又急："你知道什么？她……我……她……"

"我知道，沈阁主杀了阿公嘛。"沈珉说道，"可是阿娘，你自己也说过，阿公做了错事，又是为了保护我们才情愿赴死的，无论有没有沈阁主都一样。而且阿公一直都很看重沈阁主这个徒弟，对她寄予了厚望。我们本没有深仇大恨，为什么我就不能拜沈阁主为师呢？"

沈元绯被气得胸脯起伏，说不出话："为什么偏偏是她？"

沈珉眨了眨眼，偷偷地看了沈如晚一眼，心想：那可是碎婴剑剑主，别的长老和阁主哪里比得上啊？再说了，自己若不趁着和沈如晚有些渊源拜入其门下，就凭那些长老和阁主那么高的要求，哪能轻易地拜师？

沈如晚看着这对母女对峙，把她们的心思看得清清楚楚，在心里百转千回地想了许多，然后轻声开口："好了，你们不必争了。"

说来奇怪，这明明只是简单的一句话，却好似重若千钧，叫人不自觉地听进心里，下意识地服从。母女俩本吵得不可开交，听她开口，便不约而同地住了口。

少女眼瞳清亮，眼中尽是希冀，初生牛犊不怕虎，有着十足稚嫩的勇气和朝气。沈如晚凝眸看着沈珉，思绪变得悠长起来，好似回到了很多年前。

那时她刚从参道堂结业，在闻道学宫里漫无目的地择课，每门课都要听一听，看看适不适合自己。元让卿恰好看见了经过回廊的她，便朝她招了招手。见她走过来，元让卿神色严肃地打量了她一会儿，问她："你是沈如晚，是不是？先前我在木行道法课上见过你，你的天资不错，你若想学下去，我便收你为徒。"

世间道法万千，样样玄妙非常，让人心醉神迷。她偏爱用剑，可木行道法总能叫她沉迷到忘我。名师找上门，她想也不想便答应了。

沈如晚如今回想起此事，明白元让卿主动收她为徒，除了看中她的天资外，也因为她姓沈。

从前她又恨又怨，只觉得有些人和事是永远无法被原谅的。这么多年过去了，如今回想这些已死之人，她却不舍起来，想起了他们的好。

她沉默了片刻，然后看着沈珉说："当初师尊收我为徒，是在我从参道堂结业、升入闻道学宫之后的事。我若要收徒，徒弟的水平自然也要和当初的我差不多。"

听到这些话，沈珉露出了失望之色。

沈如晚继续淡淡地说："我不日便要远行，不在蓬山久留，下次回来不知是什么时候。你既然已拜入宗门，便按部就班地去参道堂上课，入了门才知道究竟喜欢什么。若我回来的时候你还没拜入别人的门下，我就收你为徒好了。"

沈珉又惊又喜："真的？！"

沈如晚凝神看着这张有些稚嫩的面庞，不知怎么的，觉得这张脸竟和多年前那张正色地看着她，让她"修身修心、神通并行、仙途绵长、始于足下"的人的脸重合了起来，宛若经年梦影。

"真的。去了蓬山好好学吧，仙途绵长，始于足下，你才刚入门呢。"她颔首，语气隐有怅惘之意。

无论什么时候，参道堂都是蓬山最热闹的地方，一批又一批的弟子来了又去，这里永远熙熙攘攘，充满活力。

参道堂的门外，总有年纪稍长的弟子等着，不住地张望，等远山的钟声敲响。

"唉，师姐可真是不好当，这也要操心，那也要操心，简直像多了个孩子。若不是师尊命我带他，我才不愿费这功夫。"

等得无聊了，几个相熟的弟子互相搭话，半真半假地抱怨着。

"你嘴上这么说，可实际上谁不知道你对你的师弟关照颇多？你还不是和我们一样来这里等着参道堂课罢？你比我上心多了。我上次还说呢，你的师弟遇见你这样负责的师姐，实在是他的福气。"另一个弟子笑着说。

起初抱怨的修士有几分被戳穿的羞恼之意，说："这既然是师尊的盼咐，我自然得上心，对得起彼此就是了。"

其他几个相熟的弟子被她引得笑了一阵，一时间，参道堂外的气氛也如这笑声一般轻快起来，就连周围不认识他们的修士也看了过来。众人或嗔或笑，皆成一景，恰映春光。

沈如晚伫立在水边合抱粗的垂柳下，不远不近地看着参道堂外嬉笑的小弟子们，莫名其妙地生出一种惆怅之意来。

从前与同伴谈笑打闹的日子早已离她远去，她再也不会半烦躁半负责又耐心地在参道堂外等师弟课罢归来，再带师弟去百味塔找七姐开小灶蹭饭吃，也不会再有相熟的同门与她嬉笑打趣、挥斥方遒，口无遮拦地说起未来，眼中和心中都是璀璨的星火。

她一直在往前走，而过去留在了过去，早晚有一天会褪色、暗淡，让她再也想不起来。

"你想什么呢？"

一根翠绿的柳枝伸到了她的面前，上下摇了摇，好似一截短短的尾巴。

沈如晚偏过头望去，只见曲不询拈着一根柳枝，微微垂首看着她，唇边带着一点儿笑意。

三月阳春，他与烟柳画桥俱是胜景。

可偏偏沈如晚是个不动声色的冷情人，垂下眼，神色淡淡地说："我没想什么，出神罢了。既然你来了，那我们就走吧。"

曲不询凝神看着她，见她神色无波无澜，半点儿不为所动，叹了一口气，懒洋洋地收回柳枝，卷在指间把玩。

"我算是明白当初为什么谁也不知道沈师妹心悦我了。"他说。

沈如晚睨了他一眼。

曲不询慢悠悠地摇了摇头，半真半假地叹道："别说你我无缘相见，我猜，就算当初你我有幸相逢，我也多半猜不出眼前这位沈师妹居然对我一见倾心、倾慕已久。只怕任谁也想不到，在我面前这么冷淡疏离、半点儿也不客气的沈师妹居然心里有我。"

沈如晚听他唉声叹气，见他样子十分可怜，便没忍住，嘴角翘了起来。

偏偏她又要挑着眉毛，横眉冷对一般，不冷不热地睨着曲不询："是了，倘若我早就和长孙师兄相识，只怕永远也入不得长孙师兄的眼。师兄当年意气风流，怎么看得上我？"

曲不询一顿，意味深长地说："那你可就错了。我若是喜欢谁，绝不会藏着掖着，总要叫她明白我的心意，给我一个明确的答案。不然，我如何能甘心？"

沈如晚微微偏过头，不去看他，似笑非笑地说："是吗？你只要一个明确的答案便够了？拒绝也行吗？先前是谁对我说，他想要的东西就一定要得到？"

曲不询一哂，语气平淡地说："你我若是相逢于年少，你无心，我绝不会纠缠。我纵使心生爱慕，也要两情相悦。心上人对我无意，我再纠缠人家，成什么人了？"

长孙寒绝不会做这样的事。纵然再怅惘，他也绝不可能做那等没脸皮的行径去讨人心烦。

沈如晚扭过头来，定定地看着他，神色有些复杂，轻轻地说："所以你是长孙师兄。"

他有如此天资、实力、人望，却能谨守本分、克己自持、不偏不倚，所以才是蓬山弟子心中首徒的不二人选，是沈如晚心中经年不褪色的无瑕清辉。

"可长孙师兄和沈师妹注定是没什么缘分的。我那时候看起来好相处，其实脾气和如今差不多。你若问我是否心悦你，我多半不会承认的。"沈如晚语气淡淡地说。

曲不询点头，认同她对自己的判断："沈师妹向来自尊自重，越是在意，反而越要矜持，轻易不会承认自己的感情。"

沈如晚微微抿了抿唇。

虽说曲不询说的是实话，可听他承认他们当真没有缘分，沈如晚又有些不舒服。

"可你一次不认，两次不认，难道十次、二十次也不认吗？经年累月，你总有信我的真心的一天吧？"曲不询话锋一转，轻声问。

沈如晚微愣。

"谁说我不纠缠就是放弃了？我不纠缠是不轻易去打扰你。可你我是同门，总要相见的。除非你与旁人结为道侣，那我诚心地恭祝你们白头偕老，否则，我发乎情、止乎礼，总不算冒犯你吧？"曲不询悠悠地凝视着她，唇边带着一抹笑意，眼神深沉，样子非常认真。

沈如晚一时不作声了。

她本想说就算长孙寒见了她，对她心生情愫，往后他们遇见七夜白的事，总要分道扬镳的。可话到了唇边，她又不由止住了——自己何必说那样扫兴的话呢？

"那可说不准。长孙师兄向来公事公办，最是公正自持，和我其实未必相配。"

沈如晚垂下眼，将情绪藏在了眼中。

说到底，长孙寒和曲不询还是不一样的。

长孙师兄是蓬山的长孙师兄。

曲不询不觉收起笑意，专注地看着沈如晚的侧脸，即使她并不愿回头与自己对视。

"长孙寒确实公正自持、修身克己，也确实为蓬山披肝沥胆、尽心尽力，可是曲不询也一直都存在。"

清修、克己、大公无私、寒山孤月一般的长孙寒，在自持的模样之下还有一个真实的、自在的、很少有人触碰到的曲不询。

"见了你，长孙寒总会变成曲不询的。"他说。

沈如晚怔怔地看着他出神。

曲不询静静地和沈如晚对视，眉宇间带着无限的温存。

沈如晚心绪复杂，偏过脸慌乱地岔开话题："前些天我还收到邵元康的信，他和钟盈袖这两年沿着蠛江一路游玩，很是快意。这对道侣也算是苦尽甘来了。"

曲不询见她的眉眼间有惆怅之色，分明藏着心事不说，不由得叹了一口气。

他没有追问她在想什么，反倒顺着她的话说下去："是吗？老邵一定是来炫耀的。这家伙就这副德行，有点儿好事就灿烂得不行，恨不得向全天下显摆，让所有人都知道他在得意。"

邵元康年少时就是这样的性格，这么多年过去了，将辛酸苦楚都尝过一遍，好不容易得到一些甜，竟还似从前一般，仿佛幸福与甘甜来得如此简单。

沈如晚微微翘起嘴角："论起知足常乐，谁也比不过他。"

曲不询瞥了她一眼，没说话。

蓬山的群峰之中，连绵的那几座是蓬山最静谧的地方。所有曾在蓬山的金册上留有姓名的修士都能在这里得到方寸之地，得以埋骨长眠。

他们是来扫墓的。

"尘归尘，土归土。"沈如晚站在墓碑前，看着朱笔描上的"陈缘深"三个小字，轻轻地抚了抚碑文，低声说，"虽然这里已和从前不太一样，我们也永远回不到年少时的蓬山了，可这里终归还是蓬山。"

"你已经回家了，好好睡吧，睡一觉就好了，师弟。"她说，声音很轻柔，像化在春日里的风。

她静静地伫立在碑前，很久才回过身，走下一级级的石阶。

曲不询在石阶下的平台上看着她，问："你不再多待一会儿？"

沈如晚轻轻地摇了摇头，说："你不也已经结束了吗？"

从前在敬贤堂收养他的符老也被埋在这里，方才沈如晚先去符老的墓前点了一炷香，然后才去陈缘深的墓前回忆往昔。

"逝者已逝，该说的话我从前都说过了。我过得好，才算不辜负老爷子的期待。"曲不询耸了耸肩。

沈如晚浅浅地笑了。

他们都是那种神伤过后仍要向前走的人。

"阳春三月，惠风和畅，正是好年光。我和你在临邬城第一次相见时也是这个时节。"沈如晚不知怎么的生出一种冲动，忽然走过去挽住曲不询的手臂，把头靠在他的肩上，低声说。

曲不询挑了一下眉，手臂懒洋洋地一收，把沈如晚揽得更紧了一点儿。他的声音低低的，如淌过谷底的暗流，气息拂过沈如晚的耳垂和脖颈，又乖张地钻入了她的领口里，他说："原来沈师妹还记得，我真是受宠若惊。"

说完，他低声笑了。

沈如晚抬眸看他，觉得他没个正形，似笑非笑地说："我随口蒙的，原来蒙对了。"

曲不询眼睛一眨不眨地看着她，眼神幽幽，如沉沦在夜色里的海水。沈如晚微怔，不禁有些疑惑地望回去。

曲不询良久才缓缓地开口，声音低沉："你先前想和我说什么，现在能说了吗？"

沈如晚怔了一下，下意识地要松开手，手却被曲不询紧紧地攥住了。

"我……"她张了张嘴。

她分明去意已决，可站在曲不询的面前，又觉得……舍不得。

风摆杨柳，水漾清波，一切无声处，处处都含情。

曲不询默不作声地看着她，春光透过拂动的柳叶映在她的颊边，灼灼然仿若生辉，勾勒出她清丽的眉眼，眉眼间的神色竟比春光更摄人心魄。

沈如晚微垂眼睑，收敛着心绪，仿佛缥缈的云雾遮蔽了春山，雾里茫茫，春山似近而实远。可谁若是被这邈远的感觉吓退，那便实在不明白沈如晚这个人。她冰冷如彻骨的寒霜的外表下是纯净至极的爱恨，就像烧不干的烈火深埋在幽海之下。

曲不询无端地想起来，那一夜，沈如晚强闯渡厄峰，带着微光站在门外，对他横眉冷对、夹枪带棒，态度强硬极了，好似生了好大的气。哪怕他后来自行解开了枷锁，向沈如晚解释他并不是不拿自己的安危当回事，沈如晚也依然沉着脸，扭过头，神色冰冷，他怎么哄也哄不好。

他想了很久，直到沈如晚忽然站起身，一句话也没说，从他的身侧走开了。

"你真生气了？你不会是太担心我了吧？沈师妹，你这么在乎曲师兄，就直接说给我听好了。"他看着沈如晚在晦暗中笔挺的背影，故作漫不经心的样子开玩笑道。

见沈如晚头也不回，他便大步追上去，跑到她的前面回过身，发现她在灯下把头偏向一侧，看也不看他一眼，只露出了半边脸。

灯影朦胧似梦，沈如晚白皙的颊边凝着泪，一点点水光却似比皎月更澄莹。

他怔在原地，什么都忘了。

神思悠悠，心若飞絮，曲不询仿佛回到归墟，在天川罡风里受了重伤，一口服下了温柔肠断草。

几乎要身死道销的一刻，他透过幻梦看见沈如晚眼中凝着泪看着他，一滴泪倏地落在他的唇边，此后经年，她就成了他念念不忘的痴心妄想。

平生不会相思，才会相思，便害相思。

"别哭了。"他抬手，想触碰又怕损伤稀世珍宝一样，很轻很轻地抚过沈如晚的脸颊。他心尖发烫，近乎虔诚地捧着她的脸，垂首去吻那一滴泪，低声说："求你了，别哭。"

那一夜、那一眼、那一滴泪……谁能忘却？他这一辈子也忘不掉了。

曲不询凝神看着沈如晚微垂的眼睑，语气诚恳地说："你若有什么为难的事，说出来，我们两个人一起商量，总比你独自愁闷要好。你只要不是来通知我，你已经对师兄腻了，打算和我分开，我都能平静地接受。"

末了，他还开了个玩笑。

沈如晚抬眸看着他，却好似没被这个玩笑打动，微微抿着唇，神色犹疑。

曲不询心里一沉，神色从容平静，微微挑眉看着她："究竟是什么事？"

沈如晚蹙着眉，沉默了好一会儿才慢慢地说："我要离开蓬山了。"

曲不询一怔，下意识地问："为什么？"

"我……这次回来后，总觉得自己已经不适合这里了。"她沉默了片刻，嘴角漾出一点儿苦涩的微笑，轻轻地说，"也许是我没有从前的勇气了吧，也已厌倦了人们这样那样的心思。从前我看似能和人打好交道、心思玲珑，是因为能耐得下心去迎合流俗。所以我一直都很佩服你，师兄，你和我总是不一样的。"

长孙寒可以轻而易举地立在人群之中，活得游刃有余。

曲不询脸上平淡的笑意慢慢地消散了，他张了张口，凝神看着她，想说什么，可又止住了。

"你……你是注定属于蓬山的，可我好似没这么有耐心。"沈如晚词不达意地说。

曲不询紧紧地抿着唇，眼睛一眨不眨地看着她。

沈如晚垂下眼，继续说："最近，我打听到瀛洲有一种宝物，能治愈沈晴谙。瀛洲早已沉入海中，不知所终，非丹成修士不能探寻，我不放心将此事交予他人，也找不到愿意去的丹成修士，所以只能自己去。这一去，少则三五年，多则七八年，正好我在蓬山待得不太自在，借着去寻瀛洲的事可以出去游历一番，换个环境也许心境就开阔了。只是，我若要离开蓬山，就难免要和你分别了。"

她说到这里就停住了，好似不把话说尽，便能回避些什么。

"你的意思是，你要离开蓬山几年，去寻瀛洲，等寻到了瀛洲，再回蓬山来……找我？"曲不询神色有些古怪地说，语调平平的，让人听不出什么情绪。

沈如晚轻轻地咬了一下嘴唇。

话是这么说，可他们一别就是好几年，她有些忐忑。

她沉默了好一会儿，然后轻轻地点了一下头。

曲不询的神色更古怪了，但他还是平静地说："你对蓬山不太适应，想出去游历一番，换一换心情，又觉得我在这儿如鱼得水，所以认为你必然要走，我必然要留，咱们必然要分别。"

沈如晚抬头看向他，问："难道不是吗？"

曲不询收敛了情绪，没什么表情地盯着她，沉思了一会儿，煞有介事地点头道："好像是这么回事。"

沈如晚不作声了。

曲不询叹了一口气，垂下头，紧紧地搂着她的腰肢，唇瓣吻过她的颈边。他说："沈师妹，一去数年，再不相见，你就舍得下我？"

沈如晚的声音闷闷的，她好似不为所动："我有什么舍不下的？我们又不是不能再见了。"

曲不询轻轻地喟叹一声，不轻不重地捻着她的耳垂，似笑非笑："好狠的心啊。"

沈如晚没好气地说："那你跟我一起去。"

曲不询眼皮也没抬一下，说："行啊。"

沈如晚微怔，语气不太确定："真的？"

曲不询看着她，反问："为什么不行？"

沈如晚的心绪复杂极了，唇瓣微微颤动着，她说："我还以为……"

她还以为，曲不询总是要留在蓬山的。

曲不询轻声笑了。长孙寒确实公正自持、修身克己，也确实为蓬山披肝沥胆、尽心尽力，轻易不会抛下蓬山，可……

"我不是和你说了吗？见了你，长孙寒总会变成曲不询的。无论你想去哪儿，我都和你一起去。"

沈如晚微微抿了抿唇，凝视他许久。

"你舍得？"她问，唇边不自觉地露出一点儿笑意，眉眼微弯。

曲不询耸了耸肩："这有什么舍不得的？浮名浮利，你能舍得，难道我就舍不得？"他说着，忽然低下头，低声笑了起来，"况且，我还差了你一面墙没刷呢。"

当初离开沈氏花坊的时候，他正给沈如晚刷墙，差了一面就急匆匆地走了，临走时还开玩笑说要回来继续刷。

谁知流光似箭，仿若一梦。

沈如晚怔怔地看着他。

那时沈如晚只是半真半假地撩拨他，没想过有一天还会再提起这件事，也没想过那个落拓不羁的剑修竟然就是她藏在心里很多年的人。

"你不会忘了吧？"曲不询问她。

沈如晚收回目光，轻声说："当然没忘。我早就告诉过你，没有人可以赖我的账。"

曲不询意味深长地看着沈如晚，沈如晚却不看他，直直地看向前方的草地。她微微扬起下巴，看似十分傲慢，表情却轻快极了。

"算你识相。"她轻轻地哼了一声。

曲不询忍着笑，点头道："是，我一向很识相，在沈师妹的面前尤其识相。"

沈如晚终于忍不住转过头来，眉眼飞扬，嘴角微微翘起。她什么也没说，只是看着他微笑，他却觉得，为了这一天已等了太久太久。

"沈如晚。"他低声叫道。

沈如晚看着他，以目光相询。

"沈如晚。"他又叫了一声。

"嗯？"

"沈如晚。"他不厌其烦地叫她，声音低低的。

沈如晚蹙着眉看他，忽然叹了一口气，倾身坐入他的怀中，伸手捧着他的脸颊，轻轻地吻了一下。

自踏上仙途时宿命般的惊鸿一瞥起，从青春韶年到浮生若梦，她走过物是人非、沧海横流的世间，在这段漫长的幻梦般的醒与醉之间，什么都远去、暗淡了，唯独他的剪影历久弥新，永不褪色。

从前她悄悄地抬头凝望的清辉原来早已来到她的窗前，留在她的枕边。

"我在。长孙师兄，我也在的，一直都在。"她轻声说。

—正文完—

番外一　同心曲

一　小楼夜听雨

岁末这一天，沈如晚是在吵嚷声里醒来的。

她睁开眼，看见微光透过窗纱照在雪青床幔上，微尘在半空中缓缓地飘浮，不禁怔了片刻，回过神来才想到她已离开蓬山近一年了。

如今，她远离修仙界，身处凡尘俗世之中。

近一年来，她漂泊不定，四海为家。离开蓬山时她只想着离去，可离开后，又不知该去往何处、留在哪里，身若浮萍，心如飞絮。可忽然有那么一天，她误入凡人之间，便再也不想回到修士中了。

眼下自己驻足的这座城镇是叫临邬城吧？她记不清了，也懒得去记。于这座城镇而言，她是过客；于她而言，这座城镇是过客。

过客是不必互相铭记的。

她暂时落脚的屋舍临街，窗外就是临邬城最繁华热闹的街市，她不必推开窗，便能听见外面喧嚣的声音。

"我和你说了多少遍，不要急，不要急，你就是不听！现在盘子碎了，你又开始装老实了！小兔崽子，我今天就打死你——"隔壁人家火冒三丈的声音隔着窗纱一字不落地传入了屋内。

接着便是一阵"哎，哎"的劝阻声，隐约夹杂着"大过年的""孩子也不是故意的"之类的话语，吵吵嚷嚷地混成一片，几乎能掀翻天。

沈如晚微微皱起眉头，翻了个身，将被子向上提了提，盖住了耳朵。

太吵了,她想,吵得叫人伤神。

夜来万家灯火,连寻常最节俭的人家也燃着灯,在团圆的欢笑声里走到年尾。花天锦地里,唯有沈如晚这里孤孤单单的,一室青灯照壁,连烛光也显得冷清。

沈如晚吹灭烛火,昏黑漫过屋内的每一寸角落,覆在她的身上,好像深重的疲倦如影随形,挥之不去。

她慢慢地走过回廊,听见了檐上的雨声。

岁末的除夕夜竟有夜来雨。

窗外雨幕如帘,"淅淅沥沥"地下个不停,却浇不灭人间烟火。

她站在窗前,又想起了从前。

修士也过除夕、守岁。大抵是神通难敌天数,修士虽一只脚踏上了仙途,却还有半个身子始终留在凡尘中,朝来暮往,辞旧迎新。

在沈氏时,她跟着沈家过年,后来去了蓬山,就留在蓬山守岁。

蓬山弟子来自天南海北,相熟的同门聚在一起,无世俗亲长的规束,只有欢声笑语、其乐融融。

那时沈晴谙和她一起守岁。

两个人在除夕那天大清早就出门,约上要好的同门把臂同游,迎着凛冽的寒风,一直到傍晚才归家,和最亲近的亲友把盏夜话。到夜阑时,全部人又蜂拥而出,聚在一起热热闹闹地放烟火。

修士的烟火、爆竹自然与凡人的不同,点燃时没有烟尘气,却变幻无穷。更有许多匠心独具的炼器师在烟火里注入巧思,让光影在变化间绘出不同的幻景,引得大家纷纷去买,图个新鲜有趣。

沈晴谙很爱烟火,爱玩也爱看,总拉着她一起买最新的样式去放,一放就是烟火漫天,气派非凡。

那时候,半个蓬山都在看她们放的烟火。

沈如晚其实不爱烟火,觉得这东西"噼里啪啦"的,吵得人头疼。沈晴谙一见烟火就欢呼叫好,比爆竹更喧嚣,把她吵得受不了,可沈晴谙喜欢,她跟着热闹一下也无妨。

修士的烟火实质上也是一种法器,从实用性上来说十分鸡肋。不过,点燃烟火需要用灵气,沈晴谙一个人点不来,每次沈如晚都要费好大的力气才把买来的烟火一个个地送上云霄。

那时,漫天的烟火灿如白昼,辉光下,是彼此心心相印、欢欣雀跃的面容。

"吵吵闹闹的,喜欢的尽是些没意思的东西。如今过的才叫日子,从前都是什么东西?"

沈如晚好像被谁伤到了一般，骤然向后仰了仰身子，冷淡的神情也破碎了，无意沾惹来的刺伤般的阵痛让她痛到了骨髓里。她将眉心皱得紧紧的，脸颊也绷着，好似容不得一丝松懈，否则便会偷偷地流露出她无法容忍的东西。

她用力地攥紧了窗棂，迫使自己忘掉那些无意义的过往，然后一把推开了窗。

窗外，夜雨"淅淅沥沥"。白日里繁华热闹的大街到深夜也静谧无人了，唯有屋内的火光隐隐约约的，孩童的嬉笑声从远处传来，点亮了这死寂的夜。

她倚着窗棂，短暂而无序地回忆起她这寥寥半生。

曾经她有亲眷，有挚友，有严肃但负责的师尊，有腼腆但恭敬的师弟，还有数不清的同门好友。那时她欢歌纵马，听雨歌楼上，未解愁滋味，再没有什么缺憾的地方了，有的是人暗暗地艳羡她。

可她是什么时候又是如何兜兜转转地变成了今日这般模样？

"我不后悔。任谁悔，我也不悔的。"她低声说，好似咬牙切齿，一定要说给谁听。

长孙寒不可能从归墟里出来了，她早就明白的。

可她偶尔还是会生出一种幻梦般的浮念，想象长孙寒有一天从晦暗幽邃的归墟里奇迹般归来，让所有人目瞪口呆、难以置信，就好像从前的长孙师兄那样，永远无所不能，永远可以缔造超越想象的传奇。

与这样绮丽陆离的浮念相比，现实好似没那么重要了。她沉浸在浮念里，可以忘却蓬山，忘却长孙寒身上的罪名，忘却一切钩心斗角的恩恩怨怨。

她是如此单纯地渴盼一个奇迹。

沈如晚轻轻地呼出一口气。

浮念再美，终是幻梦。长孙寒若是当真奇迹般生还，要找的第一个仇人便是她。

这样也很好，她忽然想。如果长孙寒也对她有这么一次牵肠挂肚的想念，倒也没什么不好的。

沈如晚倚着窗，神色淡淡的。

倘若长孙寒真的能回来，她也要先问清他那不明不白的罪名。

她怅惘了那么久，痛楚了那么多年，可倘若重来一次，还是那样的人。既然这样，她又在这里神伤什么呢？

沈如晚茫然地侧耳听着夜雨，过了很久，轻轻地开了口，不知说给谁听："你若想找我报仇，那就来吧，我等着。"

归墟下，天川罡风猎猎地刮过。

风刀霜剑，说的就是这归墟下的天川罡风。在晦暗无边的归墟里，没有一点儿人声，只有尖厉的风的呼啸声，喧嚣至极。

长孙寒随意地仰躺在地上，一动不动。

他重塑身躯醒来后，已有将近一个月了。这一个月里，没有日升月沉，没有暮去朝来，唯有不见尽头的长夜和呼啸着的天川罡风。他若非在心里默默地记着时序，连过了多久也不知道。

一个月的死地求生经历已足够让他摸索出一些独属于归墟的规律。譬如说，刚刚刮过一阵狂风，接下来的半个时辰内，这里应当不会再有天川罡风经过。

长孙寒疲乏地躺着，看起来毫无形象，全然没有往日蓬山首徒的稳重的英姿。昔日的蓬山同门倘若瞧见了这个场景，定然要大吃一惊，不敢相信这般随意地瘫在地上的人竟是向来克己自持的长孙师兄。

不过这已不再重要了。

他身处神州的传说中最凶险的死地，已经是众人眼中的死人，即使还有人相信他活着，也是见面不相识。

谁会看见？看见了又怎样呢？

浓重的血腥气上涌，漫到喉头，灼热滚烫，呛得人只想把五脏六腑都咳出来。

长孙寒侧过身，半伏在地上，剧烈地咳起来。

许久，他支撑着上半身，一动也不动。他精疲力竭，连重新躺下的力气也没有了。

方才的天川罡风是他这个月里见过的最剧烈、狂暴的一阵，漫长而浩大，排山倒海般刮了过去。他毫不怀疑，这阵天川罡风刮在归墟之外将成为一地生民的灭顶之灾。

人在这阵狂风里活下来并不是一件容易的事，起码在他的估测里，他本该是全无生路的。

他凝成金丹、傲视同侪又有什么用？在天地的伟力面前，他不过是沧海一粟。

可他活下来了。

他虽然满身是伤、筋疲力尽、灵气逆行，连翻个身的力气也没有，可毕竟活下来了。

长孙寒伏在地上，背后的伤口还残留着天川罡风的气息。这气息无声无息地撕扯着伤口，令他感到钻心的痛楚。可他不知怎么的，竟然低声笑了起来。

归墟里冷寂无声，唯有从他的头顶上隐约传来的天川罡风的呼啸声，他无端的低笑声突然响起，竟有些瘆人。可他笑得很畅快，从来没有这么畅快过。

污名缠身，被万里追杀，他没死；一剑穿心，坠入归墟，他没死；势不可当，在十死无生的天川罡风里，他也没死。人一世能大难不死、绝处逢生几回？

"否极泰来,看来我是该转运了。"他笑道,可又不知道有什么好笑的。

他终于蓄足了力,慢慢地翻过身,重新仰躺在地上,没什么情绪地凝望着头顶幽静深沉的夜空。

喉间还弥漫着浓烈的血腥气,很呛人,可他全数咽下,硬生生地挨了过去。不知怎么的,他忽然生出一个谐谑的念头——他总听人说酒入愁肠,大概那就是现在这么个滋味吧?

他没怎么尝过酒,也从来不爱饮酒,可躺在这里忽然想:倘若有一天能活着离开这鬼地方,他一定要去尝尝看,酒入愁肠究竟是个什么滋味。

穹顶的天川罡风鸣咽着,凄厉如嘶鸣,让他不自觉地回想起坠入归墟前的最后一夜、冰冷雪原上的幽微青灯,还有锋利无匹的一剑。

长孙寒忽然抬手,按在了心口上。

不循剑赋予了他全新的生命和身躯,什么伤都消失了,却唯独剩下了心口上的剑伤。

钝痛远不如刀剑刺破皮与肉那般剧烈难忍,可就是深深地藏在心口处,蔓延过五脏六腑,超越这具躯壳,攫取他的心魂,永远地留在他身上。

他尝试过拔除这道伤口上残存的剑气,可是剑气凛冽,紧紧地缠在他的心窍上,竟成了这颗残破的心的一部分,再难与之分开。唯有经年累月,世事消磨,这一道凛冽的剑气才有可能慢慢地从他的心上被消磨掉,融在他的骨血里,和他成为一体。

"沈如晚。"

他细细地咀嚼这个名字,伴随着隐约缠绵的钝痛,不知多少次想起给他留下这道剑气的那道身影,还有他神志消散前她的惊鸿一瞥。

沈如晚眉眼清丽,神色冰冷如霜,不远不近,若即若离。

他在心里一遍又一遍地描摹她的剪影,说不清是什么滋味。

长孙寒不是圣人,当然也有爱恨。他承认,即使知道沈如晚不过是奉命行事,可自己精疲力竭地躺在这里,不知朝夕,终归是怨恨难消。

沈如晚成功地将堕魔叛门的前首徒斩落归墟,回到宗门后,一定一身荣锦、风头无两了吧?不知宁听澜会如何器重她,给予她多少荣耀来嘉奖她的赫赫战功。

长孙寒在不见月的夜色里勾起嘴角笑了一下,尽是讽意,可未笑到尽处,只剩下寥落之意。

他自己明白这是为什么。

这怨恨里有多少是怪沈如晚无情,有多少是不由自主地对她另眼相看的不甘,长孙寒心里其实清楚得很。

他以为自己曾留意过沈如晚,便奢望她同样等待他,如今却发觉她根本不把他当回事，便恼火、不甘罢了。

他何其可笑？这般扭曲的所谓自尊和妄想他从来不屑，可有这么一日也轮到了他。

他用力地合眸，半晌重新睁开眼，目光沉沉。纵然沦落至归墟，污名缠身，他也不屑做出这般败犬的姿态。

据说归墟一面临雪原，另一面就是碎琼里。碎琼里中有数不清的破碎小秘境，星罗棋布，在其中生活的人们仰起头，看不见日升月沉，只有永恒不变的星空。

他仰头凝望，归墟中连星空也没有，只有极致的黑。

也不知归墟究竟存在了多久，这片夜空又沉寂了多少年。这亘古的茫茫长夜还有辉映的一天吗？

长孙寒凝神想了许久，渐渐恢复力气，翻身坐了起来。

这片刻的遐思对他来说已是难得的奢侈之事，在归墟下，他是没有那么多时间伤春悲秋的。天川罡风随时都有可能重来，任何对罡风的估测都不能完全被保准，他必须抓紧时间安顿、休整。

他没有时间将伤口中残存的天川罡风一丝丝慢慢地剥离，只能拔除大半，再强行用法术使伤口愈合。这样他虽然会留下隐痛，却能省出时间恢复灵力，下一波天川罡风再来时，也就不至于措手不及。

殷红的血从伤口里涌了出来，他没什么表情地催动法术压制着，好似压根不知道什么是疼一般，动作没有一点儿停顿。

穹顶的呼啸声不知何时消失了，有那么一刻，天地间没有半点儿声息，唯有他一个人，静谧到极致。

长孙寒若有所觉，抬头，微微怔住了。

仿佛终于拨开了云翳，一弯新月静悄悄地从夜色后浮现出来，遍洒清辉，照亮了万古长夜。

传说中，碎琼里终年不见日月，里面的人十年八载才有一次机会见到外面的青天，原来他在归墟之中也有机会看见青冥。

天地之间，唯有那么一点儿光，也唯有一道孤影。

这一刻，他忽然觉得落寞，想起了许多年前还在蓬山时的某个除夕。

那时冗事繁多，他一直忙到天色昏沉才走出七政厅，顺着山道走回剑阁时，满山的爆竹声早已热热闹闹地响个不停。远处传来一阵阵的哄笑声，人声鼎沸，几乎要掀翻天去。他遥遥地听着，好像有人在叫什么"申师妹"。

不知哪位同门不厌其烦地燃起缤纷的烟火，惹得流光满天。

远处的笑闹声和头顶的烟火声洗去了他心头的疲乏，旁边无人搅扰，他仿佛偷得浮生半日闲。他驻足仰首，看着那漫天烟火不觉微笑起来，到烟火散去也迟迟没挪步。

后来他才听人说，那天的烟火是第九阁的沈师妹点的，极费功夫，博得一众同门的欢呼喝彩，此事流传了好一阵。

"沈如晚……"他慢慢地重复，觉得平生的滋味最复杂者莫过于此。

当时明月在，曾照彩云归。他对着那轮不知何时便会消逝的明月凝望了许久，直到深沉的夜色重回天际，皎洁的清辉隐没，凄厉的天川罡风呼啸不尽，一切重新变回他最熟悉的模样。

长孙寒很久才慢慢地移开目光，沉沉地呼出一口气，好像要把那股郁闷的心绪卸下。他抬手按在心口，掌心下的心跳一下又一下，钝痛也一阵又一阵，与血同流，融进四肢百骸。

他敛眸平复神色，不露半点儿情绪。

穹顶的天川罡风还在呼啸、嘶鸣，淹没了无人知晓的念念不忘。

蓬山的除夕从一大早便伴着吵闹的鞭炮声，众人在喜气洋洋的气氛里一直忙碌到黄昏日落，然后和亲友聚在一起共守新岁。

沈如晚手里拿着一副春联，凝神看了半响。

"沈前辈，你要贴春联啊？这春联上写的是什么？又是一年芳草绿，依然十里杏花红？"陈献不知从哪儿蹿了出来，好奇地看着她手里的春联。

陈献一个字一个字地念完，神色变得有些古怪。

这副春联当然没什么不妥之处，可是未免太朴素了，甚至有些俗气。旁人贴它也就罢了，可它放在沈前辈的手中，陈献怎么看怎么觉得不搭。

沈如晚静静地瞥了他一眼，没作声。

她已有好多年没碰过春联了，上次贴还是七姐张罗的，春联也是七姐选的，她跟着贴就行了。这一年的除夕她本没打算凑热闹，可无论是从前相熟的同门还是曲不询，又或者章清昱，都准备热热闹闹地过年。她想了又想，最终还是决定随大溜。

漂泊十年后，这是她回蓬山度过的第一个除夕。

"这副春联有什么不好的地方吗？"她反问陈献，"春回人间，再好不过了。"

陈献有个优点，就是别人强调什么东西好的时候，他不会追着扫兴。于是他挠了挠头，点了一下头："这么说来确实如此。"

沈如晚抿着唇，很轻地叹了一声。

她若不贴这一副，又能贴什么？

合家欢乐？这对她来说像个笑话。

658

财源广进？她又不在乎钱财。

她贴一副春回大地的对联总算应景吧？

沈如晚用拇指抚过春联的边缘，让春联不留一点儿缝隙地贴在墙上，然后转身朝屋内走去。

陈献犹自站在门前看春联。

他还想看一眼横批——不会真是什么"春回大地"吧？

一抬头，他就愣住了，那朱红的纸上写着四个字：岁岁年年。

他一向呆头呆脑，可不知怎么的，看见这横批就好似开悟一般，后知后觉地想：沈前辈漂泊天涯多年，重回蓬山，花也相似，人也相似，可往事都已远去。对于沈前辈和师父来说，应当觉得流年飞度、怅然若失吧？

所以岁岁年年，浮生若梦。

"你愣在这里做什么？"沈如晚不知什么时候折返回来了，手指拈着一个薄薄的红包，递给陈献，"拿着吧。"

"啊？这是给我的？"陈献觉得出乎意料。

沈如晚把红包塞进他的手里，神色淡淡的，瞥了他一眼："过年不是要给红包吗？"

可是陈献没想到沈前辈会给他红包。说老实话，他现在已经不是过年期间随便出门遇到一个亲近的师长就能收到红包的年纪了。

"我都快二十岁了，红包是小孩子才领的。"他握着红包，挠了挠头，有点儿难为情。

沈如晚把眉一横："叫你收着就收着！"

听到这话，陈献赶紧把红包塞进了兜里，笑嘻嘻地说："那我可比瑶光运气好，她不来蓬山，收不到红包了。"

楚瑶光是蜀岭楚氏的大小姐，自有她的责任在，先前为了找妹妹才离开家，如今一年到头，总不能连家也不回。自然，他们在除夕前后是不可能在蓬山见到楚瑶光的。

倒是陈献，他家在陈氏只是旁支，家里也并非只有他一个孩子，他都能做出离家出走的事了，这次留在蓬山过年也不是什么稀奇的事。

沈如晚挑眉："她也有，你给她捎带过去。"

陈献愣了愣："啊？"

沈如晚意味深长地瞥了他一眼："反正你总归是要去的，带上一个红包也不费事。"

陈献老老实实地闭上了嘴。

到了晚间，萧萧疏雨洗去了山岚，屋内被众人挤得满满当当。

"沈姐姐，你要来点儿桂魄饮吗？"章清昱隔着半个堂屋提高音量问，"我从百味塔里拿了两坛过来。"

此时沈如晚和曲不询并肩站在窗前，她隔着人群朝章清昱摆了摆手。

章清昱点了点头，提着两坛桂魄饮朝另一边走去了。靳师姐朝她招了招手，两个人便凑在一起嘀嘀咕咕地说了什么，然后一个人提着一坛酒往前面去了。

陈献猛地从人群里蹿出来，冲到沈如晚和曲不询的面前，手里还捧着一面镜子："快！师父、沈前辈，马上就要来了！"

沈如晚和曲不询皱着眉看他，曲不询问："什么马上要来了？"

话音未落，眼前的镜子突然亮了起来，一阵如水的波澜后，镜中映照出的不是曲不询和沈如晚的脸，反倒是应当在千里之外的楚瑶光。

"沈姐姐、曲前辈，过年好。这镜子是从子母连心镯演变来的，能让人隔千里相见如在咫尺之间。我不能去蓬山，就让陈献带着子镜给你们拜个年。"楚瑶光在镜中落落大方地说。

这样新奇的法器先前好似从未有过，沈如晚把玩着镜子，听楚瑶光说镜子与子母连心镯有关，忽然挑起了眉："这是童照辛做的？"

当初楚瑶光在临邺城里展示过一对子母连心镯，说那是童照辛的手笔，如今又说这对镜子由子母连心镯演变而来，那炼器师的身份便不言自明了。

楚瑶光在那头只是温柔地抿着唇笑，就是不作答。

沈如晚心里有数了，这确实是童照辛的手笔。她"厌屋及乌"，觉得很没意思，便将镜子随手塞给了陈献。

曲不询在一旁无言地看着她，又是笑，又是叹。

"哎，沈姐姐，你先别急着走！"楚瑶光在镜子那头叫她，"你再等一下，他马上就到了。"

镜中水波摇晃，忽然浮现出一个人影，有些扭曲，但也能让人一眼就辨认出他到底是谁。

"沈如晚，我可算是逮到你了！是不是你把我在书剑斋的事说出去的？"孟华胥的头发乱蓬蓬的，还沾了点儿土，他好像刚从农田里出来。

镜中有两个人像，一个是清晰如在眼前的楚瑶光，另一个是如水中影的孟华胥。沈如晚微怔，不由得猜测：孟华胥还在尧皇城里？这子母镜可以同时显像？

听了她的疑问，楚瑶光点了点头，有些烦恼地说："楚如寿那家伙就是麻烦，到除夕也不愿回家看一看。家里人都想她，她却非要留在尧皇城里过年，我只好找了这个法器，好歹和她见一面吧。"

幸好楚家财大气粗，否则哪有这样折中的办法？

孟华胥在另一头见沈如晚不搭理他，老小孩一般沉着脸，突然被斜后方伸出来的手轻轻地拍了一下脑袋才咳了一声，扭过头故作矜持地说："我上次听陈献说你的手里有我当年的笔记，你对我当初的研究感兴趣？"

孟华胥说的是邬梦笔特意留在东仪岛上的那本笔记，上面记录了孟华胥最初培育七夜白的思路。他在写这本笔记的时候，七夜白还不是一种需要以人身为花田的妖花，那时他只是想培育出一种珍奇的灵植。

沈如晚看向镜子："是有些好奇。"

"哼，你和元让卿一个样，真不愧是师徒。"孟华胥鼻子不是鼻子，眼睛不是眼睛地数落道，没好气地看了沈如晚一眼，过了一会儿，说，"我已经很多年不碰那东西了，不过这些年还是零零散散地总结了些思路。反正那对我来说是没用的玩意儿，你想要就给你吧。"

沈如晚微怔："给我？"

神州的许多修士敝帚自珍，把自家的手段藏得严严实实的，像孟华胥的笔记这种东西，往往非亲传弟子不得观。

孟华胥好似十分不耐烦："我又没兴趣再搭理这玩意儿，拿着有什么用？左右我也是要把它扔掉的。"

沈如晚不语。

虽说孟华胥的口吻是轻描淡写的，但以他当初对七夜白耿耿于怀、愧疚到多年不敢见孟南柯的经历来看，只怕循着最初的思路培育出一种与七夜白截然不同的灵植一直都是他的执念。如今他愿意把新的笔记给沈如晚，相当于将希望寄托在沈如晚身上，期盼她能完成他未能做到的事。

沈如晚沉思了许久，直到孟华胥快憋不住了才慢慢地说："我的师尊是元让卿。"

孟华胥那么痛恨宁听澜和元让卿，曾经被这两个人蒙蔽，交出七夜白的培育之法，如今居然愿意把自己的笔记交给她？

孟华胥听到她这么说，又板起脸，强词夺理："话是这么说……可你不也杀了元让卿、制服了宁听澜？这么说来，你还是他们的仇人呢，我把笔记给你怎么了？"

沈如晚哑然。

"既然如此，那我便收下了。多谢前辈。"沈如晚说。

孟华胥哼了一声，背着手从镜子前走开了，只悠悠地留下一句尾音上扬的话："别忘了，改天让陈献这小子来尧皇城里拿！"

沈如晚对着镜子，不由得失笑。她把镜子还给陈献，转过头，不知怎么的，默默地看向了屋内。

屋内热热闹闹，佳肴满桌，浓郁的香味顺着热气飘出了窗缝。

"沈姐姐，开饭啦，赶紧来吧，今晚有鲢鱼汤。"章清昱从人群里看见她，笑眯眯地招手催促。

沈如晚一瞬间恍惚了，下一刻，肩被人轻轻地按住了。

"愣着做什么？走啊。"曲不询垂头看着她，悠悠地说。

沈如晚那纷乱的思绪便散了。

她回头看了一眼屋外的细雨，忽然说："十年前的除夕夜也有这样一场雨。"

曲不询挑起了眉，不明所以："是吗？那天发生了什么？"

沈如晚说到这里便停住了，凝神看了他一眼，忽然抿唇微微一笑，然后说："没什么，我就是忽然想起来那年的运气很好。"

她心想事成了。

"怎么说？"曲不询问。

沈如晚的笑意渐渐扩大，她笑盈盈地看了他好一会儿，直到把他看得摸不着头脑。她背起手，脚步轻快地走向屋内，只留下纤细笔挺的背影："没什么，走啊，吃饭去。"

曲不询一头雾水，站在原地看了她半天，最终叹了一口气，大步跟了上去。

二　风月相思夜

堂屋里闹哄哄的，除了陈献、章清昱，还有几个如靳师姐一般的同门。他们多年前便和沈如晚、曲不询关系不错，此时都聚在靳师姐和章清昱的身边，不知在看什么，七嘴八舌地说着话。

"它这么小，我们真的能给它喂这个吗？"

"我问了第四阁的师妹好几遍，它就是要喝这个的，不然根本长不大。"

"那给它喂一点儿试试吧，别喂太多了。"

沈如晚走近了才看清，靳师姐的怀里抱着一只狸奴。

"这猫是我从第四阁里抱来的，叫醒猫，是很稀罕的品种。这种猫从小便以酒代食，不食酒水便不能长大，不到两个月就要咽气。因此若想养醒猫，必须得给它喂酒。"

靳师姐见她走近，轻轻地抚着那只小狸奴，侧过身朝她靠近了一点儿。

沈如晚垂着手，隔着几步远的距离便停住，不再往前走了，目光在醒猫的身上轻飘飘地打转："还有这种猫？它看起来难养得很。"

靳师姐笑了："只要给它喂够了琼浆，这小东西便能健健康康地长大，很少有这样那样的病，已是极好养的了。这醒猫唯独有个麻烦——它以酒代食，却偏偏一沾酒水便要醉，稀里糊涂的，是个笨猫。"

沈如晚不远不近地垂眸看着靳师姐递过来的醒猫。

它小小的，只有半臂长，一团雪白，纯净无杂色，团在靳师姐的胳膊上，眼睛都睁不开，一副很困的样子。

"果然是只笨猫。"她把手背在身后，神色淡淡地说。

靳师姐见她全然没有想抱一抱这醒猫的意思，遗憾地收回手，转头又和章清昱凑在一块儿，商量究竟要给醒猫喂多少桂魄饮。

曲不询坐在窗边，抱臂看着她，轻笑："你喜欢狸奴？"

沈如晚想也不想便摇头："不喜欢。"

狸奴小小的、弱弱的，好似被随便碰一下便要伤了、死了，让人根本不敢碰，她有什么好喜欢的？

曲不询挑了挑眉。

"我说了不喜欢就是不喜欢。"沈如晚有点儿恼，瞪了他一眼。

曲不询点头："明白，明白。"

沈如晚轻轻地哼了一声。

那头，靳师姐和章清昱终于在几个同门屏息的气氛中把桂魄饮喂给了小醒猫，还时不时地发出些一小声的抽气声和惊叹——

"它好乖啊，一点点地喝掉桂魄饮，一点儿也不闹。"

"我也想去第四阁找熟人带一只醒猫回来，你们说这可行吗？"

沈如晚坐在窗下，隔着窗隐隐约约地听见了雨声。

窗外雨声"淅淅沥沥"，窗内同门谈笑风生，气氛静谧宁和得不像话，让她微微出神。

恍惚间，那头又传出了一阵惊呼声，把她的思绪打断了。她回过神来，朝那边望去，原先乖巧地伏在案上喝桂魄饮的小醒猫忽地一跃而起，撞在靳师姐的肩膀上，摇晃了一下，又猛地跳到了章清昱的胳膊上。

不过几个呼吸的工夫，围在边上的数个同门已被它踩了个遍，而它还在转着圈地上蹿下跳。

这些修为不错甚至已经结丹的修仙者此时都手忙脚乱，因小醒猫歪歪扭扭的姿势提心吊胆起来。

"笨猫！它才喝了几口就醉成这样，还以酒代食呢？！"靳师姐恼火得很。

醒猫自然听不懂靳师姐的抱怨，自顾自地上蹿下跳，活泼得过分。它跳了几下，忽然转身朝地面跳了下去，一路连跑带跳，竟朝窗边奔去了，最后在沈如晚的面前顿了一下。

沈如晚皱着眉头和纯白色的小猫对视，神色冷淡，好似要用眼神把它逼走。

靳师姐张了张嘴，又闭上了。

醒猫不远不近地看了沈如晚一会儿，忽地一跃，好似看不到她冷淡的眼神一般，跳到了她的膝上，尾巴一圈，歪倒在她的怀里。

沈如晚忽然僵住了，连脸颊都紧绷着，好似谁对她施了法术。

屋里一瞬间安静了下来。先前凑趣惊呼的同门忽然都噤声了，眨着眼，小心翼翼地看着她。

"把它弄走。"沈如晚的声音好似被拧紧了的发条。

靳师姐犹豫了一下，向前走了两步。没想到醒猫好似能听懂，尾巴一晃，一会儿跳到她的肩膀上，一会儿又拱进她的怀里。

沈如晚忍无可忍地伸出手，捏着醒猫的后脖颈往上提，还没用上力，醒猫便娇弱地朝她叫了一声，看上去很可怜，好似她一不小心便会把它弄伤。

沈如晚的手指突然使不上力了，她犹豫了一下，微微松手，醒猫便一扭身，再次钻进她的怀里。

堂屋里的人眼睁睁地看着这个画面，全都忍着笑。

"快弄走！"沈如晚眼神如刀，扫视一圈，最后将目光落在了曲不询的身上。

见沈如晚一直看着自己，曲不询叹了一口气，起身走到她的面前，弯下腰伸手一捞，将那醒猫轻巧地抱了过去，没用什么力，却让醒猫乖乖地伏在了他的手臂上。

"好了。"他垂头看着沈如晚，眼中含着一点儿笑意。

沈如晚好似忽然被解除了封印，长舒一口气，往后挪了挪，抿着唇恼火地看着那只醒猫。

靳师姐干咳一声，赶紧凑上来抱走了猫，叫沈如晚瞪也没处瞪，只能独自恼火。

曲不询看着沈如晚，眼神中尽是戏谑的笑意，沈如晚便不轻不重地踹了他的小腿一下。

曲不询耸了耸肩，回身去拿剩下的那坛桂魄饮，懒洋洋地在她旁边坐下，偏过头看她："你真的不喜欢猫？"

她要是真的不喜欢，何必束手束脚？以她的本事，一只狸奴还能叫她为难？

沈如晚烦他，板着脸说："不喜欢。"

曲不询低声笑了起来，也不再问，垂头给两个人各倒了一盏桂魄饮，递给沈如晚。沈如晚抿着唇瞥了他一眼，伸手接了过来。

"你还记得吧？当初在东仪岛上，你请我喝了一盏桂魄饮。"曲不询执着杯，慢慢地说。

她当然记得。

她怎么可能忘？

沈如晚默不作声，只是将杯盏凑到唇边，一点点地饮尽了桂魄饮。

曲不询偏头看她："你知道那时我在想些什么吗？"

沈如晚将目光落在了他的身上。

曲不询悠悠地说："我在想，究竟是她当真对我有意，还是我不免犯了穷酸男修最常见的毛病——自作多情？唉，我实在是拿不准，也猜不透。"

沈如晚伸手又给自己倒了一盏桂魄饮，意味深长地说："长孙师兄也有拿不准的时候？"

曲不询一哂："在你面前多的是。"

沈如晚微微翘起嘴角，微微倾身靠在他的肩上，懒懒地垂下眼，好似半入酣梦，声音也带着困意："那你后来怎么确定的？"

曲不询伸手揽住她，笑了，语气微妙："确定？我还以为你不过是想同我玩一玩，玩腻了便像扔个包袱一样把我甩掉。"

沈如晚忽然不作声了，好似真的睡着了，倚在曲不询的肩上，双目闭着，动也不动。

曲不询垂头看了她好一会儿，然后轻飘飘地笑了一声："你被我说准了是不是？"

沈如晚没动。

曲不询叹了一口气，不再说话，只是笑了笑，伸手摩挲过她的脑后，顺着她的背脊抚了抚。这个动作并不狎昵，反倒充满平和的力量，力量与温度一起传递给她，让她生出恬适之感。

曲不询的这个样子与他恣意索取时分明是两种人。

沈如晚抬起手，搭在他的肩上，整个人埋进了他的怀里。她其实没饮几口桂魄饮，可是无端地微醺起来，醉眼蒙眬地靠在曲不询的身上。

"我头晕，好像醉了。"她说。

曲不询的手微微一顿，他笑着说："醉了？不是吧？你才饮了一盏。"

沈如晚当然知道自己才饮了一盏，以她的修为和酒量，绝不至于饮一盏便醉。

"不是你说的？酒不醉人人自醉。"

曲不询微怔。

沈如晚把头埋在他的肩上，轻轻地笑了起来。过了好一会儿，她的声音才轻轻地顺着他的肌与骨传递到他的耳边："这是我过得最开心的一年。"

曲不询沉默地抚了抚她的鬓发，忽然好像按捺不住一般攥住她的手腕，把她拉了起来。

沈如晚怔怔地看着他，还没问他干什么便被他拉出了门。

夜雨绵绵，可鞭炮声、烟火声始终不歇。

"我记得有一年你在那个地方放烟火，火树银花，灿若星辉。那时我就想，往后年年都有这样的烟火就好了。"曲不询遥遥地指着绵延的群峰说。

沈如晚诧异："原来你也看见了？"

曲不询"嗯"了一声："可惜后来我再没见过你放烟火。"

沈如晚不言语了。

再往后，她以为七姐已死，无人共点烟火，还凑什么热闹？

她本就不爱这般热闹，可如今听曲不询这么说，又忽然心生遗憾。

"我现在去买烟火来点给你看？"她有些犹豫。

曲不询笑了，说："不必这么麻烦，我如今的心愿不一样了。"

沈如晚看着他："是什么？"

曲不询偏过头看她，只是笑。

沈如晚一开始蹙眉，可对上他含笑的眼睛，不知怎的便明白了，嗔怒地瞪了他一眼。

曲不询微微垂首，吻了上去。

头顶，细雨绵绵，数不清的烟火蹿上云霄。烟火映在空室的门板前，是那缠绵温热的吻的唯一见证。

三　同心谅难隔

沈如晚和曲不询决定离开蓬山，去寻那不知沉入海中多少年的瀛洲。这个消息一出，便在蓬山引起了轩然大波。

一时间，众人议论纷纷，爱揣度的弟子在背后琢磨他们究竟是什么意思，慕权势的弟子根本不信他们真的能舍得如今的地位，与他们亲近的弟子则一波又一波地来劝他们打消这个离奇的念头。唯有真正与他们无关的修士只把这个传闻当作趣事来听，偶尔发出一声感叹：这般声势与地位，他们竟能说放下就放下？

众人叹过、琢磨过、揣度过，到最后只剩下复杂的滋味：世人都说神仙好，唯有功名忘不了。若人皆如是也就罢了，可偏偏有人对功名弃如敝屣，如何不让他们这些修得神通却不释凡心的人怅然若失？

"你真要走？"靳师姐问。

靳师姐是一个人来的，避开了人潮，默默地等在沈如晚的门外。她与沈如晚见了面也不做铺垫，直接发问。

沈如晚轻轻地点了一下头："七姐……也许瀛洲有能让沈晴谙醒来的遗方。"

靳师姐道了一声："果然。"

看她的神态，她似乎对沈如晚的答案没有感到半点儿意外。

沈如晚张了张口，想问什么，可还没开口就先摇头失笑了。

她对沈晴谙爱恨难辨，可终归难以放下深深的思念。她自己当局者迷，难道旁人还看不出来吗？靳师姐早就认得她们姐妹俩，怎么可能猜不透她的心思？

沈如晚与靳师姐心照不宣，有一种无可再说也不必再说的意味。

"长孙寒和你一起去？他愿意？"靳师姐问。

沈如晚怔了一下，说："是。"

靳师姐露出了错愕的表情，顿了顿，说："没想到他这样的人竟也是个情种。沈师妹，你是有一手的。"

说到末尾，靳师姐不免打趣起来。

见沈如晚白了自己一眼，靳师姐"哈哈"地笑了起来，乐不可支："当初我还对沈晴谙说，你们姐妹俩真是不一样，她换了好些男伴，你却对男人一点儿兴趣也没有。没想到你是不鸣则已，一鸣惊人，多少同门暗暗地思慕的首徒到你的面前就死心塌地了。不知沈晴谙看见你们会是什么反应。"

其实七姐早就猜到她暗暗地恋慕长孙寒了，可那时她并没有行动，平时也没有和长孙师兄打交道的机会。七姐鼓动了她好几回，她始终没下文。

倘若那时她真的和长孙寒认识，甚至两个人当真在一起了，七姐又会是什么反应呢？沈如晚想着，微微出神。

靳师姐随口问下去："这么说来，你和他已结了同心契？你们什么时候办的结契礼？"

同心契是修士道侣间最常见的灵契，一旦结下，双方将共享部分感知，一方发生危险，另一方即使远在天涯海角也能有所感应。最契合者甚至能靠同心契辨别道侣的方向，如为一体。

普通的同心契自然没这么玄乎，双方只能隐约有所感应，充其量生出一种冥冥之中的亲密感而已。

同心契的缔结方式有些繁杂，但并没有太大的难度，无论是结契还是解契都很方便，即使是刚刚引气入体的小修士也能做成。故而对于修仙界来说，结下了同心契才是真正的道侣。

从前《半月摘》称沈如晚和曲不询是道侣，再加上他们行事亲密，且从未否认过，大家便默认他们已结下同心契了。此时靳师姐随口一问，竟把沈如晚问住了。

沈如晚顿了一下，答道："没有。"

靳师姐惊愕起来："他没同你结契，就愿意抛下他在蓬山的声势，跟着你一同寻访瀛洲？"

换句话来说，两个人的关系都到这一步了，他们竟然还没结同心契？

沈如晚答不上来。

"有没有结同心契很重要吗？两个人同心不同心是一个灵契能改变的事吗？"她神色淡淡地问。

靳师姐看着沈如晚，觉得她是当真不太把同心契放在心上，也从来不觉得结契有什么必要。

"怪不得。"靳师姐喃喃道，笑了笑，"想来他也是看出了你的想法，所以从来不在你面前提此事。"

沈如晚微怔。

她确实不在乎有没有同心契，也不觉得这灵契有多大的意义，可曲不询呢？

沈如晚问起此事的时候，曲不询正好端着茶盏。他听见这个问题，握着茶盏的手顿了一下，又不动声色地将茶盏放回到桌上，抬起头时神色如常："你怎么突然问起这个？"

沈如晚凝神看着他，佯装随意的样子说："没什么，我今天听人说起这件事，随口问一问，你觉得怎么样？"

曲不询观察着她的神色，沉思了片刻，然后语气和缓地说："有利有弊。"

沈如晚盯着他，没什么情绪地说："是吗？原来你是这么想的。"

曲不询神态自若，不疾不徐地说："结了同心契的道侣自然要比结契前更亲密些，但也没传闻中说的那么玄乎，离心意相通差远了。大多数道侣结契前后没什么区别的。"

沈如晚缄默了片刻，然后答非所问一般说："我觉得你说得有道理，两个人倘若真的情投意合，有没有结同心契又有什么关系？一重灵契改变不了什么，反倒让两个人多了羁绊，多此一举，实在没必要。"

曲不询默然，过了很久才慢慢地说："人生在世本如无定浮萍，有时与人多些羁绊，未必不是好事。"

见沈如晚不语，曲不询半笑半叹，摇了摇头："我不过是随口一说。"

沈如晚抬眸问他："师兄，你分明是想和我结同心契的，可为什么从来没和我说呢？"她的目光映在烛光里，如春水幽泉，清冷却绵长。

曲不询无言，出神地凝视着她，什么也没说，只是微微地笑了。

"为什么？"沈如晚固执地追问。

曲不询轻声笑了起来，语气平和舒缓："沈师妹，刚才你也说过，结了同心契的两个人便会生出牵绊。你看，我孑然一身，是个无所牵绊的人。"

他唯一执着的牵绊不已经在眼前了吗？

"问题是你愿不愿意让我做你的牵绊呢？这取决于你，沈师妹。"他问沈如晚。

沈如晚盯着他："如果我不愿意呢？"

曲不询笑了："那我就不会提一个字。"

他也确实是这么做的。

可沈如晚不明白："当初是谁跟我说，他死也不会放手？"

曲不询重新靠回椅背上，指节轻敲桌案，笑了起来："不着急和放手可不是一回事。你当我自作多情也无妨，我情愿相信你总会有那么一天是愿意的。"

见沈如晚也斜着眼睛看过来，曲不询便收起笑意，脸上再无半点儿戏谑之色，专注至极地看着她，很慢地说："我想要你心甘情愿、义无反顾，一旦决定便绝不后悔。一如我对你。"

沈如晚出神一般和他对视，过了半晌才垂下眼，不知心里是什么滋味："你这人真是当局者迷。"

曲不询愣了愣。

"你是孑然一身，我难道就不是？我是你的牵绊，难道你就不是我的牵绊？"沈如晚问，然后伸出手，越过中间的桌案轻轻地抚过他的鬓角，摩挲他的脸颊，目光清澈温煦，"师兄，你一直都是我的牵绊。"

自始至终，他一直都是。

曲不询伸手揽上她的腰，将她带过来坐在自己的腿上，垂下头，唇轻轻地蹭过她的耳垂，低声问："你的意思是……你愿意？"

沈如晚微微翘起嘴角，将头靠在他的颈边，声音闷闷的，轻轻地说："我怎么会不愿意？你可是长孙师兄啊。"

曲不询什么也没说，只是揽在她腰上的手一寸一寸地收紧，呼吸声沉了下去，心隔着胸腔跳了一下又一下。

沈如晚静静地听着他的心跳，轻笑一声，有一种说不出的轻快和憧憬之意："如果我们能早点儿认识彼此就好了。如果那次你没被叫走，我真的见到并认识你了，事情会怎么样？"

曲不询沉默了片刻，也开始和她一起漫无边际地遐想起来："也许我对你一见钟情，可自觉唐突，就做出若无其事的样子，没话找话地搭讪。"

沈如晚抬起头看着他，曲不询就挑着眉问："怎么？"

"没什么。我只是在怀疑，以长孙师兄的脑袋瓜，他究竟能不能想明白自己是一见钟情。"沈如晚似笑非笑地说。

他哑口无言,半晌才抗议:"这谁说得准?开窍不过是一念之间的事,说不定我那时一下子就能明白自己的心意呢?"

沈如晚伏在他的肩上笑个不停,就是不说话。

烛影摇晃,灯火静谧,隔开不相干的春花秋月,映照在彼此的眉眼上。流年暗度,兜兜转转,一切又回到了当年的模样。

这一日春光正晴,璀璨明媚,正是一年中最好的时节。

今日的蓬山也并未辜负这大好晴光,到处喜气洋洋、张灯结彩,蓬山弟子的脸上也有笑意,颇有年节也比不上的热闹劲。

一男一女并肩站在山道前,颇为好奇地打量着这些笑嘻嘻地走过的弟子。

"这位同门,我想问,最近宗门里是有什么好事发生吗?我久未归宗,一回来就发现大家好似都十分欢悦,有些不解。"男修伸手拦住两个弟子问。

被拦下的弟子一开始还十分疑惑,听他这般自我介绍,立刻便笑了起来:"原来两位是刚回宗门的师兄师姐。要说宗门里有什么好事发生,那倒也不算,我们这么高兴是因为今日是沈副阁主和长孙师叔的结契礼。"

男修惊讶地道:"什么?今日就是他们的结契礼吗?我怎么听说是明日?"

被拦下的弟子打量起这对男女来。

这两个人俱十分出众,男修容貌韶秀,女修清丽出尘,真是一对璧人。美中不足的是,男修看起来满面风霜,不免容光减损;女修虽清丽,可细看起来,总叫人觉得怪怪的,好似……不是个活人,反倒像一尊完美的傀儡。

"肯定是你们记错了,要么就是告诉你们这消息的人说错了。"被拦下的弟子说得很笃定。

全宗门的弟子都知道沈如晚和长孙寒的结契礼在今日。

小弟子考虑到这两个人的年纪,觉得他们也许早年就与长孙寒和沈如晚师叔相识了,这才会不远万里地赶回宗门参加结契礼。于是他好心地说:"两位师兄师姐,你们若要去参加结契礼,一定要赶早。我听我师姐说,有好多人都想去凑个热闹呢——没办法,自从沈师叔和长孙师叔拨乱反正,重归宗门,宗门内的崇拜者便不计其数,有这样的喜事,大家必然要凑热闹。"

男修听这小弟子说"告诉你们这消息的人说错了",似乎格外想反驳,但忍住了,耐心地听小弟子说完,笑道:"这位师弟,多谢你,我们明白了。"

小弟子自觉日行一善,积攒了一件功德,挥了挥手,毫不在意地走了。

一直没说话的女修站在原地,和男修并肩看着那小弟子远去,轻声笑了起来:

"你们蓬山的人确实很有意思。"

男修郁闷地摇头:"真是奇怪了,老寒这家伙到底在搞什么?他分明和我说明天才是他的结契礼,怎么变成了今天?难道他自己还能记错日子?沈师妹不会被气得给他一剑吧?"

钟盈袖轻笑,说:"你们修士真有意思。两个人只要相爱不就够了,为什么还要用灵契来约束彼此?两个人倘若会反悔,何必有灵契?倘若不会反悔,又何必有灵契?彼此有了灵契,为什么要结契礼,为什么要做给别人看,弄得尽人皆知?"

男修士听到这里,不觉偏过头看她。

这一对宛如璧人的男女修士便是邵元康和钟盈袖。

自从灵女峰险些崩塌,钟盈袖的元灵被收入镜匣中,邵元康便带着镜匣和傀儡离开了钟神山。他花费了许多时日和精力,终于让钟盈袖的元灵得到滋养,让她能够如常人一般行动,看起来就像个普通修士。

他们两个人此后就在神州大地上到处游历,游山玩水,见了许多修士这辈子无缘得见的名山大川和壮美奇景,真正过上了凡人所说的神仙日子。

由于他们行踪不定,这回曲不询费了好一番功夫追寻他们的行迹,又借助了《半月摘》,这才联系上他们俩。

邵元康和钟盈袖商量之后便动身赶往蓬山,本来算好了提前一天到,却没想到这小弟子说结契礼就在今天。

"我们情投意合、心心相印,确实不需要同心契来证明。不过呢,我们还是要允许这世间有凡夫俗子需要通过一道同心契来证明彼此相爱,盛大的结契礼也能让彼此的亲朋好友见证、分享这份喜悦。"邵元康止不住笑意,样子十分得意。

两个人因为真心相爱才会大费周章地结下灵契、举行仪式。不是灵契和仪式成就了相爱和喜悦,是相爱和欢喜造就了灵契和仪式。

钟盈袖若有所思,轻声说:"人类修士真有意思,不过,也非常可爱。"

邵元康不自觉地看着她,满足地微笑起来。

既然刚才那个小弟子说这场结契礼会非常热闹,邵元康和钟盈袖便不再犹豫,顺着他指的方向朝举行结契礼的地方走去了。

邵元康顺着石板路向前走着,在诡异的沉默氛围中竟无端地生出了一种深深的惆怅感,嘀咕起来:"没想到啊,一晃眼这么多年过去了,老寒竟然要在这里办结契礼了。"

钟盈袖偏过头看他。

"修士间情投意合、结为道侣是很常见的事,宗门内经常有同门办结契礼。当初我们才十多岁的时候,每次路过这里,总能遇到同门办结契礼。那时候我们哪里懂什么情爱？我们就是俩傻子，还拿对方取笑。"邵元康思绪悠远地说道。

他们取笑什么？无非是彼此取笑以后也各自和道侣站在这里，当个呆瓜。

现在回想起来，邵元康也搞不明白当初他们究竟在笑什么，好似春心萌动就是什么笑料，彼此都信誓旦旦地说自己无心谈情说爱，只想好好地修炼。

当时就数长孙寒说得最坚定，他说自己一心向剑道，不可能在这些琐事上费心。谁能想到，十多年后，他倒是在这里大办结契礼了。

"哈，等会儿我见了他，一定得好好地取笑他一番！谁叫这小子当初说得有鼻子有眼的，把我都唬住了？当初他还说，在这里办结契礼的人被那么多人看着，活像个呆瓜，现在自己还不是屁颠屁颠地来当呆瓜了？"邵元康一想起往事就乐不可支，直拍大腿。

什么叫现世报啊？

蓬山弟子在宗门内办结契礼，往往会选在山谷中，视亲友的人数来定场地，亲友多些就凑个大一点儿的场地，倘若人少就凑个小场。邵元康以前参加过几次同门的结契礼，这次熟门熟路地走过去，却不由得一怔，只见山谷中人山人海，俱是往来的人。山谷内倒算秩序井然，只是有人在山谷的入口处支了个小摊子，蹲着卖点儿瓜子和核桃等炒货。

"这是干吗呢？"邵元康不由得迷惑起来。

这场面他怎么看也不像结契礼的样子啊，反倒像什么宗门活动。

"两位师兄师姐，要不要尝尝百味塔大厨特供的鸭货？这东西您带到哪儿都能吃，很方便的。"他站在那儿满脸迷惑，周遭的同门却很热情，主动凑过来问他和钟盈袖。

"大家在这里面是做什么？里面是宗门的什么集会吗？"邵元康不太确定地问。

"什么呀，你们还不知道吗？长孙师叔和沈师叔今日办结契礼啊。"同门笑了起来。

邵元康当然知道，就是因为知道才更迷惑——结契礼怎么被搞成这样了？这里的人未免太多了！

"嗐，这不是大家都想来热闹一下，给两位师叔的结契礼添点儿喜气嘛！"同门熟练地掏出一袋鸭货递到两个人的面前，动作之行云流水很难不让人怀疑她究竟是真的来凑结契礼的热闹的，还是看准机会专门来赚一笔的。

邵元康露出一言难尽的表情，默默地掏出灵石，从同门的手中取过那袋轻飘飘的、说不上里面究竟装了几块鸭货的袋子，千言万语汇成一句话："这场面确实是很热闹啊。"

就是不知道沈如晚和曲不询面对这样的热闹场面会露出什么样的表情。他们能笑出来吗？

　　沈如晚立在山谷的入口，扶了扶鬓边的轻纱，错愕地道："怎么这么多人啊？我只找了几个旧日的同门，没找别人啊。"

　　这头饰章清昱非要给她戴上，薄薄的，叠在一起像振翅欲飞的蝶。

　　沈如晚觉得，既然决定了要和曲不询结同心契，干脆连结契礼一起准备上。她做决定一向很快，于是和曲不询商议好私下筹备一个结契礼，只邀请过去相熟的同门和亲故，不必大张旗鼓、兴师动众。

　　两个人筹划了小半年，请帖都送完了——就连与钟盈袖一道云游四海的邵元康都收到了请柬——万事俱备，只差那一日到来了。谁知这时枝节横生，沈如晚和曲不询要结同心契、在宗门内操办结契礼的事不知被谁传了出去，经过两三个月的发酵，整个蓬山无人不知，无人不晓，传着传着就变成沈如晚和曲不询要请整个蓬山的所有同门一起参加结契礼了。

　　流言误人，沈如晚和曲不询知道的时候已经被传得沸沸扬扬了，大家都喜气洋洋地等着来凑热闹了。无奈之下，他们俩只得于原定的结契礼之外提前一天再办一场，但凡是愿意来捧场的蓬山同门都欢迎，而原先定下的结契礼仍不变，依旧只邀请相熟的同门。

　　这般两设结契礼实在是名气所累的无奈之举，沈如晚一边更改计划，一边不免思考究竟会有多少同门愿意来凑这个热闹。直到站在这里，看见满山谷的人影，她才有一种难以置信之感——蓬山竟然真的有这么多闲得没事干的同门，为了两个有名气却不熟悉的人的结契礼而耗费自己的时间。

　　"蓬山的课业还是太少了。"她沉思，得出了结论。

　　话是这么说，可她眉眼微弯，并不像在生气。

　　沈如晚其实不排斥热闹，只是觉得没有必要为此兴师动众。但事已至此，同门愿意给面子捧场，她欣然接受。

　　曲不询和她并肩站在山谷的入口处，远远地望去，看到满山谷都是宗门弟子，有人指挥着，倒算是有秩序。

　　曲不询微微挑眉："这些人……又自作主张了。"

　　虽然说着自作主张，可他垂下头低声笑了起来，哪里有不悦的意思？

　　沈如晚扭过脸乜斜他一眼，神色淡淡地说："瞎凑热闹。"

　　她说着，伸出手来，弯起指节在曲不询的脑门上敲了一下，根本没用力，更别提敲疼他了。

　　曲不询一抬手就握住了她的手，好气又好笑地道："又不是我在凑热闹。"

沈如晚也不和他较劲，任由他将自己的手拢在掌心里，轻轻地哼了一声："都是因为你才惹来这么多人凑热闹。"

曲不询抗议："这些人到底是为我来的还是为你来的？你的名头可比我的更响亮。"

他这话说得没错。如今神州中名声最盛的修士自然是大名鼎鼎的碎婴剑主，长孙寒的名气也响亮，但传闻中沈如晚的传奇更胜一筹。

沈如晚没忍住，轻笑起来："好吧，算你说得对，咱们都不清白，一半一半。"

曲不询微微收紧了拢着她的手，似笑非笑地道："沈师妹，你是会说话的。"

沈如晚垂眸笑了，抬手带着曲不询的手一起凑到他的颊边，轻轻地刮了一下，说："我会不会说话，你不是最知道吗？"

曲不询装模作样地沉思了片刻，然后说："我看沈师妹是很会说话的，总能知道别人想听什么、不想听什么，然后专拣别人不爱听的那些说。"

沈如晚瞪他，拖长了声音，但其实不怎么生气："是吗？你知道就好。"

"我知道这个，也知道你真正想说什么。我若说全不放在心上，半点儿脾气也没有，那就是说假话了。我一样有脾气，算不上永远豁达的善人。"曲不询微微颔首，语调平和，有一种深沉至极反倒悠然的洒脱感。

沈如晚不觉凝神看向他。朝晖缱绻地勾勒出他的眉目，他微微笑着，嘴角带着一点儿弧度，好像拨开厚重的雪后露出的一抹温润的玉色。

"可我比谁都知道你是什么样的人。你身上的温存也好，冷漠也罢，都是沈如晚这个人的一面，交缠在一起成了你。我若只去享受你的好，却不想消受你的另一面，那才是枉屈了沈如晚这个人。"

沈如晚不怕别人说她不好，也不屑于遮掩和伪装。旁人究竟喜不喜欢她，她都不搭理，就是这样骄傲。

沈如晚静静地凝视着曲不询，半笑半叹，声音轻如飘絮，柔肠百转，还有一点儿慵懒的嗔怪意味："曲不询啊曲不询，你这个人一旦想说好听话，永远不会有人讨厌你。你就算是给我灌了迷魂汤，我也尝不出来。"

曲不询笑了起来："实不相瞒，其实我每天都会给你灌上一碗迷魂汤，一天不落，只是你没察觉罢了。"

沈如晚挑起眉，看他这回又能说出什么歪理来。

曲不询说得一本正经："我最初当曲不询的时候，沈师妹是半点儿不把我看在眼里。可从东仪岛到碎琼里，再到钟神山，我在沈师妹的心里几乎可以和长孙寒相提并论了，这其中的变化自然是因为我每日都要偷偷地给你灌下一碗迷魂汤，让你对我神魂颠倒。不然，我是凭什么让沈师妹看上的？"

沈如晚的眉毛几乎要翘到天上去了，她强忍着不笑，只意味深长地盯着他："你这么说倒确实有点儿道理。"

曲不询颔首："再者说，既然曲不询也不过如此，那长孙寒又能有什么过人之处？二者不过是一丘之貉，凭什么让沈师妹一见倾心？所以是这迷魂汤让我侥幸得到了沈师妹的留意。"

沈如晚实在忍不住了，垂下头，笑得眉眼弯弯，可语气还是学他一样绷着，淡淡的："我竟然从来没想到这个问题，如今被你这么一说才发现其中确实颇多蹊跷，看来是该好好地琢磨一下了。"

曲不询拇指微动，慢慢地摩挲过她的掌心，低声笑了："那么，被我点明了，你总该想明白了？"

沈如晚叹了一口气，抬起头，五指微微张开，与曲不询的手深深地交握。她倾身向前，一只手贴在他的颊边，将他拉得近了些，轻轻地在他的嘴角处吻了一下。

她看着他近在咫尺的眼睛，说："无论是曲不询还是长孙寒，我都喜欢。我就是喜欢你这个人，想要和你在一起，不必你费力给我灌迷魂汤。"她轻声笑了，像淡淡的风，"长孙师兄，曲师兄，你满意了吗？我就是喜欢你啊。"

"好，我记住了，永远不会忘。"曲不询紧紧地盯着她的眼睛说，声音有些喑哑，比平时更低沉，像冰面下汹涌的江流。

沈如晚歪了歪头，靠在他的肩上，样子懒散："你这人真是的，我都愿意和你结同心契了，你还怕我不够喜欢你吗？"

"我本来不是患得患失的性子。"他笑了，懒洋洋地耸了耸肩，"不过你要是愿意说喜欢我，我永远不会嫌多。"

沈如晚埋在他的肩窝里轻轻地笑了。

春日风闲，拂过鬓边，不知吹动了谁的发丝，发丝袅袅地纠缠在一起，在风中缠绵。

不远处，相熟的同门隐约呼唤："沈师妹？长孙师兄？这两个人来了吗？他们在哪儿呢？结契礼都快开始了，他们怎么不见人影？谁去找找……"

他们两个人竟把正事忘了。

沈如晚抬起头，和曲不询对视一眼，谁也没忍住，翘起嘴角笑了起来。

山谷中，邵元康和钟盈袖已在同门的引导下坐进席间。邵元康不欲拿沈如晚和曲不询的旧友的名号摆谱，只当自己是个寻常来凑热闹的同门，与其他或眼熟或全然陌生的面孔坐在一起，在热热闹闹的交谈中又找回了几分当初年少青春时挤在人群里和同伴无拘无束地闲聊的感觉。

此时结契礼还未开始，周围的小弟子兴许本来就互相认识，便坐在一起嘀嘀咕咕地谈论着不知从哪里听来的传闻。

"听说长孙师叔在宗门里时就暗暗地倾慕沈师叔,可惜沈师叔一心修炼,无心谈情说爱,长孙师叔纵然有一片痴心,也只得默默地放下。后来长孙师叔阴错阳差遇上了七夜白的事,和沈师叔又有了新的缘分,两个人相知相守,这才慢慢地走到一起。"

"原来是这样。我之前听我师姐说,长孙师叔当时在宗门内威望极高,有许多仰慕他的同门,要不是事发突然,也不会那般轻易地被扣上堕魔叛徒的帽子。如果长孙师叔真是对沈师叔求而不得,说起来这也能算是一件幸事——若非如此,沈师叔怎么会了解他是个什么样的人呢?沈师叔若是一点儿都不了解他,自然也谈不上信任他了。"

"我听说的版本怎么和你们的都不一样?我听说长孙师叔和沈师叔从前在宗门内就是一对眷侣,情投意合,两情相悦。不过沈师叔的身世和师承较为复杂,沈师叔碍于亲情与师徒情分,只得将两个人的关系深深地掩藏起来,除了最要好的几个亲友,谁也不知道他们俩是一对。后来出了七夜白那档子事,宁听澜派沈师叔去缉杀长孙师叔,谁知坏事反倒成了好事,眷侣携手隐姓埋名十年,这才把七夜白的真相查明。"

这截然不同的论调立时引起前面几个同门的追问:"你这是从哪里听说的?可信吗?"

"怎么会不可信?我去参道堂的时候亲耳听一个同门师弟说的。据说这个师弟在参道堂里和那个陈献跟着同一位授课师长学剑道——陈献你们都知道吧?他就是那个《瑶光陈献奇遇记》里的陈献,运气特别好,被长孙师叔收为弟子。二人既然同堂学艺,平时自然会有交流,陈献肯定会随口提起一些长孙师叔和沈师叔的旧事,所以我才说我的消息可靠。"

这个消息来源一下子说服了其余同门,消息被转手的次数最少,还能追溯到消息的源头姓甚名谁,比从其他地方听到的传闻可靠多了。

同门纷纷惊叹起来:"原来真相竟是这样的!这么说来,当初沈师叔和长孙师叔明明两情相悦,却只能在暗中倾诉衷肠,除零星几个亲友以外对谁也不能说,明面上还要装得好似陌生人,这未免太折磨人了!"

"可不是吗?我估摸着,长孙师叔就是因为难以压抑感情,在人前不经意间流露出了几分心绪,在外人的眼中才成了单恋沈师叔而不得。"

众人说着说着,发现两种传闻居然能联系上,大呼:"怪不得啊!对上了!对上了!估计真相就是这样了!"

好不容易靠只言片语推理出了"真相",所有人都觉得心满意足,懒洋洋地摊在座位上,满足地发出最后的感慨:"唉,长孙师叔和沈师叔这些年实在是不容易啊,好在有情人终成眷属。"

"是啊，真好啊！"

邵元康坐在中间一言不发，从头到尾地听完了这番讨论，低着头，笑得肩膀一颤一颤的。他要不是最了解过去的真相的人，还真信了！

一晃这么多年过去，蓬山弟子瞎编胡猜、乱传谣言的功力不减当年啊。

山谷的正中央，正被无数蓬山的同门、过去的亲故，甚至是修仙界中千千万万不曾相识的修士们挂在嘴边反复地谈论的那两个人迎着日光，一步一步地走近了。

无论过去、现在与未来，无论他们走到哪里，总有无数谣言和议论如影随形。然而他们过去曾经、现在依然、未来也将如是前行，同行为伴，永不止歇。

山谷里忽然静到极致，不闻杂声，只有他们彼此交错的声音，缠绵到终古："同心谅难隔，魂魄终相随。"

邵元康坐在席间远远地看着。晴光太炫目，他不知怎么的竟湿了眼眶，恍惚想起了韶年时光，多少光阴流转而去，如今青山依旧。

春生青谷，惠风和畅，人间正是樱笋年光。

番外二 樱笋时

  阳春三月，蓬山即使终年天气晴朗，到了春日也透出一股其他时节不会有的生机勃勃之意。临风杨柳自依依，就连进出百味塔的蓬山弟子们也好似比平时更轻松了些。

  长孙寒顺着逐渐稠密的人潮朝百味塔内走去。

  正值饭点，他赶了个早，在参道堂课罢、小弟子们蜂拥挤入前到达，进门时见到还有不少空位。

  "老寒，这边！"

  邵元康这个大嗓门坐在靠窗的位子上远远地朝他招手，洪亮的声音引得不少落座的同门看过来。他们发觉被招呼的人竟是如今风头正盛的新任首徒时，不由得都朝长孙寒点头致意。

  长孙寒早就习惯了，神色平静地一一颔首致意，待走到邵元康跟前时，已不知和多少认识或不认识的同门打过招呼了。

  "啧啧，你可真是咱们蓬山一等一的风云人物、出个门都声势浩大的大忙人啊。"邵元康摇头晃脑地损他，一转头，又对着身侧的人说话："沈师妹，你可是见到了，如今我想见这小子一面还挺难。"

  长孙寒懒得理这人，目光一转，落在了邵元康身侧那位沈师妹的身上。

  "长孙师兄好，我是沈如晚，是第九阁的弟子。我听邵师兄说你们要在百味塔中小聚，过来凑凑热闹。"沈如晚朝长孙寒很轻地翘了一下嘴角，笑意浅浅，别样矜持娴静。

  这是很寻常的事。自从他拜入剑阁，便经常有同门想结识他，如今他成了首徒，这样的事便越发常见了。有些人有意攀附，有些人则只是单纯地想多交个朋友，无论对方究竟是何来意，长孙寒都寻常视之。

可这回，他的目光凝在沈如晚的脸上，不知怎么的，竟比平常看人时更久了些。

"沈师妹，幸会。"

从凝眸到回神其实不过是一晃神的工夫，除了他自己，谁也没发觉克己自持的首徒长孙寒有这么一瞬失礼的样子。

长孙寒从容地朝沈如晚微微颔首："七政厅的琐事繁多，我来迟了，让你们久等了。"

沈如晚朝他笑了笑，没说话，唯有垂在袖中的手的指尖一下下地捻着。

"走走走，我们就等你了，人终于来齐了。"邵元康招呼他们朝桌边走。

今日众人说是小聚，其实是给长孙寒庆生的。关系亲近的朋友都知道长孙寒是被敬贤堂的前辈养大的弃婴，具体生辰不详，只知在三月，因而他们每年小聚并不挑日子，只要在三月就算表达了心意。

桌边三五个同门都是长孙寒的熟人，细究起来，只有沈如晚与他们是刚认识。那几个同门落座后，桌边只剩下了三个位子。

按理说，邵元康把沈如晚带来，应当坐在中间，这样才好照应两边的人，这是大家根本不需要特意商量的事。可今日邵元康也不知是怎么回事，竟一点儿眼力见也没有，直直地朝最边上的位子走了过去，一把拉开椅子坐了下来，还很自然地转头招呼他们俩："快点儿啊。"

长孙寒脚步一顿，偏过头看了沈如晚一眼。

"邵师兄，你坐错位子了吧？那是我的位子，方才你坐的是这个位子。"沈如晚微微错愕，唇边含笑，朝中间的位子指了一下。

邵元康好似听不明白一般："这不都是一样的椅子吗？咱们随便坐啊。"

沈如晚张了张口，仿佛十分苦恼，回头飞快地看了长孙寒一眼，又转过头去："你和长孙师兄不是更熟悉吗？"

邵元康指了指身边的另一个同门，答得理直气壮："那我和小路也熟啊。"

长孙寒看见沈如晚悄悄地瞪了邵元康一眼。他叹了一口气，神色平静地拉开另一侧的椅子，把中间的位子留给沈如晚："沈师妹，坐吧。"

沈如晚虽然不知道邵元康这家伙究竟在搞什么鬼，但就这么僵在桌边也不是个事。反正这桌都是她不熟悉的人，她只要和邵元康坐在一起就行了。

她攥着指尖，轻轻地点了一下头。

"哎呀，没事，沈师妹，你别把什么首徒不首徒的当回事，就把他当作一个普通的剑阁弟子。老寒这人没啥优点，就是脾气好，你别怕他。"邵元康大大咧咧地说。

没啥优点的长孙寒意味深长地瞥了他一眼。

桌上的气氛慢慢地热络起来，众人先贺长孙寒的生辰，往后便是你一言我一语，天南海北地胡侃。

长孙寒其实不怎么爱出风头，只是执杯静静地坐着，把一桌人的神态都收入眼底。偶尔他开口便立刻引来大家的注目，大家各自把话头放下，专心听他说话。

沈如晚也不怎么说话，神色安适，目光一直落在正说话的同门身上，专注极了。别人即使只是在一旁瞧着她，都会生出一种艳羡的想法，恨不得自己变成那个被她凝神倾听的人，被她用那般目光注视着。

除了邵元康，在座的人都和她不熟悉。可多了这么个陌生的面孔，竟没人觉得不自在。偶尔她接话，还让人觉得恰到好处。

长孙寒神色沉静，目光扫过她的颊边，想起前段时间邵元康就提起过这位第九阁的沈师妹。邵元康说她玲珑心思，真是十分精准。

"沈师妹，你和老邵是怎么认识的？"他忽然问沈如晚。

沈如晚出乎意料地转过头看他，清澈的眼瞳映着他的面孔，里面有说不出的讶异之色。他忽然意识到，这是沈如晚落座后第一次正眼瞧他。在此之前，她只是偶尔在他说话时偏过头来，目光似有似无地落在他的身上，好似在凝神倾听，可又不像听旁人说话时那样专注。

"我和邵师兄是在丹阁的夜会上认识的。我恰好在培育灵植上有些心得。"沈如晚的声音轻轻的，像落在花叶上的细碎的雪，轻盈纯净，转瞬就要消融。

丹阁的夜会小有名气，由第十二阁的弟子组织，宗门弟子可以在夜会上交易丹药、灵草，需要什么稀罕的丹药，可以带着药方去物色炼丹师。

邵元康在旁边一摆手，说："沈师妹还是太谦虚了，你可是我见过的最有天赋的灵植师，哪是一句'有些心得'能概括的？"

长孙寒压住欲挑起的眉头，心想：得了，邵元康奇怪的态度算是有了因由。要说这家伙不是为了得到更好的灵药而加倍讨好灵植师，鬼都不信。

可是邵元康把沈如晚带到他的面前，究竟又是在打什么主意？沈师妹若有求于他或是真心地想认识他，为什么都不正眼看他？

沈如晚见他不再问，便也不再说话了，朝他很浅地笑了一下，又转过头，只留给他侧影。

琢磨不透，他很快就把这事放下了——他总会知道的。

浮光掠影般的思绪在他的脑海里转瞬即逝，好像冰消雪融，除了一道清凉的水痕，没留下一点儿痕迹。

这场小聚并没用多长时间，本就是相熟的同门凑热闹，简单地吃个饭。大家吃完便散场，各自去忙自己的事了。

长孙寒被别的同门耽误了片刻，走得最晚。他走下台阶，踏出百味塔的大门，看到沈如晚立在百味塔外的空地上，微微怔了一下。

她孑然静立，周遭人来人往，衬得她沉静幽娴，像一缕清寂的风。

没来得及去细想这忽生的念头究竟从何而来，长孙寒便看见她抬起了头，朝他看了过来。

"长孙师兄。"

他忽然意识到沈如晚是专门在这里等他的。

"沈师妹，你还没回去，是有什么事找我吗？"他朝沈如晚微微颔首，一派平和稳练的模样。

沈如晚的眼睫微微颤动，她沉默了一瞬，好像酝酿着什么，然后抬眸看他："我刚才听你说，你待会儿要去附国做宗门任务？"

长孙寒觉得这没什么好隐瞒的，便毫不犹豫地点头："是，再过一个时辰我就要动身了。"

沈如晚抿了抿唇，目光如同幽幽的清泉，在长孙寒的脸上轻盈地滑过："我……我正好也接了个去附国轮巡的任务，能不能和你一起去？"

长孙寒在心里疑惑：方才他随口提起要去蓬山附国做任务时，沈如晚分明不像也有任务在身的样子，怎么没多久就冒出个轮巡任务了？

"当然可以。沈师妹打算现在就动身，还是我们先各自分开，一个时辰后见？"

他微微点头，神色自然，决定不管沈如晚究竟有什么打算，静观其变。

沈如晚不知怎么的，微微吸了一口气，说得有点儿磕巴："我……我还没准备好，要回去收拾一下东西。"

那她多半是还没接任务，要赶着去七政厅领任务。

长孙寒忍住挑眉的冲动，有点儿想笑，心里却平添了几分说不出的愉悦之意。他停顿了一息，才像往常一般波澜不惊地颔首："好，那我们一个时辰后还在这里见。"

沈如晚攥着衣袖，朝他飞快地点了一下头："那我先回去收拾东西。"

长孙寒看着她纤细笔挺的背影消失在视野的尽头，忍不住猜测她走到这条路的尽头后，究竟是会转向第九阁还是去七政厅补上轮巡任务。

"长孙师兄，你怎么还在这里？"

长孙寒回过头，见到来人，淡淡地笑了笑："童师弟。"

"长孙师兄，我已经准备好了，我们什么时候去附国？"童照辛目光炯炯地盯着长孙寒，因常年不见日光而苍白得毫无血色的脸颊上此刻生出了红晕。

长孙寒知道童照辛为什么这么兴奋、积极——这次的任务是童照辛自己去接的，请长孙寒帮忙试验新做成的傀儡。童照辛一向沉浸在炼器的世界里，再没有什么比试验傀儡更能让他激动的事了。

长孙寒并不介意早出发还是晚出发，对于童照辛炼制的傀儡也十分有兴趣，可是如今既然答应了沈师妹与之同去，就不好食言了。于是长孙寒说："稍候，还有一位师妹要和我们一同去，我们等一等她。"

听到这话，童照辛露出了明显的失望和埋怨的神色来。这人就是这个脾性，算不上什么坏人，只是极度以自我为中心，什么情绪都摆在脸上，真性情是真性情，可总叫人喜欢不起来。

长孙寒不在乎，对于脾气再坏的人也能忍，只看愿不愿意了。他自从做了首徒，便见过形形色色的人，童照辛的脾气在其中全然排不上号。人只要有一方面的实力出众，能胜过这脾气，那么对于长孙寒来说这些就都不算什么事。

"我和沈师妹约在一个时辰后，童师弟若还有别的事可以先去忙。"他语气平淡地说。

童照辛脸上因兴奋而泛起的血色慢慢地消退了，他重新变回原先那副苍白无力的模样，声音也好像倦了一般："我回去也没事做，就干等着吧。"

说是干等着，可童照辛一刻也闲不住，站在百味塔前的空地上，对着长孙寒滔滔不绝地说起他的傀儡来。

沈如晚匆匆忙忙地赶回来时，便看见长孙师兄芝兰玉树般立在原地，身侧站着一个喋喋不休的路人甲。他竟没有不耐烦之意，嘴角仍带着笑，心平气和地听着。

他一抬眸，目光与她相对，倏尔一笑。

沈如晚轻轻地吸了一口气，好似回到了多年前，想起了在山门外初见他的那一眼。

"沈师妹，这里。"长孙寒朝她招手。

沈如晚下意识地攥住袖口，深吸一口气，终于鼓足勇气一般，神色沉静地朝他走去。

说来奇怪，以长孙寒对童照辛的了解，好不容易等到这个耽误他去试验傀儡的人，童照辛定然要翻个白眼，冷嘲热讽两句的。可这回直到沈如晚走到他们跟前说久等了，童照辛也一直紧紧地闭着嘴，一句话也没说。

不过这都是无关紧要的事，长孙寒将目光落在沈如晚的身上，默默地算了算时间。这么算来，她去七政厅接了任务再赶回来，时间刚好。

可她究竟图什么？他真是被搞糊涂了。

"我还以为长孙师兄也别有的事，没想到是被我耽搁了。"沈如晚低声说着，惴喘不安，抬眸看他时眼中尽是歉然之色。

长孙寒笑了笑："不妨事。大家都是同门，不必见外。"

这回童照辛也罕见地没反驳。

沈如晚抿着唇，微微翘起嘴角，朝他们笑了笑。

这平常的一笑让长孙寒的心猛地跳了一下，如响鼓重锤，把他惊了一下，怪得很。他想不明白，只是这感觉须臾便散了，他捕捉不到，最终在心里茫然地叹了一口气。

他想：算了，相逢也是缘分。倘若沈如晚真有什么事要他帮忙，只要不太过分，自己就都帮忙办了吧。

童照辛接下的任务是调查一批在蓬山附国境内掳掠幼女的邪修。

这任务麻烦就麻烦在这群邪修协同作祟，童照辛他们若只抓住一两个，便会打草惊蛇，放跑更多隐藏在幕后的邪修。

据调查线索的同门说，这群邪修行事十分谨慎，配合也极默契，很是狡猾。为了将这批邪修一网打尽，敕令堂想了不少办法，最终童照辛拉大旗作虎皮，说了长孙寒的名字，敕令堂才半信半疑地将任务交给他。

童照辛来找长孙寒的时候，长孙寒已准备前往百味塔赴约了，于是和童照辛约定几个时辰后再动身。若非如此，他差一点儿便要爽约了。

长孙寒想到这里，不经意般侧过头，似有似无地瞥了沈如晚一眼。

他基本确认沈如晚是为他而来的，那么倘若自己没去百味塔，这位沈师妹没能等到他，她会再寻觅别的机会还是就此放弃、另求他法？

这问题很古怪，也没什么意义，不像他会去揣度的事，因此在倏地泛上心头的那一瞬便引得他错愕了一番。他想不明白自己怎么会去琢磨这些。

可这种错愕的感觉很快就得到了解释——他观察新交之人的品性是再正常不过的事了，倘若能琢磨出她的诉求，自然是值得的。

他自觉坦荡，哪怕是摊开来也无半点儿不可对人言的，于是沉声问道："沈师妹，你斗法的水平如何？"

"我？"沈如晚犹疑了一瞬，"我平时不常与人斗法……但会剑法，应当还算够应付。"

长孙寒用目光仔细地描摹着她的眉眼，不置可否。

有些人有三分本事，对外能说成十分；有些人分明有七八分本事，却要自谦成三五分。对此，他早已司空见惯，只凭一眼便能将对方的实力猜个七七八八。

他觉得沈如晚应当是后者，若说了"够应付"，那应当就是剑法不错。

"童师弟专精炼器,不擅长斗法。我要操纵傀儡,难免顾此失彼。到了情况危急的时候,请你压阵出手。"

他语气平和,却有一种不容置喙的力量。倘若要质疑他,非得是极有底气的人才行。

沈如晚的目光在他的脸上扫了一下便移开了,她说:"好,我自当尽力。"

她倒不是那种过分自谦、连连推却的人,应承得很爽快,想来方才那句"还算够应付"自谦了许多。

童照辛往常沉迷于炼器,根本不在乎斗法的水平如何,偏偏这回一反常态,红着脖子争辩:"师兄,我靠法器也可与之一战。"

长孙寒在心里无可奈何地哂笑一声,想:童照辛的斗法水平他还能不知道?莫说童照辛对上刀口舔血的邪修,就连刚入门的剑阁小弟子也能轻易地胜过童照辛。往常童照辛极有自知之明,并不在乎这些,怎么今天非要争论一番?

沈如晚的神色安谧淡然,语气和婉,她说:"想必童师兄在炼器上造诣极深,所以长孙师兄信任你。"

这话虽说一听便是纯粹的客套话,却不知为何让人觉得舒服。

童照辛方才还一副急着为自己争辩的模样,听她这么一说,忽然安静下来,苍白的脸涨红了。

长孙寒来回扫视他们神色迥异的两张脸,福至心灵——哦,原来是童照辛知慕少艾。

他心里觉得好笑:往常童师弟总是一副谁也瞧不上的模样,谁能想到他也能露出这般幼稚青涩的模样?

少年的春心竟来得如此突然,他未解情爱,却已困于情爱。

长孙寒琢磨着,不动声色地打量完童照辛,又将目光落在了沈如晚身上。

沈师妹很美,骨相惊艳,世无其二,颊边骨肉匀停,婉丽中犹藏英气,落笔也难描画。他不由得有些好奇,像沈师妹这样样样出挑的女修是否会看得上某一个男修,对其倾注情思?

只怕童照辛要失望了,沈师妹这样的女修多半是不会心悦他的,也许连客套的礼数外的注目也欠奉。

长孙寒极其罕见地稍显孟浪地凝神看了沈如晚许久,又在她觉察之前敏锐地收回了目光,一副若无其事的模样。这倒叫沈如晚疑惑地将视线落在了他的颊边,又犹疑地移开了。

"我来操纵傀儡,沈师妹、童师弟,劳你们费心照应。"长孙寒转瞬就收敛了杂念,神色严肃,不怒自威,再无方才的和悦样子了。

在极度精准的神识操纵下，仿若真人的傀儡缓缓地睁开眼，起身晃晃悠悠地走了两步，而后便走得稳稳当当，看不出破绽了。

长孙寒操纵着傀儡，让它故意往邪修常出没的方位走动。这具傀儡完美符合邪修掳掠的目标，没过多久便被他们当成普通少女挟持着离去了。

三个人中，童照辛只擅长炼器，长孙寒要凝神操纵傀儡，唯有沈如晚遁法高妙，行动自如，便自觉地跟随邪修追了过去。

童照辛所做出的傀儡极耗费神识，考验操纵力，但行动如真人。对于长孙寒来说，费神操纵好傀儡是小事，安抚身旁惊慌又绝望的凡人女童反倒更麻烦。他着实没经验，手忙脚乱，左支右绌，恨不得天降神兵代替他担此重任。

没奈何，他们既然要徐徐图之，将邪修一网打尽，那就得沉住气，等到所有邪修现身为止。这哄孩子的差事也得一直压在他的肩上，直到尘埃落定。

长孙寒的身体在原地，心魂却在百里之外的那具小小的傀儡中。焦头烂额之余，他满心无可奈何，扶额坐着，通过傀儡的眼睛看着身侧哭得一颤一颤的女童，操纵傀儡伸出手，一下一下地抚着对方的头，话也懒得说——他不是冷漠，实在是无话再说，怎么也安慰不好对方。

不知怎么的，长孙寒忽然想起了沈如晚，不知她是否跟紧了邪修，此时是否就在傀儡的附近静候时机？

他没等多想，就通过傀儡的耳目察觉到了周遭突然出现的躁动。

狭小的山洞里，傀儡猛然抬起了头。周围的女童怔怔地看过去，被吓得连哭声也停止了，只觉得这个沉稳和气的大姐姐一瞬间变得极其陌生，神情威严得难以描绘。

山洞外，剑光破雪，天光破云，沈如晚执剑自云外来，容貌昳丽如芙蓉，清丽夺目。剑光下，半山草木复生，一片荒芜忽成满眼青绿，仿佛把所有的阴暗都照亮了，竟有一种摄人心魄的美。

不光是容颜，也不只是剑法，她的剑意如心念，在昳丽的容貌之下暗藏的冰雪神魄更是美得不可方物。

"长孙师兄……长孙师兄？"

长孙寒对上沈如晚清亮的眼眸竟出神了半晌，任傀儡呆呆地站着。沈如晚叫了他好几声，他才忽然回神。

"呃，沈师妹。"他罕见地磕巴了，好在转瞬便恢复了沉着的样子，朝她微微颔首，匆匆地问，"外面的邪修是否被一网打尽了？"

沈如晚抿唇笑了一下，然后说："师兄放心，一个都不会少。"

其实在看见她的剑光的时候，长孙寒便已预见了这个结局。沈如晚的剑法比他想的更高深些，让人很难相信这样厉害的剑法、这样美的剑意竟是从一个法修的手中施展出来的。

剑阁年年有新弟子，可哪怕是在剑阁修习过三年五载的弟子，也绝难与她相比。

长孙寒匆忙地想：他们且先将邪修掳来的女童与少女们带回蓬山在附国的驻地，等挨个查过她们的来历，再将她们送归家中。

不过三五日，这些遭了无妄之灾的女孩们便都被送回家中，只剩下两三个来历有些复杂的，还在驻地中等着家人上门来接。

"小清昱，这个是要和妹妹一起玩的玩具，不可以一个人霸占的。你们一起玩，明白吗？"沈如晚蹲在一个小不点儿面前，手里攥着一个童照辛随手给女童们做的小玩具，神色严肃地说。

章清昱"哇"的一声大哭起来。

"哎哎，别哭啊！有话好好说，你怎么还哭呢？"沈如晚大惊失色，手足无措。

长孙寒不远不近地抱臂站着，挑着眉看她。

看起来不擅长哄孩子的人绝不止他一个。

"长孙师兄……"沈如晚转过头，求救一般看他。

长孙寒背脊一麻。

他真不是那种眼睁睁地看着同门受苦的人，可若沈如晚受的苦是安慰小女童……这声"长孙师兄"未免太沉重了。

"长孙师兄……"沈如晚眉眼哀戚，又唤了他一声。

长孙寒干咳一声，叹了一口气，没奈何一般摇了摇头，硬着头皮走上前，和沈如晚并肩蹲在章清昱的面前。章清昱哭得更大声了，也不是掉眼泪，就是干号。

"小祖宗……"长孙寒喃喃，唔叹一声。

"两位师兄师姐，我来吧。"

在附国驻地值守的蓬山弟子闻声赶过来，朝这两个百无一用的修士露出尴尬的笑容，走上前去轻轻地抚着章清昱的背脊，没一会儿就把小女童安慰得绽开了笑颜。

沈如晚与长孙寒并肩站在一旁，看见章清昱嘴角的笑容，完全没有先前的号哭模样，一时俱是无言。

"每个人都有擅长与不擅长的东西，不必样样出挑。沈师妹，你说是不是？"长孙寒斟酌了半天，说道。

沈如晚深深地颔首："长孙师兄说得对。"

两个人对视一眼，露出了释然的笑，算是把这事放下了。

不会带孩子实在不是什么大不了的事。

不过经过这一番折腾，两个人再对视时便好似比先前熟悉了一点儿，没那么拘束生疏了。

长孙寒唇边的那点儿笑意渐渐散了，目光慢慢地凝在沈如晚清光胜雪的颊边，斟酌了一会儿，仿若无意般问："沈师妹当初是怎么选了拜入第九阁的？"

沈如晚看了他一眼，似乎有些不解："我正好被师尊看中，就顺势拜入第九阁了。"

长孙寒短短地"哦"了一声，顿了片刻，然后说："那……你在第九阁里过得舒心吗？"

沈如晚看向他的眼神更加犹疑起来，她说："自然，我过得很好。长孙师兄，你有什么事吗？"

长孙寒对上她清亮的眼瞳，无端地生出些尴尬之意，笑了笑："没有，只是我方才见你用剑胜过许多修习多年的剑修，便生出些惋惜的意味来。你倘若在第九阁里过得不舒心，转来剑阁也不错。"

沈如晚微微皱着眉头看他。

蓬山弟子在正式拜师前并不固定属于哪一阁，来去自由。可是像沈如晚这样已经正经拜了师的弟子想要转去别的阁中，那可不是随口一说的事。

"你若愿意转阁，这些琐事都不必放在心上，我既然提了，便会帮你办妥。只是，我看你的样子，你似乎不会转。"长孙寒微微一笑。

沈如晚凝神看着他，轻声说："我在第九阁里过得很好，不打算转阁。师兄的好意我心领了。"

这本是长孙寒意料之中的结果，他淡淡地笑了一下，并不觉得奇怪。可沈如晚的目光如淡淡的水波，拂过他的眉眼，她微妙地沉默一瞬，然后低声问："我不明白，我和师兄第一次见面，为什么师兄许我如此重诺，为我劳心费力？"

长孙寒怔了怔。

沈如晚若不问，他全然没想过这个问题，好似初见便许以重诺不过是寻常之事。可帮一个已经拜师的亲传弟子转阁并不是什么容易的事，即使是他，也得费好一番功夫。他怎么如此轻描淡写地许诺她，还半点儿不求回报？

他想：是了，这究竟是为什么？

"长孙师兄？"沈如晚又试探般唤了他一声。

"我在。"他下意识地应了，抬眸看沈如晚，不知怎么的，脱口而出，"我愿意帮你是因为……剑意如心念，你的剑意是我平生所见最美的剑意。"

他神色深沉地看着沈如晚，慢慢地说完了后半句话。

其实他说得郑重其事，毫不犹豫，也没有半点儿嘲弄的意思。可不知怎么的，沈如晚怔怔地看着他，忽然垂下头去，再也不看他了。

"是……是吗？我……我的剑法其实很一般，不能和真正厉害的剑修相比。"她好似极度紧张，声音绷得很紧。

这没什么的，没有谁非要拿她这样一个擅长木行道法的法修去和剑修中的佼佼者比较，况且以她的天赋，她所差的不过是投注在剑道上的时间与精力罢了。

也许是沈如晚的声音太干涩，引得长孙寒心里不知哪根弦也紧紧地绷到了极致。他被攫住了全部心神，什么从容不迫都被忘到九霄云外了，只剩下极度陌生的青涩感觉。

周遭忽然静谧下来，只剩下他心口一下下的心跳声。

他不像长孙寒，像另一个人，全然陌生的另一个人。

"嗯，但是它很美，美极了。"他说，声音也紧绷极了。

无论什么时候，蓬山的百味塔永远都是全宗门最热闹、忙碌的地方。到了饭点，乌压压的人群拥入，等饭点过去了，在百味塔里轮值的弟子又该忙忙碌碌地准备下一餐了。

沈如晚没等到沈晴谙，却被在百味塔轮值的熟人拉去试菜，得赠了一桌案满满当当的菜肴和点心，支颐坐在那里。

日暮黄昏正是参道堂晚间课罢的时候，匆匆赶来的弟子们蜂拥而入，路过她这桌，都没忍住扭过头，瞪大了眼睛："她点这么多？！这也太阔绰了吧？！好羡慕啊！"

沈如晚一笑而过。

感叹的人多了，她嫌烦，索性垂下头假装专心品鉴的模样，这才少了些搅扰。纵然还有人经过她的桌边发出低声惊叹，她也只当没听见，很慢很慢地将菜肴一一品尝过去，周遭的人都散了还自顾自地坐着。

又有人从她身侧走过，轻轻地"咦"了一声。沈如晚已听够了旁人的惊叹声，头也没抬一下，只等那人惊叹完了自觉地离开，没想到那人没走。

"沈师妹？"

沈如晚微讶，没想到这人竟然认得她，抬头望去，不由得怔了怔。

长孙寒身姿挺拔地立在桌旁，背脊笔挺如峰，剑修姿态十足，一只手拎着食盒，又在屹然的气质上平添几分悠闲随意的感觉来，显得比平素更好亲近。

长孙寒垂下头看着她，嘴角含笑："沈师妹，真巧。"

沈如晚怔怔地看着他，一时没回过神来，半个字也没有说。

长孙寒没得到回应，无端地生出些微尴尬之意来。细究起来，他和沈如晚其实不熟，只是一起去过附国。他自以为与她有了些交情，因此在百味塔里无意间瞥见她时，便下意识地打了个招呼，哪里想到人家也许根本只当他是个路人，反倒是他自作多情了。

"我来吃饭，正巧看见你，和你打个招呼。不打扰你了。"他笑了一下，拎着食盒就要走。

"哎，"沈如晚叫住他，又好似没话说，顿了一下，"师兄，你怎么这么晚才来吃饭啊？"

时过亥初，已入夜了，来百味塔吃晚饭的弟子们大都散了，方才挤得水泄不通，一个空位都难寻，如今却只剩零星的身影。

长孙寒朝她笑了笑，不甚在意地答道："在七政厅里耽误了一会儿。"他见她扭过头看过来，干脆打开了食盒的盖子，递得近些，"我来晚了，菜快没了，能管饱就行。"

百味塔也不是时时都备足吃食的，他来晚了，自然不剩什么了，更没什么挑三拣四的资格，倘若再晚一两刻，干脆不必来了。

沈如晚说不出心里是什么滋味，抿着唇缄默一瞬，目光在自己的桌上扫了一眼，没想明白就开口了："我倒是点了不少，只是……"

只是这一桌吃食无论是菜肴还是点心，她全尝过了，若要拿来请客，实在有点儿拿不出手。

长孙寒不是来找她蹭饭的，可听她说到这里，见她露出了犹疑之色，干脆拎着食盒在她对面坐下了。他神态自若，说得好似真的一般："实不相瞒，我本来就眼热，既然师妹这么说了，那我就厚着脸皮蹭饭了。"

沈如晚垂在桌案下的手微微攥了攥。她没想到长孙师兄竟然真的在她对面坐下了，本该惊喜，谁知心愿成真时，惊还要大于喜，她只觉得不真实。

"我也是借花献佛，师兄请便。"她垂下眼，执箸轻声说道。

长孙寒抬起眸，挑着眉看她："借花献佛？"

"在百味塔当值的朋友请客，我盛情难却。"她简短地解释。

长孙寒短短地"哦"了一声，轻笑："原来我是沾光了。"

沈如晚的目光在他的眉眼间轻轻地一扫，她很快又低下头，不再看他了，一副专注用餐的模样。

其实她能说会道，轻易不会让气氛变冷，可眼见长孙寒就坐在对面，反倒不想说话了，生怕多说多错，所以宁愿不说。

从前她只能远远地仰慕的师兄此刻就这么静静地和她面对面地坐在一桌，对她来说，这便已足够美妙了。

她静静地执箸，慢慢地品尝菜肴，长孙寒坐在对面，却忍不住抬眼看她。

分明是沈如晚主动托邵元康来结识他，可真见了他，连正眼也懒得瞧他，除了主动找他一起去了一回附国，好像简直懒得搭理他——她总不至于是为了那个临时接的轮巡任务才结识他的吧？

他越想越困惑，忘了遮掩，就这么盯了沈如晚半天，眼睛一眨不眨。

沈如晚早就察觉到了他的目光，只是没抬头，想等他移开视线，谁知他就这么直直地盯着自己，硬是不挪走视线了。

沈如晚攥着筷子顿了顿，鼓起勇气抬起头："长孙师兄，我的脸上有什么东西吗？"

长孙寒乍然一惊，差点儿便要如被烫到一般快速移开目光，却在回神之前撑住了。他对上她疑惑的眼神，干咳了一声，若无其事地笑了笑："没什么，我只是想起七政厅的事，一时出神了。"

沈如晚将目光落在他身上，忽然生出一股勇气来："我有件事想请教师兄。"

长孙寒微怔："请说。"

沈如晚微不可察地吸了一口气，好像给自己鼓劲一般，顿了一下才问下去："上次在附国，师兄说我的剑意很美，我不明白，什么叫剑意很美？"

长孙寒大感尴尬。那时他见到沈如晚的剑光破云，瞬间心头涌上了妄念，又在后者追问时随口说了出来，真要细究，也答不上来。

"我也说不明白，只是突然生出了感慨。你问起，我便说给你听了。"他沉思了片刻，回答道，然后凝神看着沈如晚。

沈如晚看了他好一会儿。

"原来是这样。我只有剑意美吗？"她慢慢地说着，垂下眼，神色平静地夹了一块荷花酥。

长孙寒猛然一怔，没想到她竟然会问这样的问题，脑海一片空白，唯有目光还能自如地落在她的身上，一寸寸地描摹她的眉眼，试图揣摩出她此刻的心意。

沈如晚看也不看他，神色从容，没有半点儿情绪，一口一口地把那小小的荷花酥吃完才抬眸。

"天已晚了，我要回去了，先走一步。"沈如晚朝他淡淡地笑了一下，站起身，翩然走了。

长孙寒僵硬地坐在原地，动也没动一下，唯有目光跟着她纤细笔挺的身影，直到她的身影被墙完全挡住。

他仍觉得难以置信，又有一种难言的枉屈之感——什么叫"我只有剑意美吗？"

她问这话到底是什么意思？

她说清楚了再走啊！

春日细雨缠绵，涓涓地汇成清流后顺着屋檐垂落如瀑，滴滴答答地打在石板的边缘上，错乱无序，无端地扰人，直让人听得心烦意乱。

长孙寒孤身立在廊下。

春雨如酥，细雨随着斜风密密地向廊下吹来，却在即将飞入回廊的那一刻撞在了一层无形无状的帘幕上，被软绵绵地弹开了。

这是修士们最常用的避雨阵法，十分简单，对阵法稍有研究的修士便能布下。檐外骤风急雨，廊下仍然干爽洁净，丝毫不受影响。

他凝神站着，分明雨不沾衣，风雨却好似能越过阵法，一下下地敲在他的心口上。

思绪飘远，他好似又回到了昨夜，百味塔里灯火通明，比白日多了几分暖意，灯光柔柔地照在沈如晚身上，好似给她披了一层别样的纱。可她只是垂眸，无意看他，好似什么都比他更值得一顾。

"我只有剑意美吗？"

长孙寒不知这是第几次心烦意乱地吐气，烦躁地伸出手，有些粗暴地接着脸。直到掌心厚厚的茧把脸颊搓得泛红、微微作痛，他才放下手，又短短地呼出了一口气。

沈师妹到底什么意思啊？

什么叫"我只有剑意美吗？"？她就不能说清楚吗？

长孙寒抱臂站着，只觉得一口气堵在胸口处，上不去也下不来。

从昨夜沈如晚问出这句话起，整整一天，这事都沉沉地压在他的心上。他本该轻易地放下，可不知怎么回事，这句话一直在他的脑海里挥之不去，叫他忍不住一个劲地琢磨。

若不是剑意美，她还想说什么美？

她是想说她的法术、裙钗，还是……人美？

长孙寒不知不觉地屏住了呼吸，思绪若游丝，漫无边际地飘远了，落在灯影下。她那清丽的眉眼含情又冷然，凝眸望过来时有着摄人心魄的光彩……他骤然一惊，眼前分明没人，却好似怕被窥见心绪一般，绷紧了面颊，端容正色，干咳了一声，颇感尴尬。

他怎么唐突地想起同门师妹的姝色来了？日后同门还要相见，他有什么颜面见沈师妹，有什么颜面去做克己自持的蓬山首徒？

只怕沈师妹不是那个意思吧？

长孙寒深吸一口气，将这些乱七八糟的思绪抛至脑后，回过头大步走入屋内，重新埋头于案牍中,忙得昏天黑地。公务好不容易告一段落,他从烦琐的杂事里脱身时,已近黄昏。

先前他托邵元康炼制一味丹药,约好了今日去取,现在挤出一点儿时间,正好去第十二阁取药。

长孙寒掷了笔,向外走去。

刚走出七政厅时雨幕初停,可他走到半途,忽然细雨绵绵,沾衣欲湿。

长孙寒身上的法衣品质平平,且他并无避雨的符箓,但不在意,运起灵气,蒙蒙细雨便轻飘飘地沾在他的身上,又无声无息地消散了。

修士向来不畏天寒雨雪,也不完全依赖法衣和法器。这一路上,数不清的蓬山弟子匆匆地走过,没有一个为这场春雨露出烦躁的神色。

长孙寒披着一肩细雨,熟门熟路地走进第十二阁,转过几个岔路,最终熟稔地推开了邵元康的小院的那道门,却怔住了。

院内清光如水,纯净空明,沈如晚侧身立在屋檐下,静静地听邵元康讲话。她神色安谧,专注地看着邵元康,好像在仔细地把他说的每个字都听进心里去。

沈如晚垂眸的样子又在长孙寒的脑海中一闪而过了,像触之不及又挥之不去的缥缈的影子,让他忽然生出一些莫名其妙的烦闷之意来。

邵元康也站在屋檐下,笑得开怀。长孙寒和邵元康认识太久,竟忘了这小子也算是出了名的俊美韶秀,只是平时修身自谨罢了。也正因邵元康和他脾性相投、作风相近,两个人的交情才能延续这么久。

可修身自谨不是断情绝爱,他倘若与沈如晚两情相悦,自然也是一段佳话。

长孙寒莫名其妙地心浮气躁起来,立在门边沉默了一会儿,这才迈步朝那两个人走去。

蓬山分给弟子的居所其实只有半室,每年象征性地收取十块灵石。弟子倘若嫌弃屋舍太小,活动不开,那就得另行出钱租赁屋舍了。

在蓬山,屋舍和土地都归宗门,弟子无法买卖,只能出灵石向宗门租赁。长孙寒根据如今在宗门里接触到的事务,能轻易地推断出屋舍租赁业务究竟为宗门提供了多少进项。

邵元康当初以每年四百灵石的价钱租下了这座小院,又请擅长阵法的同门在院中隔出一小片区域,专门养几株药草,随时可以摘下来炼丹。

如今邵元康和沈如晚并肩站在檐下,隔着阵法,听不见外面的动静。

长孙寒熟稔地绕过了阵法。脚步声渐近,檐下的那两个人终于听见了动静,转身望了过来。

沈如晚是找邵元康商量灵植的事,没想到聊了片刻,竟在这里遇见了长孙寒。

她微微一惊,不觉攥紧了垂在袖中的手,想起了昨晚在百味塔里突发奇想说的那句话。那时她紧张得要命,只想赶紧离开,过些日子便能处之泰然了,可没想到还没到一天,就又撞见他了。

长孙师兄不会以为她太轻浮孟浪吧?

"长孙师兄。"她打了一声招呼,垂下眼,只盼能立时贴到墙上去做壁画,谁也不要留意她。

长孙寒的目光不自觉地凝在沈如晚身上,直到她垂下眼。而后他好似忽然惊醒,生出一些莫名其妙的失落感和几分罕见的局促之意。

他的唇微微动了一下,他勾起嘴角,云淡风轻般说:"沈师妹,你也在这里。"

沈如晚抬眸,快速地瞥了他一眼,带着别样的拘谨之意,只朝他礼貌地笑了一下,而后转头看向邵元康,说:"邵师兄,那就拜托你了。我等你回来,到时咱们再细聊。"

长孙寒一口气凝在胸口,闷闷的,上不去又下不来。

"邵师兄、长孙师兄,我还要去参道堂等师弟,先告辞了。"沈如晚轻轻地点了一下头,与他擦肩而过,好似一缕清淡的幽风,转瞬即逝。

长孙寒回过头,看着她的背影消失在门后,只剩下半掩着的门扉。他有那么一瞬想叫住她,可话到了嘴边,最终还是忍住了。

自己叫她做什么呢?若她当真回过头来,自己又没什么可说的,不是莫名其妙吗?

邵元康两步走到他身侧,靠在墙上歪着头看他:"哎,哎,回神了没?"

长孙寒偏过头,看见邵元康满脸的戏谑表情,不由得一顿,没什么表情地盯着他。

邵元康早就不怕他这冷淡的样子了,笑嘻嘻地说:"沈师妹很不错吧?像她这样天赋好、能力强、心思玲珑、样样出挑的女修,只怕宗门内倾慕她的人多如过江之鲫。"

长孙寒定定地看着他,不说话。

"哎,你这么看着我做什么?你今天怎么回事?刚刚目不转睛地盯着沈师妹,魂都飞了,这会儿你又瞪我?我是看沈师妹对剑修有些好感,这才把你介绍给她,现在看起来,你们好似并不投缘。那我下次再从你们第一阁里挑一个剑修出来介绍给她,反正你们剑阁别的没有,剑修管够。"邵元康若无其事地说。

长孙寒知道这人又在作怪,便说:"人家沈师妹需要你来多管闲事吗?"

邵元康假装听不明白:"我不过是介绍新朋友给她认识,怎么就是多管闲事了?她可是主动来找我的。你这个蓬山首徒虽然管得很宽,但也不必管人家小师妹交友的事吧？"

长孙寒眉头微动，不置可否地哂笑道："你别给人添麻烦就谢天谢地了。"

邵元康见他神色未变，颇感遗憾地耸了耸肩，随口说："和你说一声，我过两日要出蓬山一趟，归期不定，怎么说也要一年半载吧。"

长孙寒顿住了："怎么？干吗去？"

"我是炼丹师嘛，为了凑齐一服丹方，总是要天南地北地跑。有时候就算把药草凑齐了，需要一处极寒之地来炼制，那我也得屁颠屁颠地跑过去。"邵元康叹了一口气，继续说，"认识沈师妹后，我正好凑齐了一服珍贵的丹方，打算去钟神山一趟，把这种丹药炼制出来，顺便收集一些钟神山特有的灵草，以后说不定能用到。"

长孙寒了然，又问："刚才沈师妹拜托你的事就是这个？"

邵元康眼珠子一转，意味深长地看了他一眼，点头："是啊，沈师妹也想多培育些珍稀的灵植练手，听说我要去钟神山，自然就把采灵植的事托付给我了。不然呢？"

长孙寒挑了挑眉："我能以为什么？闲话少说，我是来找你拿丹药的，你究竟有没有炼制好？"

邵元康"啧啧"地摇起了头。

长孙寒不咸不淡地瞥了邵元康一眼，接过丹药："走了。"再次拉开门扉，他停在门口，回身看了一眼，"你走的时候来剑阁或者七政厅说一声，我去送你。"

说完，他转身走入了蒙蒙烟雨中。

方才他从七政厅出来时，雨已停了，可片刻工夫外面就又飘起了细雨。雾气袅袅，好像一层轻纱。

长孙寒不急着回七政厅，似乎也没必要回剑阁，就这么慢悠悠地顺着山道走，回神时才发觉自己不知怎么走到了第九阁来。

正如第一阁被称作剑阁，第十二阁被称为丹阁，第九阁也有别称。第九阁在蓬山最东处，东属木，故而被称为东阁。

"长孙师兄，你今日怎么有空来我们第九阁了？"还未等他想明白自己怎么会走到这儿，第九阁的同门便来打招呼了。

长孙寒说不上来，笑了笑，本打算敷衍过去，可话到唇边，转而鬼使神差地问："你们第九阁有一位沈如晚师妹，你认得吗？"

"你要找沈师妹？这会儿参道堂应该课罢了吧？她应该是去参道堂等她师弟了。"对方还真认识沈如晚，热情洋溢地邀他进第九阁坐一坐，"长孙师兄，你等一会儿，他们师姐弟很快就回来了。"

长孙寒撒了一个谎，就得用好几个谎来圆，于是张了张口，说："也好。"

沈如晚一只手撑着伞，另一只手攥着陈缘深的阵道题解本，神色冰冷地走回第九阁时，遇见了眼熟的同门。

"沈师妹，长孙师兄来找你了，正等着呢。"

沈如晚本打算直奔居所，把陈缘深的题解本从头到尾地看一遍，搞明白这个笨蛋师弟究竟怎么错了这么多题，没想到同门对她说了这么一句话，不由得怔住了。

"长孙师兄？"她犹疑起来。

长孙寒不过在第九阁里等了半个多时辰，应付同门好奇的探问也不算难熬。然而沈如晚支着伞，眉眼间尽是疑惑之色，抬眸看向他时，他竟将方才想好的话忘得精光，张口结舌起来："呃……沈师妹，你手里的东西是伞？修士用雨具倒是少见。"他胡乱地说。

沈如晚垂眸笑了笑："我本来不用，这是小清昱送我的。"

她从前没用过这东西，上手觉得十分有趣，正好最近阴雨绵绵，便拿出来用了。

"原来如此。最近太忙，脱不开身，若日后有空，我也去看看小清昱。"长孙寒笑了笑。

"师兄来找我是有什么事吗？"沈如晚问。

长孙寒呼吸微顿，慢慢地说："我倒确实有一件事需要麻烦师妹。我先前游历时见过一株罕见的变种藏袖白棠，可惜没能保存下来，只得了几颗种子，一直想寻觅一位擅长培育灵植的同门将这株藏袖白棠种出来。"

他泰然自若地一笑，好似真的为这个而来，定定地看着沈如晚，诚恳极了："沈师妹，不知能不能请你帮我这个忙？"

长孙师兄又来第九阁了。

这些时日，长孙寒的名字频频被第九阁的弟子提及，不是因为别的，而是人人都听说他日日来第九阁见沈如晚。

一个是剑阁首徒，另一个是木系天才，檀郎谢女，恰恰登对。不过三五日，长孙寒与沈如晚好事将近的传言便在第九阁里传得沸沸扬扬了。

打发掉或好奇或调侃的同门，长孙寒轻车熟路地朝沈如晚的居所走去。

第九阁在蓬山的最东部，占地颇广，房屋是最便宜的。邵元康在丹阁花费四百灵石租到的院落，放在第九阁只需要一半的钱。沈如晚租的院落要更大一些，满院都是草木的清香。

沈如晚正戴着白纱幂篱，蹲在花圃前。

有些灵植的光容易伤人，故而灵植师要戴上幂篱，挡住灵光。藏袖白棠算不上灵光最烈的灵植，但沈如晚能避则避。

她听见门边的响动，回过头来，看见了长孙寒。

她不太意外地站起身，拨开遮在面前的白纱，眼睑微垂，低声说："师兄来了。师兄平常因公务劳神，不必日日来我这里看顾藏袖白棠的。等花快开了，我去剑阁告知师兄，到时师兄再来也不迟，省得白跑。"

长孙寒顿了一下，刻意去看她的神色，唇边含笑："不会是我次次空手登门，叨扰了沈师妹，你不好意思直说，所以让我不必来吧？"

沈如晚抬眸，答得有些急："我自然不是这个意思，只是……"她说到一半，顿住了，垂下了眸，"没什么。"

沈如晚在心里叹了一口气，慢慢地放下手，任白纱重新遮住眉眼。她转过身，重新蹲在花圃前，心不在焉地拨弄新生的嫩叶，苦恼极了。

这半个月里，长孙师兄处理完七政厅的事务便每天雷打不动地来第九阁，即使沈如晚说过好几次不必这么麻烦，他也依旧如故。

沈如晚偷偷地恋慕长孙寒这么多年，如今人家天天主动来见她，她当然有说不出的欢喜。可第九阁不是她自己的家，长孙寒每天都来，同门全都看在眼里，难免要见面打趣、背地揣测，以为她和长孙师兄有点儿什么。

倘若她和长孙寒之间真的有点儿什么，那被人揣测、打趣也没什么大不了的。可是她天天与长孙师兄见面，人家分明正经得不能再正经了，别说是有点儿什么，就连容人遐想的余地都没有。

沈晴谙听说此事后，到处找相熟的同门旁敲侧击地打探消息。她私下来找沈如晚，皱着眉头说："大家都说长孙寒一心修炼、克己自持、私德无亏，虽然有同门女修喜欢他，但全都被他明言谢却了。他不愧是首徒，人望非凡，做事也隐蔽，我是问不出来了。"

总之，沈晴谙坚决不信长孙寒真如表面那般规规矩矩的，只是她查不出来罢了。她对沈如晚说："你若真的喜欢他，那我只能随你。你可要沉住气，只当他是个消遣，看谁忍得过谁。"

沈如晚想到这里，不免闷闷不乐。

长孙寒有些诧异，凝神看了她片刻，主动走过来，屈膝蹲在她身侧，和她并肩看那株藏袖白棠。他微微思忖，沉声问她："沈师妹刚才想说的其实是同门的议论吧？"

沈如晚骤然回过头来看他："师……师兄也听说了？"

她有点儿磕巴，有些尴尬，还有点儿说不出的期待和羞赧。幸好幂篱遮蔽，没将她微红的面颊展露在师兄的面前。

隔着那层白纱，长孙寒只能看见她朦胧的轮廓。他微微颔首，泰然自若地说：

"是，这些日子我时常来叨扰师妹，便有传言编派我和师妹互生情愫，说我醉翁之意不在酒。"

沈如晚没想到他说得这么直白，藏在白纱后的脸更红了。她几乎要感谢自己方才戴上了幂篱，不然此中情态难以言说。

"他们都是瞎说的，师兄不必当真。"她红着脸低声说，目光却透过白纱凝在了长孙寒的脸上。

长孙寒本来也要这么说，听到她的话，不知为何生出了不甘之意。他凝神盯着那层朦胧轻盈的白纱，忽然有一种极度强烈的欲望，想看清这如藏春山云雾后的昳丽眉眼间究竟露出了什么样的神态。

这个念头来得太猛烈，好像骤雨春潮，倏地涌到心头，他还没来得及仔细地思忖，手先抬了起来。

轻纱下，沈如晚忘了呼吸，满脸红晕，眼睛一眨不眨地看着他。

长孙寒好像突然意识到自己在做什么了，手僵硬地停在半空中，一动不动。沈如晚也不敢动，双手抱膝，和他面对面蹲在花圃前，连呼吸也是轻轻的，和他一起凝神盯着他悬在半空中的手。

"呃……"长孙寒罕见地卡壳了。

他天天来第九阁，还能说是为了藏袖白棠，可这么突然地伸出手去掀师妹的幂篱就有点儿说不过去了。他无论怎么圆，都有唐突之嫌。

他若说自己也不知道这是怎么回事，沈师妹会信吗？

他神色不改，貌似沉思，心里不由得苦恼起来。

这些天宗门里的传言他自然知道，只是自认问心无愧。他既然阴错阳差地把藏袖白棠托付给沈师妹培育，那便该有求人办事的态度，总不能做甩手掌柜，把沈师妹的好心当作理所应当，当真坐享其成吧？而且沈师妹本身是个可结交的朋友，他与之打交道，觉得很是舒心，有意结交应当不为过。

当然，他最近确实来第九阁来得太频繁了。

他能自洽，怎么被打趣也无所谓，可在沈师妹的面前偏偏笨嘴拙舌起来。此刻他又意外地来了这么一出，简直说不清了。

沈师妹不会以为他是那等图谋不轨的轻浮之人，要把他赶出去吧？

半晌，长孙寒终于长舒一口气，好似要把心头的犹疑和紧张都吐出去，然后抬眸，神色从容地收回了手："刚才我想起一招剑式，不由得出神了，实在是失礼，还请师妹见谅。"

沈如晚抱膝蹲在原地，轻纱后的红晕慢慢地消退了，心里有一种说不出的失落。

方才她还以为长孙师兄是……

"原来是想剑式出神了，师兄果然是剑阁最出色的弟子。"她垂下眼，低声说。

他同她说话便这么心不在焉，还能出神去想剑式吗？

沈如晚懊丧起来，只觉得自己方才浮想联翩、紧张得不敢呼吸的模样实在可笑，抿起了唇，一言不发。

长孙寒见她不说话，沉思片刻，继续找补："风花雪月固然动人，但总有无关风月又胜过风月的事。我和师妹清清白白，乃君子之交，无论旁人怎么说，你我只要问心无愧，便无须在意。"

沈如晚回过身，没看长孙寒，闷声说："师兄说得对。"

长孙寒张了张口，转身对着花圃，用余光瞥她。

沈如晚烦恼地拨弄着叶片，只觉得心烦意乱。

长孙师兄也许是问心无愧，对她没有半点儿超越君子之交的情愫，自然无惧人言、坦坦荡荡，可她不是呀！

她心里有鬼，早晚有一天要被戳穿，到时在别人面前丢个人、做个不大不小的笑料也就罢了，可长孙师兄会怎么想她？

早知如此，她还不如不认识他，就不必如此悬心了。

"再有半个月，藏袖白棠就该开花了。一个月成活，它还算长得快。"沈如晚轻声说。

等藏袖白棠开花后，她就一股脑地把花全都还给长孙师兄，这样他以后就不必来了，省得她意惹情牵。

长孙寒未解她言外之意，反倒松了一口气，静静地看她拨弄花叶。他忽然想起什么，问："近日剑阁弟子大比斗剑，奖品中有一本《木行剑法》，我觉得它也许适合你。沈师妹，你要不要去试试？"

斗剑那日，是长孙寒带沈如晚去剑阁的。

长孙寒的余光不自觉地跟着她，他见她一直没说话，微微沉思，然后问道："沈师妹，你不是剑阁弟子，认得今日要下场斗剑的对手吗？"

沈如晚有点儿惊讶："不认得。我还没去，怎么知道对手是谁？"

长孙寒笑了："会下场斗剑的同门虽多，可实力出众的大家都认识，平时便比过不知多少次了，只有你是头一回来。你要是真对上了他们，岂不是平白无故地吃亏？"

其实长孙寒这话说得有失偏颇。沈如晚对剑阁弟子毫无了解，可那些剑阁弟子对她何尝不是两眼一抹黑？真要交起手来，彼此都是初见，又有什么吃亏不吃亏之说？

沈如晚想看他，可又不敢看得太明显，于是只用余光时不时地瞟一眼。

长孙寒神色自如地扭过头，问："沈师妹，你一直看我，是不是有话要说？"

沈如晚被吓了一跳，目光落在长孙寒的脸上，深吸了一口气："我……照理说，剑阁弟子才是师兄更亲近的同门，我只是担心亲疏有别，师兄对我说他们的手段和习惯，是不是不太好？"

纵然大家都是蓬山同门，终究还是有点儿区别的。长孙寒这个剑阁大师兄不帮着自家同门，反倒给一个第九阁的弟子透底细，总归有些说不过去。

长孙寒挑了挑眉。

亲疏有别。

他不置可否，眉眼里流露出几分漠然的神色，轻嘲："是吗？大家既然同出蓬山，就是同门，何必要再分个亲疏？若在斗剑前要把这些关系全算明白才能开始，那他们还做什么剑修，学什么剑？！"

他一向自持有礼，少有凌厉的傲气，唯有这一刻展露出年少成名、剑道天才的傲慢与不羁，锋利无匹。

沈如晚放轻了呼吸，目不转睛地盯着他。

长孙寒被她看得有些不自在，像心口上落了几根绒毛，风一吹，绒毛便轻轻地挠他的心。他干咳一声，语气平静地说："不必担心，我只是稍稍提醒两句。若其他同门来问我，我也一样会说给他们听。"

哦。

沈如晚泄了气。

她就知道。

她浅浅地笑了一下，扭过头，只觉得实在太过自作多情。哪怕长孙师兄并不知道她的想法，她自己也觉得丢人。

长孙寒不动声色地用余光看她，心里纳闷：她刚刚还好好的，怎么说着说着又不搭理他了？

"你真的不必把所谓的亲疏放在心上。"长孙寒想叫她别担心，可空泛的言语没有一点儿说服力。他顿了一下，用懒洋洋的腔调漫不经心地说："也不是每一个剑阁弟子都和我熟识，旁人或许还要担心你和我最亲。"

沈如晚蓦然转过头来，结巴起来："我……我怎么会和你最亲？"

长孙寒本来只是随口一说，并没细想，可见她瞪大眼睛，目光如清浅的冰泉，难得局促的样子，不知怎么的，忍不住想逗她。他嘴角一勾，悠悠地说："别人可摸不透。在传闻里，我还在苦苦地求爱，为了叫沈师妹多看我一眼，什么事做不出来？"

他说完，还没等到沈如晚的反应，自己先怔了怔。视线与她愕然的目光轻轻地相触，他意识到自己说了些什么，顿时觉得好似有一把火从耳后烧着了，耳尖通红。

沈如晚的脸红透了，热得像要烧起来。她轻轻地咬着唇，又羞又恼。

一会儿说他们只是普通同门，一会儿又说得暧昧，长孙寒究竟是什么意思啊？

长孙寒僵在那里："我……"

"你又要说'失礼了''实在孟浪''见笑了'？"沈如晚打断了他。

长孙寒一噎，还真被她说中了。

沈如晚的脸颊还红着，语气却冷冷的，鲜见的强硬。她意味不明地乜斜他一眼："长孙师兄，你还是不要说了。"

她说完，没好气地转身径直向前走了。

长孙寒下意识地快步追上她，紧紧攥住她的手腕，仓促地开口："沈师妹，你等等，我想说的不是那些……"

沈如晚驻足，转过头来看他，耳尖微红，半信半疑地问："是吗？"

长孙寒还没想明白，可知道要是说还没想明白，只怕沈师妹再也不想搭理他了。

"是。我还没开口，你就要走，总要给我一个辩白的机会。"他神色如常，好似本来就是这么回事。

沈如晚抿了抿唇，垂下眼，语气硬邦邦的："那你说吧。"

长孙寒沉默了一瞬，目光停在沈如晚细腻的脸颊上。从匀停的肌骨到昳丽的眉眼，她样样都好，唯独一点不够好——总不愿多看他一眼，好似这世上人人她都能容得下，单单懒得搭理他。

"我只是好奇，究竟怎么样沈师妹才愿意多看我几眼？"他说，好似真心求教。

沈如晚忽然抬眸，对上他直白的眼神，红了脸："什……什么？我……"

她哪里是不愿意看？她只是心里有鬼，不敢多看，生怕多看了两眼便将什么都和盘托出了。

长孙寒说这话是什么意思呢？

沈如晚心里害怕，又克制不住地期盼。两个人目光相对，好像两道水波合成一道，分也分不开。他们连一个字也不敢说，一道声音也不敢发出，生怕扰乱这池春水。

"长孙师兄！"远处忽然传来了呼喊声。

沈如晚好像突然被惊醒了，下意识地往后退了一步，转过头，朝远处望去。

几个剑阁弟子并肩站在远山的石阶上，憋着笑看这两个人。他们还齐齐地强装若无其事的模样，神色比谁都严肃，可嘴角一抽一抽的，藏也藏不住。

"长孙师兄，你带师妹来看斗剑啊？我们以前从没见你带别人过来啊。"

沈如晚不认识这些人，板着脸一个劲地瞪长孙寒。

长孙寒的手还攥着她的手腕，他凝神盯着沈如晚微红的耳尖，顿了顿，五指一张，松开了手。

"我以往倒不见你们这么殷勤，个个都胜券在握了？"长孙寒朝远处那几个剑阁弟子望去，神色淡淡的。

长孙师兄向来自持，几个剑阁弟子从未见过他和哪个师姐或师妹亲近，今日乍见他拉着一个陌生的漂亮师妹，就忍不住搞个怪，捉弄大师兄一回，若是能看见长孙师兄脸红，那就更有意思了。可长孙寒神色不变，根本不给人乐子瞧，这句话反倒叫几个剑阁弟子想起上次斗剑时被他那锋利的剑锋压得气也喘不过来的滋味，齐齐地打了一个激灵，一排鹌鹑般站在那儿不再吭声了。

"沈师妹，那几个都是我对你说过的剑修。在剑道上的天赋嘛，他们也算有，不出意外的话，这里面总能有一两个闯进前十名。"长孙寒轻笑一声，扭过头低声说。

沈如晚抬起眸看他。

长孙寒定定地看着她："你想不想试试，待会儿斗剑时把他们挨个摁在地上揍？"

沈如晚呼吸微顿，学他压低了嗓音，轻轻地说："我可以吗？"

长孙寒轻轻地笑了一下，平淡地说："你只要真的相信，有什么是不可能的？我只在拜入剑阁的第一天第一次正式拿起剑时输给教引师兄半招，此后无论对手强弱，再没输过。"

沈如晚盯着他："你是让我信你的眼光？"

"信你手里的剑。无论对面究竟站着谁，你都要相信，你手里的剑能陪你在最后一刻取走对手的命。不到终局，绝不松手，剑道就是一往无前，死中求活。"长孙寒慢慢地说，声音低沉，字字重若千钧，"沈师妹，你只要悟透这件事，就一定会喜欢剑道的。"

沈如晚在蓬山算不上多出名。虽然第九阁的同门都知道她在木行道法上天赋极佳，早晚会有一番成就，可若把她的名字放在其他阁中，那她的名气就大打折扣了。然而短短十几日，在她自己都不知道的时候，小半个剑阁的弟子都熟知了这个名字，原因只有一个——长孙师兄在蓬山声名显赫，如寒山孤月般高不可攀，如今却风雨无阻地去见一位八竿子打不着的第九阁师妹，这怎么能不叫人好奇？

沈如晚斗完一轮剑，恰好听见剑阁的同门站在长孙寒身侧哼哼唧唧地说："长孙师兄，你也不想让沈师妹知道奖品里的那本《木行剑法》是你自作主张地放进去的吧？哼哼，我可是听我师尊说了……"

还没等同门说完，长孙寒就转过身，给了他一下，朝沈如晚微微一笑。

沈如晚看了他一会儿，不确定地问："长孙师兄，《木行剑法》是怎么回事？"

长孙寒不由得一顿，若无其事地问："什么《木行剑法》？"

沈如晚转过头，发现原先还站在长孙寒旁边的那个同门不知什么时候已经偷偷地溜走了，只留下她和长孙寒站在原地。

她一着急，脱口而出："就是刚才那个同门说的……你不会不承认吧？"

长孙寒低下头，低声笑了起来。

沈如晚的脸颊又有点儿发烫了，她几乎用气音说："这有什么好笑的？你为什么特意在奖品里放一本《木行剑法》？"

长孙寒止住了笑声，抬头看着她，脸上犹有笑意："沈师妹，你觉得是为什么？"

"我……呃……我……我觉得……我觉得是因为……"她攥着衣袖，慌得说不出一句完整的话。

见长孙寒紧紧地盯着自己，沈如晚强装镇定："因为师兄身为首徒，比较赏识我的能力，决定好好地栽培我，往后为宗门效力。"

长孙寒的笑意凝在唇边，整个人僵在那里。

沈如晚恨不得给自己一巴掌：她到底说了什么啊？她直说"长孙师兄是不是也喜欢我？"会怎么样啊？她怎么就慌了神，本能地去回避，非要兜圈子呢？

她心里再怎么懊恼，嘴却好似被谁捂住了，怎么也问不出来这句话。

过了好一会儿，长孙寒低下头，轻轻地叹了一口气，再抬头时脸上带着几分无奈的笑意，说："沈师妹，你比我更会做首徒。"

沈如晚攥着衣袖不说话。

长孙寒向前迈了一步，微微倾身，一只手抚上她的脸，指间灵气氤氲，慢慢地治愈她脸上的剑伤。他垂下头，凑得很近，近到沈如晚微微收缩的黑色眼瞳映出了他的面容。

"听好了，是我建议长老把那本《木行剑法》放进奖品中的，但你能否拿到它，得靠自己的本事，和我关系不大。你不必谢我这个。"

沈如晚眼睛一眨不眨地看着他近在咫尺的脸，怔怔的，连呼吸都不敢。

"但也不是每个人都能让我上心的，我没那么多闲心。沈师妹，你要不要再猜一猜，我到底是为什么？"他意有所指，勾起嘴角淡淡地笑了一下，目光凝在沈如晚的眉眼间。

沈如晚的眼睫微颤，眼中似有春水涌动。她的目光在他的脸上反复描摹，一颗心好像要从胸腔里跳出来。

"你不说，我怎么猜得出？"她垂下眼，而后忽然抬眸，目光清澈，嗔怪地道，"长孙师兄，你说呀。"

"我也说不清。"长孙寒低声说。

沈如晚等了半天就等到这句话，气得伸手推他。

长孙寒没动，笑了："你别急啊，我还没说完。"

沈如晚冷着脸，看他还有什么话要说。

"我每天都想见到你，也一定要见到你。我原本没想明白这究竟是为什么，可能现在也不知道，毕竟先前没想到会这样……沈师妹，我要是贸然说非得和你在一起不可，你不会生气吧？"长孙寒慢慢地说。

沈如晚怔住了，结巴起来："什……什么？"

长孙寒抱臂看着她，坚定地说："就是这样，我说完了。"

沈如晚半晌才说："长孙师兄，你可真是……一鸣惊人啊。"

梅子熟时，同门已习惯了长孙师兄每天雷打不动地来第九阁，在路上遇见了他，就如在百味塔里遇见熟人一般随意地招呼一声"长孙师兄又来找沈师妹啊？"。他们并不需要回应，也没指望得到回应。

最开始这只是个不大不小的趣闻，引得同门好奇地打趣。可长孙寒天天都来，被揶揄时镇定自若地点头回答"是"，坦荡得让人怀疑他压根就不是为了私心，而是当真有正事要跟沈如晚商量。于是，第九阁的弟子腻了，对此习以为常，并觉得是自己想多了。

"沈师妹应该在家，刚才我还看见她从百味塔回来了呢。"同门见长孙师兄回应了就客套地寒暄起来，"说来也怪，以前沈师妹总是神龙见首不见尾的，要么被副阁主叫去修习法术，要么去闻道学宫温习功课，顺便接陈缘深师弟，偶尔闲暇还要结伴去坊市里看看……"

可最近沈师妹的行迹忽然变得固定了，留在第九阁内的时间也更长了，好像每次长孙寒来找她时，她都待在自己的小院里，一点儿也没有以往到处奔波的忙碌样子。

同门回忆着，神色变得微妙了起来……这么看来，事实好像不是传闻中所说的"长孙寒剃头挑子一头热"嘛。

长孙寒和同门在路口分别，一路向前，熟门熟路地推开了那扇院门。

沈如晚俯身站在花圃边，回过身看了他一眼，又转回身，对着花圃。

长孙寒随手将手里的袋子放在桌上，说："上次听你说要找灵兽蜕下的皮，我正好有个认识的同门在第四阁，向他讨了些来，给你放在这里了。"

沈如晚这才回过身来，眼波流转，轻轻地开了口："多谢你，长孙师兄。"

长孙寒不以为意，走到她身侧，垂下头和她一同看藏袖白棠，只见那花含苞待放，已有了艳色。

"看起来不是今天便是明天，这藏袖白棠就要完全绽开了。"长孙寒说。

沈如晚伸手，轻轻地在花苞上拂了一下，说："今天。"她说完偏过头来，扫了长孙寒一眼，"你今天来晚了。"

长孙寒略一点头，说："七政厅今天事多，我耽误了一会儿。"

沈如晚短短地"嗯"了一声，重新看向藏袖白棠，不说话了。

长孙寒用余光看着她，心念一动。他转过头，上上下下地打量她，好似先前从未见过她一样，非得将她看个明明白白。

"看什么看？"沈如晚蹙眉。

"原来你在等我。你一直在等我？"长孙寒没头没脑地说。

沈如晚攥紧了手指，没看他，只对着那株藏袖白棠神色淡淡地说："什么等你？没有。"

她若是真没听明白，怎么会刻意地说"没有"？她分明每天特意在院中数着光阴，等他推门而入。这一日他来晚了，她怎么也等不到，才说了这么一句话。

她只是默默地等，从来不说。他倘若没听明白，那就永远也不会明白了。

"沈师妹，当初是你托邵元康介绍来认识我的？"长孙寒忽然问她。

沈如晚微微侧过头，好像想看他的表情，却不敢动，目光不知落在了何处，总之不在他的身上。

她说："我正好听说你们要小聚，想多认识些同门，就请邵师兄把我捎上了。"

长孙寒快速地点了一下头，问："你那时就想认识我？"

沈如晚仍旧不看他，回答得中规中矩："你是蓬山首徒，谁不想认识？"

长孙寒不依不饶地追问她："你那时就想认识我？"

沈如晚抿着唇看他，恼火地瞪了他一眼："是。那又怎么样呢？"

长孙寒垂下头，低声笑了起来。

沈如晚扭过头，不看他。

原来是这样。

沈师妹并不是无意也无情，也不是难以被描摹出来的春山云雾，只是喜欢把心意藏在眉眼间，藏在一颦一笑中。他唯有耐心地拨开云雾，才能辨清她的心思。

他要仔细地听她的心。

"沈如晚。"长孙寒叫她。

这个称呼听起来有点儿怪，他先前都叫她"沈师妹"。

"做什么？"沈如晚扫了他一眼。

长孙寒抬起手，缓缓地伸到她的面前，摊开掌心，掌心里有一枚红玉玉符，赫然是一枚剑潭玉符。

先前沈如晚在剑阁斗剑中拿了第九名，却因为不是剑阁弟子，没能拿到玉符。

沈如晚微怔，伸手接过玉符，摩挲了一会儿，问："什么意思？"

长孙寒抱臂倚在墙角，和她一起看那枚剑潭玉符，说："阁主与各位长老重新裁定了那十个剑潭名额的归属，说不限制出身，仍以斗剑前十名为标准授予玉符。这是剑阁补给你的。"

沈如晚攥着玉符的手不由得收得更紧了。

当时她没能拿到玉符，长孙寒便把自己的那枚硬塞给了她，还说会去帮她问剑阁阁主，讨一个公道。她听后表现得云淡风轻，颇为不屑，可到底还是在意的。

虽说长孙寒把这枚玉符递给她的时候，她便已经有了预感，可拿到手后还是忍不住心潮澎湃，不是为了这枚玉符，而是为了那一口难抒的郁气。

"恭喜你，沈师妹，剑潭落定数百年来，你是第一个踏足的法修。"长孙寒含着笑看她。

沈如晚有点儿不自在地扭过头，脸绷得紧紧的，声音忽高忽低："这有什么大不了的？我又不稀罕。"

长孙寒挑眉，一伸手："行，那你还我吧。"

沈如晚立刻转过头瞪他。

长孙寒要笑不笑地和她对视，一副懒散的模样，说："怎么，沈师妹又稀罕了？"

沈如晚一抬腿，没好气地踢了他的小腿一下，但是轻得不能再轻了。

长孙寒很配合地向后一倒，仰靠在墙上，站不稳似的踉跄着走了两步，绕到她的另一边去了。他坐在花圃的台阶上，仰头看着她笑，朝她摊开了手。

"这又是干吗？"沈如晚扬着眉毛问。

"你的玉符我给你了，我的呢？"长孙寒说。

沈如晚把手里的玉符放回他的掌心，长孙寒把手一翻，不收这枚玉符。

"我原来给你的那枚呢？"他问。

沈如晚看了他一会儿："不都是剑潭玉符吗？有什么区别？"

长孙寒摇了摇头："没有区别。"

沈如晚抬起左手，宽大的袖子滑落，露出了她手腕上的一条红绳。红绳的中间系着一枚红玉，正是之前长孙寒给她的那枚剑潭玉符。

"喏。"她慢慢地解下红绳，提着一端递给了长孙寒。

长孙寒盯着那根红绳，攥住了，微微用力。红绳两端都被攥着，一下子绷紧了。

　　沈如晚没松手，和他一上一下地同时攥着红绳："我还你玉符，没说把我的手链送你。"

　　长孙寒好似在沉思，过了半晌也没动，只是看着沈如晚。

　　四月初夏，时过正午，明媚的日光尽情地洒落，墙角的阴影一半落在他的肩上，另一半落在他的手边。外间嘈杂的声音越不过矮墙，风声隐隐约约，静谧如梦。

　　绵长又烂漫的光阴里，只有她和他。

　　沈如晚不作声地和长孙寒对视了好一会儿，忽然一扭头，松了手，把红绳丢给他，不爱搭理他一般蹲在花圃前，又伸手去拂藏袖白棠的嫩叶，打定主意不去看他。

　　长孙寒攥着那根红绳，缓缓地摩挲起来。他抬起左手，学她方才的模样比画了一下，还是琢磨不出来，于是问道："这个结是怎么缠上的？"

　　沈如晚一回头，看见他把那根红绳缠在了左手手腕上，还像模像样地打起了结。她心口一颤，下意识地伸手去夺："你别……"

　　长孙寒一翻手，扣住了她的手，五指收拢，把她的手与红绳一起握在了掌心里。

　　沈如晚怔住了，目光在他的眉眼间游移。

　　长孙寒直直地和她对视，神色平静无波，好似十分从容，与平时在人前没有半点儿区别。然而当沈如晚的目光落在他的耳后时，他的脸颊突然泛起了红晕，从耳根红到脖颈，他装得再沉着镇定，也掩饰不了窘迫的样子。

　　沈如晚从没见过长孙师兄的这般模样，后知后觉地双颊滚烫，想要收回手，可被他紧紧地攥着，收不回来。

　　"你……"沈如晚的脸上也尽是红晕，她急着想说点儿什么，可越急越语塞，什么也说不出来。

　　花圃里，那株含苞待放多日的藏袖白棠好巧不巧就在这时骤然盛开了，闪耀的灵光好似晚夜的星辰。

　　沈如晚立刻凑到花圃前，连幂篱也来不及戴，催动灵气护住了眉眼，凝神看着盛放的藏袖白棠。

　　藏袖白棠之所以叫这个名字，就是因为花瓣会在中段向内折，花瓣的边缘有一圈小小的纹路，看起来像美人藏袖。

　　在所有的灵植中，藏袖白棠算是极难培育的花，更别提当初长孙寒交给她的是变种藏袖白棠的花种，所以非得是对木行道法有极深的了解的灵植师才能将它培育开花。

　　沈如晚迎着刺目的灵光，仔细地把这株耗费了她许多心力的花打量了一遍，嘴角微微翘起，很是满意。她扭过头，笑盈盈地指着那株藏袖白棠，对长孙寒说："长孙师兄，幸不辱命，这株藏袖白棠总算是开花了。"

长孙寒还攥着那根红绳，垂头看着掌心，若有所失。

他叹了一口气，抬起头静静地看着她，也不由得勾起嘴角："是，多谢你，沈师妹。"

"花已经种好了，你往后就不必来了吧？"沈如晚忽然说，目光一转，凝在他的身上。

长孙寒一怔，忘了原来每日来第九阁见沈如晚都是为了这一株花。花开了，他好似不必再来了，也没理由再来了。

沈如晚眼睛一眨不眨地看着他，神色安谧，唯有那双清澈的眼瞳极尽专注地看着他。

长孙寒忽然笑了，说："花开了，我以后确实不必再来等花开了。"

沈如晚抿着唇，不说话。

"可我想见你啊。沈如晚，我总想见你，无论花开不开。"他说得云淡风轻，坦荡得不像话。

他说，无论花开不开，他都想来。

暖阳斜照在他的脸上，让他有一种难以被描绘出来的洒脱之感，叫人挪不开眼。

小院里只有清风拂过花叶的轻响，好像生怕惊扰了这对少年人。

沈如晚静静地看着他，并不羞赧，视线从他的眉眼游移到嘴角，好像要把他整个人都看明白。

长孙寒含笑回望，任她打量自己。

沈如晚忽然移开目光，又去看花圃里的藏袖白棠，青丝云鬟横斜，只留给他纤细白皙的侧颈，好似什么都比不上眼前的花。

长孙寒将目光落在她白皙的肌肤上，眉眼间不经意地流露出困惑的神色，好似指望能从她纤细的背影里琢磨出她的想法。

"呃……"他罕见地磕巴起来，开口才意识到自己还未想明白究竟要说什么。

什么进退得宜、处变不惊都成了笑话，原来他也会局促、仓皇。

长孙寒张了张口，又合上了，为这片刻的狼狈样子而沉默。

"嗯？"沈如晚没有回头，只是轻轻地应了一声。

长孙寒僵在那里，没有立时回应，只听见了自己胸腔里"怦怦"的声响。

沈师妹没有回答他，这似乎是她无言的婉拒。

长孙寒是聪明人，该懂得什么时候适可而止、见好就收。识相的话，他最好就此打住，以后仍能和她相处如常，就像寻常的师兄师妹。

"沈如晚，我喜欢你。"他慢慢地说，仿佛每个字都经过万千思量。

"是吗?"沈如晚短短地"嗯"了一声,语速有点儿快,让人听不出话里的情绪,"你……喜欢我?"

长孙寒拿定了主意,坦然地说:"没错。"

"从什么时候开始的?"沈如晚又问。

长孙寒顿了顿,然后慢慢地说:"从我见你的第一眼起。"

沈如晚猛然回过头,脸上的红晕尚未消退。她收起愕然的样子,故意板着脸看向长孙寒,拖长了语调:"那你之前为什么说你清清白白、问心无愧?长孙师兄,你怎么前后说得不一样?"

长孙寒看到她脸上的红晕,眼睛一亮,忍不住勾起嘴角,心"怦怦"直跳。他轻咳一声,抬手摸了摸鼻子,继续十分坦荡地说:"若不这么说,我怎么来见你呢?"

他不过是自欺欺人。

沈如晚忍啊忍啊,最终还是没忍住,微微翘起嘴角,眉眼弯弯,笑意盈盈。风好似在她的身边驻足了,生怕惊扰了这个笑容。

长孙寒眼睛一眨不眨地看着她,轻声问:"那……你的意思呢?"

他已倾诉衷肠,那她是怎么想的?她是接受还是拒绝?

沈如晚不回答,反而问他:"如果我说,我只把你当师兄,你会怎么办呢?你想过吗?"

长孙寒沉默了一瞬,然后定定地看着她说:"那我也坦然接受,绝不再来纠缠。沈师妹,请你放心,这点儿气度我还是有的。"

她若无心,他便休。他不舍归不舍,她若无意,他岂能强求?

旁人敬他为蓬山首徒,他也要对得起众人的一声"师兄"。

"沈师妹,请你务必顺从本心地回答我,我都接受。你若对我无意,直说无妨,我今日从此门踏出,往后绝不打扰,日后宗门内相见,只当你是寻常的同门。我只想要一句你的真心话。"他郑重万分地说。

很奇怪,长孙师兄在她的记忆里永远是游刃有余的,好似这世上没什么能让他求而不得。这一刻,斑驳的光影照在他的侧脸上,他注视着她,神色专注至极。

她莫名其妙地觉得长孙师兄好紧张,又或许其实是她自己在紧张。

"对不起,长孙师兄。"她低声说,好像在苦恼什么。

长孙寒僵在那里,仿佛一尊沉默的雕像,然后好像魂魄重归躯体,神色平静地说:"好,我明白你的意思了。请你放心,今日之后,我不会再来打扰你了。"

沈如晚"哎"了一声,下意识地伸手拉住了他的衣袖,着急地说:"我不是这个意思。"

长孙寒胸腔里的那颗心好似又被谁高高地提了起来。

"我……唉！"沈如晚张了张口，终于破罐子破摔般说，"其实我当初请邵师兄引见，就是为了你啊。"

长孙师兄坦坦荡荡，她总不能还扭扭捏捏、藏着掖着吧？

她喜欢就是喜欢了。

长孙寒微怔，心脏"怦怦"作响。他眉眼飞扬，却压着嗓音低声问："所以你……"

沈如晚的脸颊又红了，她说得很用力："我也喜欢你，长孙师兄。"

什么处变不惊、游刃有余，长孙寒都忘光了，一下子从脸红到脖根。他目不转睛地看着沈如晚，眼中是灼灼的光彩，止不住地笑。

初夏的阳光太灼人，照在人的身上，让人从心口到肌肤都热乎乎的。

沈如晚对上长孙寒的目光，脸颊发烫，不觉翘起了嘴角。

风与花都静，樱笋年光流转，已是梅子熟时。

番外三　伴君幽独

一

这一日，蓬山又下起了雨。

恰逢今年新弟子入门，大家聚在一起，在喧嚣的雨声里"叽叽喳喳"地说着话，互相抱怨着倒霉事。按照蓬山的规矩，新弟子必须亲手摆渡过忘愁海，才算真正入了宗门。如今风雨如晦，忘愁海上风浪滔天，岂不是给这些新弟子平添了许多凶险？

试炼之日已被定下，便不会为一日的风雨而改。用宗门长老的话来说，修士既入仙门，欲行仙途，自然要越过千难万险，若连小小的风浪都要畏怯，不如不要入蓬山，早日回家做个凡人去。

大家历尽千辛万苦进了蓬山，谁愿意退回去？新弟子们纵使私下里抱怨风浪大，抱怨长老不近人情一百遍、一千遍，还是得乖乖地冒着风雨，乘着摇摇晃晃的小舟，没入了茫茫烟波。

青鸟渡的长阶上，早已入门的老弟子们催动灵气遮蔽了头顶上"淅淅沥沥"的雨水，硬是凑在一起谈天说地，时不时地朝忘愁海指一指。

这是蓬山的一项传统。这些已入门的弟子当年无一不是经历过在忘愁海上惊险地摆渡、最后回到青鸟渡的人，别管那时抱怨得多大声，如今事不关己，便能立刻兴冲冲地过来看热闹。

看新来的师弟师妹们灰头土脸地回到青鸟渡实在是一件叫人幸灾乐祸的乐子，而这些看乐子的师姐师兄们从前也是前人的乐子，于是这个看热闹的行为成了"薪火相传"的象征。

每一次新弟子横渡忘愁海,必然有几个倒霉蛋失败,或是人仰舟翻,或是灵力耗尽无力摆渡,又或是漂在海上找不着方向。最离谱的是,有弟子半途遇上关系不睦的同门,悄悄地追了上去,打算给人家使绊子,结果早被人家发现,一番冲突后狼狈地逃窜了,结果小舟漂得离忘愁海越来越远。

虽然宗门将横渡忘愁海作为入门试炼,可"炼"胜过"试",其本质不过是叫弟子们对修仙之途怀有敬畏之心。苦海无定,风浪难行,前路多艰,蓬山弟子须常持一颗自勉之心,方能乘风破浪。

因此,倘若有弟子过了规定时限仍然无法横渡忘愁海,巡视保护的师兄师姐便会将其带回青鸟渡,只要此人不是品行堪忧,宗门还是会将其收入门下的。

这事不是秘密,因此蓬山弟子们在岸上看乐子时不觉得不忍心。唯有那些新入门的小弟子,被引导他们的师兄师姐口中义正词严的话唬住,从得知要横渡忘愁海那天起便惴惴不安,辗转反侧地想万一渡不过该怎么办。

新弟子在横渡忘愁海之前几乎不与同门的前辈接触,除了几个消息灵通或得了长辈的点拨提前得知了真相,其余人都被蒙在鼓里。

等到他们千辛万苦地渡过忘愁海,大松一口气,才得知未能横渡也不是什么大事,立刻气恼自己先前实在太傻。于是等新一批弟子入门,这些已经成了师兄师姐的老弟子便热衷于三五成群地赶来看热闹,笑一笑新来的师弟师妹,仿佛把自己当年被唬住的郁结消去了。大家都是受过这份苦的人,闲聊时忙着大吐苦水,立刻不分什么新弟子、老弟子了。

照曲不询的说法,横渡忘愁海这一苦事竟成了凝聚蓬山弟子的好事。

"我看,凝聚人心倒是其次,最主要的怕是你们这些筹备试炼的长老当年也是被唬住的愣头青。你们自己淋过雨,也得叫后人湿了衣。"沈如晚似笑非笑地说。

"这么说也没错。"曲不询坦然一笑。

沈如晚忍俊不禁,与他并肩走下长阶。

细雨蒙蒙,打湿了石阶,让人别有一种萧疏的愁绪。可周围旁观的弟子实在太多了,热热闹闹地谈天说地,还时不时地凑在一起,笑得前仰后合,什么雾失楼台、月迷津渡的朦胧感都没了。

长阶上站满了人,他们往下走,免不了摩肩接踵。偶有弟子回过头看他们,立刻瞪大了眼睛。

沈如晚瞥了一眼,轻轻一笑,比画了一个"嘘"的手势。对方知道他们无意张扬,不欲在此处受到瞩目,便自觉地收了声,等到他们走远了才按捺着兴奋的心情,扯着同伴的衣袖小声密语。

"这么热闹,叫我忍不住想起当初横渡忘愁海的经历了。"沈如晚在半途站定,立在石阶上，遥遥地眺望烟波浩渺的忘愁海，"我们刚出发时，天清气朗、风平浪静，可没过多久，海上便起风了，搞得大家狼狈不堪。等到我好不容易到达青鸟渡，天又晴了，没有半点儿风浪，真是气死人。"

她这么说，曲不询便立刻也想起来了，忍不住笑起来："是，那时我和几个同门一起巡视护航，原本还在议论你们运气好，没想到不一会儿就起风了，叫我们笑了一场。"

沈如晚立刻扭过头去，瞪了他一眼："幸灾乐祸！"

曲不询低声笑个没完："对不住，对不住，当时我们实在忍不住。"

他不说还好，如今提起此事，沈如晚就想起当初站在这里于筋疲力尽时回身一望，恰遇见他御剑而来，顿生情愫。谁能想到这人在此之前还幸灾乐祸了一场？

她居然这么多年还念念不忘！

沈如晚越想越觉得气不打一处来，用手肘给了曲不询一下。

曲不询明明能躲开，却动也不动，挨了一下，轻轻地抽了一口气。

沈如晚听见他抽气，明知这一击根本伤不到他分毫，还是忍不住立刻回过头来看他。见他神色如常，并无痛楚，松了一口气之余又翻了个白眼。

曲不询转过头来，什么也不说，只是眼中噙着笑意，目光温柔，于是沈如晚的恼意慢慢地消去了。

他伸出手，在衣袖下握住了她的手。她象征性地挣了一下，被他握得更紧，便不动了，反手与他的手握在一起。

两个人十指相扣，密不可分。

细雨缠绵，雨声"淅沥"，人声鼎沸，欢笑声喧嚣。他们隐没在茫茫人海里，做一对最寻常的人间眷侣，无人留意，也无人打搅。

二

结契礼的前一日，沈如晚和曲不询好似寻常，仿佛过了这一次日升月沉后，要缔结的并不是修士之间最亲密的灵契，而是一个随便的口头承诺。

相熟的亲故们觉得纳闷："明天你们就要结契了，怎么看起来一点儿也不紧张、不激动？"

对于这类问题，他们的回答惊人的一致：彼此情投意合、互相爱慕，相知、相识这么久，未结同心契也似同心，何必为结契礼而紧张？

好吧，这对道侣不紧张，旁人倒是激动得恨不得帮他们大办特办，乐在其中又忍不住叹一口气。

沈如晚刚答复亲友"不紧张",就伴着尚未退去光辉的斜阳,比平日更早地回了居所——没办法,她若是如往常一般等日落才回家,只怕要被好奇的同门问上十遍百遍不可。为了彼此不费口舌,她觉得还是早早地脱身为妙。

曲不询也比往日回来得早,两个人在院门外相遇,微微错愕,之后恍然大悟。

"你也被盘问了?"沈如晚问他。

曲不询耸了耸肩,叹了一口气:"当然,我怎么逃得掉?"

有人关心自然比无人在意要好,只是这关心过于热情,便叫人招架不住了。沈如晚推开院门,心有戚戚,和他一起重重地叹气。

他们虽说都在家,但其实无事可做,随手收拾完庭院,便不约而同地背着手站在廊下,无所事事。

夜色犹长,曲不询站在她身侧,仰着头看天上的一点儿清辉,忽然说:"今夜月色不错,适合静赏。"

沈如晚偏头看了他一眼,没说话,身形一闪,转眼便坐在了屋顶上,仰起头看月亮。

曲不询笑了一下,散漫地催动灵气,在她身旁坐下了。他屈起一边膝盖,屈肘搭在膝上,她的面颊近在咫尺。

他好似只是随意地摆了个姿势,方便懒洋洋地抬头望月,说:"今夜月色很美,可是没有星辰辉映。"

沈如晚瞥了他一眼,意味不明地说:"明月在天,你非要星辰做什么?这一轮明月便胜过漫天的星光了。"

曲不询好似听明白了,问:"哦,你说我是一轮明月,是不是?"

"我可没这么说,"沈如晚说,"这是你自己说的。"

可曲不询太了解她了。

"这可糟了,我已神魂颠倒、喜不自胜了。"他语调深沉、一本正经地说,"倘若你说没有这个意思,我现在是听不进去的。不仅现在听不进去,往后每一次想起你说我是天心明月,我都不免心花怒放、昏头昏脑,认定我们是天作之合,彼此情深意笃,谁反驳我都不信。"

沈如晚听得一愣一愣的,最后"扑哧"一声笑了出来:"装腔作势!"

她好像有点儿气恼,可嘴角微微翘起,怎么也不落下去。

"你都这么说了,那就算是,曲不询。"她拖长了尾音。

曲不询扭过头盯着她,唇拂过她的面颊:"就算是?"

"是啊。"沈如晚幽幽地叹气,"我本不打算说的,可惜你非要追问。"

"是吗?"曲不询挑了挑眉,知道她故意作弄他,可免不了抓心挠肝地在意。他不想上当，忍了又忍还是没忍住，磨了磨后槽牙，平淡地问："那这个明月是谁？"

"我若告诉了你，你不会生气吧？"沈如晚不疾不徐地说，语气悠悠，"你还是不要问了。"

曲不询抬眸看了她半晌，生气地说："沈如晚，你故意吊着我呢吧？"

他气她，也气自己，分明知道她在玩笑，却上了心、当了真，一细想便心中酸涩、钝痛，忍也忍不得。

沈如晚见他真的有点儿恼，终于不再逗他了。她伸手环住他的肩膀，唇瓣贴上他的耳垂，说："我不过随口和你开两句玩笑，你怎么就生气了？"

她可真会问。

曲不询反手搂住她，将她圈过来，很严肃地凝视了她一会儿，然后说："你还记得吗？当初在钟神山，我们也曾坐在屋顶上，那时谁也没心思赏月。"

沈如晚当然记得。

她回忆起来，觉得有点儿好笑："那时候我还不知道你就是长孙寒，只知道你另有身份，且与我有过仇怨。我不想听你说，你还非要告诉我，我怎么也拒绝不掉。"

那时她坐在屋顶上，心里有无穷的愁绪，百转千回，最后只剩下一个念头——颠鸾倒凤、一度春宵……管他呢？倘若她注定要失去，不如先得到。

人生苦短，她想要的东西，她先弄到手再说。

"可不是？"曲不询微微勾起嘴角，也露出些笑意来，"我总算鼓起勇气，你却说不想听了，把我愁坏了。"

"谁知道你是长孙寒啊？"她没好气地说。

曲不询笑了，恍然大悟："你方才要说的明月不会是长孙寒吧？"

沈如晚把头埋在他的肩头，笑声传到他的耳边，变得闷闷："你才想明白啊？"

曲不询啼笑皆非。

"你是不是有点儿紧张？"沈如晚不笑了，伏在他的肩上，轻声问他。

他这样沉稳的人，唯有心绪不宁时才会为一个不甚高明的戏耍而气恼。

曲不询微怔，沉默片刻才问她："为什么这么说？"

沈如晚低声说："因为我也有些紧张。"

曲不询惊愕，失笑："原来你也会为此紧张。"他沉思片刻，低声说，"我也是。"

"你也知道，我是被敬贤堂的前辈捡到的弃婴。于我而言，父母和亲眷都是镜花水月般，我知道那是什么概念，可从来不曾体会过。我此生好似从未同谁如此亲密过，一想到这里，便觉得十分惶恐。"

沈如晚很少听他说起从前的事，不由得出神，问："在敬贤堂里长大是什么样的"

生活？"

曲不询其实很少回想，记忆都有些模糊了。他认真地思索了片刻，然后说："其实我过得不错，无论如何，总能有一口饭吃，与寻常人家的孩子过得差不多。敬贤堂的长辈都是大限将至的老修士，从前和我们一样，都是蓬山弟子。不论修为高低，他们都有许多经验与见识，最爱讲古，听他们说得多了，我真正入宗门时已对蓬山很了解了。"

沈如晚轻轻地"啊"了一声，很意外。她突然想到了什么，问他："那你当初刚入门时，一定早就知道摆渡过忘愁海不过是走个过场，新弟子就算没到达青鸟渡也不会入不了宗门，是不是？"

曲不询没想到她竟对此事念念不忘，忍不住笑了："是，我在入门前就知道了。"

沈如晚轻轻地哼了一声。

"可我知道也没用啊。"曲不询摊了摊手，无奈地说，"难不成我真的要漂在忘愁海上，等着师兄师姐把我带走？"

那他得多丢人啊？

沈如晚想象了一下少年时的长孙师兄在一众看热闹的前辈的指指点点里，被师兄师姐从忘愁海上带着飞到青鸟渡的样子，觉得他有一种鲜活又滑稽的感觉，又忍不住想笑了。

"所以说，也许不少人在摆渡前就知道这个试炼不过是走过场，可还是要老老实实地渡海，否则旁人都能过去，独他不行，当众出洋相，有什么意思呢？"曲不询总结，"该吃的苦，一口都少不了。"

沈如晚顺着他的思路想了一会儿，然后说："这么说来人只要脸皮够厚，不在乎旁人怎么看，自然就能少吃苦了。"

曲不询点了点头，笑道："世事多是如此，也没什么稀奇的。"

说到底，历尽千辛万苦要入蓬山的弟子很少刚入门时就放弃努力，总想着搏一搏出路，奋发昂扬、爱惜羽毛。等到了气馁、懊丧的时候，他们才会把颜面放下，随心所欲。

"我拜入宗门前就想过，进了蓬山，我一定要做拔尖的那个。"沈如晚说，"我若不能出类拔萃，在这世上活着便极累、极难。"

可翻过一山又一山，原来在哪儿都不自由，出类拔萃之人也有出类拔萃的苦闷。

曲不询抬手，顺着她背后的青丝缓缓地抚过。

谁也没说话，彼此沉默地依偎在一起，不负此清夜良辰。

三

似蓬山过往的每一个清晨，这一日平平无奇，晨光熹微。花叶间晨露未干，微风拂过，叶片一颤一颤的，将露水轻轻地抛掷出去，露水落在泥土里，转瞬便消失了。

沈如晚脚步无声，顺着长阶一级级地走下，行至微湿的青砖路上。她回过头，静静地望向头顶上写着"青鸟渡"的牌坊。

三个烫金字经历风吹雨打也不曾褪色，这牌坊千万年静立在这里，迎来送往，见证了无数归人和过客。

三年前，她带着满身风尘和疲倦回到这里，只为将一桩尘封的罪恶旧案揭开，为众人洗去沉冤，还自己和世人一个正义；三年后，她重新站在这里，转身回望，临别前最后看它一眼。

"舍不得了？"曲不询问她。

沈如晚抬眸看他，想了一会儿，竟承认了："是。蓬山就像我的家，从前是家，如今还是。"

纵然有过心灰意冷、毅然决定再不归来的念头，可她还是想念这里，也眷恋这里。毕竟她在这里度过了那么多春秋冬夏、花朝月夕。

曲不询仰起头，和她一起凝望烫金的牌匾。天光与云影都静谧，冥冥之中，他们的魂魄仿佛连在了一起。他没有动弹，静静地体会着从同心契另一头传来的怅惘感觉，这感觉很淡，却不颓唐，丝丝缕缕，无限绵长。

"离别是为了他日重逢。"他突然说，心绪随着她起伏。

沈如晚也凝神，透过同心契感受到了他的平和以及晚风轻抚般的温柔，纾缓她的怅惘。

她不自觉地微笑起来，忽然很好奇："你呢？你舍不得吗？"

曲不询笑了起来："你不是能感知到我的心绪吗？"

沈如晚确实可以。她感知到他平静的心湖像人间四月细雨蒙蒙里的湖水，湖上涟漪细小，但尽是波光。

"我想让你说给我听。"她说。

曲不询大声地叹了一口气，不过没有一点儿愁绪，脸上只有笑意。

"你说嘛。"她催促。

曲不询实在拿她没有一点儿办法，半叹半笑，语调安然平和，胜过春风："好吧，好吧，我说。蓬山是人心里的蓬山，你在哪里，哪里便是我心里的蓬山。"

明心见性，浩荡仙途，正义昭昭。她在蓬山，蓬山才是蓬山。如今神仙要远游，他何必恋着神山不去？

他的心绪已够叫她心醉神迷了，可他诉诸言语，竟更动人。

"唉，"沈如晚叹了一口气，沉痛地对他说，"师兄，你实在是完蛋了。"

曲不询看向她，只见她笑意盈盈地望着他，悠悠地叹气："你对我太着迷了，简直无可救药。"

曲不询高高地挑起一边的眉毛，很快又放下了，竟认同她的话："嗯，我病入膏肓了。"

沈如晚看了他好一会儿，嘴角微微翘了起来。

她转过身，走时清风拂过："走吧。"

曲不询回身望着她的背影，拖长了语调："这就走了？"

她不说点儿什么？她不表示表示？

沈如晚的笑声断断续续的，在风里听起来无限轻盈。

"你不是能感知到吗？"她说，"走吧，我们去瀛洲。此去万里，归期不定，师兄，多谢你。"

天光照破云岚，晴光渐渐地驱散残月，前路上尽是初晖。

曲不询在原地站了很久才低声说："不敢请耳，固所愿也。"

他最后望了那烫金牌匾和仙山一眼，转过身，快步向前追去了。

出版番外　绿湖夜雨

沈如晚已有很久没和曲不询见面了。

蓬山遭遇巨变后重焕新生，在万象更新的同时，难免极度缺人。

蓬山缺的不是普通弟子，而是从前并未掺和到七夜白的事中，既能坚守本心又能调度宗门事务的长老、执事。偏偏这样的人也需要积累经验，不能一步到位，因此合适的人才变得稀缺起来。

沈如晚和曲不询离开蓬山时缺人，从瀛洲寻找到早已失落的遗方再回来的时候，人居然还是缺得厉害。

两个人终究还是放不下自幼在其中修行的宗门，也禁不住同门的苦苦相求，于是重新揽起宗门的大小事务，来回奔波。

事务繁多，他们有时不得不短暂地分别。

上次分别时，他们一个人要留守蓬山，另一个人要持剑行走四方，约好一年后相见。

如今，月亮经过十二次阴晴圆缺，相见之期已近。

沈如晚撑着伞踏上了弯曲的浮桥。

在一道道行色匆匆、披着蓑衣和斗笠的身影中，她并不突兀，但因悠闲的步调而迥异于众人。擦肩而过的凡人总是匆匆地向她投来一瞥，又在与她目光相触时突然一惊，惊慌地移开视线。对此，她都一笑而过。

这里是蓬山的一个附国，一道绵延五十里的软骨浮桥横在绿湖之上。这浮桥由蓬山的先辈修建，屹立二百载，迎来送往，造福了附国内的无数凡人，哪怕在蓬山内也颇具美名。

她和曲不询来过这里。

那时隆冬，天上飘着白如鹅毛的雪，把行人的视线都阻挡了。每个人都走得很小心，生怕脚下一滑，摔在冰冷的浮桥上，被收不住势的后来者踩到。

大雪纷纷，于他们而言却是难得的静谧时光。他们不必担心尘世的纷扰，只合撑一把伞，静静地相伴行至彼岸。

油纸伞好像划出了一方小天地，这小天地里只有他们俩，他们不会被任何人、任何事打扰。

曲不询拥着沈如晚，手包着她握伞的手，将她搂得很紧，闲适地说："有时候，我觉得当个凡人也很快活，柴米油盐酱醋茶，琴棋书画诗酒花，管什么修行的清苦？只管朝夕的欢愉就好。"

沈如晚瞥了他一眼，似笑非笑地说道："你说得倒是轻松。凡人畏寒畏暑，躯体脆弱。真让你当了凡人，只怕有你后悔的。到时你别又生出感慨，甘愿忍受清修了。"

曲不询低声笑了起来："我真的无所谓。我拿这个蓬山长老的位置和凡人换，倘若能换来清静，上赶着成交。"

沈如晚乜斜着眼看他，纳罕地道："以前我没听说长孙师兄是这个疏懒的性子啊？我怎么听说长孙师兄性情勤谨，对宗门事务十分上心，常常废寝忘食？"

她说着，看着曲不询，眼神意有所指：以前你还勤勤恳恳，怎么现在连愿意用修为换清静的话都说出来了？

长孙师兄和曲不询的差别就这么大吗？

他把沈如晚拥得那么紧，沈如晚能清晰地感受到肩背与他的身体相贴时的热意、他肌肉的微小收缩和鼓动，还有他沉稳如松声的低语。

曲不询耸了耸肩："有牵挂和没牵挂总是不一样的。"

沈如晚的唇边不由得浮现出浅浅的笑意。她很快将这笑意压下去，故意做出冷漠的模样，轻轻地哼了一声，说："谁是你的牵挂？"

曲不询早知道她爱口是心非，明明心里欢喜，面上非要淡淡的。殊不知她越是如此，反倒越发惹人留意，任是无情也动人。

他定定地盯着沈如晚，直到沈如晚等不来答案，迷惑地扭过头看他，他才如梦初醒，洒脱一笑："究竟谁是我的牵挂，沈师妹，难道你不知道吗？"

沈如晚旋着竹节伞柄，让落在伞面上的一重重雪飞出去，混在漫天的鹅毛雪中。

"可我要听你自己说。"她轻哼了一声。

风雪从四面八方来，避开伞面，直接撞向他们的衣衫，却在即将触到时无声无息地化为水珠，坠落在地上了。

周遭的凡人忙着赶路，谁也没发现这微小的奇异之景，都只顾着掖领口、藏面颊，免得被凛冽的风雪刮到，吹个透心凉。

他们两个人的身上都是单衣，外面披了一件大氅，叫人一看就知道他们是真的不畏严寒。

他们已完美地融入了无心他顾的凡人之间，看着周遭行色匆匆的凡人，在桥上漫步，竟有一种偷得浮生半日闲的快乐。

谁也不会知道他们就是名震神州的神仙眷侣；也不会跑过来细述对他们中任何一方的憧憬与仰慕；更不会奔着碎婴剑主的名号而来，只为和其一战，博得功名。

此时的沈如晚只是一个普通的过客，曲不询则是她殷勤备至的爱侣，身与心都与她相依，眼中无他，唯有她的嗔与喜。

曲不询轻轻地叹了一口气。沈如晚明明什么都知道，也什么都听他说过，但就是怎么也听不腻，非要他再说很多遍，他能怎么办？

"我自幼在蓬山长大，无亲无故，只有将我带大的敬贤堂的长辈还算亲近。少年后，我崭露头角，也算是结交了不少好友，侥幸得到不少同门的信任，当上了首徒。可是一场无妄之灾说来就来，同门、好友都散了。现在我得天眷顾，洗去了冤屈，好似又博得了从前的威望，但日月如梭，隔着生死，我与那些旧人终归不是能彼此相知的伙伴了，伶仃十来年，到最后师友亡去、旧交飘零，一个人也不剩了。"曲不询说到这里，定定地看着沈如晚，明明说着使人怅惘的话，声音却犹带着笑意，"沈师妹，你说到如今，除了你，还有谁是我的牵挂？还有谁能做我的牵挂？"

沈如晚最听不得他这样说话。

他明明是世无其二的天才，明明是有勇有谋的英杰，本该一帆风顺地走上鸿途，偏偏造化弄人。沈如晚忍不住替他伤怀。

沈如晚其实算不得多愁善感，也不是什么温情脉脉的体贴人。倘若换个人在她的面前卖可怜，她多半只会在心里冷冷地想：若说起命运弄人，难道我就比谁少受一点儿作弄了吗？

可是曲不询这样说，沈如晚就情不自禁地怜爱他，为他不平，也为他伤感，想做些什么来宽慰他，想尽办法让他展颜。

只是这样的话实在有些让人羞赧，沈如晚总是不好意思说出口，只能用她那种浑然天成的、看似冷淡理智实则关心备至的态度拐弯抹角地宽慰曲不询："毕竟过了十年，现在那些刚入门的小弟子自然没法与你做朋友。人这一生，总是越年少越容易有知交好友，越年长越身世飘零、形单影只。能从年少延续到年长的情谊才可贵。一个年岁有一个年岁的活法，你不必去羡慕少年。"

曲不询看着她，笑了："我从少年起初识情爱，记挂了很多年，最后竟得偿所愿，连我自己都觉得奇妙。如果要论可贵，那我和你的情意应当是天下第一等可贵的吧？"

沈如晚颔首。她不知道这算不算天下第一等可贵，但绝对算第一流的缘分。

"那么,沈师妹,请你长长久久地成全我,容我保守这份可贵,永不脱身。"

软骨浮桥上,沈如晚孑然一身,举着青伞挡泠泠的落雨。她看着雨珠打在绿湖上,激起层层涟漪,竟像看着自己的心湖,一旦骤雨过境,就再也不能如一潭死水般平静无波了。

如今再回想隐逸小楼的那十年时光,她竟想不明白自己是怎么熬下来的,那么孤独,那么痛苦。那时的她往前看,过往都是心结;向后看,未来已无期盼。明明是大好的年华,她却一日挨过一日,像行将就木。

其实,从前孤身一人苦守小楼不过是几年前的事,她回想起来却觉得恍如隔世。这一刻骤雨吹落,长风盈满袖,距离她和曲不询先前约定好的相见之期只差两天。相见在即,她却忽然生出一种绵长的思念与伤感。

她很思念他,很想,恨不得顷刻就飞到他的身边,睁眼就能看见他站在自己的眼前,睡梦里就被他拥在怀里,从此两个人天涯海角、朝朝暮暮,再也不分开。

软骨浮桥是修仙者建造的。五十里的路程对于修仙者来说不过是一眨眼的工夫,可对于凡人来说就实在太长了,长到非要在桥上歇息一天,两日连续赶路才能过桥。

正因如此,软骨浮桥中段有一间漂在绿湖上的驿站。居此驿站,行人既能休憩片刻,也能观赏到绿湖上最好的风景。

沈如晚即在此驿站里住下了。

其实,她来此途中有所耽搁,本该晚到好几天。可她迫不及待,一路上歇也不歇,跋山涉水地赶路,竟比约定之期还早到了两天。

匆忙的归程到了终点,疲倦终于如潮水般涌来,将她淹没。

"客人,您要的绿烛给您放在桌上了。"驿站的凡人女使朝她微微躬身,然后端着盘子顺着长廊离开了。

沈如晚在屋内还能听见女使在走廊的尽头遇见其他客人时的礼貌问候。

她收敛了五感,困倦地撑着额头,慢慢地从座位上站起来。连丹成修士也熬不住没日没夜地风雨兼程,她浑身沉重得好像灌了赤汞,可偏偏心神清醒,躺下也睡不着。

曲不询什么时候能来?她一刻也等不及了。

沈如晚在床榻上辗转反侧,又起身朝窗边走去,推开了微沉的雕花窗。绵绵的细雨吹进窗里,温顺地拂在她的面颊上。

绿湖上的涟漪一圈又一圈,浅浅的一层,浮开一点儿就散了。天空被泼了墨,渐渐入了夜,空气也沉寂下来,只剩下纤弱的雨珠还有孑然一身的她。

她倘若早知道短暂的十二次阴晴圆缺会这样漫长,当初就不会和曲不询分开。这世上纵然有那么多的正事、要事,却没有一桩是让她朝思暮想、牵肠挂肚、念念不忘了很多年的。

那些看似重要的东西曾一度占据她的心神，被她紧握在手里，可最后她又松开了手，任它们流走，去往下一个主人处。

沈如晚转过头，看向横在桌案上的那柄剑——碎婴。

重回蓬山后，她曾重掌过这把剑，又曾将它交还。无论旁人如何反复地说"除了你，没有人配得上这把剑"，她也从未将这些话放在心上。对她来说，这是一份沉甸甸的责任，背负它，她就必须永不辜负，用一生来信守诺言。

蓬山的同门们信任她，在她从瀛洲归来后，重新把碎婴剑塞到她的手里。她本要拒绝，奈何蓬山那时确实缺少一个能震慑四方的掌剑人，于是短暂的犹豫后，她终究是答应了。

她放不下蓬山和她的道义，蓬山风光顺遂时她隐逸，蓬山一时艰难她又回来。曲不询全都明白，所以总顺着她。

她要去瀛洲，曲不询就和她一起去；她要留在蓬山，曲不询就替她镇守后方、调度权衡，两个人遥相呼应。

一年前，沈如晚决定持剑出巡，曲不询却脱不开身，故而他们只能定下十二次阴晴圆缺之期，约定下一次相守之日。

那时她已不舍，只是放心不下蓬山，直到这一年里出巡四方，她那颗急切的心才又慢慢地安定了下来。

握剑、不握剑，归山、不归山，对她来说其实没有什么区别。而作为掌教信物的碎婴剑早就该被交给下一个需要它的人了。

沈如晚偏头凝看着桌案上的长剑，余光瞥见了门口影影绰绰的身影。她已感受到那里有一道气息，只是根本不上心，懒得去看。可是那道身影就在她的门口，半晌也没有动弹，好像就准备在她的房门外伫立不走了。

沈如晚微微蹙起了眉，转过身，眼神略带冷意地朝门口看了过去，目光还没落定就已倏然失神——

半掩的木门后定定地站着一道高大的身影，露出半张英俊的面容。他凝神看着她，视线未移开半分，好似怎么也看不够，可以看到天荒地老。

"砰——"

铜质香炉被飘飞的衣角勾落，重重地掉落在地上，发出了一声闷闷的巨响，可是谁也没有留意。

沈如晚于神魂惊醒之前飞奔向他。她如此急迫，好像稍稍晚了那么一两个呼吸的工夫就能要了她的命似的。

曲不询推开木门，张开双臂，让她撞进自己的怀里。他目光涌动着，两颊紧绷起来，用力拥紧了她，将她牢牢地圈住。

有那么一时半刻，他们什么话也不想说，谁也没有动弹，只是静静地相拥，近乎贪婪地享受这来之不易的重逢。

"你怎么来得这么早？"沈如晚轻声问。

距离他们所约定的时间还有两天，蓬山的事务繁多，曲不询想脱身不容易，怎么还能提前来到驿站？

曲不询垂首望进她的眼中，看到她的双眸灿若明星，眸光如清流曲水一般清澈的，灼灼地生出掩饰不住的欢喜之意。

"你执剑出巡，检视四方，路途千万里，人心一重重。按理说，你该在路上耽搁住，比约定的时间晚上三五天，可为什么提前到了？"曲不询反问。

沈如晚哑然。

她有很多话可以回答，大可以天衣无缝地将这疑问圆过去。可是久别重逢，乍见欢喜，那些借口都变得生涩起来，没有一个能让她满意。

"因为我想早点儿见到你。"她轻声说。

曲不询微微一怔，喜出望外地看着沈如晚。

檐外落雨如帘，"淅淅沥沥"，都好似浇在他的心口上，每一声都如钟吕玄音，让他怦然心动。

他久久没有说话，久到沈如晚流露出一点儿讶异的神情。

"我现在觉得，把蓬山的冗事推到一起，没日没夜地忙三个月，真是赚大了。沈师妹，你不知道我现在有多欢喜，恨不得原样再来一次。"曲不询忽然开口，凝神注目，看着她的眼眸，目光粲然灼热，直望进她的眼底、心底，然后低声笑了起来。

再来一次？彼此再分别一整年，然后没日没夜地赶来相见，他就为了听她说一句"我想早点儿见到你"？

沈如晚觉得又好气又好笑。

"你能不能有点儿正经样子？"她板着脸指控，可又忍不住笑，唇边的弧度怎么也压不下去，好像被蘸了蜜糖的水轻轻地点在心间，丝丝袅袅的甜香化也化不尽。最终沈如晚还是眼眸微弯，笑了起来："长孙师兄，我们以后还是不要分别这么久了吧？"

曲不询垂首，蓦然吻了下来。

"不分开，再也不分开了。"他的嗓音低沉，声声撞入月夜。

他们将此生相守，再也不分开。

—全文完—